KATH
R

Eez beez

1

»Das darf jetzt nicht wahr sein.« Herr Schreiner stemmte die Hände in die Hüften. »Das wichtigste Schulzeitungstreffen in diesem Jahr und nur die Hälfte der Mitglieder ist anwesend. Und von euch anderen haben lediglich drei ihre Aufgaben erledigt.«

»Aber Herr Schreiner … in der Durchsage hieß es …«

»… dass in der ersten Woche kein Nachmittagsunterricht stattfindet«, unterbrach er David. »Wir haben das vor den Sommerferien alles ausführlich besprochen! Ich habe diesbezüglich mit dem Schulleiter eine Ausnahmeregelung getroffen, da wir ansonsten nicht rechtzeitig veröffentlichen können. Aber wenn sich niemand an die Absprachen hält, werden wir nicht einmal bis zum Ende eurer Schulzeit mit der Ausgabe fertig. Um Himmels willen! Ihr hattet sechs Wochen Zeit!« Er lief an seinem Pult auf und ab. »Das hat jedes Jahr geklappt, warum ausgerechnet dieses Jahr nicht?«

Lukas, der sich an den hintersten Computer verzogen hatte, musste sich zusammenreißen, um nicht herzhaft zu gähnen. Natürlich hatte es letztes Jahr schon nicht geklappt. Und vorletztes Jahr hatte Herr Schreiner genau die gleiche Rede gehalten. In genau dem gleichen Tonfall.

Mist. Er hätte es damals aufnehmen sollen. David hätte sich totgelacht.

Dass Lukas seinen Artikel fertigbekommen hatte, hatte er Frau Meder zu verdanken, die ihn nach einigem Bitten und Betteln in der Mittagspause in den Computerraum gelassen hatte.

»Mir ist klar, dass ihr freiwillig hier seid, aber ich erwarte doch ein bisschen mehr Einsatz von euch. Bis zum nächsten Mal muss alles eingetütet sein, damit wir es in den Druck geben können. Ihr kennt das Prozedere, die meisten von euch sind schon lange genug dabei.« Der Lehrer holte Luft. »Anja!«

»Ja?« Die Siebtklässlerin zuckte zusammen und versteckte ihr Smartphone in ihrem Ärmel.

»Frag die Klassensprecher der 6b gleich morgen noch mal wegen des Berichts der Klassenfahrt. Den wollten wir schon letztes Schuljahr bringen. Frau Orzelt bringt mich um, wenn wir ihn dieses Mal wieder nicht mit reinnehmen.«

Anja nickte und schrieb etwas in ihr Hausaufgabenheft.

»Und Roman, wenn du das Interview mit Frau Unke wieder verlegst, reiße ich dir höchstpersönlich den Kopf ab.« Herr Schreiner atmete tief durch und schien zu überlegen, wen er als Nächstes maßregeln könnte. Doch dann sah er auf die Uhr. »Gut, lasst uns für heute Schluss machen. Bis nächsten Dienstag, und wehe, es vergisst noch jemand etwas!«

Erleichtert räumten sie ihre Sachen in die Schultaschen und fuhren die Computer herunter.

»Lukas, David und Emma, ihr bleibt bitte noch kurz da.«

Lukas, der die ganze Stunde um einen Rüffel herumgekommen war, zuckte zusammen. Sie hatten ihre Sachen dabeigehabt, was wollte Herr Schreiner von ihnen? Hatte Frau Meder ihm doch gesteckt, dass er seinen Artikel auf den letzten Drücker erledigt hatte? Zögerlich packte er seine Sachen zusammen, bevor er mit vorsorglich gesenktem Kopf zu Herrn Schreiner ging. Aber warum sollten dann auch noch David und Emma hierbleiben? Hatte ihn Emma vielleicht verpetzt, dass er den Bericht über Social Games geschrieben hatte, obwohl es ausdrücklich Davids Aufgabe gewesen war? Mist, dabei hatte er extra ein paar David-typische Rechtschreibfehler eingebaut …

»So, ihr drei.« Herr Schreiner atmete tief durch, sobald der letzte Schüler die Tür hinter sich geschlossen hatte. »Wie ihr wisst, hat Ramona ihren Abschluss gemacht. Das bedeutet, dass

David vom stellvertretenden Chefredakteur zum Chefredakteur befördert wird.«

David grinste, als hätte er gerade die Weltherrschaft übernommen.

»Es gibt allerdings ein Problem. Lukas und Emma, ihr bringt beide die gleichen Voraussetzungen für den Posten des stellvertretenden Chefredakteurs mit. Ihr habt ungefähr die gleiche Erfahrung. Emma ist etwas zuverlässiger, aber Lukas' Texte haben ein bisschen mehr …« Er schnippte mit dem Finger »… das gewisse Etwas.«

Lukas und Emma sahen einander an.

Natürlich, Lukas hätte es sich denken können. Ramona war weg. Jetzt kam David an die Reihe. Und wenn David nächstes Jahr seinen Abschluss machte, würde der jetzige stellvertretende Chefredakteur seinen Posten einnehmen.

Abgesehen von der schicken Zeugnisbemerkung konnte Lukas dann endlich Befehle erteilen. Ein warmes Gefühl stieg in ihm auf. Vor seinem geistigen Auge sah er, wie er gemütlich auf seinem Chefsessel saß und den neuesten Artikel einer heftig schwitzenden Emma diktierte, während Roman seine Füße massierte. Seine Eltern würden seine Schreiberei endlich nicht mehr als sinnlosen Zeitvertreib ansehen. Er käme seinem Traumberuf ein Stückchen näher. Schließlich hatte Ramona dadurch ihren Ausbildungsplatz beim Griedloher Kurier bekommen …

»Natürlich bin ich besser geeignet.« Emma trat einen Schritt nach vorne und reckte das Kinn. »Ich kann als stellvertretende Chefredakteurin frischen Wind reinbringen. Zudem sind meine Artikel und Beiträge die beliebtesten.«

Lukas schnaubte. »Ja, der Kummerkasten und die Witzeseite. Das könnte ich auch. Meine Spieleberichte sind mehrere Seiten lang und sehr ausführlich.« Er hatte große Lust, ihr den Tafelschwamm ins Gesicht zu feuern. Hatte Herr Schreiner nicht gerade gesagt, dass seine Texte besser waren?

»Ja, und stinklangweilig.« Sie verdrehte die Augen.

Das konnte doch nicht wahr sein! Lukas musste erst einmal Luft holen, bevor ihm etwas Schlagfertiges einfallen wollte. »Das kannst du doch nicht …«

»Stopp, stopp, stopp.« Herr Schreiner hob die Hand. »Ich möchte euch nicht gegeneinander aufbringen. Ihr seid beide gut in eurer Rubrik.« Er rieb sich die Stirn. »Aber es ist gut, dass Emma das mit dem frischen Wind angesprochen hat. Ich bin zu dem Schluss gekommen, dass der Grimmsche Kurier eine neue Rubrik vertragen könnte. Also werden wir daraus einen kleinen Wettbewerb machen. Ich gebe euch die Aufgabe, euch bis Ende nächsten Monats etwas auszudenken. Gerne könnt ihr auch schon früher zu mir kommen und eure Idee mit mir besprechen. Wir werden beides vorstellen. Wessen Rubrik besser ankommt, bekommt den Posten. In Ordnung?«

»Aber selbstverständlich, Herr Schreiner«, flötete Emma und grinste entschlossen, als hätte sie schon tausend Ideen im Kopf.

Mit einem siegessicheren Funkeln in den Augen sah sie zu Lukas, der auf Anhieb überhaupt keinen Plan hatte. Aber so leicht würde er sich nicht geschlagen geben.

Der Kampf war eröffnet!

2

Als Lukas zu Hause war, war ihm immer noch nichts eingefallen. Was sollte er Neues erfinden? Im Grunde gab es alles, was man in einer Schulzeitung erwartete. Die obligatorische Witze- und Neuigkeitenseite und Emmas Kummerkasten, den Lukas immer überblätterte. Es gab Berichte über Schulfahrten und Veranstaltungen wie den Elternabend oder ein Sammelprojekt für ein Dritte-Welt-Land. Wenn Roman es nicht wieder verpennt hatte, gab es ein mehr oder weniger lieblos geführtes Lehrkräfteinterview. Louisa stellte ein interessantes Buch vor, und David und er wechselten sich mit dem Testen von Computerspielen ab. Hin und wieder gab es einen Bericht zu einem bestimmten Thema, wie zum Beispiel dem Rauchverbot oder Flatrate-Saufen, doch das war auch schon alles. Sonderlich viel passierte an seiner Schule ja auch nicht.

Lukas seufzte und warf sich auf sein Bett. Dass sich Emma immer so aufspielen musste. Sie war doch keine zwölf mehr!

»Lukas, Abendessen!«

Die Stimme seiner Schwester erschreckte ihn. Verdammt! Konnte die nicht anklopfen? Er zog sich seinen Hoodie über sein T-Shirt und ging hinunter ins Esszimmer, wo der Rest der Familie schon versammelt war.

»Na, wie war der erste Schultag?«, fragte sein Vater, legte seine Jurazeitschrift weg und schaufelte sich Lasagne auf den Teller. »Linda, wie gefällt es dir an deiner neuen Schule?«

»Voll öde.« Linda stocherte in ihrem Essen herum. »Wir haben voll viele Jungs in unserer Klasse, und unsere Klassenlehrerin ist total bescheuert. Frau Blabla, oder wie die heißt …«

»Frau Palan?« Lukas schnappte sich das Ketchup, bevor Linda wieder die ganze Flasche leer machen konnte. »Sie ist nicht bescheuert, das ist eine der besten Lehrerinnen, die dir an dieser Schule über den Weg laufen werden. Du wirst schon sehen.«

»Die ist bescheuert«, wiederholte Linda. »Die hat sich total gefreut, uns zu sehen und uns wie kleine Kinder behandelt. Dabei sind wir doch jetzt schon in der fünften Klasse! Und der ganze Englischkram, von dem sie die ganze Zeit geredet hat. Ich will kein Englisch, ich will viel lieber Latein. Am Luisengymnasium …«

»Jaja, das Luisengymnasium ist ja so viel besser … Keine Jungs, nur super Lehrer und Lehrerinnen und alles glitzerbunt und wundertoll. So ein Pech, dass du durch den Probeunterricht gefallen bist.«

»Das ist doch nicht mei-«

»Jetzt streitet euch nicht, Kinder. Lukas, wie war denn dein Tag?«

Lukas nahm noch einen Bissen. »Hat alles gepasst. Wir haben über Organisatorisches und so gequatscht. Wandertag, Klassenaufgaben und so weiter. Dann haben wir unsere Bücher bekommen. Daniel und ich sind zu seiner Mutter in den Laden und haben Hefte und das andere Zeug gekauft. Das Übliche.«

Linda warf ihm einen bösen Blick zu, den er nicht beachtete. Stattdessen warf er einen Blick auf ihre Hauskatze Eezbeez, die gerade gemütlich ins Esszimmer geschlendert kam und sich mit erwartungsvollem Blick vor Linda hinsetzte, in der Hoffnung, dass Linda ihr Lasagne zukommen ließ.

»Am Nachmittag hatten wir Treffen von der Schulzeitung. Herr Schreiner meint, ich könnte stellvertretender Chefredakteur werden.«

»Das sind doch prima Neuigkeiten.« Seine Mutter strahlte ihn an.

»Der Haken an der Sache ist, dass ich mir was Neues für die Schulzeitung ausdenken muss und Emma auch um den Posten kämpft.«

»Mach doch was mit Ponys. Ponys kommen immer gut an«, warf Linda ein.

»Garantiert nicht. Dann kann ich auch gleich aus der Schulzeitung austreten«, entgegnete Lukas.

»Du wirst schon was finden. Dir ist doch schon öfter nichts eingefallen, und plötzlich hattest du die genialsten Ideen«, sagte seine Mutter.

Lukas brummte skeptisch. Seine Fantasie war in letzter Zeit flöten gegangen. Sie saß bestimmt auf Hawaii in einer Basthängematte und genehmigte sich einen Cocktail. Wenn er den Kerl erwischte, der sie dort hingeflogen hatte.

Nachdem sie den Tisch abgeräumt hatten, ging Lukas wieder in sein Zimmer und suchte nach seiner verloren gegangenen Fantasie. Unter dem Bett war sie schon mal nicht. Verdammt, sie war vermutlich wirklich auf Hawaii.

Er warf sich zusammen mit seinem Handy und dem Schulzeitungsordner auf sein Bett. Jetzt musste er erst einmal Inspirationen sammeln.

Er blätterte durch die erste Ausgabe, bei der er mitgemacht hatte, und stieß auf die mit Rechtschreibfehlern vollgepackte Fortsetzungsgeschichte über den Hausmeister Rudi Rächer, der nach der Schule die Straßen vom Bösen mit seiner Wienerle-Kanone befreite. Nachdem Rudi in der Siebten in Rente gegangen war, war das Format eingeschlafen. Vielleicht konnte er es ja wieder mit dem neuen Hausmeister zum Leben erwecken …

»Nein, Lukas. Das ist nichts Neues«, hörte er die Stimme von Herrn Schreiner in seinem Kopf.

Mist. Dann musste er weitersuchen. Er wälzte sich durch die Seiten, bis ihn das Gesicht von Herrn Stretmanni angrinste. Klar, die Lehrkräfteinterviews waren schon immer der Renner gewesen. Wer wollte nicht wissen, was die Lieblingseissorte seines Lehrers oder seiner Lehrerin war? Herr Stretmanni: Schokolade. Frau Palan: Orange. Herr Schreiner: Pistazie. Das schien trivial, aber mit solchen Informationen konnte man super den Unterricht ablenken. Lukas musste lachen, als er daran dachte, wie sie in einer Unterrichtsstunde Herrn Schreiner mal dazu gebracht hatten, eine Viertelstunde über Pistazien zu schwärmen. Vor dem Erdkundetest hatte sie das allerdings trotzdem nicht gerettet.

Was war eigentlich seine Lieblingseissorte? Auch Pistazie? Oder Stracciatella? Er las sich die restlichen Fragen durch.

Und dann kam ihm eine Idee.

3

Lukas wurde am nächsten Morgen unsanft von seinem Handy-Wecker geweckt. Er murmelte wüste Beschimpfungen, während er versuchte, die Snooze-Taste zu treffen. Als das lärmende Teil endlich abgestellt war, drehte er sich wieder um und kuschelte sich zurück in die warme Decke. Gestern Nacht war er immer wieder aufgewacht, weil er weitere Ideen hatte. Seine Notiz-App auf dem Handy quoll über vor lauter im Halbschlaf getippter Gedanken. Er fühlte sich, als hätte er die Nacht durchgemacht.

Am liebsten hätte er weitergeschlafen, doch sein nerviger Wecker ließ ihn nicht. Nach fünf Minuten klingelte er wieder. Und zehn Minuten später noch einmal. Es hatte keinen Zweck.

Lukas quälte sich aus dem Bett und unter die Dusche, die ihn trotz kalten Wassers auch nicht wacher machte. Im Halbschlaf aß er sein Müsli, packte seine Sachen zusammen und schleppte sich in die Schule.

Seine Freunde waren noch nicht da, also nahm Lukas die Sachen für die erste Stunde raus, gähnte noch einmal und legte seinen Kopf auf die Tischplatte. »Powernapping« nannte das seine Mutter. Das machten auch erfolgreiche Manager. Und jetzt, wo die Führungsposition in greifbarer Nähe war, konnte das nur gut sein.

Gefühlt eine Sekunde später wurde ihm herzhaft auf den Rücken geklopft. Nix mit Powernapping.

»Moooorgeeeen, Lukas.« Daniel grinste ihn an und schwang sich auf den Sitz neben ihm. »Gestern zu viel gezockt, oder was?«

»Nee, wegen der Schulzeitung«, murmelte Lukas und stützte seinen Kopf auf seiner Hand ab. Wie konnte der plötzlich nur so schwer sein?

»Hat euch der Schreiner die ganze Nacht dabehalten? Ich wusste schon immer, dass er zu viel in die Sache reinsteckt.«

»Nein, ich hab …«

Die Tür ging auf, und Paulina und Ilona kamen zusammen mit einem Schwall weiterer Mitschüler herein. Da nun ihre Clique vollständig war, konnte Lukas endlich vom Gespräch mit Herrn Schreiner erzählen.

»Mensch, ist doch saucool.« Paulina freute sich sichtlich für ihn. »Und, hast du schon eine Idee?«

»Nun ja …« Lukas war sich noch immer nicht so sicher, ob seine Idee nicht der Fail des Jahrhunderts war. »Ich habe mir überlegt, dass ich eine Art Gegengewicht zu den Lehrkräfteinterviews mache. Ich interviewe die Leute hier. Also die Schülerinnen und Schüler. Und das nenne ich dann ›Das Grimmsche Interview‹. Was haltet ihr davon?«

Doch bevor einer von ihnen antworten konnte, stand Rebecka vor ihnen und musterte Lukas' Heftstapel, den er auf seinem Tisch aufgebaut hatte.

»Ist das Französisch?«

Lukas sah auf die Hefte. »Oh, stimmt, wir haben ja Mathe. Falsches Heft rausgepackt.« Er wollte sie wieder wegräumen, doch Rebecka hielt sie fest.

»Du magst Frau Palan doch auch, oder?«, fragte sie unschuldig.

»Klar, aber was hat das jetzt mit meinem Heft zu tun? Und nimm gefälligst die Pfoten weg.«

Rebecka hob die Hände. »Es ist nur so, dass wir entschieden haben, dass wir bei Frau Palan orangene Heftumschläge nehmen. Weil das ihre Lieblingsfarbe ist.«

Lukas schnaubte. »Alles klar. Französisch oder Englisch?«

»Beides natürlich.« Rebecka sah ihn an, als hätte er sie gerade gefragt, was eins plus eins sei.

»Das ist auch total sinnvoll, für zwei Fächer dieselbe Heftumschlagfarbe zu nehmen. Außerdem hat Frau Palan gesagt, dass ihr das völlig egal ist, also was erwartest du von mir? Dass ich mir ... sechs neue Heftumschläge kaufe? Weißt du, was das kostet?«

»Lukas, lass dich nicht darauf ein«, rief Marie aus der Reihe hinter ihm. »Rebecka will dich doch nur für ihre kindische Palanisten-Truppe gewinnen.«

Rebeckas Augen verengten sich zu Schlitzen. »Halt dich da bloß raus, Marie. Du bist doch auch nicht besser mit deinen Yildirimern. Wie war das letztes Jahr mit den Adidas-Jogginghosen in Sport? Das habt ihr doch auch nur gemacht, weil Frau Yilderim die immer trägt.«

»Ach komm, du hast mit den ›Join the Palans‹-Aufklebern angefangen!«

Lukas seufzte. »Ich glaub, ich muss mal an die frische Luft.« Er ließ die beiden Streitenden stehen, erhob sich und machte sich auf zum Kaffeeautomaten. Auch wenn er nach dieser Diskussion wirklich keinen mehr brauchte.

Ein Strom Kinder aus der Fünften rauschte an ihm vorbei, die Gesichter noch voller Euphorie über ihre neue Schule. Linda war nicht unter ihnen.

Gott sei Dank, sie konnte er gerade überhaupt nicht gebrauchen.

Auch am Kaffeeautomaten bildete sich bereits eine Schlange. Lukas atmete tief durch und kramte in seiner Hosentasche nach Kleingeld. Palanisten versus Yildirimer – der ewige Kampf, wer die bessere Lehrerin sei. Eigentlich wäre das guter Stoff für einen Schulzeitungsartikel. Vermutlich würden Rebecka und Marie ihn dann zu Hackfleisch verarbeiten und als Frikadellenbrötchen im Hausmeisterstand verkaufen. Nein, lieber kein Risiko eingehen. Er musste sich auf sein jetziges Projekt konzentrieren.

Nur noch einer vor ihm. Ein Winzling mit einem Schulranzen, fast größer als der ganze Kerl. In seinen Händen hielt er einen Block, auf dem eine ziemlich komplizierte Zeichnung einer Maschine abgebildet war. Neben ihm standen zwei weitere Jungs, die sich gerade um ein Snickers stritten.

Er konnte ja schon mal ein Testinterview führen. Dann sah Herr Schreiner gleich, was Lukas meinte. Doch wen sollte er dafür nehmen? Paulina, Ilona oder Daniel? Kam das nicht ein wenig einfallslos daher? Und wann war der Zwerg vor ihm endlich fertig?

Der Automat gab ein gurgelndes Geräusch von sich, und der Kleine zog den vollen Becher aus der Halterung. Mit dem riesigen Ranzen musste er aufpassen, dass er nicht vornüber kippte. Behutsam ging er mit dem randvollen Becher davon.

Als der kleine Kerl auf Lukas' Höhe war, passierte es: Die Fünftklässler, die sich um ein Snickers stritten, schubsten sich gegenseitig, und der eine fiel gegen den Zwerg mit dem Becher.

Er stolperte und schüttete den ganzen Becherinhalt auf Lukas' neue Jacke.

4

»Habt ihr Tomaten auf den Augen? Ihr weichgekochten Wiesenchampignons, ihr kleinen ...«

Lukas war kurz davor, sein ganzes Arsenal an Schimpfwörtern auszupacken. Er roch an seiner Jacke. Auch noch Gemüsebrühe! Na toll, da konnte er sich den Kaffee auch sparen.

Der Kleine mit dem Rucksack sah ihn mit großen Augen an, als würde er gleich zu heulen anfangen. »Ich kann nichts dafür, die haben mich geschubst.«

Die beiden anderen Übeltäter waren genauso uneinsichtig.

»Er hat mich geschubst.»

»Nein, er hat mich geschubst.«

»Du hast mir mein Snickers geklaut.«

»Du hast es mir doch geschenkt. Heute Morgen im Bus, weißt du nicht mehr?«

Die drei redeten mit ihren piepsigen Stimmen durcheinander, und Lukas hatte schon wieder genug.

»Ach, vergesst es einfach.« Er ließ sie stehen, bevor sein Kopf explodierte.

Auf der Toilette weichte er seine Jacke im Waschbecken ein und versuchte, den Gestank herauszubekommen. Doch nach ein paar Minuten stank die ganze Toilette nach Gemüsebrühe. Lukas gab auf. Er würde die Jacke heute nach der Schule einfach in die Waschmaschine stopfen. Wenn das Flecken hinterließ, dann konnten die drei aber was erleben!

Seine Laune war im Keller, als er wieder das Klassenzimmer betrat.

»Wo warst du so lange? Und warum ist deine Jacke nass?«

»Ich dachte, du wolltest dir nen Kaffee holen.«

»Was riecht das so nach Suppe?«

»Gemüsebrühe-Unfall«, murmelte Lukas resigniert und setzte sich wieder auf seinen Platz. Die nasse Jacke warf er ohne Rücksicht auf Verluste neben seine Schultasche auf den Boden.

Kurz darauf ertönte die Schulglocke, und die Tür öffnete sich wieder. Ein großer und ziemlich beleibter Mann kam herein, mit riesiger Opabrille und grauen Haaren.

»9c? Bin ich hier richtig?«

Als einzelne Jas durch das Klassenzimmer waberten, stellte er seine Tasche auf dem Pult ab und begann, seinen Namen an die Tafel zu schreiben.

»Manfred Stretmanni mein Name. Wir werden dieses Schuljahr die Ehre in Mathematik haben. Heute haben wir die ersten zwei Stunden miteinander, da Frau Palan noch ein paar Einführungsstunden mit ihren Neuen hat.« Er drehte sich um.

»Keine Sorge, das kommt nicht in der Schulaufgabe dran.«

Als Herr Stretmanni nach der Stunde das Klassenzimmer verließ, streckte sich Daniel auf dem Stuhl aus. »Also, ich habe das Gefühl, dass Mathe heuer nicht so stressig wird wie sonst. Stretmanni macht doch einen ganz gechillten Eindruck, oder? Jedenfalls besser als diese Bentheim-Ziege letztes Jahr. Vielleicht ist dieses Jahr sogar etwas Besseres als eine Vier drin.«

Sie packten ihre Sachen und verzogen sich in ihre übliche Ecke im Pausenhof.

Lukas holte seinen Block hervor. »Lasst uns noch mal auf das Thema ›Grimmsche Interview‹ zurückkommen. Was haltet ihr davon?«

»Ich finde es cool.« Ilona biss von ihrem Pausenbrot ab. »Mal was anderes und auch bestimmt interessant zu sehen, wie sich das entwickelt. Eine Person aus der fünften Klasse gibt in der zehnten Klasse bestimmt ganz andere Antworten.«

»Ich weiß nicht. Rebecka und Konsorten würden das bestimmt wieder als Plattform sehen, sich zu profilieren.« Paulina verzog das Gesicht.

»Das ist schon klar«, schob Lukas schnell dazwischen. »Ich will solche gar nicht drannehmen. Nur ganz normale Leute. Und Schulsprecher und so laufen dann unter Sonderausgabe oder so.« Er zückte wieder seinen Block. »Ich denke, es wäre das Beste, wenn wir erst einmal ein Testinterview durchführen, damit Herr Schreiner sieht, was ich meine. Meldet sich jemand freiwillig oder müssen wir das mit Schere-Stein-Papier ausknobeln?«

Die drei sahen sich an.

»Ich mach schon.« Ilona grinste. »Ich hätte bei Schere-Stein-Papier sowieso verloren«.

Lukas holte sein Handy hervor und wählte die Sprachaufnahme.

»Na dann … los geht's!«

5

»Wie ist dein Name?«

»Willst du mich veräppeln? Das weißt du doch.«

Lukas schnalzte mit der Zunge. »Ja klar, aber für das Interview muss ich ganz von vorne anfangen.«

Ilona seufzte. »Na gut. Mein Name ist Ilona Becker, ich bin fast fünfzehn Jahre alt und gehe in die 9c der Gebrüder Grimm Realschule in Griedlohe.«

»Das brauchst du nicht sagen. Alle, die interviewt werden, gehen hier auf die Schule«, warf Daniel ein.

»Was denn jetzt?« Ilona verdrehte die Augen.

»Klappe! Daniel, du versaust das Interview.«

»Wollte ja nur helfen«, murrte er und biss in seine Pizza.

»So, weiter im Text: Was sind deine Lieblingsfächer?«

»Hmmm … Englisch eigentlich. Und Mathe.«

»Mathe? Und Englisch? Was ist denn das bitte schön für eine weirde Kombo?«

»Daniel, kannst du nicht einmal deine verdammte Klappe halten?«

Daniel hob mit einem breiten Grinsen die Hände.

Lukas atmete tief durch. Das war schon fast wie damals, als er in der Siebten Frau Palan interviewt hatte und dauernd irgendwelche aus der Fünften reingeplatzt kamen und Frau Palan fragten, ob sie denn schon die Schulaufgabe korrigiert hätte.

»Na schön, also Mathe und Englisch … und wer sind deine … Oh nein, was willst du hier?« Lukas brach wieder ab.

Linda stand unschuldig lächelnd vor ihnen, hinter ihr eine weitere kichernde Fünftklässlerin. »Kann ich mal dein Handy haben?«

»Nein, du siehst doch, dass ich es gerade selbst brauche. Was willst du überhaupt damit? Du hast doch auch eins.«

»Ja, aber das hat keine gute Kamera. Und ich will Lena doch die Bilder von Eezbeez zeigen.«

»Meine Güte, Mädchen, wenn du deiner Freundin unbedingt unsere Katze zeigen willst, dann nimm sie doch nach der Schule mit zu uns nach Hause.«

»Ja, aber gib mir mal trotzdem dein Handy.« Linda wedelte ungeduldig mit der Hand und griff danach.

»Nein.« Lukas steckte es demonstrativ in seine Jackentasche. »Und jetzt zieh Leine, sonst werde ich ungemütlich.«

Linda sah ihn mit ihrem Hundeblick an. Und dann fing sie auf einmal an, wie am Spieß zu brüllen.

»Frau Paaaaalaaaaaan!«

Der halbe Schulhof drehte sich zu ihnen um. War das peinlich!

»Frau Paaaaalaaaaan!«

»Schon gut, nimm es und hör auf, dich wie ein Kleinkind zu benehmen. Ich dachte, du magst Frau Palan nicht?«

Doch Linda grinste schon wieder und schnappte sich Lukas' Handy. Als sie davonflitzte, rempelte sie versehentlich den Jungen an, der Lukas die Gemüsebrühe über die Jacke gekippt hatte. Er trug immer noch diesen komischen Block im Arm und umklammerte ihn wie seinen heiligsten Schatz.

Er erhaschte Lukas' Blick und machte schlagartig ein bedröppeltes Gesicht.

Der Typ war ihm noch was schuldig …

Lukas drehte sich zu seinen Freunden um, die ihn anfeixten.

»Was? Wir können das doch auch schriftlich machen.«

»Kommt«, sagte Paulina mit einem Blick auf die Uhr. »Sonst scheißt uns Rebecka wieder zusammen, warum wir zu spät zu Französisch kommen.«

Im Klassenzimmer angekommen erwartete sie schon der strenge Blick von Rebecka, die ihre orangefarbenen Hefte fein säuberlich auf den Tisch gestapelt hatte.

»Fein.« Lukas knallte seinen Block auf den Tisch und kritzelte Ilonas Antworten zu seinen Fragen hin, bevor sie von Linda unterbrochen wurden.

»Und was sind deine Lieblingsle…« Bevor er seine Frage zu Ende formulieren konnte, ging die Klassenzimmertür auf und Frau Palan kam herein.

»Hello, everyone!« Sie strahlte alle an, als käme sie gerade frisch aus dem Urlaub.

»Falsches Fach!« Marvin, der gerade den Tafelanschrieb von Herrn Stretmanni wegwischte, grinste breit.

»Na, dann eben Salut tout le monde. Da sind wir doch flexibel, oder?« Frau Palan stellte ihre Aktentasche auf dem Stuhl ab und legte ihre Orange, die sie immer dabeihatte, auf ihr Pult.

Ilona deutete mit ihrem Stift in Richtung Frau Palan. »Das sollte deine Frage beantworten. Lass uns in der nächsten Pause weitermachen.«

Doch so weit sollte es nicht kommen.

»Das Büchereiteam trifft sich in der zweiten Pause in der Bücherei zur Besprechung.«

»Sorry, Lukas, da muss ich hin. Und wie ich Frau Hansen kenne, dauert das sicherlich die ganze Pause.«

Lukas japste. Irgendwie wollte das einfach nicht klappen heute. »Dann nimm den Fragebogen mit und füll die Fragen einfach zu Hause aus.«

Das war ja schwieriger unter einen Hut zu bekommen als die Lehrkräfteinterviews. Langsam hatte er Zweifel, ob sein Projekt wirklich so eine gute Idee war.

6

»So. Dann zeigt mal, was ihr euch überlegt habt.«

Lukas hatte den halben Nachmittag damit verbracht, Ilonas knapp hingekritzelte Antworten in eine annehmbare Form zu bringen. Deswegen wollte er seine Ergebnisse Herrn Schreiner direkt in der ersten Pause vorstellen. Leider war Emma auf die gleiche Idee gekommen.

So standen sie beide vor dem Lehrkräftezimmer und beäugten sich skeptisch, solang sie auf Herrn Schreiner warteten.

Während Lukas nur ein Blatt dabei hatte, fuhr Emma das komplette Arsenal auf, mit Tablet und einem randvoll gefüllten Ordner.

Wie die Motte vom Licht wurde Herr Schreiner natürlich von Emmas Tablet angezogen. Die nächsten zehn Minuten gingen dafür drauf, dass Lukas seinem Lehrer dabei zusah, wie er auf einen Bildschirm starrte und abwechselnd »Ah« und »Oh« sagte.

»Und statt der langweiligen Berichte machen wir spannende Video-Reportagen. Wir richten einen Kanal auf YouTube ein, und dann können wir die Videos auf der Homepage einbinden. Ich habe auch ein neues Design dafür entwickelt …« Emma tippte auf ihrem Tablet herum, worauf sich ein Inferno aus bunten Farben öffnete. »Ist doch viel besser als die alte Seite, oder?«

Herr Schreiner stand nur noch mit offenem Mund da.

»Aber zurück zur Schulzeitung. Ich habe meine Kummerkastenecke ein bisschen aufgemöbelt, die sieht jetzt so aus …« Sie zeigte ihnen einen ›Emmas Kummerkastenecke‹-Schriftzug in knalligem Pink, das Linda sicher gefallen hätte. Nach einigen Sekunden poppte Emmas Gesicht heraus. »Cool, oder?« Emma grinste siegessicher und funkelte Lukas über Herrn Schreiners Schultern an.

»Das ist ja wirklich kreativ!« Herr Schreiner konnte seine Augen kaum abwenden.

Lukas hatte genug. Die Sache war doch gelaufen für ihn. Warum jetzt noch Zeit und wertvolle Pause verschwenden, wenn Emma das Ding doch sowieso schon in der Tasche hatte? Er wollte schon wieder gehen, da wendete sich Herr Schreiner ihm zu.

»Und was hast du dir Schönes ausgedacht?«

Lukas schämte sich, sein mickriges DIN-A4-Blatt vorzuzeigen, das nicht einmal vollständig beschrieben war. Der Lehrer schaute sich sein Blatt lange nachdenklich an.

Emma warf einen Blick darauf und schnaubte verächtlich.

»Ich habe mir gedacht, wir drehen den Spieß mal um«, fügte Lukas als Erklärung hinzu, weil er nicht wusste, wie er Herrn Schreiners Blick interpretieren sollte. »Interviewen die Schülerinnen und Schüler anstatt der Lehrkräfte. Und das nennen wir dann ›Das Grimmsche Interview‹.«

Emma verschränkte die Arme. »Das ist doch nichts Neues.« Sie holte ihren Ordner hervor. »Ich habe noch viel mehr Ideen. Wenn Sie sich die auch anschauen wollen, Herr Schreiner.«

»Das ist mir eben spontan eingefallen«, verteidigte sich Lukas. Alles, was er jetzt nur noch wollte, war, dass ihm Herr Schreiner seinen Zettel zurückgab und er sich im Schulgarten vergraben konnte. Wieso hatte er auch erwartet, dass seine Idee gut ankommen würde? Geschweige denn, ihm den Posten als stellvertretenden Chefredakteur einbringen würde. Das konnte doch selbst Roman besser!

Herr Schreiner sah Lukas an. »Hast du das auch als Datei verfügbar?«

»Klar.« Lukas zog einen USB-Stick aus seiner Hosentasche. Was wollte Herr Schreiner damit? Sichergehen, dass er die Datei löschte, damit niemand diese Schande mitbekam?

»Sehr gut. Wir bringen das Interview in der nächsten Ausgabe, um zu testen, wie es ankommt.«

Lukas fiel die Kinnlade hinunter. Er musste sich beherrschen, nicht vor laute Freude die Fäuste in die Luft zu reißen, »Fuck, yeah« zu rufen und wilde Tanz-Moves aufzuführen.

Emma war ebenfalls perplex. »A-aber Herr Schreiner, was ist mit meinen Ideen? Die waren ja schließlich viel aufwendiger!«

»Ja, ich weiß, das war ja schließlich kein endgültiges Urteil. Und ich will damit auch nicht sagen, dass dein Projekt schlecht ist. Aber für dein Vorhaben muss ich erst mit dem Direktor sprechen und abwarten, dass er seine Zustimmung gibt. So was Kleines wie das von Lukas kann man zumindest mal testweise laufen lassen.« Er nahm den USB-Stick und steckte ihn in seine Tasche.

Lukas konnte sich sein Grinsen nicht länger verkneifen. Herr Schreiner ging seinen Beitrag noch einmal durch. »Aber für das nächste Interview würde ich noch ein paar kleine Dinge ändern. Die Frage nach dem Lieblingsessen, zum Beispiel. Wirkt viel zu trivial und hat auch keinen Schulbezug.«

»Außer wenn ich frage, was sein oder ihr Lieblingsessen vom Pausenverkauf ist«, schlug Lukas schnell vor.

Herr Schreiner lachte. »Zum Beispiel. Und hier kommt ein Komma hin. Außerdem solltest du dich noch um ein Foto der betreffenden Person kümmern. Das wirkt authentischer. Was hast du als Nächstes geplant?«

»Ich … habe da schon jemanden in Aussicht«, log Lukas, damit Herr Schreiner es sich nicht doch noch anders überlegte.

»Gut. Nimm bitte jemanden aus einer anderen Jahrgangsstufe. Und achte darauf, dass die Geschlechter ausgewogen sind und du auch mal jemanden mit Migrationshintergrund interviewst. Es sollte ein breites Spektrum abgedeckt sein.«

»Alles klar.« Lukas fühlte sich unbesiegbar.

»Na, dann schöne Pause noch euch beiden.« Herr Schreiner verschwand wieder im Lehrkräftezimmer.

»Yes!« Lukas ballte die Fäuste voller Freude.
»Ach, komm schon, das war doch gar nichts.« Emma verdrehte die Augen. Sie stopfte ihr Tablet in ihre Tasche und rauschte davon.

7

Lukas beschloss, sich auf diesen Erfolg erst einmal ein Käsebrötchen zu gönnen. Danach machte er sich wieder auf zu seiner Clique.

»Und? Was hat der Schreiner gesagt«, fragte Daniel, kaum dass Lukas in seine Sichtweite kam.

Mit vollen Backen grinste er und hob den Daumen.

»Hey, das ist ja toll!« Ilona klopfte ihm auf den Rücken. »Da habe ich dir ja zu einer steilen Karriere geholfen. Bekomme ich jetzt Rabatt für die Schulzeitung?«

»Es ist noch nicht entschieden. Emma hat ein super Projekt hingezaubert. Und wenn der Schulleiter sein O. K. gibt, war's das für mich.«

»Dann lasst uns schnell weitermachen. Was hast du vor? Wer ist dein nächstes Opfer?«

»Keine Ahnung … Wie wäre es mit dem Fruchtzwerg, der meine Jacke ruiniert hat?«

»Der hätte eher eine Abreibung als eine Erwähnung in der Schulzeitung verdient.« Daniel knackste mit den Fingern.

»Herr Schreiner meinte, ich sollte jemanden aus einer anderen Jahrgangsstufe nehmen. Also kommt ihr erst einmal nicht mehr infrage. Außerdem ist er mir das schuldig, nachdem er mir die Suppe übergeschüttet hat. Und der ganzen Schule ist er das auch schuldig. Wer holt sich schon Suppe aus dem Kaffeeautomaten?«

Daniel ließ seine Hände sinken. »Fein. Was haben wir für Informationen? Name? Klasse? Blutgruppe?«

»Rein gar nichts. Ich weiß gerade einmal, wie er aussieht. Vielleicht Fünfte oder so. Kann aber auch Sechste oder Siebte sein.«

»Also optimale Ausgangsposition.« Paulina rümpfte die Nase.

»Lasst uns einfach mal sehen, ob er hier irgendwo rumläuft.«

Doch der Junge schien wie vom Erdboden verschluckt worden zu sein. Er stand weder beim Pausenverkauf an noch war er auf dem Schulhof oder auf dem Sportplatz.

»Wo kann er denn sein?«, fragte Daniel genervt, als sie das komplette Außengelände einmal abgelaufen waren. »Müssen wir den jetzt die ganze Pause lang suchen?«

»Wir sollten reingehen, vielleicht versteckt er sich ja vor uns.«

Lukas und Daniel sahen auf den Toiletten nach und fanden dort nichts außer farbige Kontaktlinsen und vollgeblutete Taschentücher. Dann gingen sie zur Bücherei und in den Verwaltungsflur. Doch dort war er auch nicht.

Sie fingen an, jeden einzelnen Gang abzulaufen und vereinzelt in Klassenzimmer zu schauen, die nicht abgesperrt waren. Bereits nach dem zweiten Gang begann Lukas die Puste auszugehen.

»Mir ist noch nie aufgefallen, dass das Schulhaus so groß ist.«

Daniel lachte. »Dann musst du einfach mehr Ausdauer … oh, oh.«

Am Ende des Flurs stand Herr Donau und sah demonstrativ auf seine Uhr. »Na, na, na. Ich wüsste nicht, dass die Pause schon zu Ende wäre. Husch, husch, ab nach draußen und die frische Luft genießen.«

»Wir wollten doch nur …«

»Wie ihr inzwischen wissen müsstet, haben alle Schüler und Schülerinnen die Pause in der Aula oder auf dem Schulhof zu verbringen, außer sie haben etwas Wichtiges zu erledigen. So steht das in der Hausordnung«, betete Herr Donau mit leicht singendem Tonfall vor. »Wollt ihr vielleicht die Hausordnung noch einmal abschreiben, damit ihr sie euch besser merken könnt?«

»Nein, danke, kein Bedarf.«

»Wir gehen ja schon.«

Sie drehten um und verzogen sich wieder nach unten, während sie Herrn Donaus Adlerblick im Nacken spürten.

»Warum hat der eigentlich immer Pausenaufsicht?«, fragte Daniel, als sie unten angekommen waren. »Meldet er sich immer freiwillig, wenn der Pausenaufsichtsdienst vergeben wird, oder was?«

Lukas hob seine Hand in die Luft. »Ich melde mich freiwillig. Ich melde mich freiwillig als Pausenaufsicht.«

Sie lachten.

Lukas ließ seinen Blick nochmals über den Pausenhof schwenken. Immer noch nichts von dem Kleinen zu sehen.

»Okay, dann werden wir in die journalistische Trickkiste greifen müssen.«

8

Zu Hause angekommen kramte Lukas erst einmal den Jahresbericht vom letzten Schuljahr hervor und blätterte darin herum. Doch der Kleine war nicht darin.

Zumindest konnte er jetzt ausschließen, dass er in der Sechsten oder Siebten war. Er setzte sich an den Schreibtisch und begann mit seinen Deutschhausaufgaben. Dabei musste er an den Jungen denken. Wahrscheinlich war er nur krank. Oder Lukas hatte ihn mit seinem bösen Blick so verschreckt, dass er die Schule verlassen hatte.

Lukas beschloss, Deutsch auf nach dem Abendessen zu verschieben und schaltete seinen Computer an.

Wenn der Kleine wirklich ein Fünftklässler war, konnte er ja Linda nach ihm fragen. Schließlich hatte sie ja trotz anfänglicher Proteste erstaunlich schnell Anschluss gefunden.

Doch den Gedanken verwarf er schnell wieder. Selbst wenn sie ihn kennen würde, würde Linda ihm vermutlich nur eine Quatschantwort geben, dafür kannte er sie viel zu gut. Lieber fragte er da eine sichere Quelle. Facebook.

Eigentlich war Facebook erst ab dreizehn, aber so etwas hielt bekanntlich niemanden ab. Vermutlich hatte sogar Linda einen Account, obwohl sie weder ein internetfähiges Handy noch einen Computer hatte.

Nachdem Lukas alle Spieleanfragen und die Freundschaftsanfrage von Hendrick-Ignatius weggeklickt hatte, sammelte Lukas sich. Wo sollte er anfangen?

Er ging erst einmal auf Anjas Profil. Anja hatte die halbe Schule geaddet.

Aber der Kleine war nicht dabei.

Warum auch, dachte sich Lukas. Das Schuljahr hatte doch gerade erst angefangen, und warum sollte eine Siebtklässlerin einen Fünftklässler adden? Falsche Taktik, dachte er sich.

Nein, er durfte nicht so leicht aufgeben.

Über weitere Verknüpfungen fand er zumindest die Profile von den beiden, die sich um das Snickers gestritten hatten. Der eine hieß Kai, und der andere Michael. Auch deren Freundschaftslisten ging er durch, und wieder fand er nichts.

Lukas machte das Spiel so lange weiter, bis er zum Abendessen gerufen wurde. Tief in Gedanken lief er nach unten ins Esszimmer. Was sollte er tun? Kai oder Michael anschreiben und fragen, wie der Kerl hieß?

Das konnte er wohl kaum bringen.

Obwohl, in Facebook würden sie ihm wahrscheinlich eher antworten als in der Schule. Oder hatte der Kleine nur kein Profilbild von sich drinnen und Lukas hatte ihn einfach übersehen?

Schweigend aß er sein Abendessen und ging wieder in sein Zimmer. Seufzend setzte er sich erneut an seinen PC und wollte sich gerade weiter auf die Suche machen, als er in der Taskleiste auf seinem Bildschirm das Word-Symbol entdeckte.

Moment.

Er hatte doch gar kein Word-Dokument aufgemacht. Was war da los? Machte sich die Kiste schon selbstständig oder war da die NSA am Werk?

Neugierig klickte er auf das Symbol. Das Dokument vergrößerte sich.

Sein Herz rutschte ihm in die Hose. Auf dem Bildschirm stand in der größten Schrift, die möglich war:

»HÖR AUF ZU SUCHEN. DU WIRST IHN HIER NICHT FINDEN«

9

»Das ist doch voll creepy.« Daniel verzog das Gesicht.

Lukas konnte das nur bejahen. »Es war ja nicht so, dass mich jemand in Facebook angeschrieben oder mir eine E-Mail geschrieben hätte. Es war ein stinknormales Worddokument. Es war noch nicht einmal unter einem Dateinamen gespeichert. Das heißt, es muss jemand in meinem Zimmer gewesen sein.«

»Vielleicht deine kleine Schwester?«

»Das kann nicht sein«, gab Lukas zurück. »Sie war noch vor mir am Essenstisch, und ich war der Erste, der nach dem Essen wieder aufs Zimmer gegangen ist. Ich habe Linda die ganze Zeit gesehen. Sie ist noch nicht einmal aufs Klo gegangen.«

»Vielleicht ist er oder sie ja durchs Fenster reingekommen?«

»Kann auch nicht sein. Wir haben solche sauteuren Spezialsicherheitsfenster, und es war auch die ganze Zeit geschlossen. Der Einzige, der den ganzen Tag über in meinem Zimmer war, war mein Kater Eezbeez, aber der kann es ja schlecht gewesen sein.«

»Lukas, denk doch einmal nach. In Krimis bekommen die Guten doch auch oft solche Nachrichten. Und damit wollen die Gangster immer erreichen, dass sich der Gute aus der Sache raushält.«

Sie standen auf und machten sich auf den Weg zum Fußballplatz.

»Ich glaube nicht, dass ein Fünftklässler schon mit Gangstern zusammenarbeitet.«

»Vielleicht ist sein Vater ja bei der Mafia.«

Beide sahen einander an und mussten loslachen. Immer noch lachend, fingen sie an, sich aufzuwärmen. Bevor ihr Trainer sie noch zusammenschiss, dass sie das Training nicht ernst nahmen, fingen sie an, Runden um das Spielfeld zu laufen.

»Nein, wirklich, da ist was faul. Und das hat mit dem Jungen zu tun. Wir sollten dem nachgehen.«

»Aber wie? Ich weiß immer noch nicht, wie er heißt, geschweige denn, wo er wohnt oder sonst irgendetwas.«

Sie umrundeten das Spielfeld und sahen auf dem Nachbarfeld die D-Jugend, die sich gerade mit Hampelmännern warmtrainierte.

»Hey, das sind doch Kai und Michael. Die könnten uns helfen.« Lukas ignorierte die Pfeife seines Trainers und lief zur Absperrung.

»Sind die in seiner Klasse, oder was? Komm jetzt, sonst müssen wir noch Strafrunden laufen.«

»Keine Ahnung, aber sie waren in seiner Nähe, als ich ihn das erste Mal gesehen habe. Wenn die uns nicht helfen können, wer dann?«

Nach dem Training beeilten sich Lukas und Daniel mit dem Duschen und Umziehen, damit sie die beiden noch abfangen konnten. Sie hatten Glück: Kai und Michael standen auf dem Bürgersteig vor dem Sportcenter und hauten sich gegenseitig mit den Turnbeuteln, während sie auf ihre Abholung warteten.

»Hey, ihr zwei.«

Die Jungs hörten auf, ihre Taschen herumzuschleudern, und sahen Lukas etwas ängstlich an.

Kai flüsterte Michael etwas ins Ohr, worauf die beiden sich nervös umsahen und langsam rückwärts gingen.

»Keine Angst, ich beiße schon nicht.«

»Was willst du von uns? Du bist uns doch nicht böse wegen Mittwoch, oder?« Kai umklammerte seine Sporttasche wie einen Schutzschild.

»Du bist schuld. Du hast mich geschubst.« Michael sah Kai böse von der Seite an.

»Das hab ich nur gemacht, weil du mein Snickers geklaut hast.«

»Gar nicht, du hast es mir geschenkt, weißt du nicht mehr?«

»Leute, Leute, darum geht es doch gar nicht.« Lukas hob die Hände. »Ich wollte einfach nur wissen, ob ihr den Jungen kennt.«

Kai sah Lukas skeptisch an. »Naja, er geht mit uns in eine Klasse. Aber so genau kennen wir ihn jetzt auch nicht.«

»Aus welcher Klasse seid ihr denn?«

»5a«

»Okay, und wisst ihr, wie er heißt?«

»Paul heißt er. Paul Wenderstein. Und der ist irgendwie voll komisch. Er ist erst neu hergezogen und kommt aus der Nähe von Österreich, konnte aber Herrn Donau nicht sagen, woher genau. Und der isst irgendwie voll komisches Zeugs.«

»Was für komisches Zeugs?«

»Na, so rohes Fleisch und so. Mit nix dabei. Kein Brot oder Käse oder Gemüse.«

»Rohes Fleisch?«, wiederholte Lukas ungläubig. »Seid ihr euch da sicher?«

»Ja klar, ich schwöre. Am Mittwoch in der Zweiten hat der Peter aus unserer Klasse Paul zum Spaß seine Brotdose weggenommen. Und dann hat er die Box aufgemacht, weil er sehen wollte, was er dabei hatte. Es war Katzenfutter!«

»Katzenfutter?«, fragte Lukas. Langsam war ihm die Sache suspekt, und er fragte sich, ob die zwei ihn nur veräppeln wollten.

»Ja. Das hat total ausgesehen wie Katzenfutter, und da hat es Peter probiert und gesagt, das schmeckt wie das Katzenfutter, das seine Katze zu Hause immer frisst. Wir haben ihm die Box dann natürlich wieder zurückgegeben. Und der hat das dann auch noch gegessen! Ich meine … Katzenfutter! Als Pausenbrot!«

»Ich habe ihn seitdem nicht mehr gesehen. Habt ihr ihn so gemobbt, dass er nicht wiederkommt?«

Die beiden rissen ängstlich die Augen auf. »Nein, wir haben ihn danach in Ruhe gelassen. Und er ist auch wirklich krank. Seine Mutter hat im Sekretariat angerufen und gesagt, dass er Windpocken hat. Michael musste ihm sogar die Hausaufgaben vorbeibringen.«

»Tatsächlich?« Lukas wandte sich an Michael. »Wo wohnt er denn?«

10

»Aufstehen, Lukilein, wir machen einen Ausflug. Wir fahren Eis essen.«

Lukas warf sein Kissen nach Linda, die aber kichernd auswich und wieder aus dem Zimmer hopste. Das war nicht gerade die bevorzugte Art, wie er geweckt werden wollte. Vor allem nicht sonntags früh um halb zwölf.

Er zog sich an, ging hinunter ins Esszimmer und setzte sich an den Mittagstisch. »Nenn mich nie wieder Lukilein.«

»Okay, Lukilein.«

Warnend hob Lukas seine Gabel.

»Kinder, streitet euch doch nicht. Heute ist so ein wunderschöner Tag. Wer weiß, wann es mal wieder so schön wird, jetzt, wo langsam der Herbst kommt.« Sein Vater war mal wieder allerbester Laune.

»Eigentlich hatte ich heute mit Daniel etwas vor.«

Linda zog eine Schnute. »Nein, hast du nicht. Du gehst mit uns Eis essen.«

»Ja, aber …« Lukas schnalzte mit der Zunge und warf Linda einen bösen Blick zu. »Es ist was für die Schule … Sozusagen.«

Linda zog die Augenbrauen hoch. »Von wegen. Ihr spielt doch bestimmt nur Fußball oder Computerspiele. Das kannst du doch immer machen. Die Eisdiele in Neustadt macht bald Winterpause, und dann gibt es kein Eis mehr.« Sie machte ein Gesicht, als wäre das der Weltuntergang.

»Nein! Wir betreiben Recherche für mein Schulzeitungsprojekt. Außerdem dauert es doch noch mindestens einen Monat, bis die Eisdiele zumacht. Und ich habe die ganzen Sommerferien vorgeschlagen, dass wir Eis essen gehen, aber du wolltest immer in diesen Kletterwald.«

»Ja, weil das auch gut für die Schule ist, nämlich für Sport. Und da kriegt man immerhin Noten drauf, im Gegensatz zu deiner ach so tollen Schulzeitung.«

»Ja, und deswegen willst du jetzt auch Eis essen? Es gibt zwar keine Noten für die Schulzeitung, aber es ist gut für Deutsch. Und das ist immerhin ein Hauptfach, im Gegensatz zu Sport.« Am liebsten hätte Lukas jetzt einen Mic drop gemacht.

Sein Vater legte seine Finger ans Kinn. »Lukas, es ist zwar löblich, dass du dich so für die Schule einsetzt, aber das Wochenende gehört der Familie. Zudem solltest du dich dieses Jahr vielleicht auch mal auf deine anderen Hauptfächer fokussieren, wenn du dich mit dem diesjährigen Zeugnis bewerben willst. Vielleicht schaffst du mit etwas Anstrengung ja etwas Besseres als eine Vier in Mathematik.«

Lukas atmete aus. Er musste es einsehen. Mathe war im Schulfachbattle einfach der oberste Trumpf. Und dabei hatte er sich schon darauf gefreut, Linda in einer Diskussion wenigstens einmal zu schlagen.

»Du kannst nach unserem Ausflug ja noch zu Daniel.« Seine Mutter tätschelte ihm beruhigend die Schulter.

Das war für Lukas nur ein schwacher Trost. Missmutig zog er sein Smartphone aus der Tasche und schrieb Daniel die schlechte Nachricht.

Linda unterdessen strahlte. Sie schnappte sich Eezbeez, der gerade aus seinem Futternapf fressen wollte, und tanzte mit ihm durchs Zimmer. »Wir machen eine Fahrradtour, Eezbeez. Wir fahren nach Neustadt und essen ein Eis. Ist das nicht toll?«

Die Katze sah gequält drein und maunzte kläglich.

Lukas ging das Ganze unheimlich auf die Nerven. Er hatte geplant, mit Daniel etwas über Paul Wenderstein herauszufinden, jetzt, da sie wussten, wo er wohnte. Doch das konnte er knicken, wenn heute der gesamte Tag aus Fahrradfahren und Linda-beim-Eisessen-Zugucken bestand. Morgen war wieder Schule, und Herr Schreiner wartete auf seine Ergebnisse. Bis Dienstag wollte Lukas wirklich nicht warten, wer wusste schon, was sich Emma bis dahin wieder ausgedacht hatte.

Nach dem Mittagessen holten sie ihre Fahrräder aus der Garage und machten sich auf den Weg nach Neustadt. Lukas fuhr als Letztes in der Gruppe, hinter Linda, die auf dem Fahrradweg wilde Schlangenlinien fuhr. Sie schien Lukas ihren Triumph richtig unter die Nase reiben zu wollen – sie war ausgesprochen gut gelaunt, sang lauthals mit schiefer Stimme und winkte den Leuten zu, die auf der Straße mit ihren Autos vorbeifuhren.

»Süllebong Darwin Jong, Lollidose, Lollidose …«

Lukas stellte sich vor, wie Frau Palan reagieren würde, wenn sie erfuhr, wie Linda das Lied verunstaltete. Vermutlich würde sie ihr mit einem riesigen Geodreieck den Kopf abhacken und ihn dann mit einem Vollspannschuß gegen den Transporter befördern, der gerade vorbeibrauste. Wo er dann langsam und quietschend die Seitenscheibe hinuntergleiten würde, direkt vor den Augen eines Jungen, der genauso aussah wie …

Paul Wenderstein!

Was machte der hier? Sollte er nicht mit Windpocken zu Hause liegen? Oder hatten Kai und Michael ihn angelogen? Er musste es herausfinden!

Lukas trat schneller in die Pedale.

KNALL.

Es haute Lukas beinahe über den Lenker, als er schwungvoll gegen Lindas Hinterreifen fuhr.

»Was zum Teufel … Linda, du kannst doch nicht so einfach stehen bleiben!« Er richtete sein Fahrrad wieder auf und sah dem Transporter hinterher, der hinter einer Kurve Richtung Neustadt verschwand.

»Meine Kette ist abgesprungen, ich kann nichts dafür«, jammerte sie. »Du könntest vielleicht mal aufpassen, hast du denn keinen Sicherheitsabstand gehalten?«

Missmutig zog er die Fahrradkette an Lindas Rad fest, und die Fahrt ging weiter.

Da stimmte doch etwas nicht. Er hatte den Kleinen zwar nur kurz gesehen, aber er hatte keinen Zweifel, dass er es war. Und er hatte auch keine Windpocken im Gesicht gehabt. Der glatzköpfige Fahrer hatte ihm auch überhaupt nicht ähnlich gesehen. Was hatte das zu bedeuten?

Eine halbe Stunde später hatten sie Neustadt und die Eisdiele erreicht. Und mit einem riesigem Nusseisbecher ließ es sich gleich viel besser denken.

Vielleicht waren das Verwandte von ihm, die ihn zum Arzt gefahren hatten. Aber warum dann ausgerechnet nach Neustadt? Es war ja nicht so, dass es in Griedlohe nicht auch Ärzte gab.

In diesem Moment klingelte sein Handy laut in seiner Hosentasche, und sein Vater blickte ihn strafend an. »Muss das jetzt sein?«

Lukas holte sein Handy heraus und verschwand hinter der Ecke, bevor er das Gespräch annahm. »Was ist los, Daniel?«

»Hör mal, ich hab mich allein zu der Adresse aufgemacht, die uns Kai und Michael gegeben haben. Und ich habe da einfach mal geklingelt und nach Paul Wenderstein gefragt.«

»Und?«

»Das ist alles ganz komisch. Es war nur seine Schwester zu Hause. Die war erst mal sauunfreundlich und hat gesagt, dass ihre Eltern seit Dienstag verreist sind. Wurde der Paul aber nicht am Donnerstag von seiner Mutter krankgemeldet? Ganz komisch, die Sache. Das hab ich ihr auch gesagt, und sie ist auf einmal ganz klein geworden. Hat gesagt, dass Paul am Mittwoch von der Schule nicht zurückgekommen ist. Und gestern hat sie dann einen Drohanruf von einer Frau bekommen.«

»Was?« Lukas zuckte zusammen. Das war schlimmer, als er angenommen hatte. »Hat sie die Polizei gerufen?«

»Nein. Sie hat noch nicht einmal ihren Eltern etwas erzählt. Und dann hat sie mir gesagt, dass mich das eigentlich auch nichts anginge, weil das eine Sache zwischen ihr und der Frau sei.«

»Sie kennt die auch noch?«

»Ja, aber sie wollte mir nichts Weiteres verraten und hat mir die Tür vor der Nase zugeschlagen!«

»Wow«, sagte Lukas matt. »Das passt aber irgendwie alles zusammen. Es kann ja sein, dass die Frau in der Schule angerufen hat, um Paul zu entschuldigen, damit keiner Verdacht schöpft. Abgesehen davon: Ich hab vorhin auf dem Weg nach Neustadt einen Transporter mit zwei Glatzköpfen und Paul drin gesehen.«

»Waaaaaas?«

Lukas musste sich sein Handy einen halben Meter vom Ohr weghalten.

»Und das sagst du erst jetzt? Ich komm sofort vorbei! Wo bist du? Hast du dir wenigstens das Kennzeichen gemerkt? Oder die Automarke?«

»Nein, das ging alles so schnell, da konnte ich nichts erkennen. Es war ein weißer Transporter. Ford Transit oder so«, gab Lukas kleinlaut zu. »Und ich bin …«, er ging ein paar Schritte weiter, um das Schild lesen zu können, »… beim Eiscafé Italia in der Fußgängerzone. Du weißt schon … das gegenüber vom Media Markt.«

»Ich bin in einer halben Stunde da«, brüllte Daniel hektisch ins Telefon, und schon war nur noch ein Tuten zu hören.

11

Kaum hatte Lukas seine Eltern überzeugt, dass er mit Daniel noch ein wenig in Neustadt bleiben durfte, kam sein Freund schon mit seinem Fahrrad um die Ecke geschossen.

Doch er war nicht allein. Ihn begleitete ein Mädchen in ihrem Alter, mit kurzen schwarzen Haaren und ziemlich vielen Sommersprossen im Gesicht.

»Nora Wenderstein.« Sie sah Lukas skeptisch an. »Und du hast meinen Bruder gesehen?«

»Ja, und da waren auch noch zwei Glatzköpfe dabei. Ich dachte erst, das wären Verwandte. Sie sind in Richtung Froschweiherviertel gefahren.«

»Gut.« Nora sprang wieder auf ihr Fahrrad, sodass es den Fahrradanhänger fast aus der Kupplung riss. »Ich dachte erst, die Entführerin wollte mich einfach nur aus dem Haus locken, damit ihre Handlanger bei uns einbrechen können. Kommt mit.«

Lukas sah Daniel fragend an.

»Sie hat gelauscht, als ich dich angerufen habe. Als sie erfahren hat, dass du ihren Bruder gesehen hast, hat sie sich bereiterklärt, mitzukommen.«

Wenig später bogen sie mit ihren Fahrrädern auf das Gelände einer stillgelegten Schokoladenfabrik ein.

»Was zum Teufel machen wir hier?«, fragte Lukas.

Nora holte einen USB-Stick aus ihrer Hosentasche. »Meine Eltern sind ... so was wie Erfinder. Und sie haben eine Sache entwickelt, auf die Madame und ihre Kumpanen ganz scharf sind. Deswegen haben sie Paul entführt.«

»Und was haben wir für einen Plan?«, fragte Daniel. »Reinstürzen und mit unseren nicht vorhandenen Waffen rumballern?«,

»Nein. Wir gehen rein. Ich gebe ihnen, was sie wollen. Wir schnappen uns Paul. Und dann hauen wir wieder ab. Kapiert?«

»Du kannst denen doch nicht einfach das Geheimnis deiner Eltern verraten. Was, wenn es eine geheime Weltzerstörungsformel ist?«

»Nein, es ist keine geheime Weltzerstörungsformel.«

»Was denn dann?«

»Geht dich einen feuchten Dreck an. Und jetzt Ruhe.«

Das Eingangstor zur Fabrik stand leicht offen, sodass sie ganz leicht reinhuschen konnten. Ihre Schritte hallten in der leergeräumten Halle. Lukas kam sich wie in einem James-Bond-Film vor, nur dass er sich nicht gerade fühlte wie James Bond, sondern eher wie der Statist, der bei der ersten Gelegenheit vom Bösewicht umgelegt wurde. Die rostigen Ungetüme, die mal Maschinen gewesen waren, und die eingeschlagenen Fensterscheiben trugen nicht gerade zur Beruhigung seiner Nerven bei.

»Hallo?«, rief Nora.

»Schhh …«, machte Daniel. »Wir müssen doch erst die Lage sondieren.«

Nora schnaubte verächtlich. »Wohl zu viele True-Crime-Podcasts gehört, oder was?« Dann hob sie wieder die Stimme. »Hallo, hier ist Nora Wenderstein. Könnten Sie bitte die Freundlichkeit haben, herauszukommen, denn ich habe heut noch etwas anderes vor.«

Sie hörten vom anderen Ende der Halle ein Lachen. Ein typisches, schauriges Bösewicht-Lachen.

Lukas stellten sich die Nackenhaare auf. Wie gerne hätte er jetzt eine Waffe, auch wenn er damit nicht umgehen könnte. Nur irgendwas, um sich zu verteidigen. Und sei es nur eine Wasserspritzpistole.

Sie hörten Schritte.

Die zwei Glatzköpfe, die Lukas schon gesehen hatte, schritten mit ihren klackernden Männerschuhabsätzen durch die Halle, bis sie direkt vor ihnen standen. Paul war nirgends zu sehen.

»Wer sind die da?«, fragte einer und musterte Lukas und Daniel gründlich. Er starrte Lukas erst in die Augen und dann auf seine Hände.

»Freunde«, erwiderte Nora.

»Das sind keine von uns, oder?«, fragte der Glatzkopf, der Lukas besehen hatte. »Hast du hier ein paar Winformierte angeschleppt?«

»Weder noch. Ich dachte einfach, ich hole mir moralische Unterstützung. Ihr seid doch auch zu zweit.« Nora sah den Glatzkopf mit zugekniffenen Augen an.

Was meinte er mit ›Keine von uns‹?

Der andere Glatzkopf schnaubte verächtlich. »Das ist ja noch schlimmer. Hast du denn keine Ehre?«

Lukas sah hinter Noras Rücken Daniel fragend an. Doch der hatte, seinem Gesicht nach zu schließen, genauso wenig Ahnung wie Lukas.

Was redeten die da für eine Geheimsprache?

»Wo ist sie?« Nora steckte ihre Hände in die Hosentaschen und sah lässig die beiden Männer an, doch Lukas sah, wie ihre Schulterpartie zitterte. »Ich dachte, ich würde sie hier treffen.«

»Oh, liebe Nora, wir haben von unserem Auftraggeber alle verschiedene Jobs bekommen. Sie war zuständig für die Kontaktaufnahme, weil sie ja so eine charismatische und liebenswürdige Frau ist. Also perfekt für den Job geeignet.«

»Genug geredet. Wo ist Paul? Wir gehen hier nicht ohne ihn.« Daniel verschränkte seine Arme und hob die Brust.

Der eine Glatzkopf sah ihn spöttisch an. »Er ist wohlauf und macht hinten in der Kammer ein kleines Schläfchen. Wir mussten ihn vor der Fahrt hierher betäuben, weil er nicht gewillt war, freiwillig mitzukommen. Dabei kapiert der kleine Fratz nicht einmal, dass das alles zu unserem Wohl geschieht.«

»Was für ein Wohl denn? Worum geht es hier eigentlich? Und was sind bitte schön Winformierte?«, fragte Lukas.

»Mein lieber Junge, das darf ich dir nicht sagen. Und selbst wenn ich dürfte, würde ich es dir nicht verraten.«

»Dann werden wir es eben selbst herausfinden. Nora?«

Doch Nora schüttelte den Kopf.

»Viel Spaß dabei, du Meisterdetektiv.« Der Glatzkopf lachte. »Okay. Weil ich einen guten Tag habe, werde ich es dir verraten: Wir wollen Freiheit. Nicht mehr und nicht weniger. Das ist doch was Gutes, oder, mein Junge? Also kannst du aufhören, dir dein kleines Köpfchen darüber zu zerbrechen.«

Nora kramte in ihrer Tasche und holte einen kleinen USB-Stick hervor. »Es ist nicht so, dass wir die eurem Auftraggeber vergönnen. Aber es ist weder richtig fertig noch wurde es auf Nebenwirkungen überprüft.«

»Das lass mal unsere Sorge sein, Mädchen, und nicht deine.«

»Zuerst Paul.«

»Du kannst ihn, wenn das alles vorbei ist, an unserem Auto abholen. Wir treiben keine fiesen Tricks, Mädchen. Da kannst du uns vertrauen.«

»Ich will ihn trotzdem zuerst sehen.«

Der Glatzkopf rollte mit den Augen. »Du bist schon eine kleine Zicke. Aber na gut, wenn du unbedingt drauf bestehst …« Er nickte seinem Begleiter zu.

Der grummelte missmutig und verließ durch die Hintertür die Halle. Ein wenig später kam er mit Paul, quer über seine Schulter geworfen, wieder zurück. »Da hast du ihn. Sind nur einfache K.-o.- Tropfen. Müsste in ein paar Stunden wieder auf dem Damm sein.« Er ließ ihn Nora wie einen Sack Mehl vor die Füße plumpsen. »Und jetzt den USB-Stick.«

Nora streckte die Hand mit dem USB-Stick aus.

»Nein«, rief Lukas und wollte ihre Hand zurückhalten. Doch Nora gab ihm mit dem Ellbogen einen so heftigen Stoß in die Seite, dass Lukas fast zu Boden ging. Wie konnte ein Mädchen nur so fest zuschlagen?

»So, das wäre dann getan. Wir gehen jetzt. Kommt, Jungs, helft mir mal.« Zusammen hievten sie Paul hoch.

»Moment, Mädchen, wir wollen schnell noch testen, ob du uns nicht verarscht hast. Nur eine reine Formalität.«

Der Glatzkopf holte ein Tablet aus seiner Tasche und steckte den USB-Stick in den dazugehörigen Slot.

Nora hob bedeutend die Augenbrauen und ihre Augen zuckten in Richtung Ausgang. Die beiden Glatzköpfe starrten wie gebannt auf das Tablet. Und plötzlich verfinsterten sich ihre Mienen schlagartig. Wütend sahen sie sich an.

»Das Liebesleben des Europäischen Aals? Was zum …«

»Los!«, brüllte Nora.

Das ließ sich Lukas nicht zweimal sagen. Er warf sich wie ein Footballspieler nach vorne, und sie hasteten, so schnell es mit Paul zwischen ihnen ging, gen Ausgang. Verdammt, auch wenn er so klein und schmächtig aussah, er war verdammt schwer!

Nora stieß ihnen das Tor auf, und …

Klick, klick, klick.

Sie wurden mit dem Geräusch von Gewehren begrüßt, die gerade entsichert wurden. Auf dem Platz vor dem Fabrikgebäude standen ungefähr ein halbes Dutzend Männer und Frauen, allesamt bewaffnet - und zwar mit richtigen Waffen, keinen Wasserspritzpistolen.

»Ach, du Scheiße«, quiekte Daniel.

Von hinten kamen die beiden Glatzköpfe angerannt, ebenfalls bewaffnet.

Lukas und Daniel, die beide Paul untergehakt hatten, hoben die je freie Hand. »Bitte nicht schießen«, jammerte Daniel.

Lukas hatte einen dicken Kloß im Hals. Sie waren umzingelt. Keine Chance zu entkommen. Da konnte nur noch ein Wunder helfen.

»Soso, dachtet ihr, ihr macht mal schnell auf James Bond und zieht uns einfach so über den Tisch? Da müsst ihr aber noch viel üben, Kinners.« Einer der Glatzköpfe lachte und packte Lukas am Shirt.

Die Meute lachte.

Was sollten sie tun? Konnte jetzt nicht einfach rein zufällig eine Polizeistreife vorbeikommen? Oder Superman? Irgendjemand? Er sah zu Nora, die jedoch auch nur geschockt, ratlos und ängstlich dreinschaute.

»Na gut, dann werdet ihr eben alle vier …« Der Glatzkopf stoppte und ließ Lukas los. Er fasste sich an den Kopf. Auch die anderen sahen überrascht aus. Es vibrierte in Lukas' Hose, und wenige Sekunden später fing sein Handy auch zu bimmeln an. Der Kontrollanruf von Mama? Den konnte er im Moment nicht gebrauchen.

Doch die Leute mit den Waffen reagierten komisch. Sie fingen an, sich die Köpfe zu halten. Einige fielen auf die Knie, und einer der Glatzköpfe musste sich übergeben.

Daniel und Lukas schauten sich bedröppelt an und warfen einen Blick zu Nora, die sich auch den Kopf hielt und ganz angestrengt dreinsah.

Lukas entsperrte sein Handy, und sein Finger war schon halb auf dem roten Telefonsymbol, da schlug ihm Nora das Telefon aus der Hand.

»Spinnst du? Das ist fast neu!«, schrie er sie an, doch Nora hatte, keuchend wie ein Boxer nach dem Kampf, Paul schon wieder auf die Schulter genommen und trieb Lukas und Daniel an.

»Los, los, los!«

Lukas warf einen Blick nach hinten und sah sein vibrierendes Handy auf dem Boden liegen, während ihre Widersacher Abstand hielten, als wäre es eine gefährliche Giftschlange.

Sie umrundeten das Gebäude und kamen wieder bei ihren Fahrrädern an, wo Nora ihren kleinen Bruder in den Fahrradanhänger setzte und ihn mit ihrem Hoodie festband.

Und dann sahen sie zu, dass sie Land gewannen. Nora, Daniel und Lukas traten in die Pedale, was das Zeug hielt.

Erst als sie das Griedloher Ortsschild passiert hatten, wagte Lukas wieder durchzuatmen. Daniel bremste neben ihm, der Kopf feuerrot.

»Alter, was war das denn?«
»Keine Ahnung, lass uns Nora fragen.«
Doch Nora und ihr Bruder waren wie vom Erdboden verschluckt.

12

Eigentlich wollte Lukas nach diesem Vorfall das Gelände der Schokoladenfabrik nie wieder betreten, wäre da nicht sein Handy gewesen. Und da für Sonntagabend Regen gemeldet war, machte er sich zusammen mit Daniel nach dem Sonntagsfamilienessen auf, um das Einzige zu retten, was bei dieser Mission Schaden genommen hatte (abgesehen von seiner Psyche natürlich).

Da lag es nun, mit gesprungenem und schwarzem Display.

Sein treuer Gefährte.

Gefallen im Kampf.

»Ich glaub nicht, dass das die Garantie übernimmt«, murmelte Daniel dumpf.

Lukas versuchte es anzuschalten. Wenige Sekunden später begrüßte ihn sein Startbildschirm. Er atmete aus. »Wenigstens etwas.« Sofort versuchte er probeweise, einige Apps zu starten. Es funktionierte alles, wenn auch nicht mehr so schnell wie früher.

»Glück gehabt, Junge.« Daniel klopfte ihm auf die Schulter. »Ich hab noch Displayschutzfolie zu Hause, die sollte fürs Erste reichen. Aber du solltest das mal bei so einem Reparaturshop erneuern lassen. Ich kenne da in Neustadt ’nen ganz guten …«

Lukas steckte sein Handy in die Hosentasche. »Danke, aber nach Neustadt bringen mich vorerst keine zehn Pferde mehr. Lass uns erst einmal zu den Wendersteins fahren. Ich will nach Paul sehen.«

Sie radelten wieder zurück nach Griedlohe. Doch bei Noras und Pauls Zuhause angekommen, war kein Licht zu sehen, und auch nach mehrmaligem Klingeln öffnete niemand.

Schließlich gaben sie auf.

Als sie am nächsten Tag vor der Schule noch mal nachsehen wollten, sahen sie gerade, wie ein Umzugswagen wegfuhr. Lukas hatte Paul auch den ganzen Tag nicht in der Schule gesehen.

»Ich schätze, das war's dann mit dem Kapitel Wenderstein.« Lukas seufzte, als er den Umzugswagen in der Ferne verschwinden sah.

Das stellte nun für ihn ein Problem dar, denn jetzt brauchte er eine neue Person für sein Interview. Und da er die ganze Zeit so fixiert auf Paul gewesen war, hatte er sich überhaupt keine Gedanken über eine Alternative gemacht.

Verdammt, das schmälerte seine Siegeschancen natürlich ungemein.

Lukas setzte sich auf seinen Platz und überlegte, wie er das Herrn Schreiner verklickern sollte, der ihn sicher danach fragen würde.

»Lukas, hast du das Geld für den Wandertag dabei?«

Lukas schreckte auf, als er Tanja hörte, die direkt vor ihm stand und mit ihren gefalteten Händen fast aussah wie Schwester Lucrezia.

»Nein, habe ich nicht. Hab's vor lauter Aufregung vergessen.«

Tanja sah ihn ratlos an und warf dann einen Blick zu ihrer Zwillingsschwester Sophia, die gerade von Hendrick-Ignatius die Hausaufgaben für Wirtschaft abschrieb.

»Er macht nur Späße, Tanjalein. Komm, Junge, ich leg es dir aus, habe meinen Lohn bekommen.« Daniel stapelte die Euros zu einem Turm und schob ihn hinüber zu Tanja. »Zweimal Wandertag zum Mitnehmen, bitte.«

Tanja warf ihm ein Lächeln zu und hakte zweimal auf ihrer Liste ab.

»Tanja? Tafeldienst!« Sophie sah von ihrem Heft auf und schnippte energisch zur Tafel, wo noch das Gekritzel von Frau Meder drauf war.

Verschreckt eilte Tanja zur Tafel und warf beinahe Herrn Schreiner um, der gerade zur Tür hereinkam.

»Herr Schreiner? Was machen Sie denn hier?« Marvin warf einen Kontrollblick in das Heft von Kim. »Wir haben doch Mathe jetzt, oder?«

»Kleine Planänderung.« Herr Schreiner lächelte und stellte seine Tasche auf dem Pult ab. »Herr Stretmanni ist kurzfristig erkrankt, das verschafft uns eine Doppelstunde, und …« Er klatschte in die Hände. »Nachdem wir uns in der letzten Woche überwiegend mit Organisatorischem beschäftigt haben, starten wir doch heute richtig intensiv mit Deutsch durch. Also, wer kann mir …« Der letzte Teil seines Satzes ging in einer Welle angestrengter Seufzer unter.

Gegen Ende der zweiten Stunde hatte Lukas das Gefühl, sein Gehirn hätte zwei Stunden auf voller Stärke in der Mikrowelle verbracht.

Also war er nur begrenzt begeistert, als Herr Schreiner zu ihm kam und mit unerschüttertem Grinsen verkündete: »Komm in der Pause zum Lehrkräftezimmer, ich habe dir und Emma etwas bezüglich unseres kleinen Wettbewerbs zu verkünden.«

Lukas hatte schon halb seine Entschuldigung, weshalb er kein neues Interview hatte, vorgegurgelt, da winkte Herr Schreiner ab.

»Das macht nichts. Lass dich einfach überraschen.«

In der Pause verzogen sie zu dritt in ein leeres Klassenzimmer.

»So, Freunde.« Der Lehrer rieb sich die Hände. »Ich habe gestern den Schulleiter wegen eurer Projekte gesprochen, und er war zuerst einmal begeistert von eurem Engagement. Besonders von deinem, Emma.« Er lächelte ihnen zu.

Emma strahlte.

»Allerdings meinte er, dass wir Emmas Projekt nicht umsetzen können. Wegen des Aufwandes und der Kosten, glaubt er, werden wir das nicht lange halten können.«

»Was, aber …« brachte Emma wütend heraus.

Herr Schreiner hob seine Hand, und Emma verstummte.

»Allerdings wäre es ungerecht, dir, Emma, nun den Posten zu verwehren, nur wegen Herrn Orzels Entscheidung. Wiederum wäre es ungerecht gegenüber dir, Lukas, dass du gegen Emma verlierst, als Entschädigung, weil dein Projekt nicht genommen wird. Deswegen habe ich entschieden, euch beide zu stellvertretenden Chefredakteuren zu machen und bin mir sicher, dass ihr als Team …«

»Was soll das?« Emma schnaufte. »Ich habe mir nicht die Mühe gemacht, nur um mir am Ende den Posten mit diesem Morchelbecherling zu teilen.«

»Hey!«

»Emma, sind das nicht ein bisschen zu harsche Worte?«

»Nein, ich habe keinen Bock mehr auf diesen Müll. Ich habe mir voll Mühe gegeben, die Schulzeitung etwas moderner zu gestalten. Aber nein, wir wollen weiter in der Steinzeit leben. Und das nur, weil das so ein alter Grufti sagt, der bestimmt noch nicht einmal einen PC daheim hat.«

»Emma!« Herr Schreiner legte seine Stirn in Falten. »Nicht in diesem Ton. Das gibt eine Strafarbeit. Ich bin sicher, dass Herr …«

Doch Emma knallte ihren Schulzeitungsschnellhefter vor Herrn Schreiners Füße. »Ich habe keinen Bock mehr. Macht euer Zeug doch allein.« Dann stürmte sie aus dem Klassenzimmer.

Herr Schreiner nahm seine Brille ab und wischte sich den Schweiß von der Stirn. »Fein, fein. So soll es also sein.« Er drehte sich zu Lukas. »Nun denn … Herzlichen Glückwunsch zum Posten des stellvertretenden Chefredakteurs, Lukas.«

13

»Wer bin ich?«

Die Überschrift prangte ihm entgegen. Lukas hatte Glück, dass es für das Schulzeitungsteam freie Ausgaben vorab gab, sonst hätte er vermutlich keine mehr bekommen. Noch nie war eine Schulzeitung so schnell ausverkauft gewesen.

Und damit hatte sich das Problem der fehlenden Interviewpartner auch in Luft aufgelöst. Lukas besah sich den Stapel der ausgefüllten Vordrucke, die sich auf seinem Schreibtisch stapelten. Das reichte, bis Linda ihren Abschluss machte. Inklusive zweimal durchfallen.

Er musste nur noch die ganzen Hieroglyphen entziffern. Meine Güte, was manche für eine Handschrift hatten …

»Ping«

Das Geräusch seines Messenger ließ ihn aufschrecken. Es war Daniel.

Hey, weißt du, was wir in Chemie aufhaben?

Lukas blätterte in seinem Hausaufgabenheft.

Seite 5, Aufgabe 1 – 3. Ach ja, und die Blätter lernen, die wir bekommen haben.

Urgh, glaubst du, die Unke schreibt morgen was?

Keine Ahnung, hoffentlich nicht. Lukas warf noch einen Blick auf den Stapel neben sich. *Ich war am Sonntag noch mal bei den*

Wendersteins. Keine Spur, wo sie hin sind. Was die Leute mit ›Winformierte‹ gemeint haben, habe ich auch nicht rausgefunden.

Er bekam einen erschöpften Smiley zurück.

Junge, entspann dich mal. Das Ganze ist jetzt schon eine Woche her. Vergiss die Zwei mal.

Lukas streckte sich auf seinem Schreibtischstuhl aus. Er konnte das Wochenende einfach nicht vergessen, und das nicht nur, weil sein kaputtes Handy ihn jedes Mal, wenn er drauf sah, daran erinnerte. Was hatte es mit dieser komischen Erfindung auf sich? Eine Erfindung, die Freiheit brachte. Etwa ein Allzweckbolzenschneider? Der ultimative David-Copperfield-Entfesselungs-Guide? Und warum haben die Leute auf sein Telefon so extrem reagiert? Waren die allergisch auf Handystrahlen?

Er wandte sich gerade wieder seinem Schreibprogramm zu, als seine Zimmertür aufgerissen wurde und jemand hereingestürmt kam. Er verdrehte die Augen. Nicht schon wieder!

»Schon mal was von anklopfen gehört?« Er zog seine Tasche aus ihrer Reichweite, bevor sie ihm ausgeräumt wurde.

»Ich brauche aber einen pinken Edding.« Linda schnappte sich die Tasche trotzdem und durchwühlte sie. Dabei warf sie seine Bücher und Ordner auf den Boden, als wären es Kartoffeln. »Wir müssen in Bio ein Plakat machen. Da kriegen wir sogar Noten für.«

Lukas zog die Tasche wieder aus ihren Händen. »Erstens, lass mein Zeug in Ruhe. Hast du denn keine eigenen Stifte? Und zweitens habe ich keinen pinken Edding. Es gibt nicht einmal pinke Eddings.« Er stellte seine Tasche zwischen seinen Beinen ab und fuhr mit seinem Schreibtischstuhl so weit unter den Tisch, dass Linda nicht herankam. Doch sie fing stattdessen an, seine Schreibtischschubladen zu durchwühlen.

»Lena hat sich meine Stifte ausgeliehen.« Sie hatte das Fach mit seinen Ersatzstiften gefunden. »Hast du auch lila?«

»Nein!« Er packte Linda am Handgelenk und zog ihr die Stifte wieder aus der Hand. Dann schubste er seine Schwester auf seinen Sitzsack.

Linda hopste wie eine Katze wieder auf und rannte erneut in Richtung Schreibtisch.

Lukas breitete seine Arme aus und kam sich vor wie ein Torhüter, auf den der Ball zugeschossen kam.

»Und rosa?«

»Auch nicht.« Lukas fing Linda ab, doch sie tänzelte einfach um ihn herum. »Wir müssen das Plakat aber morgen abgeben. Ich will keine schlechte Note.« Sie zog einen Schmollmund und sah ihn mit Kulleraugen an.

Das war eindeutig eine neue Dimension von Nervigkeit. Und das Schlimme war: Linda konnte so etwas stundenlang durchhalten.

Er hatte keine Zeit für diesen Mist.

»Na, gut.« Resigniert kramte er nach seinem Mäppchen.

»Ich habe schwarz, rot und blau.« Er warf ihr die Stifte zu. »Und jetzt hau wieder ab.«

Linda flitzte davon, aber nicht, ohne ihm vorher die Zunge rausgestreckt zu haben.

Das »Wiedersehen macht Freude« ging im Knallen seiner Zimmertür unter.

Endlich wendete er sich wieder seinem Computer zu und wollte weiterschreiben, doch Daniel hatte ihm schon wieder eine Nachricht geschrieben.

Der neue Vertretungsplan kam online. Stretmanni ist wieder da. Wir haben morgen Mathe.

Mist, dann musst du deine Hausaufgaben ja in Zukunft tatsächlich zu Hause machen.

Seeeeeehr witzig. Bin dann weg. Basketballtraining. Bis morgen!

Bye.

Er klickte wieder in die Datei und überflog den Text. Fünf Interviews waren abgeschrieben, gefühlte fünfzig noch zu machen. Und wann wollte er eigentlich mit Chemie anfangen?

Erst mal Pause.

Er stand auf, um sich in der Küche etwas zu trinken zu holen.

Aus Lindas Zimmer drang die Musik von Justin Bieber, lauthals sang sie mit.

Lukas ging zum Kühlschrank und holte sich eine Flasche Mineralwasser heraus. Hier in der Küche war der Bieber wenigstens nicht mehr so laut. Er mochte das leise Plätschern, als er sich das Wasser einschenkte, und das leise Prickeln der Kohlensäureperlen, die im Glas tanzten. Lukas nahm einen Schluck und genoss, dass er endlich mal allein war.

Plötzlich hörte er eine Männerstimme. Er zuckte zusammen und hätte fast sein Glas fallen lassen. War sein Vater schon aus der Kanzlei zurück? Er hörte näher hin. Es war wegen Lindas Justin -Bieber-Musik nicht gut zu hören, doch es klang so, als würde es aus dem Wohnzimmer kommen.

Er stellte sein Wasserglas auf den Küchentisch und schlich auf Zehenspitzen dorthin. Vermutlich hatte Linda mal wieder den Fernseher angelassen. Er öffnete schwungvoll die Tür.

»Erwischt«, rief er und machte wilde Kampfbewegungen.

Doch das Wohnzimmer war menschenleer. Der Fernseher war auch aus.

»Komm raus, Linda, ich weiß, dass du da bist.« Er suchte ihre üblichen Verstecke ab. Hinter der Tür war sie nicht. Hinter dem Sofa fand er nur den USB-Stick, den sich Linda vor einigen Wochen von ihm ausgeborgt hatte. Er steckte ihn ein und erhob sich wieder.

Auf der Sofalehne saß ihre Hauskatze Eezbeez und leckte sich das Fell. Als Lukas näherkam, hörte der Kater mit dem Putzen auf und sah ihn mit großen, erwartungsvollen Augen an.

Lukas zuckte mit den Schultern und ging wieder in sein Zimmer. Komisch war das schon. Er war sich sicher, eine Männerstimme gehört zu haben.

Schweren Mutes wendete er sich endlich seinen Chemiehausaufgaben zu, mit dem Gedanken, dass hier einiges nicht mit rechten Dingen zuging.

14

Ein wenig morgenmuffelig schlurfte Lukas ins Klassenzimmer, wo schon Daniel, Ilona und Paulina saßen.

»Morgen, Leute.« Er ließ sich auf seinen Platz fallen und hätte am liebsten weitergeschlafen. Automatisch zog er seine Chemiehausaufgaben hervor und reichte sie Daniel.

»Danke, Luk. Ohne dich wäre ich aufgeschmissen.« Daniel grinste ihn an und fing sofort an, abzuschreiben.

Ilona hatte ihr Erdkundeheft vor sich liegen und malte den Schnee ihrer Alpenzeichnung pink an. »Lukas, hast du für Chemie nur im Buch gelernt oder auch die Arbeitsblätter?«, fragte sie.

»Beides, warum?«

»Also Dirk meinte, dass Frau Unke gesagt hat, dass wir die Arbeitsblätter nicht lernen müssen«, warf Daniel ein. »Da hast du mir gestern Müll erzählt.«

»Und warum steht es dann in meinem Hausaufgabenheft?«

»Vielleicht, weil du es mit Musik verwechselt hast?«

»Quatsch, als ob Herr Kruse Arbeitsblätter austeilen würde.«

»Was ist dann das?« Paulina zog ein Blatt aus ihrem Musikheft und hielt es ihm vor die Nase. Ihr Gesicht wurde nun von Mozart verdeckt, der ihn ganz finster ansah.

»Mist, das hab ich doch …« Er durchwühlte seine Sachen, checkte, ob es vielleicht nicht versehentlich in sein Matheheft gelangt war. »… nicht. Ich kopiere es mir mal schnell.« Lukas zog den böse blickenden Mozart aus Paulinas Händen und flitzte nach unten ins Sekretariat.

Dort ging es hektisch zu. Als Lukas hereinkam, schrillte das Telefon von Frau Nowak, der Sekretärin. Lukas wurde beinahe von Frau Unke umgerannt, die einen Berg von Zetteln im Arm hatte und schnell ins Kopierzimmer hastete.

Ihr kamen Frau Palan und Frau Yilderim entgegen, die sich gerade über irgendetwas köstlich amüsierten.

Hinter ihm kam Herr Donau herein, ging nach rechts und betrat mit einem »Guten Morgen … Kaffee!« das Lehrkräftezimmer.

Frau Nowak hatte den Telefonhörer zwischen Ohr und Schulter eingeklemmt und klapperte eifrig auf der Computertastatur.

Lukas wendete sich dem Schülerkopierer zu, doch er musste feststellen, dass sein Objekt der Begierde schon besetzt war. Ein paar Fünftklässler standen mit verzweifeltem Gesicht davor und drückten irgendwelche Knöpfe. Doch der Kopierer gab nur ein metallisches Klacken von sich, was eigentlich nur eins bedeuten konnte …

»Was habt ihr denn für ein Problem?«, fragte Lukas freundlich.

Die Fünftklässler sprangen beiseite und sahen ihn an, als wäre er der Retter der Nation. »Der Kopierer ist kaputt.«

Lukas sah auf die Anzeige, die ihm bestätigte, was er bereits vermutet hatte. »Er ist nicht kaputt, es ist nur kein Papier mehr drin. Wir müssen warten, bis Frau Nowak …«

Die Tür vom Sekretariat wurde aufgerissen, und es stürmten drei kichernde Siebtklässlerinnen herein. Sie hielten Hefter in der Hand und steuerten auf Lukas zu.

»Dauert das bei euch noch lange?«, fragte die Größte unter ihnen und klang dabei leicht genervt.

»Das Papier ist alle. Und dann kommen erst mal die beiden dran und dann ich.«

Lukas sah zu Frau Nowak, die gerade ein »Ach, hallo, Herr Dr. …« in den Hörer flötete. »Das kann schon noch ein Eck dauern.«

Die Siebtklässlerin schnalzte mit der Zunge und schaute ihn wütend an, als ob er die ganze Schuld an der Misere trüge. Doch ihre Freundin versuchte sie zu beruhigen.

»Dann kommen wir einfach in der Pause noch mal. Wir haben doch erst in der Dritten Wirtschaft.«

Die drei drehten um und wollten wieder aus dem Sekretariat gehen. Dabei kicherten sie erneut, und Lukas konnte einfach nicht verstehen, warum.

Gerade als die drei die Tür öffnen wollten, wurde sie aufgestoßen. Die Mädchen sprangen erschrocken kreischend zurück.

Es war Herr Stretmanni.

»Sorry«, piepsten die Siebtklässlerinnen und beeilten sich, aus dem Sekretariat zu kommen.

Herr Stretmanni sah aus, als hätte er seinen Garten umgegraben. Die Haare, die sonst ordentlich gekämmt waren, standen ihm zu Berge, seine Brille hing ihm schief auf der Nase und seine Jacke hatte einige Risse und Grasflecken. Er sah sich verwirrt im Sekretariat um, wie das Kaninchen bei Alice im Wunderland, das stattdessen im Schlangenhaus des Zoos gelandet war. Seine Augen wanderten nervös von den Fünftklässlern zu Lukas und Frau Nowak.

Diese beendete ihr Gespräch und legte auf. »Manfred! Schön, dass Sie wieder da sind, der Chef will Sie sprechen.« Sie lächelte ihm zu.

Herr Stretmanni nickte kurz und ging einen Schritt auf die Theke zu. »Gut. Können Sie mir sagen, wo ich die Toiletten finde? Ich habe noch etwas zu erledigen.«

Frau Nowak öffnete erstaunt den Mund und beschrieb ihm stammelnd den Weg.

Herr Stretmanni machte eine kleine Verbeugung und verließ das Zimmer.

Lukas sah ihm fragend hinterher. Soweit er sich erinnerte, war Herr Stretmanni hier schon Lehrer gewesen, als er in die fünfte Klasse gekommen war. Müsste er dann nicht langsam wissen, wo sich die Toiletten befanden?

Frau Nowak schien sich dasselbe zu fragen, ihrem Blick nach zu schließen. Doch sie fing sich rasch wieder und füllte das Kopierpapier nach.

Mit der lang ersehnten Kopie kehrte Lukas in sein Klassenzimmer zurück und erzählte alles seinen Freunden.

»Erzähl keinen Scheiß.« Daniel lachte. »Ich wusste schon immer, dass der Stretmanni voll verpeilt ist.«

»Aber was meinte er damit, dass er noch was zu erledigen habe?«, fragte Ilona.

»Vermutlich wollte er seine Gartenabfälle wegschaffen, so wie er ausgesehen hat.« Lukas klebte Mozart in sein Musikheft und holte seine Mathesachen raus. »Vielleicht hat er eine zusätzliche Stelle als Assistent vom Hausmeister angenommen.«

»Oder er will eine Leiche loswerden.« Daniel lachte kurz auf und schlug Lukas auf den Rücken. »Hey, wir können ihn doch einfach in Mathe fragen. Vielleicht erzählt er was, und wir machen kein Mathe. Ich habe eh schon wieder alles vergessen, was wir vor seiner Krankheit gemacht haben.«

Um acht klingelte es. Doch die Minuten vergingen, und ihr Lehrer kam nicht.

Benjamin und Sebastian gingen noch einmal los und kamen nach ein paar Minuten mit einem Döner zurück.

Ilona fragte Paulina zu Erdkunde ab.

Dominik kam auf die glorreiche Idee, Merve das Kopftuch herunterreißen zu wollen und landete nach einigen Versuchen im Schwitzkasten von Dirk.

Rebecka und Marie stritten sich schon wieder um irgendeine Kleinigkeit.

In der Ecke fingen Marvin und Kim zu knutschen an.

Es wurde zehn nach acht, dann viertel nach acht – und Herr Stretmanni war immer noch nicht aufgetaucht.

Olga nannte Emily eine »verräterische Schnepfe«, was zu lautem Gekeife zwischen der dritten und vierten Reihe führte.

»Du hast doch auf dem Bierfest mit Markus rumgeknutscht!«

Marvin und Kim verließen kichernd das Klassenzimmer.

Yun, Heike und Katja folgten ihnen weitere Minuten später.

»Sollten wir nicht lieber im Sekretariat nachfragen, wo Herr Stretmanni bleibt?«, fragte Hendrick-Ignatius und sah sich unsicher im Raum um, der nun eher einem Affenkäfig glich. Vor allem, nachdem sich Marie und Rebecka in den Streit von Olga und Emily eingemischt hatten.

Tanja nickte.

»Quatsch«, meinte Sophia. »Ich habe alles unter Kontrolle.« Sie holte tief Luft. »Jetzt haltet doch endlich mal die Klappe«, rief sie in Klassensprechermanier. Doch es wurde kein Dezibel leiser. Finster wendete sie sich der zweiten Klassensprecherin zu. »Lisa, mach doch auch mal was!«

Doch Lisa war damit beschäftigt, zu verhindern, dass sich Olga und Emily an die Gurgel gingen.

Die Tür sprang auf, und Emma kam hereingestürmt. Als sie Lukas sah, verfinsterte sich ihr Blick. »Könnt ihr verdammt noch mal leise sein? Wir schreiben gerade was in Geschichte.«

Daraufhin wurde es ein bisschen ruhiger.

»Glaubst du, der kommt heut noch mal?«, fragte Lukas.

»Keine Ahnung.«

Inzwischen war in den hinteren Reihen wieder das Kriegsbeil begraben worden und Eva schlug vor, dass sie doch als Friedensangebot zu McDonalds gehen könnten.

Es war kurz vor Ende der Stunde als Stretmanni endlich kam.

Er sah, wie am Morgen im Sekretariat, leicht verwirrt aus. Doch inzwischen war er seine Grasfleckenjacke losgeworden und hielt ein Blatt in der Hand, auf das er hin und wieder sah. Er schlurfte mit langsamen Schritten zum Pult, stellte seine Tasche auf dem Boden ab und setzte sich erst mal hin.

Das Blatt legte er sorgfältig vor sich auf den Tisch. Er sah sich mit einem ziemlich verpeilten Gesichtsausdruck um, setzte seine Brille ab und begann sie mit seinem Hemdsärmel zu putzen. Dann setzte er sie auf, sah in die Klasse, setzte die Brille wieder ab und putzte seine Brille erneut. Es herrschte eine unangenehme Stille. Nach einigen Augenblicken räusperte er sich:

»Nun … ja … wir haben jetzt zusammen Mathe.«

Wie auf Kommando öffnete sich die Klassenzimmertür. Der Rest der Klasse kam hereingestürmt.

Als sie Herrn Stretmanni sahen, murmelten sie jedoch ein hastiges »Tschuldigung« und trollten sich zurück auf ihre Plätze.

Herr Stretmanni kommentierte es nicht. Er sah sie noch nicht einmal an. Alles, was er tat, war ein drittes Mal seine Brille zu putzen.

In der ersten Reihe kicherte Sophia nervös.

Der Rest sah Herr Stretmanni mit einem ziemlich verwirrten Gesichtsausdruck an. Herr Stretmanni sah kurz auf das Mathebuch auf Tanjas Tisch und kramte in seiner Tasche. Er holte sein eigenes heraus und blätterte darin.

»Wie wäre es, wenn ihr ein paar Übungen macht? Schlagt das Buch auf und macht die Übungen da auf Seite zehn.« Es folgte Geraschel, jeder holte sein Buch hervor.

»Aber, Herr Stretmanni, wir können die Übungen gar nicht. Das ist ein neues Thema, können Sie uns nicht erklären, worum es da geht?« Lisa blickte den Lehrer hilfesuchend an.

»Oder können wir die Sachen von vorletzter Woche noch mal wiederholen? Sie wissen doch … bevor Sie krank wurden.«

Auf Herrn Stretmannis Stirn bildete sich eine Falte. »Die Erklärungen für die Übung werdet ihr schon irgendwo finden.« Aus irgendeinem Grund klang er zornig und sah kein bisschen mehr verpeilt aus. »Und jetzt fangt an.«

Dann rauschte er ohne ein weiteres Wort aus dem Klassenzimmer.

15

Kaum hatte er das Klassenzimmer verlassen, ging eine Empörungswelle durchs Zimmer.

»So eine Unverschämtheit …«, schnaufte Sophia und zog ihr Mathebuch wieder auf ihren Tisch.

»Der ist doch nicht ganz dicht …« Antonia packte ihre Sachen ein und holte stattdessen ihr Pausenbrot raus. »Kommt dahergelaufen Ewigkeiten zu spät … Er kann vergessen, dass ich diese verdammten Aufgaben mache, da kann der noch so rumschreien.«

»Und was machen wir jetzt?« Hendrick-Ignatius sah unsicher zwischen Tanja, Dirk und seinem Mathebuch hin und her. »Vielleicht kommt er zurück und kontrolliert die Aufgaben.«

»Tut er bestimmt nicht.« Dirk holte sein Handy raus.

Hendrick sah Dirks Handy an, als wäre es giftig.

Dirk grinste breit. »Hey, chill mal, Henni.«

»Wenn du das sagst.« Er kramte in seiner Schultasche.

»Ich weiß nicht, was ihr alle habt. Wenn Mathe jetzt immer so abläuft, ist das doch ganz gechillt.« Daniel lehnte sich zurück und legte die Füße auf den Tisch.

Lukas holte seinen Schulzeitungsordner hervor und begann seine Sachen durchzugehen. Er musste Roman unbedingt nochmal an seinen Spielebericht erinnern, den er machen wollte. Und Herrn Schreiner sollte er nach der Schulzeitungskamera fragen, damit er noch Fotos von seinen Interviewten machen konnte. Sollte er vielleicht noch ein paar Zusatzfragen stellen, damit nicht jedes Interview gleich aussah?

Doch seine Gedanken wurden von einem schrillen Schrei von der Fensterreihe unterbrochen.

»Oh mein Gott, Hendrick! Du blutest ja!«

»Is' nichts Schlimmes.« Hendrick-Ignatius hielt sich ein Taschentuch an die Nase und stürmte aus dem Klassenzimmer.

Dirk schüttelt den Kopf. »Ständig bekommt er Nasenbluten. Was treibt der Kerl bloß?«

Lukas wendete sich wieder seinen Unterlagen zu und fragte sich, ob es reichen würde, wenn er die Bilder mit seiner Handykamera machen würde. Wobei seine Bilder seit dem Wenderstein-Vorfall alle ein bisschen verwackelt aussahen.

Als Hendrick-Ignatius aus dem Krankenzimmer wiederkam, hatte es bereits zur nächsten Stunde geläutet. Er herrschte immer noch ein ziemliches Durcheinander, als Herr Schreiner hereinkam und seine Tasche abstellte.

»Was ist denn hier los? Ich dachte, Herr Stretmanni wäre wieder da gewesen?«

Sofort fing Yun an. »Der hat gar keinen Unterricht gemacht.«

»Er ist ernsthaft ewig zu spät gekommen. Aber wenn wir mal fünf Minuten zu spät kommen.« Rebecka verdrehte die Augen.

»Er hat uns angeschrien. Ich mag den nicht.«

»Langsam, langsam, langsam.« Herr Schreiner hob beruhigend die Hände. »Lukas, Daniel, könnt ihr mir die Karte Am14 holen?« Er warf ihnen den Schlüssel für den Kartenraum zu.

»Ach, Mann, nicht schon wieder«, murmelte Daniel. »Sind wir hier der Kartenlieferservice?«

»Komm schon, das ist zumindest ein Zeichen, dass wir nicht abgefragt werden.«

Sie verließen das Klassenzimmer und gingen die Gänge entlang, wo ihnen Lehrkräfte begegneten, die von einer Klasse in die nächste gingen. Türen zu Klassenzimmern wurden mehr oder weniger sanft zugeschlagen.

Frau Unke kam ihnen mit einem riesigen ausgestopften Uhu entgegen, der beinahe größer war als sie selbst.

Kurz vor dem Kartenraum stießen sie auf zwei Fünftklässler, die eine Kiste vollgeschmierter Bibeln die Treppe heruntertrugen und sich darüber unterhielten, was sie am Wochenende in Minecraft gebaut hatten.

Es kehrte langsam Ruhe in das Schulhaus ein.

»Achtung, da kommt er.« Daniel zog ihn urplötzlich an seinem Pulli in die nächste Ecke.

»Was? Lass das, Daniel!«

Da Daniel aber eine Mordskraft an den Tag legte, blieb Lukas nichts anderes übrig, als sich mit ihm in den Spalt zwischen der Vitrine mit den ausgestopften Wieseln und dem Kasten mit dem Feuerlöschzeugs zu quetschen.

»Wer kommt?«, fragte er, doch Daniel haute ihm regelrecht die Hand auf den Mund. Jetzt übertrieb er wirklich etwas.

Sie hörten Schritte, und nach gut einer Minute zog ein Schatten vorbei.

Daniel wartete, bis die Schritte außer Hörweite waren, dann ließ er Lukas wieder frei.

»Was hat dich denn geritten?«

»Herr Stretmanni.«

»Na, und? Den werden wir jetzt öfter sehen. Machst du dann jedes Mal so ein Theater?«

Daniel schaute über Lukas hinweg. »Er geht in Richtung Materialräume. Lass uns hinterhergehen.«

»Wohin glaubst du, wollen wir sonst? Kartenraum ist gleich Materialraum. Kapiert?« Lukas versuchte es mit Zeichensprache, vielleicht war Daniel dann nicht mehr so begriffsstutzig.

»Ja, aber was will er dort?« Daniel zog Lukas mit, sodass Lukas fast rennen musste, um ihm hinterher zu kommen.

»Keine Ahnung, vielleicht holt er auch Zeugs. Er unterrichtet ja nicht nur Mathe, sondern auch Physik oder so.«

»Das wird doch völlig woanders aufbewahrt. Ich schwör's dir, der hat was vor.«

Lukas konnte nur mit den Augen rollen. Nicht nur, dass Daniel sich plötzlich dafür interessierte, wo sämtliches Schulmaterial aufbewahrt wurde, auch dass er so ein Trara um Herrn Stretmanni machte. Lukas verstand ja, dass Daniel ihre Rückkehr ins Klassenzimmer so lang wie möglich hinauszögern wollte, aber er hatte da keine Lust darauf. Im Gegensatz zu Daniel mochte Lukas nämlich Erdkunde.

Auf dem Flur mit den Materialräumen hatten sie den Lehrer eingeholt. Sie sahen, wie er sich nach links und rechts drehte und in den ersten Raum ging. Dann hörten sie, wie auf der anderen Seite der Tür der Schlüssel im Schloss gedreht wurde.

»Siehst du?«, flüsterte Daniel aufgeregt. »Das ist gar kein Materialraum. Herr Schreiner hat mich mal hergeschickt, um den kaputten Overheadprojektor zu verstauen. Das ist so eine Art Abstellraum für Gerümpel. Was will Herr Stretmanni da?«

»Keine Ahnung.« Lukas zog Daniel weg von der Tür, bevor Herr Stretmanni wieder herauskam und sie fragte, was sie hier zu suchen hatten. »Komm, lass uns die Karte holen und dann wieder ab ins Klassenzimmer.«

»Karte? Klar!« Daniel fasste sich an die Stirn. »Es gibt doch diese Verbindungstüren zwischen den Materialräumen. Ich bin mir sicher, dass zwischen dem Kartenraum und dem Abstellraum auch so eine ist.«

»Ich glaube nicht, dass das so eine gute Idee ist …«

»Komm, sei doch nicht so ein Spielverderber. Du bist doch genauso gespannt wie ich.« Daniel wedelte mit dem Schlüssel.

Lukas gab sich geschlagen. »Na, gut.«

Daniel grinste und sperrte den Kartenraum auf. »Guter Junge.«

Sie hangelten sich durch die vielen Karten wie durch einen Urwald mit Lianen und gelangten schließlich zur Verbindungstür, in der ein kleines Fenster eingelassen war.

»Oh mein Gott!« Daniel fiel die Kinnlade herunter, als er durch das Fenster lugte.

Lukas streckte sich, um besser durch das Fenster sehen zu können. Und was er sah, konnte er kaum glauben: Es war nicht Stretmanni, der da im Raum stand.

Es war ein dunkelgrünes Krokodil.

Ein dunkelgrünes Krokodil, das aufrecht ging und normale Menschenklamotten trug. Sein langer Schwanz fegte dabei durch die umherliegenden, ausrangierten Schulsachen. Das Krokodil fluchte mit einer dunklen, menschlichen Stimme.

»Ich habe in den Unterlagen noch einmal nachgesehen, Straßenwalze.« Die Stimme, die sie jetzt hörten, war weiblich und klang leicht gedämpft.

»Das Blut darf nicht älter als vierundzwanzig Stunden sein, sonst funktioniert das Ganze nicht mehr. Wir haben ein logistisches Problem.«

Das Krokodil grunzte.

»Da«, flüsterte Daniel und deutete auf ein Regal.

Dort war ein Tablet aufgestellt, und es schien ein Videoanruf oder Livestream zu laufen. Ein hellblaues Krokodil mit knallpinker Bluse musterte das dunkelgrüne Krokodil und rümpfte die Nase.

»Das ist ja wieder typisch, dass du dir keine Gedanken darum gemacht hast. Weißt du, wieviel Aufwand wir hatten, um den Kerl ungesehen nach Strangecity bringen zu können? Wenn Cratelatus nicht bei den Strasecs arbeiten würde, wären wir ratzfatz aufgeflogen. Denk ja nicht, dass ich Betonmischer jetzt jeden Tag mit seinem Blut quer durchs Land bis in dein Kaff schicke.«

Das dunkelgrüne Krokodil schnalzte mit seiner übergroßen Zunge. »Natürlich hatte ich das bedacht, Mikrowelle. Denkst du, ich hätte mir vorher nicht die Pläne angesehen? Ich kann ihn nicht bei mir lassen, weißt du, wie verdächtig das wirkt? Außerdem hat dieser Stretmanni nicht mal einen ordentlichen Gefrierschrank, wo wir ihn aufbewahren könnten.«

Das hellblaue Krokodil lachte bitter. »Glaubst du etwa, wir? Dein superduper Extra-Frost-Mega-Gefrierer, den du dir für das Preisgeld dieses Ski-Rennens kaufen musstest … der Typ ist einfach so groß und fett, dass er nicht einmal da reinpasst.« Sie genehmigte sich einen Löffel von etwas, das aussah wie rohes Hackfleisch. »Wir mussten leider deinen Vorrat an Ziegelsülze verkleinern.«

Das grüne Krokodil fluchte wieder, während es einen gelben Behälter, auf dem ein riesengroßes Atomzeichen prangte, hervorzog. »Ich kann jetzt nicht weg. Dieser Orzel hat mich eine halbe Stunde lang ausgefragt und irgendwas von Prüfungen gefaselt. Und die Blagen sind auch nicht besser.«

»Heul mir jetzt nichts vor, du hast dich freiwillig gemeldet.« Das hellblaue Krokodil kratzte sich am Kopf. »Wir müssen das in den Griff bekommen – auch das mit der Ziel-DNA. Solange Stretmanni lebt, ist er ein Sicherheitsrisiko. Und wir können erst weitere Schritte wagen, wenn die Menschen deine Tarnung geschluckt haben.«

»Wir brauchen die Wendersteins«, knurrte Straßenwalze. »Meine Quelle konnte sich in ihre Sicherheits-Cloud einhacken, aber die Pläne, die darin gespeichert waren, sind veraltet. Wenn ihr es nicht verkackt hättet, den Jungen zu entführen …«

»Oh, jetzt sind wir auf einmal schuld?«, zischte Mikrowelle. »Ein toller Anführer bist du.« Sie schlug den Löffel gegen einen harten Gegenstand außerhalb des Bildes. »Sieh zu, dass du dir was einfallen lässt. Cratelatus ruft dich heute Nachmittag nach seiner Schicht an. Und vergiss nicht, deine Alte zurückzurufen, die geht mir schon wieder auf den Keks. Tschau.«

Das Bild wurde schwarz.

Lukas sah Daniel an. Was zum Teufel war das? Doch Daniel sah genauso ratlos aus, wie er sich fühlte. Was sollten sie machen, wenn dieses Straßenwalze-Krokodil herauskam? Würde es sie fressen? Und wie war es überhaupt hier reingekommen?

Das Krokodil tippte mit seinen Klauen auf dem Tablet herum.

»Weiber«, murmelte es.

»Lass uns abhauen.« Lukas zog Daniel vom Fenster weg.

»Nein, ich will noch sehen, was er da macht.«

»Bist du verrückt? Komm, wir gehen.« Lukas spürte, wie langsam Panik in ihm hochstieg.

Daniel mit seiner verdammten Neugier! Am Ende würden sie noch in der Kühltruhe landen, bei diesem verrückten Krokodil, genau wie ... Herr Stretmanni? Lukas stutzte. War der nicht noch vor ein paar Minuten putzmunter und gar nicht eingefroren gewesen?

»Der hat ne Sonnenbank gebaut. Hat der zu viel von seinem Grün und will jetzt braun werden?«

Lukas drehte sich wieder zum Fenster und sah, wie das Krokodil in ein durchsichtiges, solarienähnliches Gerät stieg und den Deckel schloss. Wenige Sekunden später hörten sie ein Summen, das klang, als würde man sein Ohr gegen die Tür eines Transformators drücken. Oder gegen die eines Aufzugbetriebsraumes. Auf jeden Fall auf etwas, wo normalerweise ein gelbes Dreieck mit einem fetten Blitz draufgeklebt war.

Durch den gläsernen Deckel der Maschine sah er, wie giftgrüne Strahlen immer wieder über den Körper glitten.

»Es verwandelt sich«, keuchte Daniel.

Lukas sah, wie der enorme Schwanz des Krokodils schrumpfte, wie die Krokodilschnauze zurückging und die Schuppen langsam heller wurden. Die Klauen wurden filigraner und bildeten sich in Menschenhände zurück. Der Bauch des Krokodils schwoll an, und als sich die Schnauze komplett zurückgebildet hatte, konnten sie die Konturen des Menschenkopfs erkennen.

Lukas wurde schlagartig eines klar: »Scheiße, das ist Herr Stretmanni.«

16

Lukas warf seinen Rucksack achtlos in die Ecke, und Daniel tat es ihm nach.

»Willst du 'ne Cola?«, rief er Daniel auf dem Weg zur Küche zu.

»Klar doch.«

Lukas' Kopf war vollgestopft. Er war verwirrt nach dem Erlebnis in der Abstellkammer. Seit dem Zwischenfall mit Stretmannis Was-auch-immer kam ihm der Schultag so verdammt lang vor.

In Chemie konnte er sich nicht recht konzentrieren, weil er immer daran denken musste, was für ein komisches Gerät nur ein paar Klassenzimmer weiter stand. Auch Wirtschaft und Musik wollten heute einfach nicht vorübergehen. Als die Schulglocke das Ende der sechsten Stunde verkündete, war Lukas kurz davor, einfach die Redaktionssitzung der Schulzeitung zu schwänzen und gleich nach Hause zu gehen, sich ins Bett zu legen und zu schlafen.

»Mensch, holst du die Cola erst aus dem Supermarkt, oder was?«

Lukas schreckte aus seinen Gedanken und holte schnell das Getränk aus dem Kühlschrank. Mit zwei vollen Gläsern kehrte er in sein Zimmer zurück.

»Endlich.« Daniel riss ihm das Glas aus der Hand. »Was hast du so lange gemacht?«

»Ich habe nachgedacht.«

»Du sollst doch nicht so viel nachdenken. Sonst kriegst du noch Nasenbluten wie Hendrick-Ignatius.«

»Denkst du auch, wir sollten den anderen von dem Krokodil auf der Sonnenbank erzählen?« Lukas nahm einen Schluck aus seinem Glas.

»Bist du verrückt? Die werden uns für total bekloppt halten. Ich meine, wir haben sowieso schon nicht das höchste Level in der Klassen-Hierarchie, da müssen wir es uns nicht noch mehr verscherzen.«

»Aber zumindest Paulina und Ilona.«

»Meinetwegen.«

Plötzlich kratzte es an der Tür.

»Ist das wieder deine Katze oder will uns Linda ärgern?«

Zur Kontrolle warf Lukas sein Mathebuch gegen die Tür. Ein kurzes Innehalten, dann wurde weitergekratzt.

»Eezbeez. Linda hätte jetzt bestimmt was gesagt, das kleine nervige Monster.« Er lauschte kurz, ob ein »Ich bin nicht nervig« zurückkam, doch es blieb still. Was seine Theorie bestätigte.

Es ertönte ein Rumpeln, und der Türgriff vibrierte.

»Eezbeez, bleib draußen.«

»Ach, lass ihn doch.« Daniel seufzte.

Eezbeez kam hereinmarschiert wie ein König, der gerade auf der Reise durch sein Königreich war, um den niederen Pöbel zu besuchen. Er schlängelte sich kurz um Lukas' und Daniels Beine herum und sprang dann auf den Schreibtischstuhl, nur um sich dort einzurollen und die beiden mit seinen orangenen Augen anzustarren.

»Weißt du, Eezbeez, du bist eine ganz schöne Nervensäge.« Lukas verdrehte die Augen.

Wie zur Bestätigung fing Eezbeez an zu schnurren. Gedankenverloren kraulte Lukas Eezbeez' Fell eine Weile. »Wer zum Teufel ist eigentlich Straßenwalze? Ist das Stretmannis Spitzname?«, fragte er dann.

»Was mich vor allem interessieren würde …«, Daniel kratzte sich am Kopf. »Ist Stretmanni in Wirklichkeit dieses Krokodil und Straßenwalze sein Spitzname oder ist Straßenwalze ein vollkommen anderer Typ, der sich als Stretmanni verkleidet hat?«

Lukas pustete sich eine Strähne aus dem Gesicht. »Das ist so was von kompliziert.«

Doch statt Daniel öffnete Eezbeez seinen Mund und sagte: »Wo du recht hast, hast du recht.«

»Waaaaaaaas?« Lukas wäre vor Schreck beinahe Daniel in die Arme gesprungen. Was zur Hölle? Was er nach diesem Tag garantiert nicht brauchte, war eine sprechende Katze.

Daniel schien es da auch nicht anders zu gehen. Er starrte Eezbeez an, und seine Augen waren so weit aufgerissen, dass sie ihm beinahe rausfielen.

»Hey, hey, beruhigt euch doch mal.« Eezbeez richtete sich auf und stand plötzlich auf zwei Beinen. »Das hier ist nichts Ungewöhnliches. Kein Grund, in Panik zu verfallen.«

»Nichts Ungewöhnliches?« Daniels Stimme klang plötzlich wie Lindas, wenn sie Justin Bieber nachquietschte. »Es ist überhaupt nichts Ungewöhnliches, wenn man gerade einer sprechenden Katze gegenübersteht.«

»Ich bin keine sprechende Katze!« Eezbeez verzog das Gesicht, als hätte Daniel ihn gerade tödlich beleidigt.

Lukas schnaubte. »Nee, weißt du, du bist ein sprechendes Krokodil und hast dich nur schnell als Katze verkleidet.«

Eezbeez setzte sich auf den Schreibtisch. »Wenn ich mich erst einmal in aller Förmlichkeit vorstellen dürfte: Mein Name ist Professor Dr. Dr. Eduard Minsk, und ich bin Professor für Genetik, Generierungstechnik und Biochemie an der renommierten Universität in Strangecity. Und ich bin keine sprechende Katze, sondern eine sogenannte Homofelis.«

»Homo… was?« Lukas war ganz verwirrt. »Hat das irgendwas mit Homosexualität zu tun?«

Eezbeez schnaubte. »Das sind zwei völlig verschiedene Sprachen, Lukas. Das Homo in Homosexualität ist griechisch und bedeutet gleich. Das Homo in Homofelis hingegen ist lateinisch und bedeutet Mensch. Felis bedeutet Katze. Menschkatze.«

Und als ihn Lukas und Daniel weiterhin wie ein Auto ansahen, fuhr er fort. »Vor ungefähr hundert Jahren fanden einige Wissenschaftler heraus, wie man Mischwesen aus Tier und Mensch generieren kann. Infolge dessen entstanden vier neue Spezies. Die Sobekker, welche die allererste Form waren, die Homocanis, die Homofelis und die Homocroks. Es gibt auch noch Homocapra und Homooursi, aber die wurden erst viel später entwickelt und kommen auch eher in Amerika vor. Die Homofelis sind Mischwesen aus Mensch und Katze, die Homocanis Mischwesen aus Mensch und Hund und die Homocroks Mischwesen aus Mensch und Krokodil, wie ihr heute anscheinend hautnah mitbekommen habt. Der Sammelbegriff dafür ist Homobestia. Aber um auf deine Ausgangsfrage zurückzukommen … Natürlich gibt es auch Homobestia, die homosexuell sind.«

Er lächelte sie an, und Lukas erinnerte das ein bisschen an die Grinsekatze in *Alice im Wunderland*. Bildete er sich das alles nur ein? Hatte Linda vielleicht wieder irgendetwas von ihrem Kinderchemiebaukasten in die Cola gemischt, und er hatte schon Halluzinationen?

Aber Daniel war auch hier, also …

»Wir haben so eine Maschine gesehen, die so ein Homo… Dingsda in einen Menschen verwandelt hat. Hast du … ich meine Sie … die Maschine gebaut?«, fragte Daniel.

Eezbeez schüttelte den Kopf.

»Die Wissenschaft der Generierungstechnik forscht schon seit Jahren an einem Mittel, welches einem Homobestia zeitweise das Aussehen eines Menschen verleiht. Vor allem die Homocroks haben Probleme, unerkannt unter den Menschen zu sein, was zu ziemlichen sozialen Spannungen in Strangecity führt. Es gibt jedoch in diesem Bereich noch keine Fortschritte, weshalb ich keine Ahnung habe, wer so eine Maschine entwickelt haben könnte und wie Straßenwalze daran gekommen ist. Allerdings kenne ich Straßenwalze gut und vermute mal, dass das auf nicht ganz legalem Weg passiert ist.«

»Du kennst Straßenwalze? Woher?«

»Wir waren jahrelang in derselben Klasse. Zumindest bis zur Sekundarstufe, wo ich dann in den Zweig der universitären Vorbereitung ging und er den mittleren Zweig wählte.«

»Das heißt, Herr Stretmanni ist in Wirklichkeit Straßenwalze? Aber was will der an unserer Schule?«

Eezbeez zuckte mit den Schultern. »Ich fürchte, das müsst ihr herausfinden. Ich kann zwar meine Kontakte in Strangecity konsultieren, aber so wirklich werden die auch nicht weiterwissen.«

»Aber wie sollen wir das anstellen?«

»Jungs, strengt euren Kopf an. Lukas, du bist doch bei der Schulzeitung, und ihr seid beide Fußballer. Also müsstet ihr doch genügend Kreativität und Taktik mitbringen, dass euch etwas einfallen wird. Ohne Beweise können wir Straßenwalze auf jeden Fall nicht einbuchten lassen.«

»Wir könnten dieses Sonnendingsbums fotografieren«, schlug Daniel vor.

Lukas nickte zustimmend.

»Seht ihr? Das ist doch schon mal ein Anfang. Findet heraus, was Straßenwalze vorhat, am besten mit Beweisen. Dann ist euch geholfen, und mir auch.«

17

Herausfinden, was Straßenwalze vorhatte, war viel leichter gesagt als getan.

Der Mittwoch startete wie immer wundervoll ... mit Mathe. Lukas und Daniel packten ihre Hefte aus, in Erwartung, Stretmanni ein bisschen genauer beobachten zu können.

»Was denkst du? Wann sagen wir es den Mädels am besten? Und wie?« Lukas sah sich sein Gekrakel vom Hefteintrag an. Er hatte keinen Plan, was er da genau hingeschrieben hatte.

»Ganz easy, Lukas. Hey, Leute, unser guter alter Stretmanni ist in Wirklichkeit ein Monster und wir haben das erst gestern von Lukas' sprechender Hauskatze erfahren. Ach, wusstet ihr übrigens, dass die zwei Doktortitel hat und an einer Uni unterrichtet? Ich weiß nicht, was dein Problem ist, Lukas.«

»Jaaaa ... dann werden sie gleich denken, dass wir sie für die Schulzeitung pranken, ganz toll, Daniel.«

»Das wollte ich sowieso schon immer mal machen.«

Die Tür vom Klassenzimmer sprang auf, und Dirk kam mit einem fetten Grinsen auf der Stirn hereinspaziert, als hätte er gerade eine Eins bekommen.

»Leute, wisst ihr schon das Neueste? Der Stretmanni ist schon wieder krank! Wir haben Freistunde.« Er warf seine Tasche schwungvoll auf seinen Tisch und hob dann die Arme in Siegerpose.

Merve zog ihm im Vorbeigehen mit ihrem Vokabelheft eins über.

»Das bringt unseren ganzen Tagesplan durcheinander.« Lukas fasste sich an die Stirn. Wie sollten sie je etwas über Straßenwalze herausfinden, wenn der nie da war?

»Was bringt euren Tagesplan durcheinander?« Paulina und Ilona kamen zum Klassenzimmer herein und setzten sich auf ihre Plätze.

Daniel knuffte Lukas in die Seite. *Jetzt mach schon*, sagte sein Blick.

»Nein, jetzt nicht«, zischte Lukas zurück.

»Was ist mit euch los?« Paulina sah Lukas mit einem durchdringenden Blick an.

Im Hintergrund kam gerade Rebecka herein, die ihre Freundinnen mit einem großen Hallo begrüßte. Hier war nicht unbedingt der beste Ort, um mit der Wahrheit über Stretmanni herauszurücken.

»Wir müssen euch was erzählen«, flüsterte er.

»Na, dann schieß mal los.« Ilona stützte ihren Kopf auf ihrer Stuhllehne ab und sah Daniel und Lukas gespannt an.

»Hier doch nicht. Seid ihr verrückt? Es … es hat mit Herrn Stretmanni zu tun. Und es ist eine ziemlich merkwürdige Geschichte.«

»Merkwürdig klingt immer gut.« Ilona klatschte in die Hände.

Paulina sah skeptisch aus.

»Fein.« Lukas atmete durch. »In der Pause, ok?«

Bis zur Pause hatte Lukas noch genug Zeit, um sich Sorgen zu machen. Was, wenn sie ihnen nicht glauben würden? Mit Ilona und Paulina waren sie schon seit dem Kindergarten befreundet, Lukas konnte es sich nicht vorstellen, die Sache ohne die beiden durchzuziehen. Ilona hatte das logische Denkvermögen, was ihnen fehlte, und ohne Paulina würde Daniel vermutlich nie seinen Hintern bewegen. Er war einfach Meister der Prokrastination.

Nach ihrer Freistunde hatten sie Französisch, und Lukas konnte sich auf andere Gedanken bringen. *Alles würde gut werden*, redete er sich ein, während er von der Tafel abkritzelte. Irgendwie wendete sich doch immer alles zum Guten.

»So, und was wolltet ihr uns jetzt so dringendes erzählen?« Paulina verschränkte die Arme, als sie in der Pause endlich ein ungestörtes Fleckchen zum Reden gefunden hatten.

Lukas vergewisserte sich, dass sie keiner belauschte. »Als wir für Herrn Schreiner die Karte geholt haben, haben wir Stretmanni in den Materialraum verfolgt. Und da war dieses … Gerät. Und Stretmanni war da drin, und er hat sich von so einem Krokodil zurück in einen Menschen verwandelt. Und da war so ein Videoanruf von einem anderen Krokodil. Und sie hat gesagt, dass sie Stretmanni in den Kühlschrank gepackt haben. Und dieses Krokodil heißt in Wirklichkeit Straßenwalze. Warum auch immer er so einen komischen Namen hat.« Er sah Daniel an.

Mach doch endlich auch was, dachte er.

»Als wir zu Hause bei Lukas waren, haben wir über die Sache geredet. War ja ziemlich schräg, nicht wahr? Jedenfalls hat plötzlich Lukas' Katze angefangen zu reden. Er, also die Katze, hat gesagt, dass er diesen Straßenwalze kennt, den dieses blaue Krokodil angesprochen hat. Er hat gesagt, dass dieses Krokodil ein Homocrok ist. Eezbeez … also, Lukas' Katze meint, dass dieser Straßenwalze eventuell krumme Dinger vorhat. Und wir wollen herausfinden, was. Seid ihr dabei?«

Lukas und Daniel sahen Ilona und Paulina an.

Die beiden sahen einfach nur verdattert aus der Wäsche. Paulina war die Erste, die sich wieder fing.

»Unglaublich.« Sie schnaubte und sah sich um. »Ist das ein Prank, den ihr euch ausgedacht habt? Habt ihr hier irgendwo Kameras versteckt?«

»Nein … ich … wir … meinen das ernst.« Lukas hob seine Hände zur Verteidigung.

»Und als Nächstes wollt ihr mir erzählen, dass Frau Palan seine Handlangerin ist. Alles klar.«

»Nein … also nicht, dass wir wüssten. Frau Palan ist ein ganz normaler Mensch. Glauben wir jedenfalls.«

»Was ist Eezbeez überhaupt für ein bescheuerter Name? Hast du dir den im Kindergarten ausgedacht? Ihr werdet langsam so lächerlich wie Rebecka und Marie mit ihrem ewigen Palanisten/Yildirimer Kampf. Werdet mal erwachsen. Komm, Ilona.« Damit stob Paulina mit wild fliegenden Locken davon.

Ilona stand wie versteinert da und sah unschlüssig zwischen Daniel und Lukas hin und her.

»Ach, komm schon, Ilona. Wir können dir nach der Schule beweisen, dass wir recht haben. Wir können dir Eezbeez zeigen, dass er sprechen kann und alles.«

»Ich weiß nicht.«

»Gib dir doch einen Ruck.«

»Kommst du jetzt?«, rief Paulina aus einiger Entfernung.

Ilona stieß einen resignierten Seufzer aus und folgte dann Paulina.

»Super, danke, Daniel!«

»Was denn? Ich habe dir geholfen, so wie du wolltest. Ich habe sogar den schwierigen Part mit dem übernatürlichen Zeugs übernommen.«

Lukas sah auf den Boden. »Es hilft nichts: Wir müssen noch mal dorthin, wo dieses komische Gerät steht.«

»Und wie willst du das anstellen? Man kommt da als Schüler nicht so einfach rein. Außer natürlich, du hast jetzt als stellvertretender Chefredakteur einen Universalschlüssel oder die geheime Schloss-Knack-Fähigkeit bekommen.«

»Und wir können natürlich auch nicht darauf warten, bis uns Herr Schreiner wieder eine Karte holen lässt.« Lukas rieb sich nachdenklich das Kinn.

Daniel schnippte mit den Fingern: »Wir könnten einfach eine Lehrkraft überreden, mit uns einen Film zu schauen und dann vorschlagen, dass wir den Blu-Ray-Player holen.«

»Gute Idee. Aber bei wem? Für Deutsch passt im Moment kein Film, für Wirtschaft, Musik und Mathe auch nicht. Bei

Chemie haben wir den Beamer im Chemiesaal. In Englisch und Französisch holt Frau Palan ihr Zeug immer selbst.«

»Wie wäre es mit Geschichte?«

»Ich glaube, da schießt sich der Riedel lieber vorher ins Knie.«

»Und mit Religion?«

Lukas tippte sich an die Nase. Das konnte tatsächlich funktionieren. »Wenn wir lange genug betteln, uns um alles Technische und im Anschluss um die Teufelsaustreibung kümmern …«

»Bingo. Ich habe noch *Das Leben des Brian* zu Hause. Wollen wir die Aktion gleich am Freitag starten?«

»Du willst der armen Schwester Lucrezia doch nicht gleich so einen Kulturschock verpassen!«

»Ja, aber immer noch besser als *Schnitzeljagd mit Christus um die Welt* oder *Codename Jesus*. Erinnerst du dich, als das letzte Mal Kim schreiend aus dem Klassenzimmer gerannt ist?«

»Also *Das Leben des Brian!*« Lukas grinste. Jetzt hatten sie zumindest einen Plan.

Dieser Straßenwalze konnte sich auf was gefasst machen.

»Und jetzt lass uns zusehen, dass wir vom Hausmeisterstand noch ein Stück Pizza abbekommen.«

18

Bevor Lukas und Daniel nach der Schule zu Lukas nach Hause gingen, machten sie noch schnell einen Abstecher in den Laden von Daniels Mutter – das *Coffee & Copy*. Es gab 20% auf alles, und Lukas brauchte noch Tintenkiller und wollte sich ein paar Hefte auf Vorrat kaufen.

»Das war schon eine schöne Scheiße mit Ilona und Paulina. Mission ›Verbündete finden‹ ist dann mal gescheitert.«

»Ich wusste gar nicht, dass das eine Mission ist. Wollten wir nicht schauen, dass wir noch einmal zu dieser komischen Sonnenbank kommen?« Lukas war an einem Ständer mit Heftumschlägen angekommen.

»Ja, aber das erst übermorgen. Und auch nur, wenn unser Plan mit Schwester Lucrezia funktioniert. Wir sollten neben unserem Plan A immer einen Plan B und C haben.«

»Wieso sollte unser Plan nicht funktionieren? Du hast gesagt, er ist unfehlbar.« Lukas nahm einen Stapel Heftumschläge vom Ständer und blätterte durch die verschiedenen Farben. Durch den Schulstart vor drei Wochen waren die besten Farben ausverkauft. Es gab nur noch ein blasses Gelb, grau, schwarz und Ökopapierheftumschläge einer Farbe, die irgendwo zwischen schlammbraun und orange lag. Moment, da kam ihm eine Idee …

»Hey, wieviel von diesen Umschlägen habt ihr?«

»Das ganze Lager voll.« Daniel zuckte mit den Schultern. »Unser Praktikant hat die Bestellung verbockt und chamois statt rot bestellt. Hat sich verlesen, hat er gesagt. Wie bitte kann man rot statt chamois lesen? An seiner Stelle wäre ich straight noch mal in die Grundschule gegangen. Wieso, wie viele brauchst du denn?«

»Na, sechs Stück.«

Daniel sah ihn an, als ob Lukas komplett verrückt geworden wäre. Dann begriff er.

»Neee, du willst doch jetzt nicht ernsthaft darauf hören, was Rebecka gesagt hat?« Daniel fasste sich an die Stirn. »Der Unsinn mit den Heftumschlägen. Was glaubst du, was das bringt?«

»Vor allem meine Ruhe. Die Farbe sieht fast aus wie orange, also habe ich Ruhe vor den Palanisten. Gleichzeitig ist es nicht orange, also habe ich auch Ruhe vor den Yildirimern, und wir können uns in Ruhe auf Straßenwalze konzentrieren.«

»Sozusagen Schrödingers Heftumschlag.« Daniel schüttelte den Kopf.

Mit einer kompletten Kiste chamoisfarbener Heftumschläge (natürlich kostenlos) verließen sie das *Coffee & Copy* und machten sich auf zu Lukas nach Hause, wo Eezbeez schon in Lukas' Zimmer wartete.

»Ihr habt euch Zeit gelassen«, stellte Eezbeez fest. »Du hast doch heute gar keinen Nachmittagsunterricht, Lukas. Habt ihr schon was herausgefunden?«

»Nun mal langsam mit den jungen Pferden«, erwiderte Daniel. »So was braucht sorgfältige Planung. Abgesehen davon: Müsstest du als unser Mentor nicht uns mit Informationen versorgen und nicht umgekehrt?«

»Euer Mentor?«

»Na, unser Yoda, unser Gandalf, unser Haymitch meinetwegen … der Typ, der uns im Kampf gegen das Böse unterstützt. Sagtest du nicht, du wärst Uniprofessor?«, schaltete sich Lukas ein.

Eezbeez lachte. »Im Allgemeinen bringe ich meinen Studierenden bei, sich ihre Informationen selbst zu besorgen.«

»Ja, aber ich glaube, auf Wikipedia steht nichts darüber, was man tun soll, wenn man zu Hause eine sprechende Katze und in der Schule ein Krokodil als Lehrer hat.«

»Homofelis und Homocroks«, keuchte Eezbeez, und Lukas war sich sicher, wäre Eezbeez ein Mensch, wäre er puterrot angelaufen und hätte sich seine Haare gerauft. »Und Wikipedia … meine Güte … selbst auf Brainbase geht es wissenschaftlich fundierter zu als auf dieser Unwissendenplattform.« Er begann vor ihnen auf und abzulaufen.

»Homofelis sind so viel mehr als nur irgendwelche sprechenden Katzen. Wir haben ein nahezu menschliches Gehirn. Zudem können wir besser Farben unterscheiden, weil wir eine höhere Anzahl von Zapfen haben. Wir haben eine genauso hohe Lebenserwartung wie die Menschen. Und da gibt es noch einen entscheidenden Unterschied …« Er streckte ihnen seine Pfote entgegen und fuhr seine Krallen aus. Doch statt der gebogenen Krallen kam etwas hervor, was an kleine, behaarte Finger erinnerte. Sogar ein Daumen war dabei. »Wir können nicht auf Bäume klettern oder besonders gut Mäuse vergraben, das ist auch gar nicht nötig in Strangecity. Stattdessen ermöglicht es uns, Dinge zu tun, die Menschen können, wie zum Beispiel Dinge aufheben, halten, werfen. Auf Computertastaturen schreiben …«

»Auf Computertastaturen schreiben?« Bei Lukas klingelte etwas. »Als ich nach Paul Wenderstein gesucht habe … das Word-Dokument … das warst du?«

»Irgendjemand musste dir doch sagen, dass du völlig in die falsche Richtung läufst.« Eezbeez klang, als wäre das völlig normal, ihn so zu erschrecken.

»Und woher wusstest du, dass Paul Wenderstein kein Facebook besitzt? Kennst du ihn etwa?«

»Klar kenne ich ihn, seine Eltern sind mit mir zur Schule gegangen und haben mit mir zusammen studiert. Henriette hat sogar mit mir promoviert.«

Lukas brauchte ein paar Sekunden, bevor er die Situation verarbeiten konnte. »Moment, Nora und Paul kommen auch aus … da wo du herkommst? Sind das auch Homocroks? Oder Homofelis?«

»Sobekker, um genau zu sein.« Eezbeez lief vor ihnen auf und ab. »Das ist quasi die Vorform von den Homocroks. Ein bisschen mehr Mensch, ein bisschen weniger Krokodil. Zwei ziemlich aufgeweckte und intelligente Kinder.«

»Und wo sind sie jetzt? Ich habe sie nie wieder gesehen.«

Eezbeez zuckte mit dem Kopf, was bei ihm wohl ein Schulterzucken darstellen sollte. »Keine Ahnung. Ich habe ihnen vor ein paar Monaten eine ziemlich aufwendige Sicherheits-Cloud eingerichtet, aber seitdem nicht mehr viel von ihnen gehört. Vielleicht sind sie zurück nach Strangecity gegangen, oder nach Prüssbach oder Secologne. Aber ich bin mir zumindest sicher, dass sie nicht in Oarweiooge sind. Denn da ist – wie ihr hier in der Gegend so schön sagt – die Katz' g'fregt.«

»Was für Zeug?«, fragte Daniel perplex dazwischen. »Sind das alles solche Viecherstädte?«

»Der korrekte Terminus dafür ist Bestiadomi. Und ja, es gibt in der Städtegemeinschaft Ötscheizland sieben davon, die versteckt vor unwissenden Menschen sind, und in denen Homobestia, aber auch Menschen leben. Ich selbst komme aus Strangecity, genauso wie Straßenwalze.«

»Strangecity …« Lukas kratzte sich am Kopf. »Hat das nicht dieses blaue Krokod… ich meine … Homocrok in diesem Video erwähnt? Diese Mikrowelle?«

»Stimmt.« Daniel nickte eifrig. »Irgendwas, dass sie den echten Stretmanni dahin gebracht haben. Wir müssen dort hin.« Er wendete sich Eezbeez zu. »Gibt es da irgendeinen Superhomofelisspecialgeheimexpress?«

»Nein, aber etwas Ähnliches. Wenn ihr mich bitte entschuldigt.« Eezbeez sank auf vier Beine, flitzte aus dem Zimmer und kam nach einigen Minuten wieder mit einem Heftchen im Maul zurück.

Lukas erkannte das Heftchen. Dort standen sämtliche Veranstaltungen, Ausstellungen, Kurse und sogar das kommende

Kinoprogramm drin. Eezbeez blätterte eine Weile darin herum, bis er fand, was er gesucht hatte und es ihnen stolz unter die Nase hielt.

»Super Ski-Woche für Kids und Teens im Ski-Paradies Ödeforst.« Lukas sah verdutzt auf. »Was sollen wir da? Wir wollen nach Strangecity und nicht Skifahren.«

Eezbeez verdrehte die Augen. »Ihr denkt auch nur von der Tapete bis zur Wand, was? Ödeforst ist nicht weit weg von Strangecity, ein Kumpel von mir veranstaltet immer diese Ski-Freizeit, um wieder in seine alte Heimat zu kommen. Und da ihr jetzt Winformierte seid, kann ich euch auch Pässe für den Zugang beantragen.«

»Jetzt müssen wir nur noch unsere Eltern davon überzeugen, was?« Daniel nickte Lukas zu. »Das heißt für mich wohl ein paar Extraschichten im *Coffee & Copy*.« Er besah sich seufzend den Preis, der unter der Anzeige stand.

»Ja, das heißt es wohl.« Lukas seufzte und bereitete sich schon seelisch auf das Gespräch beim Abendessen vor.

19

Nachdem Daniel wieder nach Hause gegangen war, fing Lukas an, einen genialen Plan auszutüfteln, der seine Eltern garantiert davon überzeugen würde, ihn auf diese Ski-Freizeit mitgehen zu lassen. Da aber von ihnen beiden Daniel der perfekte Pläneschmied war, fiel ihm auf Anhieb nichts Passendes ein. Aber er hatte neulich in einer Tierdoku gesehen, dass Raubtiere selten eine ganze Herde angriffen, sondern sich immer einzelne Tiere herauspickten. Also tat Lukas es ihnen nach und pirschte sich an seine Beute, die sich in ihrem Arbeitszimmer versteckt hielt, heran. Lukas' Vater hatte einen Schutzwall aus dicken Gesetzesbüchern um sich herum aufgestellt und lamentierte in sein Aufnahmegerät.

»Aktenzeichen soundso in der Sache Brinkmann gegen Spieß wegen Sachbeschädigung … Fordern wir unverzüglich den Aufschub des Zuschlags für die Forderung … Lukas? Was machst du hier?«

Verdammt! Anpirschen hatte also nicht geklappt. Lukas lehnte sich an die Zimmertür und überlegte sich, wie er wohl anfangen sollte. Sein Vater drückte Stopp und legte das Aufnahmegerät beiseite.

»Was ist los? Hast du mit Linda wieder Streit?«

Lukas, dem einfach keine einleitenden Worte einfallen wollten, beschloss mit der Tür ins Haus zu fallen. »Daniel geht mit einer Gruppe nach Ödeforst auf eine Ski-Freizeit. Ich will da mit. Darf ich?«

Sein Vater zog die Augenbrauen hoch. »Skifahren?« Dann holte er seinen Terminkalender heraus. »Wann soll das denn stattfinden?«

»In den Herbstferien.« Lukas legte das aufgeschlagene Veranstaltungsheft auf den Schreibtisch.

»Hmmm …« Sein Vater sah immer noch gedankenverloren in seinen Terminkalender. »Ich muss das noch mit deiner Mutter besprechen. Sprechen wir morgen beim Abendessen noch einmal darüber?«

Lukas nickte und versuchte, nicht zu enttäuscht zu wirken. Wenn sein Vater es erst einmal noch besprechen musste, war die Gefahr groß, dass sie es ablehnten. Doch drängeln wollte er auch nicht, er war ja schließlich nicht Linda.

»Wie sieht's bei dir aus?«, fragte Daniel am nächsten Tag in der Schule.

»Noch in der Entscheidungsphase, bei dir?«

Daniel grinste breit. »Alles easy. Meine Mum hat mit ihren Buchschreibtanten sowieso was anderes vor.« Er sah ihn an. »Mach dir keine Sorgen. Die erlauben es dir schon. Und wenn nicht, haben wir noch genügend Zeit, uns einen Alternativplan zu überlegen.«

»Apropos Alternativplan.« Lukas holte seine Tüte heraus, in der er heute morgen noch den halben Karton seiner Chamois-Heftumschläge eingepackt hatte, und machte sich daran, die Umschläge seiner Englisch- und Französischhefte auszutauschen.

Daniel sah die Tüte ein paar Sekunden mit einem fiesen Grinsen an und schnappte sie plötzlich Lukas unter der Nase weg.

»Hey, Dirkilein«, säuselte er in hoher Stimme, und Lukas sah, wie er immer wieder in die Richtung von Rebecka schielte. »Hast du auch ganz brav deine orangenen Heftumschläge, wie es die klasseninterne Fremdsprachenschulheftumschlagsverordnung vorschreibt?«

»Natürlich, Herr Inspektor. Sogar vorschriftsgemäß mit dem ›Join the Palans‹-Aufkleber.«

»Dann habe ich das neueste Update für dich.« Daniel setzte sich auf seinen Tisch, holte die Umschläge aus der Tüte und fächerte sie wie ein Verkaufsprofi auf. »Ich präsentiere: Schrödingers Heftumschlag. Entspricht der klasseninternen Fremdsprachenschulheftumschlagsverordnung nach Palanitistischen und Yildirimer Gesetzen. Die komplette Ausstattung für nur ein Tofu-Buletten-Brötchen vom Hausmeister.«

Dirk stieß einen lauten Lacher aus. »Deal.« Er nahm die Heftumschläge von Daniel in Empfang und begann gleich damit, seine Heftumschläge auszutauschen.

Daniel sah zufrieden aus. »Was ist mit dir, Merve? Für dich mache ich ein Sonderangebot. Einmal abschreiben bei Französisch. Deal?«

Merve verzog das Gesicht. »Ich mache doch nicht bei jedem Mist mit.«

»Aber, Merve.« Daniel stand von seinem Tisch auf und schritt mit erhobenem Zeigefinger vor ihr auf und ab. »Du verstößt gegen das Gesetz. Das kannst du doch nicht machen. Die klasseninterne Fremdsprachenschulheftumschlagsverordnung ist schließlich fast so wichtig wie das Grundgesetz. Die knasten dich ein, wenn sie herausfinden, dass du deine Hefte für Französisch und Englisch …« Er rümpfte die Nase. »In nicht konfirmiertes Rot und Hellblau eingebunden hast.«

Merve zog ihre Hefte schützend zu sich. »Du bist doch nicht ganz dicht. Lass mich in Ruhe.«

»Ja, Daniel, lass Merve in Ruhe«, rief Dominik. »Sonst kommen ihre Brüder und machen Döner Kebab aus dir.«

Merve verdrehte die Augen. »Ich bin Einzelkind, du Knallpilz.«

»Was ist mit dir, Dominik?« Lukas sah bei der Frage das Grinsen in Daniels Gesicht und wusste, dass es Zeit war, ihn auszubremsen, bevor er etwas richtig Unbedachtes anstellte. »Ich würde ja so gerne von dir abschreiben, aber dann müsste ich

Angst haben, dass meine Note schlechter wird, als wenn ich es ohne abschreiben versuchen würde.«

»Halts Maul!«

»Daniel!«, warnte Lukas.

Aber Daniel machte weiter. »Halts Maul? Sehr eloquent. Sagst du das deinen glatzköpfigen Freunden auch immer, mit denen du dich nach der Schule triffst? Was die wohl sagen würden, wenn die wüssten, dass du auf Merve stehst?«

Als nächstes nahm Lukas nur noch ein animalisches Brüllen und den Schleier von Dominik wahr, der wie Flash auf Daniel zugerast kam und ihn unter sich begrub.

»Aufhören!«, kreischten Merve und Sophia im Chor.

»Ich. Stehe. NICHT. Auf. Merve.«

Dominik schlug wild auf Daniel ein, der versuchte, mit seinen Händen Dominiks Fäuste abzuwehren.

»Aufhören!« Lukas versuchte zusammen mit Dirk und Marvin, Dominik von Daniel herunterzuziehen, doch Dominik war nicht umsonst der Beste in Sport. »Dominik, jetzt bau keine Scheiße.«

»Lasst mich!«

BAM!

Wie durch Magie (oder durch Mega-Ninja-Kampfkunsttechnik) lag Dominik nun unter der Tafel und rieb sich die Schultern.

Der Mega-Ninja namens Jasmin knackte mit den Knöcheln und löste sich aus ihrer Judoposition. »So, Jungs, jetzt reißt euch mal zusammen. Das ist doch Kindergarten hier. Dominik, du benimmst dich jetzt gefälligst. Lukas, geh mit Daniel runter ins Krankenzimmer und schaut, dass ihr seine Nase verarztet bekommt. Lasst uns bloß hoffen, dass der Schreiner nichts von dem hier mitbekommt, denn sonst gibt es bald mehr als nur eine Klassenpredigt.«

Lukas half Daniel auf und hielt ihm ein Taschentuch hin. Dann verließen sie gemeinsam das Klassenzimmer. Seufzend sah Lukas, wie Daniel versuchte, den Blutstrom seiner Nase zu stoppen.

»Manchmal ist es besser, einfach die Klappe zu halten.«

Daniel warf einen finsteren Blick in sein Taschentuch. »Du hast ja keine Ahnung.«

20

Daniel war verarztet, der Rest des Schultages überstanden. Lukas machte sich auf den Weg nach Hause. Wie sich wohl seine Eltern entschieden hatten?

Was, wenn sie Nein sagten? Was dann wohl Daniels berüchtigter Alternativplan wäre? Wenn der so gut war wie sein Auftreten heute in der Schule, dann konnte er komplett alles in die Tonne treten. Den Besuch von Strangecity, die Sache mit Straßenwalze, seine komplette Schullaufbahn.

Vermutlich würde er als Penner unter der Brücke landen.

Wie schaffte es eigentlich Linda, dass sie immer bekam, was sie wollte, und er nicht?

Natürlich.

Durch Einschleimen.

Das konnte er schon lange.

Nachdem er brav seine Hausaufgaben gemacht hatte, begann er seinen Plan ›Einschleimen für Skifreizeit‹ in die Tat umzusetzen. Was machte mehr Eindruck als ein total leckeres, selbstgekochtes Essen?

So schwer konnte das schließlich nicht sein.

Er suchte sich einen Maggi-Fix-Irgendwas-mit-Nudeln-Auflauf aus dem Schrank und fing an, die Zutaten herauszusuchen.

Schlagsahne hieß es hinten auf der Packung, doch er fand im Kühlschrank keine, also nahm er einfach Butter.

Die vermischte er zusammen mit dem Wasser und dem Pulverzeugs. Während er im Schrank nach den Nudeln kramte, hörte er im Flur die Stöckelschuhe seiner Mutter. Schließlich kam sie in die Küche.

»Was machst du denn da, Lukas?«

»Abendessen.« Lukas setzte ein ultraprofessionelles Gesicht auf.

Sie zog die Augenbrauen hoch. »Oh, das ist ja toll. Was gibt es denn?«

»Das wird eine Überraschung.« Lukas verdeckte die Verpackung und schüttete die Nudeln in die Auflaufform.

»Fein. Ich muss noch mal kurz weg. Ruf mich auf dem Handy an, solltest du Hilfe brauchen.«

Lukas schüttelte den Kopf. Als ob er Hilfe brauchen würde!

Eine halbe Stunde später realisierte er, dass das mit der Hilfe gar nicht so schlecht gewesen wäre. Obwohl er sich eigentlich ganz genau an die Packungsanweisungen gehalten hatte, war das Ganze ein Desaster geworden. Der Käse war vollkommen verkohlt, und trotzdem waren die Nudeln immer noch steinhart. Und irgendwie sah es auch überhaupt nicht aus wie auf der Verpackung.

Lukas besah sich gerade das Unglück, als Linda von ihrem Jazzdance-Training zurückkam und die Nase verzog.

»Was stinkt hier so?«

»Gar nichts. Hau ab.«

Doch Linda öffnete stattdessen das Küchenfenster, sodass die nebeligen Schwaden nach draußen ziehen konnten. »Solltest du gerade versuchen, den Vulkanausbruch von Pompeji nachzustellen, bist du erfolgreich damit.« Sie deutete auf die Form im Ofen. Der verkohlte Käse hatte gerade zu rauchen angefangen.

»Mist, Mist, Mist!« Lukas raufte sich die Haare. Wie konnte das nur passieren? Das waren doch kinderleichte Rezepte, hatte er gedacht.

»An deiner Stelle würde ich den Ofen ausstellen.« Linda hatte sich einen Joghurt aus dem Kühlschrank geholt und genoss sichtlich die Show, die ihr hier geboten wurde.

Lukas schaltete den Ofen aus und öffnete ihn. Weitere Rauchschwaden kamen heraus. Er versuchte die Form aus dem Ofen zu bekommen. Doch als er sie anfasste, verbrannte er sich die Finger. »Verdammt, ist das heiß!«

»Ich würde es ja mit Ofenhandschuhen versuchen.« Linda löffelte weiter ihren Joghurt.

Lukas seufzte genervt auf. »Dann mach's doch besser.«

Linda rollte mit den Augen und stellte ihren Joghurt auf dem Küchentresen ab. Dann schnappte sie sich die Krümelmonsterofenhandschuhe und holte das brennende Inferno aus dem Ofen, stellte es in die Spüle und drehte kaltes Wasser auf. Der Auflauf machte Geräusche wie ein Drache, der gerade von einer Horde Ritter angegriffen wurde.

»So, das hätten wir.« Linda sah ihn an. »Was hattest du eigentlich vor?«

»Geht dich nichts an.«

»Fein, dann eben nicht. Aber wenn du ernsthaft versucht hast zu kochen, gebe ich dir einen Rat: Mach das nie wieder und überlasse das lieber den Profis. Natürlich könnte ich auch Papa erzählen, dass du gerade seine beste Auflaufform zerstört hast.«

Verdammt, dass Linda es auch immer wieder schaffte, ihn in die Enge zu treiben.

»Ok, ok! Daniel und ich möchten nach Stra… zum Skifahren in ein Skilager. Das war's auch schon. Nichts Spektakuläres. Nichts Außergewöhnliches.«

»Gut. Dann helfe ich dir.« Linda warf ihren leeren Joghurtbecher weg. »Aber du schuldest mir was.«

»Was schulde ich dir denn? Wenn es wieder so eine Justin-Bieber-CD ist, das kannst du …«

»Kein Justin Bieber. Aber ich verrate dir jetzt noch nicht, was es ist. Das wirst du schon noch sehen.« Linda grinste und begann aus sämtlichen Ecken der Küche die verschiedensten Zutaten zu holen.

Und während Lukas dazu verdonnert wurde, die Auflaufform wieder sauber zu bekommen, zauberte Linda in wenigen Minuten einen Eintopf, dessen Duft den miesen Geruch verscheuchte und Lukas das Wasser im Mund zusammenlaufen ließ.

»Mensch, Linda, wo hast du das gelernt?«

»Reitferienlager«, sagte seine Schwester nur und würzte ihr Gericht mit den Blättern der Pflanze, die auf dem Fensterbrett stand.

Das Essen schmeckte noch weit besser, als es roch, und Lukas musste sich zurückhalten, das nicht laut kundzutun, da das sonst verdächtig gewirkt hätte. Immer wieder warf er Blicke zu seinen Eltern, die sichtlich begeistert waren.

»Mensch, Lukas, ich wusste gar nicht, dass du so gut kochen kannst.«

»Ja, wir hatten doch Hauswirtschaft in der Siebten.«

»Hattest du da nicht eine Vier?«

Lukas legte ein unschuldiges Lächeln auf und tat so, als hätte er die Frage überhört.

»Habt ihr euch das mit meiner Skifreizeit schon überlegt?«

Lukas' Vater wischte sich den Mund mit einer Serviette ab. »Weißt du, Lukas, möchtest du die Ferien nicht viel lieber für ein Praktikum nutzen? Du bist in der neunten Klasse, Ende des Schuljahres solltest du anfangen, dich auf einen Ausbildungsplatz zu bewerben.«

Da war sie wieder: Die »Ernst-des-Lebens-Klatsche«, auf die Lukas nicht recht wusste, wie er antworten sollte.

»Wo geht Lukas hin?«, fragte Linda und machte ein ahnungsloses Gesicht.

»Lukas möchte in irgend so ein Skilager, Schatz. Aber ich denke …«

»Skilager?« Lindas Augen fingen an zu leuchten.

Lukas hatte keine Ahnung, wo Linda diese Schauspielfähigkeiten herhatte, aber da musste er auch mal ein paar Stunden nehmen.

»Da will ich mit!«

»Ach Lindalein, du hattest doch noch nicht einmal einen Skikurs, was willst du da? Die sind doch alle viel älter als du.«

»Nein.« Linda schüttelte den Kopf. »Elena war letztes Jahr dabei, und da waren so viele Kinder in ihrem Alter. Da fährt sogar ein Lehrer mit. Der unterrichtet Mathe und Physik am Luisengymnasium.« Und dann fing sie an, von ihrem Probetag am Gymnasium und den ganzen Versuchen und Experimenten, die sie da gemacht hatten, zu schwärmen. »Und dann hat Herr Katzaug gesagt, dass ich voll gut Kopfrechnen kann und logisch denken kann. Darf ich mit? Bitte, bitte, bitte?«

Lukas blieb der Mund offen stehen. Was sollte das? Am Ende durfte Linda noch auf das Skilager und er musste zu Hause bleiben und in der Kanzlei seines Vaters Akten sortieren.

»Nein, Linda. Du kannst da nicht mit.« Er gab ihr unter dem Tisch einen Tritt gegen ihr Schienbein.

»Warum nicht? Was habt ihr vor? Willst du mit Daniel etwa heimlich irgendwelchen Blödsinn anstellen?« Linda kickte unter dem Tisch zurück.

»Überhaupt nicht. Was geht das dich überhaupt an? Was denkst du dir dabei?«

»Ich denke dabei an einen Vulkanausbruch.« Linda sah ihn ernst an und nickte dabei in die Richtung ihrer Eltern.

Linda war eine miese Verräterin.

»Schön, schön.« Lukas' Vater schlug die Hände zusammen. »Lukas, du darfst auf die Skifreizeit, wenn du in den Herbstferien ein Praktikum machst und wenn du Linda auf die Skifreizeit mitnimmst.«

»Aber …«

Lukas erntete einen strengen Blick. Diesmal von seinem Vater und Linda.

»Na, schön.«

21

Nachdem die Fahrt nach Strangecity gesichert war, konnten sich Lukas und Daniel nun auf einen weiteren Teil ihres Plans konzentrieren: Noch einmal zu der Sonnenbank zu kommen.

Ganz nach Plan meldete sich Daniel, nachdem Schwester Lucrezia ins Klassenzimmer hereingetappt kam, und brachte den Stein ins Rollen.

»Schwester Lucrezia, wollen wir heute nicht einen Film anschauen?«

Schwester Lucrezia, die ihre Hände schon zum Morgengebet gefaltet hatte, sah ihn verwirrt an. »Einen Film?«

»Ja, einen Film«, wiederholte Daniel. »Das sind so Bilder, die sich bewegen und …«

Lukas stieß Daniel in die Seite. Schwester Lucrezia war zwar vielleicht ein bisschen altbacken und nicht auf dem höchsten Stand der Technik, aber so wie Daniel das jetzt vortrug, würde sie sich sicher veräppelt vorkommen, und Lukas hatte keine Lust auf eine Live-Version der Offenbarung des Johannes.

»… auf jeden Fall würden wir es begrüßen, zum Start des Schuljahres noch ein bisschen Entspannung genießen zu dürfen, bevor es dann losgeht mit dem ganzen Lernen und Prüfungen und Elend und … und so weiter.«

»Au ja!« Nina, Schwester Lucrezias Lieblingsschülerin, stimmte mit ein. »Dürfen wir? Bitte, bitte?«

Und nach ein paar Sekunden fielen sämtliche Yildirimer in den »Bitte, bitte«-Chor ein, in einem Tonfall und mit einer

Hingabe, dass sie Linda mit ihrem Hundeblick Konkurrenz gemacht hätten.

Schwester Lucrezia seufzte. »Fein, so soll es sein. Ich habe allerdings keine passende VHS-Kassette dabei.«

»Wir haben etwas viel Besseres.« Daniel holte die Blu-Ray aus seiner Schultasche und hielt sie kurz hoch, zog sie dann aber ganz schnell wieder weg, damit die Lehrerin nicht die Inhaltsangabe lesen konnte. »Lassen Sie sich nicht vom Cover stören. Es kommt sogar Jesus darin vor.«

Lukas ließ die Verpackung durch die Reihen gehen. »Daniel und ich erklären uns bereit, den Blu-Ray-Player zu holen.«

»Fein.« Schwester Lucrezia holte ihren Schlüssel heraus. »Ich kenne mich mit dieser modernen Technik sowieso nicht so aus. Aber lasst euch nicht zu viel Zeit.«

Perfekt.

Lukas und Daniel schnappten sich Schwester Lucrezias Schlüssel und machten sich auf den Weg zu den Materialräumen.

»Das war jetzt einfacher als gedacht.« Lukas grinste. »Ich habe schon gedacht, du versaust es.«

»Versauen? Ich? Wie kommst du denn darauf? Ich bin doch Schwester Lucrezias Lieblingsschüler. Gleich nach Nina.«

Sie gingen die letzten Stufen der Treppe hinauf.

»Das wärst du sicher nicht mehr, wenn sie rausfinden würde, dass du jedes Mal beim Morgengebet das Vaterunser falsch betest.«

»Wie? Es heißt doch ›Geheiligt werde der Bacon‹, oder?«

Lukas hielt sich den Bauch vor Lachen. Doch dann sah er einen Schatten um die Ecke ziehen. Schnell hielt er Daniel zurück.

»Hey, was soll das?«

»Da ist jemand. Ich glaub, Herr Stretmanni.«

»Bestens, da können wir ja ein paar Fotos in flagranti schießen.« Daniel holte vor Vorfreude breit grinsend schon mal sein Handy aus seiner Hosentasche.

»Warum haben wir das eigentlich nicht schon beim ersten Mal gemacht?«

»Keine Ahnung. Schockreaktion? Warum hast du keine gemacht? Du bist doch der Journalist von uns.«

Lukas schnalzte mit der Zunge und wedelte mit seinem halb kaputten Handy vor Daniels Nase herum. »Und jetzt Ruhe.«

Sie gingen vorsichtig um die Ecke, doch der Flur war leer.

»Die Luft ist rein.«

Sie huschten durch den Flur und waren endlich am Ziel. Lukas zog Schwester Lucrezias Schlüssel hervor und steckte ihn in das Schlüsselloch des Materialraums.

»Was macht ihr da?«

Lukas und Daniel schreckten zusammen und drehten sich langsam um.

Wie aus dem Nichts war er aufgetaucht und stand plötzlich hinter ihnen. Mit strengem Adlerblick, einem Stapel alter Geschichtsbücher im Arm und einen Tomahawk in der Hand.

Herr Donau.

»Äh … wir …« Lukas fand, dass der Tomahawk bedrohlich scharf aussah. »Wir wollen für Schwester Lucrezia den Blu-Ray-Player holen. Wir wollen *Das Leben des Brian* anschauen.«

Herr Donau zog eine Augenbraue hoch. »Ihr wisst aber schon, dass die nicht in diesem Raum aufbewahrt werden, oder? Auch wenn die Funktion von Blu-Ray-Playern physikalisch gesehen sehr interessant ist, sind diese im Media-Raum untergebracht.« Er wies auf die Tür am anderen Ende des Flurs.

»Ja, klar.« Rasch zog Lukas wieder den Schlüssel aus dem Schloss und ging ein paar Schritte von der Tür weg.

»Ihr wart doch letztes Jahr in meinem Unterricht schon Media-Dienst, wie könnt ihr so etwas vergessen? Die Sommerferien waren wohl etwas zu lang, oder was meint ihr?«

Plötzlich ging hinter ihnen die Tür zum Abstellraum auf, und Herr Stretmanni kam heraus. Völlig unverändert er selbst - und kein bisschen krokodilhaft. Perplex sah er die drei an.

Herr Donau nickte ihm freundlich zu. »Guten Morgen, Manfred.«

Herr Stretmanni nickte ihm ebenfalls zu. »Guten Morgen … Karl.«

»Karsten«, verbesserte ihn Herr Donau, im gleichen Ton, in dem er auch sie verbessert hatte.

»Ach ja … Karsten … wie Kasten … irgendwann merke ich mir das noch.« Stretmanni eilte an ihnen vorbei und verschwand hinter der Ecke.

Herr Donau schüttelte den Kopf. »Naturwissenschaftler«, murmelte er. Dann wendete er sich wieder ihnen zu. »So, Lukas. Ich schlage vor, ihr holt euren Blu-Ray-Player und seht zu, dass ihr wieder in euer Klassenzimmer kommt.«

Als Lukas und Daniel mit dem Gerät auf dem Weg zum Fahrstuhl waren, kam ihnen wieder Herr Stretmanni entgegen, der ihnen kurz einen neugierigen Blick zuwarf und dann wieder in Richtung Lehrkräftezimmer ging.

»Creepy ist das schon«, murmelte Daniel. »Denkst du, dass er und Herr Donau unter einer Decke stecken?«

Lukas zuckte nur mit den Achseln.

Die ganze Sache war so ein Fail gewesen, dachte sich Lukas den ganzen Religionsunterricht lang, während der Film lief. Daniel und die anderen amüsierten sich köstlich, während Schwester Lucrezia verschreckt in der Ecke saß. Es fehlte nur noch, dass sie ihre Kreuz-Halskette von sich streckte, wie man das bei der Abwehr von Vampiren machte. Nach einer halben Stunde hatte sie genug.

»Was für eine Blasphemie! Kinder, ihr könnt euch so was doch nicht angucken. Das ist doch eine Schande vor dem Herrn.« Sie stoppte den Film und brachte den Blu-Ray-Player wieder zurück. Den Rest der Stunde lasen sie Bibelpassagen.

Lukas war erleichtert, als es läutete.

»Vielleicht finden wir in Strangecity mehr heraus«, flüsterte Daniel, während sie ihre Erdkundesachen herausholten. »Und mach dir mal keine Sorgen wegen Linda. Wir stecken sie einfach zu den anderen elfjährigen Kindern, und sie hat den Spaß ihres Lebens. Sie wird vermutlich nicht einmal merken, dass wir weg sind.«

Nach der Pause stand wieder Mathe an. Lukas musste erneut seine Bedenken an der ganzen Sache äußern. »Glaubst du, Linda weiß etwas? Ich kenne sie, sie hat in den Herbstferien von ihrem Reitverein immer so eine Reitolympiade. Die würde sie nie ausfallen lassen. Erst recht nicht für so etwas wie Skifahren.«

»Ach, Lukas, jetzt wirst du übervorsichtig.«

»Denkst du, Eezbeez hat sich auch ihr offenbart?«

»Das hätte er uns doch gesagt, oder?«

»Ihr redet doch nicht schon wieder von eurer Katze, oder?« Ilona drehte sich zu ihnen um.

»Nee, über Stretmanni«, warf Daniel ein, und ohne dass Lukas es verhindern konnte, hatte Daniel ihr auch schon die ganze Geschichte mit dem Blu-Ray-Player erzählt.

Ilona lachte. »Oh Mann, das ist schon ein echt komischer Kerl. Glaubt ihr, dass der jetzt das ganze Jahr so drauf ist?«

Daniel und Lukas sahen einander an.

Lukas hätte ihr am liebsten noch mal das mit Eezbeez und der Sonnenbank und dem ganzen Homobestiakram erzählt und sie angefleht, dass sie doch bitte mit nach Strangecity mitkommen sollte, denn nur allein mit Daniel würde er vermutlich nichts herausfinden. Doch ein Blick auf Paulina ließ ihn das verwerfen. Warum war diese ganze Sache nur so kompliziert?

»Also, ich wette, dass Herr Stretmanni heute wieder zu spät kommt«, warf Dirk ein. Er drehte sich zu Yun in der letzten Reihe um. »Yun, machst du mit? Ein Döner darauf, dass Herr Stretmanni mindestens eine halbe Stunde zu spät kommt?«

Yun hob den Daumen. »Also, ich hoffe, dass er heute gar nicht kommt.«

»Ich hoffe einfach nur, dass er nicht so komisch drauf ist wie letztes Mal.« Kim nahm einen Schluck aus ihrer Flasche.

Die Schulglocke klingelte. Kaum war der letzte Ton verstummt, wurde auch schon die Tür aufgerissen. Herr Stretmanni sah bei weitem nicht so verpeilt wie in der letzten Stunde aus.

»Ha, du schuldest mir einen Döner, Dirk.«

Herr Stretmanni warf Yun einen bösen Blick zu und stellte seine Tasche auf den Tisch.

»So, jetzt tut mal das ganze Zeug von euren Tischen runter. Wir schreiben … wie heißt das bei euch noch mal?«

»Wir schreiben einen Test?« Tanja schlug sich erschrocken die Hand vor den Mund. »Aber … aber … Herr Stretmanni …«

Herr Stretmanni holte einen Stapel Blätter aus seiner Tasche. »Ja, wir schreiben einen Test. Sachen wegräumen. Und hört gefälligst auf zu reden.«

»Aber, Herr Stretmanni …«, rief Nina.

»Sie waren letzte Stunde nicht da.«

»Und vorletzte Stunde haben wir kein Mathe gemacht.«

»Das können Sie doch nicht machen.«

Doch Herr Stretmanni begann, die Blätter auszuteilen. »Und wie ich das kann. Ich bin hier der Lehrer. Macht ihr bei den anderen auch immer so ein Theater, wenn ihr einen Test schreibt?« Er knallte Lukas ein Blatt auf den Tisch und sah ihn mit einem Blick an, als wäre er der größte Schreihals im Klassenzimmer. Als er fertig war, setzte er sich ans Pult und sah auf seine Uhr. »Ihr habt fünfzehn Minuten. Los, Hopp.«

Es raschelte überall im Klassenzimmer. Lukas drehte sein Blatt um, und ihn traf der Schlag. Mathe war zwar noch nie seine Stärke gewesen, aber so schwere Matheaufgaben hatte er noch nie gesehen. Waren das überhaupt Matheaufgaben für die neunte Klasse? Waren das überhaupt Matheaufgaben für die Realschule? Waren das überhaupt Matheaufgaben? Es konnten genauso gut chinesische Schriftzeichen auf dem Blatt stehen, so viel verstand er. Er warf einen Blick auf Daniel, der sein Blatt mit offenem Mund ansah. Selbst Hendrick-Ignatius sah völlig verzweifelt aus.

Lukas suchte sich die Aufgabe aus, die am leichtesten aussah und versuchte sie zumindest ein bisschen zu verstehen. Nach fünf Minuten gab er auf und schrieb einfach irgendwelche Zahlen hin. So hangelte er sich von Aufgabe zu Aufgabe, bis …

»Die Zeit ist um.«

Lukas lief ein kalter Schauder über den Rücken. Er hatte bei gut der Hälfte der Aufgaben gar nichts stehen. Schnell versuchte er bei den Aufgaben noch etwas hinzukritzeln.

»Ich sagte, die Zeit ist um … Lukas.« Herr Stretmanni riss ihm das Blatt aus den Händen. »Hör auf zu schreiben. Und du auch.« Er zog Merves Blatt unter ihrem Stift weg, so dass sie eine Kulispur quer über das Blatt zog.

Herr Stretmanni sammelte die restlichen Blätter ein, räumte sein Zeug zusammen und rauschte ohne ein weiteres Wort aus dem Klassenzimmer.

22

Es herrschte Endzeitstimmung nach dem Test. Wie nach einer Schlacht wurden die Wunden verbunden und Gefallene beerdigt.

»Ich hab überhaupt nichts gewusst«, heulte Nina, die von Lisa und Olga getröstet wurde. »Ich habe bestimmt eine Sechs.«

»Sag doch das nicht, Nina.« Olga strich ihr über den Rücken.

»Ich bin bestimmt die Schlechteste.«

»Meine Güte, man kann auch übertreiben«, rief Jasmin nach hinten und verdrehte die Augen.

»Halt die Klappe.« Olga hob drohend ihr Mathebuch. Doch dann schien sie sich zu erinnern, was Jasmin mit Dominik gemacht hatte, und wendete sich wieder Nina zu.

»Wir haben alle eine schlechte Note. Wer weiß, vielleicht fällt der Test ja so schlecht aus, dass er gar nicht gezählt wird.«

Lukas sah vorsichtig zu Paulina und Ilona. Doch die schnatterten gerade auch wild durch die Gegend und versuchten Ergebnisse zu vergleichen, die so gut wie keiner hatte.

»Wir sind aufgeschmissen, wenn wir den echten Stretmanni nicht bald zurückholen. Warum können nicht schon Ferien sein?«

»Weil wir noch genug Lebensenergie haben, die manche Lehrkräfte wie Skekse aus uns heraussaugen müssen. Sofern du nicht den letzten fehlenden Splitter des dunklen Kristalls hast, werden wir uns noch ein wenig gedulden müssen.«

»Manchmal hast du echt ein bisschen zu viel Fantasie.« Daniel sah ihn mit erhobenen Augenbrauen an.

Lukas seufzte schwer. Langsam kam er sich auch vor wie in einem Urban-Fantasy-Roman. Oder wie in einem Jugendthriller. Mit Science-Fiction-Elementen.

Die Tür ging auf, und Frau Palan kam herein. Sie stellte ihre Tasche auf dem Pult ab, legte ihre Orange daneben und sah in die gebeutelte Menge. »Was ist denn hier los?«

»Ach, Frau Palan. Wir haben einen Test in Mathe geschrieben«, rief Emily. »Und der war soooo kacke. Letzte Stunde war Herr Stretmanni gar nicht da, und die Stunde davor hat er uns allein Aufgaben machen lassen. Und dann hat er heute gleich einen Test geschrieben. Das darf er doch gar nicht. Oder? Oder!«

»Na ja, das ist schon ein bisschen grenzwertig.« Frau Palan sah nachdenklich in die Runde. »Aber wartet doch erst einmal das Ergebnis ab. Vielleicht fällt das ja gar nicht so schlecht aus. Und wenn er zu schlecht ist, kann man da noch mal drüber reden.«

Emily sah Frau Palan an, als hätte sie ihr gerade alle Hoffnungen zerstört. »Aber Frau Palan, können Sie da nichts machen? Sie können sich den Test doch anschauen, oder? Sie sind doch Vertrauenslehrerin!«

Frau Palan lachte. »Ich glaube, in Sachen Mathematik kann ich da nicht viel machen. Vermutlich verstehe ich von der Materie noch weniger als ihr. Ich hatte zuletzt im Abitur Mathe. Aber …« Sie sah wieder ernst in die Runde. »Lasst uns erst einmal das Ergebnis abwarten. Wird ein gewisser Schnitt unterschritten, wird der Schulleiter entscheiden, ob eine andere Lehrkraft noch mal drüber schaut.«

»Hoffentlich Frau Bentheim«, rief Nina. »Die ist cool.«

Viele stimmten ein.

»Na, seht ihr, das wird schon.« Frau Palan öffnete ihre Tasche. »Und damit unser nächster Test nicht auch in so einem Desaster endet, müssen wir noch etwas arbeiten. Please open your books on page …«

Lukas hatte so seine Zweifel, dass das was wurde, wie Frau Palan sagte. Zweifellos würde Straßenwalze verhindern, dass der Test zweitkorrigiert wurde, denn dann würde im Nullkommanix seine Tarnung auffliegen, so viel war sich Lukas schon sicher.

Apropos Tarnung … Sie mussten es irgendwie nach Strangecity schaffen, ohne dass Linda etwas davon mitbekam. Klar, er hatte ihr zu verdanken, dass er die Fahrt mitmachen durfte, aber warum wollte sie unbedingt mit? Hatte sie etwa etwas mitbekommen?

»Emily ist mir ja mal voll auf den Keks gegangen«, meinte Daniel, als sie sich nach der Stunde auf in die Pause machten. »Was dachte die denn, was Frau Palan machen könnte? Zaubern? Den Test aus seiner Tasche klauen und heimlich in ihrem Garten verbrennen? Echt, Mensch.«

»Keine Ahnung, aber das mit dem Zaubern würde ich auch gerne können. Vorsicht, Ilona kommt.«

Sie verstummten. Ilona kam auf sie zu. Vorsichtig sah sie sich nach links und rechts um und fragte leise: »Stimmt das wirklich mit Stretmanni? Ich meine, das, was ihr gesagt habt mit dem Krokodil und so?«

Lukas und Daniel sahen sich überrascht an. »Du kannst dich ja nach der Schule überzeugen.«

»Sagt aber Paulina nichts davon. Die hält das nämlich für kompletten Unsinn.«

»Kann ich mir vorstellen. Warum hältst du es nicht für welchen?«

»Ich kenne euch doch. Für solche Art Späße seid ihr einfach zu nett.«

»Hey!« Daniel protestierte. »Das mit dem nett nimmst du sofort zurück.«

So ging Ilona nach der Schule mit ihnen zu Lukas nach Hause. Sie zogen gerade ihre Schuhe aus, als sich Linda ihnen in den Weg stellte. »Du hast ja ein Mädchen mitgebracht«, stellte sie mit einem Ton fest, als ob das ein Kapitalverbrechen wäre.

»Mensch, Linda, das ist Ilona. Die hast du doch schon tausendmal gesehen. Weißt du, wo Eezbeez ist?«

»Was willst du denn mit Eezbeez?«

»Ilona will ihn gern sehen. Der Rest hat dich nicht zu interessieren.«

Linda verschränkte ihre Hände und wendete sich mit grimmigen Blick Ilona zu: »Hast du denn noch nie eine Katze gesehen?«

»Doch, aber …« Ilona verstummte.

Aus dem Wohnzimmer kam Eezbeez. Er sah Ilona mit einem argwöhnischen Blick an und kam dann mit einem freudigen Miau auf Lukas zugetrottet.

»Hab ich dich, du kleiner Schlawiner.« Linda fing Eezbeez auf halbem Weg ab, hob ihn hoch und drehte sich mit ihm wild im Kreis. »Meine Itsy-Bitsy-Miezi-Katze, ich kann nicht zulassen, dass die bösen Großen dir etwas antun.«

»Das sagt gerade die Richtige. Pass auf, dass er dich nicht vollkotzt. Dem armen Kerl wird doch ganz schwindelig. Und jetzt gib ihn her. Du hast schon genug mit ihm geknuddelt.«

»Nein.« Linda stellte sich demonstrativ bockig hin. »Du hast ihn sowieso die ganze Zeit auf deinem Zimmer. Und ich hab ihn nie. Das ist voll ungerecht.«

»Er kommt ganz von allein in mein Zimmer. Weil ich ihn richtig behandle. Das ist eine Katze und keine Barbiepuppe. Schon vergessen?« Lukas spürte, wie die Wut in ihm hochkochte. Sie musste den Braten riechen, ansonsten würde sie sich nicht so aufführen. Warum konnte ihn Linda nicht einmal in Ruhe lassen?

»Eezbeez ist jetzt trotzdem bei mir und hilft mir bei den Hausaufgaben. Basta.« Sie flitzte in ihr Zimmer, mit dem maunzenden Eezbeez über den Schultern.

»Linda …«, knurrte Lukas und wollte ihr hinterher, doch Daniel hielt ihn zurück.

»Lass es«, beschwor er ihn. »Dann verliert sie das Interesse daran. Sonst machst du dich nur noch mehr verdächtig.«

»Ja, lasst uns was zocken«, schlug Ilona vor.

Daniel machte sich auf in Lukas' Zimmer.

»Wie wär's denn erst mal mit Hausaufgaben?«, warf Lukas ein.

»Nö, erst mal chillen. Das haben wir uns wirklich verdient.«

Nachdem Ilona Daniel und Lukas gefühlte tausend Mal in FIFA geschlagen hatte, war Lukas deprimiert, und sie stiegen auf ›Meine kleine Einhorn-Farm – Regenbogenglitzer-Edition‹ um. Da konnte Ilona wenigstens nicht seinen Highscore knacken, und Lukas war wieder besänftigt.

Schließlich rüttelte es an der Tür. Daniel warf prompt seinen Controller zur Seite und öffnete die Tür.

»Na, da kommt ja unser gefallener Krieger«, kommentierte er, als Eezbeez zur Tür hereinkam. Die Katze sah skeptisch zu Ilona und kletterte aufs Fensterbrett.

»Du kannst ruhig sprechen. Wir haben Ilona von dir erzählt.«

»Ihr habt aber nicht jedem von mir erzählt, oder? Wisst ihr, wie viel Papierkram das für mich bedeutet?«

Ilona zuckte zusammen, als sie Eezbeez das erste Mal sprechen hörte. »Ihr habt ja wirklich keinen Mist erzählt.«

»Soll ab und zu vorkommen.«

»Also, dann schießt mal los. Was hat unser Straßenwalze denn heute Schönes verbrochen?«

»Wir haben einen Test geschrieben.«

»Ja, das soll an Schulen ja gelegentlich vorkommen.« Eezbeez kicherte. »Ich bin ja gespannt, wie er das mit der Korrektur anstellt. Vermutlich würfelt er die Noten aus.«

»Das habe ich mir auch schon gedacht«, warf Lukas ein. »Ich meine, er will ja nicht auffallen, oder? Was meinst du, sollen wir machen?«

Doch anstatt Eezbeez antwortete Daniel. »Wir haben Frau Palan auf ihn angesetzt. Die wird ihn zerfleischen. Dann bleibt von Straßenwalze nur noch eine Krokodilhandtasche übrig. Und um den Rest kümmern wir uns in Strangecity. Kommst du auch mit, Ilona?«

»Nach wohin?«

Nachdem Lukas und Daniel ihr alles erklärt hatten, stimmte sie begeistert zu. »So was kann man sich nicht entgehen lassen.«

Eezbeez seufzte. »Das heißt für mich: noch eine Anmeldung in Winfonet.«

»Überarbeite dich bloß nicht.« Daniel grinste.

»Ihr habt gut reden. Ihr könnt froh sein, wenn ihr eure Winformiertenpässe rechtzeitig bekommt, so lange sind die Wartezeiten. Diese verdammte Bürokrat-App hat alles noch langsamer anstatt schneller gemacht.«

»Und wenn nicht, ist doch auch egal, oder? Strangecity ist doch in Deutschland, oder? Da braucht man keinen Pass.«

»Oh, doch. Ohne Pass kommt ihr nicht nach Strangecity oder in irgendeine andere Bestiadomi, egal ob in Ötscheizland oder anderswo.«

23

»Lukas, das ist Nasir aus der 5c.« Zwei Wochen nach ihrem fatalen Mathetest stand David plötzlich mitten in der Pause mit dem Jungen vor ihnen. »Er macht jetzt bei der Schulzeitung mit. Kannst du ihm alles erklären?«

Lukas schaute von seinem Französischvokabelheft auf. »Warum bringst du ihn nicht einfach am Dienstagnachmittag zum Treffen mit, wie wir das sonst immer mit Neulingen machen?«

»Ach, komm schon, Lukas.« David sah nach links und rechts, als hätte er Angst, von Ninjas verfolgt zu werden. »Diese Woche ist doch wieder letztes Treffen vor der Abgabefrist, und Herr Schreiner bekommt einen Koller, wenn wir ausgerechnet in dieser wertvollen Stunde einen Neuling einführen wollen. Und dann auch noch einen Fünftklässler.« Wieder sah er nach links und rechts. »Nimm ihn einfach zu deinem nächsten Projekt mit oder gib ihm irgendeine Aufgabe, damit er beim nächsten Treffen schon was vorweisen kann. Ich muss weiter, nächste Stunde schreiben wir Betriebswirtschaft, und ich hab das mit dem Deckungsbeitrag noch nicht verstanden. Tschau.«

Und dann lief er davon, holte unterm Laufen ein Buch hervor und fiel beinahe die Treppe hinunter, weil er mit Herrn Donau zusammenstieß, der gerade ein paar Siebtklässler zusammenstauchte.

Nasir sah ihn mit großen Augen an. »Bist du nicht der, der diese Schülerinterviews macht?«

Lukas seufzte. »Ja, der bin ich.«

»Cool!« Nasir sah ihn ehrfürchtig an. »Kann ich dann auch mal eins führen, so richtig mit Mikrofon und so? Ich will später unbedingt Reporter werden.«

»Nö.« Lukas war kurz davor, sich sein Vokabelheft wieder demonstrativ vor die Nase zu halten. »Die sind doch eh schon alle im Kasten.«

»Aber du kannst uns zwei Fischbrötchen vom Hausmeister holen.« Daniel reichte ihm einen Zehn-Euro-Schein. »Und zwei Flaschen Eistee aus dem Automaten.«

»Ok.« Der Junge schnappte sich den Geldschein und brauste davon.

Lukas sah ihm nach. »Er macht das auch noch tatsächlich.«

Ilona legte ihr Gesicht in Falten. »Ihr seid gemein. Ich wette, dich hat man bei der Schulzeitung noch nie zu solchen Aufgaben abkommandiert.«

»Doch. Ich habe mal eine Pause lang dem Hausmeister beim Wienerle-Verkauf geholfen. Recherche für meine Rudi-Rächer-Fortsetzungsgeschichte«, entgegnete Lukas.

Sie schnaubte. »Das ist doch was völlig anderes.«

Es entstand eine Pause, die Lukas dazu nutzte, die Lage zu sondieren. Er sah Nasir, der mitten im Gedrängel vom Pausenverkauf stand, Marie und Antonia, die auf einer Bank saßen und kichernd auf den Bildschirm von Antonias Handy blickten, Herrn Donau, der zusammen mit Frau Bentheim über ihnen durch die Korridore patrouillierte und hin und wieder einen strengen Blick nach unten warf, Paulina, die abseits von ihnen in einer Gruppe Zehntklässlerinnen stand.

Auf der anderen Seite sah er Herrn Stretmanni, der wieder in Richtung Physiksaal lief, nachdem Frau Bentheim und Herr Donau verschwunden waren. Zu gerne würde Lukas wissen, was er dort immer trieb.

»Hab alles besorgt.« Nasir stand atemlos vor ihnen, mit zwei Flaschen und den Brötchen in der Hand.

»Perfekt.« Daniel riss ihm ein Brötchen aus der Hand. »Und jetzt kannst du wieder gehen. Wir machen mit der Einführung morgen weiter.«

Lukas kam eine Idee. »Warte«, rief er Nasir zu.

Nasir, der sich gerade enttäuscht umgedreht hatte, wendete sich ihnen wieder zu.

»Stimmt es, dass ihr den Stretmanni als Mathelehrer habt?«

Nasir nickte. »Klar, warum?«

»Ist dir nicht aufgefallen, dass er ein bisschen komisch ist?«

Nasir zuckte mit den Schultern. »Also, ich finde ihn cool. Er gibt keine Hausaufgaben auf, und in seinem Unterricht können wir machen, was wir wollen, weil er ganz oft gar nicht da ist.«

»Und weißt du, wo er hingeht?«

»Also, Jean-Patrick meint, er geht immer dahin, wo die ganzen Unterrichtsmaterialien aufbewahrt werden. Das Zeug für Physik und so.«

Lukas tauschte einen Blick mit Daniel. »Dann haben wir eine ganz besondere Aufgabe für dich. Die ist aber topsecret. Das darfst du niemanden erzählen, klar?«

»Klar!« Nasir machte große Augen und hüpfte vor Aufregung auf und ab.

»Wir haben nämlich gesehen, dass Herr Stretmanni ... eine Maschine gebaut hat. Und die bewahrt er dort auf, wo sie die Physiksachen aufbewahren. Wir konnten aber noch keine Fotos machen, als Beweis. Und da kommst du ins Spiel. Hast du ein Handy mit Fotokamera?«

Nasir nickte schnell.

»Gut. Dann kannst du uns helfen. Du musst irgendwie da rein kommen und Fotos von der Maschine machen. Dafür brauchst du den Schlüssel einer Lehrkraft. Mach das am besten, wenn ihr irgendwas aus den Materialräumen holen müsst, Karten oder Bibeln oder irgendwas für Geschichte ...«

»Aber wir haben doch noch gar kein Geschichte ...«

»Egal, irgendwas wird dir schon einfallen.« Lukas sah auf, nicht dass sie jemand belauschte. »Bist du dabei?«

Nasirs Augen hüpften förmlich aus den Augenhöhlen. »Auf jeden Fall. Reporter Nasir in Spezialmission.« Er salutierte. »Ich werde Sie nicht enttäuschen, Sir.« Und dann flitzte er davon.

»Sag mal, seid ihr bescheuert geworden?« Ilona, die kein Wort gesagt hatte, als Nasir da war, machte sich nun über sie her. »Was ist, wenn ihn jemand erwischt? Wenn er Straßenwalze in seiner Homocrok-Form sieht? Wie wollt ihr ihm das erklären? Ich glaube nicht, dass Eezbeez davon sonderlich begeistert wäre.«

»Ach was.« Daniel winkte ab. »Der hat bloß keinen Bock auf den Bürokratiekram. Wir müssen es ihm ja nicht unter die Nase reiben. Was Eezbeez nicht weiß, macht Eezbeez nicht heiß.«

Die Schulglocke beendete die Pause, und sie machten sich wieder auf in ihr Klassenzimmer, wo eine weitere Stunde Mathe auf sie wartete.

Herr Stretmanni kam zwanzig Minuten zu spät, was Dirk den vierten Döner von Yun bescherte.

Nachdem er sich auf seinem Platz einige Minuten lang seine Brille geputzt hatte, schlug Stretmanni sein Mathebuch auf. »So, dann macht doch mal weiter mit den Übu-«

Sophia meldete sich. »Herr Stretmanni, haben Sie schon den Test korrigiert?«

»Nein.« Er sah von seinem Buch nicht auf. »Und wenn du jede Stunde fragst, bringt das die Sache auch nicht schneller voran.«

»Aber, Herr Stretmanni«, rief Antonia aus. »Können Sie uns das Ganze nicht noch einmal erklären? Ich habe keinen Plan, worum es da geht.«

Herr Stretmanni sah sie über den Rand seiner Brille hinweg an. »Ihr seid doch kluge Kinder, oder?«

Antonia holte Luft. »Ja … ich meine, was meinen Sie damit?«

Lukas sah aus seinen Augenwinkeln, wie Rebecka breit grinste.

»Ihr könnt euch das doch bestimmt selbst erklären, oder?« Er holte sein Tablet aus seiner Tasche und wischte ein bisschen darauf herum. »Meine Güte, man kann kaum glauben, dass ihr in drei Jahren euren Abschluss macht.«

Stille.

»Ähhh … Herr Stretmanni?«, rief Yun. »Sie wissen schon, dass wir in der neunten Klasse sind?«

Der legte seine Stirn in Falten. »Natürlich weiß ich das, ich bin doch nicht blöd.«

»Ja … aber …« Yun zählte sicherheitshalber mit seinen Fingern nach. »Neunte Klasse … zehnte Klasse … das sind zwei Jahre!«

Herr Stretmanni sah Yun an, als hätte er ihm gerade erklärt, dass die Erde eine Scheibe wäre und Karotten auf Bäumen wachsen. Rasch sah er auf sein Tablet und wischte ein paar Mal hin und her. Dann schien ihm ein Licht aufzugehen.

»Gut«, sagte er, ein wenig schief grinsend. »Wenn du so superschlau bist, dann kannst du den Gleichungsquatsch ja erklären. Ich habe dann mal was zu erledigen.«

Er packte seine Sachen und verschwand aus dem Klassenzimmer.

24

Als die Tür zuschlug, schnaubte Yun kräftig durch die Nase. »Meine Güte. Mathelehrer - und kann nicht einmal eine einfache Aufgabe lösen.«

»Aber er hat doch irgendwie recht, oder?« Emily sah betrübt aus. »Ich meine, wir müssen irgendwann doch mal unseren Kram allein hinkriegen.« Sie sah sich in ihrer Reihe um. »Hat Frau Palan nicht auch so was Ähnliches gesagt?«

Yun verdrehte die Augen. »Ach, du schon wieder mit Frau Palan. Ich meine, sie ist klasse und so, aber …«

»Hast du gerade etwas gegen Frau Palan gesagt?«, warf Rebecka ein und drehte sich auf ihrem Stuhl so schnell um, dass sie beinahe den Tisch ihres Hintermannes abgeräumt hätte.

Olga schnalzte mit der Zunge und hinderte ihre Bücher mit einem hechtartigen Vorbeugen daran, die Biege zu machen.

»Wir sollten Stretmanni hinterhergehen.« Lukas tippte Daniel auf die Schulter. »Mal sehen, vielleicht finden wir ja vor Nasir was raus.«

»Du bist Palanist, hast du dich jetzt gegen deine eigene Klasse verschworen?« Rebecka sah aus, als wäre sie kurz davor, einen ihrer weltberühmten Schreianfälle zu bekommen.

»Rebecka, nicht jeder in dieser Klasse macht deinen Palanisten-Quatsch mit. Es gibt auch noch vernünftige Leute hier«, warf Antonia ein.

»Palanisten-Quatsch? Hast du gerade Palanisten-QUATSCH gesagt?« Rebeckas Stimme wurde immer höher.

»Ich glaube, besser wäre es«, murmelte Daniel zurück. »Hier fliegt bald die Bude in die Luft.«

Und während sich Marie, Rebecka und Antonia ankeiften, standen Lukas und Daniel auf und gingen zur Tür.

»STOPP. Wo geht ihr hin?« Rebecka hatte sich wieder nach vorne gedreht, und sie waren in ihren Klauen.

»Wir wollen aufs Klo. Das ist doch noch erlaubt, oder?«

»Zu zweit?«

»Ja, ihr Mädchen macht das doch ständig. Warum sollten wir Jungs das nicht auch dürfen? Hallo? Gleichberechtigung und so?«

Rebecka schüttelte den Kopf. »In fünf Minuten fängt Französisch an. Geht gefälligst in der Pause.«

»Geht«, beschwor Antonia sie. »Rebecka hat hier nichts zu sagen.«

»Was heißt das, ich habe hier nichts zu sagen?« Rebecka beugte sich über den Gang hinüber, dass sie bald Maries Tisch erreichte.

»Du bist keine Klassensprecherin, also hör auf, dich aufzuspielen!«

»Ich bin keine …«, stammelte Rebecka. Sie drehte sich nach vorne. »Sophia, sag Lukas und Daniel, dass sie ihre Geschäfte gefälligst in der Pause verrichten sollen.«

Antonia reckte kriegerisch ihr Kinn nach vorne. »Lisa, sag Rebecka, sie soll keinen auf Chefin machen.«

»Lisa ist nur zweite Klassensprecherin. Solange Sophia im Raum ist, hat sie gar nichts zu melden.«

»Genauso wenig wie du!«

»Komm«, murmelte Daniel zu Lukas. »Lass uns gehen. Solange sie sich zerfetzen, merkt keiner, dass wir …«

Er öffnete die Tür. Und sah direkt in die Augen von Frau Palan.

Als Rebecka Frau Palan bemerkte, brach sie mitten in ihrem Schwall Beschimpfungen gegen Antonia ab, setzte sich auf ihren Stuhl und piepste: »Hallo, Frau Palan, Sie sind ja schon da. Wie geht es Ihnen? Schönes Wetter heute.«

Frau Palan hatte die Augenbrauen hochgezogen. »Ich glaube, du und Antonia kommt nach der Stunde mal zu mir. Wir haben ein ernstes Wörtchen zu reden.«

»Ihr habt mich veräppelt.« Nasir kam am Dienstag, nachdem sie ihm den Auftrag gegeben hatten, zu ihnen, das Gesicht zu einer Schmollschnute verzogen. »Ihr habt mir gesagt, der Herr Stretmanni versteckt im Materialraum eine Maschine. Aber da ist nichts. Nur komisches Schulzeug.«

»Wahrscheinlich hast du es übersehen.« Lukas winkte ab.

»Das kann man schlecht übersehen, das Teil«, warf Daniel ein. »Zeig mal her. Hast du Bilder gemacht?«

»Ja.« Nasir reichte ihnen sein Handy. »Aber das kommt dann nicht auf die Schulhomepage, oder?« Er sah sie unsicher an. »Anne sagt, dass ich keinen Unfug mit dem Handy anstellen soll. Ich habe das doch erst neu bekommen, weil ich jetzt auf der Realschule bin.«

»Natürlich kommt das nicht auf die Schulhomepage, das ist eine Geheimmission.« Lukas quetschte sich neben Daniel auf die Bank, um die Bilder besser sehen zu können. Daniel wischte mit einer hohen Geschwindigkeit durch die Bildergalerie, doch es war tatsächlich nichts vom Umwandler zu sehen. Nur Bilder von Regalen voller alter Physikbücher, Bunsenbrenner, Zugfedern und Magneten. Das Ungewöhnlichste war die Pickelhaube, die sie selbst bereits gesehen hatten.

»Hast du auch den Schrank fotografiert?«

»Klar.« Nasir scrollte an das Ende seiner Galerie. Der Schrank war leer. Keine Maschine.

Das konnte doch nicht sein …

»Mist, er muss sie weggebracht haben.«

»Ja, aber wohin?« Daniel kratzte sich am Kopf.

Am Mittwochmorgen stand wieder Mathe auf dem Stundenplan. Lukas fragte sich immer noch, was Straßenwalze wohl mit der Maschine angestellt hatte, als Herr Stretmanni zur Tür hereinkam. Und nachdem er einige Minuten ziemlich still am Pult gesessen und seine Brille geputzt hatte, holte er einen Stapel Blätter hervor.

Sophia, die direkt am Pult saß, keuchte und warf ihrer Zwillingsschwester Tanja einen verängstigten Blick zu. »Sie haben den Test korrigiert?«

Sofort ging das Gemurmel los.

»Oh mein Gott, ich hab so was von verkackt.«

»Was ist bei Aufgabe zwei rausgekommen, Herr Stretmanni?«

»Gab es viele Fünfer und Sechser?«

Stretmanni schüttelte den Kopf und begann die Notenverteilung an die Tafel zu schreiben. Es gab weder Einser noch Sechser, nur eine Fünf und drei Vierer, der Rest waren Dreier und Zweier.

Was noch mehr Verwunderung auslöste.

»Was?« Dirk sah sich in der Klasse um. »Da schreiben wir doch sogar bei Frau Palan schlechtere Tests.«

Herr Stretmanni drehte sich von der Tafel um, nahm den Stapel Tests und begann die Namen vorzulesen.

»Sophia Mischleg.«

Zitternd hob Sophia die Hand, und Herr Stretmanni reichte ihr das Blatt, ohne hinzusehen. Vorsichtig nahm sie es, als würde es beißen, legte es auf ihren Tisch. Dann dreht sie es mit spitzen Fingern um, starrte ungläubig drauf und fing plötzlich an zu kreischen. »Eine Zwei?! Das … ich … Herr Stretmanni … ich meine … oh mein Gott!«

Herr Stretmanni las weitere Namen vor. »Tanja Mischleg, Hendrick-Ignatius Oberforst. Ilona Becker, Lukas Müller.«

Lukas hob die Hand, als sein Name aufgerufen wurde. Er hatte ein flaues Gefühl im Magen. Was, wenn Stretmanni wusste, dass sie hinter ihm her waren? Würde er ihm und

Daniel deswegen eine schlechte Note geben? Allerdings gab es nur eine Fünf und nicht zwei …

Herr Stretmanni sah ihn genauso wie alle anderen nicht an, als er ihm das Blatt reichte, ganz so, als würde er Giftschlangen verteilen.

Lukas drehte das Blatt um, wo ihn eine ziemlich bauchige Fünf erwartete. Die Aufregung, die er bis gerade eben noch gespürt hatte, versiegte so schnell, als hätte jemand in seinem Bauch den Stöpsel gezogen.

Eine Fünf.

Wie sollte er das nur seinen Eltern erklären?

»Was?« Daniel, der gerade auch seine Note bekommen hatte, fiel fast vom Stuhl. Seine Hand segelte nach oben.

»Herr Stretmanni!«

Doch dieser verteilte weiter die Ergebnisse.

»Herr Stretmanni!«

Schließlich war er fertig mit der Herausgabe und ging wieder zur Tafel.

Daniel schnalzte mit der Zunge. »Herr Stretmanni, warum hat Lukas eine Fünf? Ich habe eine Drei, und wir haben exakt dasselbe.«

Stretmanni sah ihn mit zugekniffenen Augen an. »Wieso? Willst du auch eine Fünf?«

Lukas versuchte Daniel unauffällig auf den Arm zu schlagen. »Lass es, du machst es nur noch schlimmer.«

Daniel setzte sich aufrecht hin und drückte seine Brust heraus. »Nein. Lukas und ich haben genau dasselbe. Dieselben Ergebnisse, derselbe Rechenweg, dieselben Zahlen. Aber Lukas hat eine Fünf, und ich habe eine Drei. Das kann doch nicht sein!«

Auf Herrn Stretmannis Mund erschien ein Lächeln. »Oh, da scheinen wohl zwei voneinander abgeschrieben zu haben. Dann glaube ich, wäre es wohl besser, wenn ich euch beiden eine Sechs gebe, oder was denkst du?« Das diabolische Grinsen, das er jetzt draufhatte, erinnerte schon ziemlich an das Krokodil, das er in Wirklichkeit war.

»Nein, Herr Stretmanni«, warf Lukas dazwischen. »Das passt schon, wie es jetzt ist.«

Herr Stretmanni sah zufrieden aus. »So, wenn jetzt keine weiteren Beschwerden kommen, würde ich die Tests gerne wieder einsammeln.«

Emily keuchte entsetzt auf. »Aber, Herr Stretmanni, wollen wir sie denn nicht wenigstens verbessern?«

»Können wir sie mit nach Hause nehmen?«, fragte Antonia.

Er hob die Augenbrauen. »Ernsthaft, ihr werdet mir immer lustiger. Warum wollt ihr den Test mit nach Hause nehmen? Wollt ihr euch das Ergebnis übers Bett hängen?«

»Aber meine Eltern …«

»Schluss!« Herr Stretmanni verdrehte die Augen. »Keine Widerrede. Ich sammle die verdammten Dinger wieder ein. Und wer noch einen Mucks macht, der schreibt mir einen zweiseitigen Aufsatz, warum man mir nicht widersprechen sollte.«

Als Herr Stretmanni wieder weg war, herrschte gemischte Stimmung im Klassenzimmer. Einerseits war die Freude groß wegen der guten Ergebnisse, andererseits sorgte das Verhalten des Lehrers wieder für Verwirrung.

»Ich finde, wir sollten das trotzdem Frau Palan sagen.« Emily sah sich in ihrer Reihe um.

Jasmin protestierte. »Spinnst du? Ich hatte noch nie eine Zwei in Mathe. Ich glaube nicht, dass ich die immer noch habe, wenn da jemand anderes korrigiert.«

»Aber … aber …« Emily wandte sich an Rebecka. »Was meinst du dazu?«

Rebecka sah ein wenig betrübt auf ihren Tisch. »Wir erzählen Frau Palan nichts. Und auch keinem anderen.«

Emilys Unterkiefer zitterte. »Was ist los, Rebecka? Was hast du rausbekommen?«

»Ist nicht wichtig.« Rasch schloss sie ihr Hausaufgabenheft, wo sie anscheinend gerade ihre Note aufgeschrieben hatte. »Wir sollten doch nicht wegen allem gleich zu Frau Palan rennen. Wenn wir unauffällig bleiben und alles tun, was Herr Stretmanni sagt, dann wird sich schon alles regeln.«

»Oh.« Marie zog spöttisch die Augenbrauen hoch. »Da ist aber jemandem gehörig der Kopf gewaschen worden.«

»Kopf hoch.« Daniel klopfte Lukas kräftig auf den Rücken. »In zwei Wochen geht es nach Strangecity. Wer weiß, vielleicht finden wir ja da den Umwandler und können Straßenwalze das Handwerk legen. Wenn der echte Stretmanni wieder da ist, geht es auch mit den Noten wieder bergauf. Eine Fünf ist noch kein Weltuntergang. Das hast du mit 'ner anständigen Drei oder Zwei schnell wieder ausgeglichen.«

»Er muss uns gehört haben, als wir nach dem Umwandler geschaut haben. Als wir für Schwester Lucrezia den Blu-Ray-Player geholt haben, weißt du noch? Herr Donau hat nur meinen Namen gesagt, deswegen konnte er sich den merken. Deswegen habe ich auch die Fünf und du die Drei.«

»Ich wollte ihn ja umstimmen, hast du ja gesehen. Wenn's darum geht, hätte ich lieber eine Fünf als eine Drei.«

»Nein.« Lukas schüttelte den Kopf. »Mach dir deswegen keinen Kopf.« Er sah an die Tafel, wo ihn die Notenverteilung hämisch anzugrinsen schien. Genauso wie das Krokodilgrinsen von Herrn Stretmanni. »Wir sollten uns an Rebeckas Devise halten. Ruhig und unauffällig bleiben.« Er knackte mit den Fingern. »Aber in Strangecity, da geht's Straßenwalze an den Kragen.«

25

»Jaaaaaa ... saufen«, grölte es durch den Bus.

Es war noch nicht einmal hell draußen, und ein Bus mit Partyanimals und 12-jährigen Mädels, die kichernd die Starposter aus irgendeiner Teeny-Zeitschrift begutachteten, brauste eine schneebedeckte Autobahn entlang.

Mittendrin Daniel, Ilona, Linda und Lukas.

Seit gut zwei Stunden versuchte Lukas, seinen heiligen Schlaf nachzuholen, denn er musste schon um vier Uhr morgens aufstehen, und das auch noch in den Ferien. Doch das mit dem Schlaf nachholen gestaltete sich schwierig mit diesem bescheuerten Lied im Ohr. Zudem überholten sie gefühlt jede Minute ein Schneefahrzeug, das mit seinen grellen, blinkenden Lichtern und dem Streusplitt, der jedes Mal gegen die Busscheibe geschleudert wurde, auch nicht sehr schlaffördernd war. Und warum zum Teufel schneite es bereits in den Herbstferien?

»Mein Gott, können die denn kein anderes Lied?« Lukas vergrub seinen Kopf in seinem Rucksack.

»Ach, chill mal, Lukas. Wenn wir erst mal da sind, sind die so müde, dass wir machen können, was wir wollen.«

Lukas sah über den Kopf einiger Mädels hinweg Linda mitten im Getümmel. Obwohl sie die Jüngste war, hatte sie erstaunlich schnell Anschluss gefunden und wechselte sich ab mit singen und Zeitschrift lesen.

»Wir müssen jetzt noch vorsichtiger sein. Linda hat letztens schon wieder herumgeschnüffelt. Vorgestern hat sie Eezbeez den ganzen Abend in ihrem Zimmer eingesperrt. Fast so, als wollte sie ihn dazu bringen, dass er ihr seine wahre Identität verrät.«

Das mit Linda war tatsächlich ein Problem. Sie hatten Eezbeez gerade so mitteilen können, dass der Umwandler weg war, woraufhin er ihnen noch mehr Druck machte, dass sie diesen unbedingt in Strangecity finden mussten.

»Wir müssen …«

Doch Ilona wurde durch den krachenden Buslautsprecher unterbrochen: »So, meine Lieben, willkommen zur Skifreizeit. Ich darf mich kurz vorstellen: Mein Name ist Silvia Kurz, und einige vom Luisengymnasium werden mich wahrscheinlich kennen …«

Sie unterbrach ihre Rede kurz, weil einige Mädels aus den hinteren Reihen applaudierten.

»Ich bin die Vertretung von Herr Katzaug. Der kann leider nicht mitkommen, weil er sich das Bein gebrochen hat.«

Lang gezogenes »Ohhhhhhhhh« von hinten.

»Wie dem auch sei, wir sind in ungefähr einer Stunde da, und es gibt noch einige organisatorische Sachen zu klären.«

»Oh, nein«, stöhnte Lukas genervt. »Weckt mich, wenn es vorbei ist.« Er rückte wieder seinen Rucksack zurecht und lehnte sich ans Fenster. Mit dem halben Ohr hörte er Sachen wie: »Absolutes Alkoholverbot«, worauf es wieder Protest gab, oder »drakonische Strafen, wenn Mädchen und Jungen zusammen auf dem Zimmer erwischt werden« und fragte sich, ob sie sich wenigstens noch ein wenig ausruhen durften, bevor es mit der ganzen Skifahrerei losging.

Frau Kurz beendete ihre Rede und erntete verhaltenen Applaus.

»Aufwachen, Schlafmütze.« Etwas Hartes traf Lukas in die Rippen.

»Hör auf. Musst du mich immer gleich mit einem Ellbogen-Check wecken?« Lukas rieb sich die Seite und funkelte Daniel böse an, der in seinen Händen einen Block und einen Kuli hielt.

»Mit wem wollen wir ins Zimmer?«

»Mir egal. Hauptsache, nicht mit Linda. Trag Ilona ein.« Lukas drehte sich wieder weg und kuschelte sich an seinen Rucksack.

»Das geht nicht. Hast du nicht zugehört?«

»Natürlich nicht. Such du aus und lass mich schlafen.« Er schloss die Augen.

»Aufstehen, wir sind da.« Daniel rüttelte Lukas an den Schultern.

»Hör auf. Frau Kurz hat gesagt, wir haben noch eine Stunde.«

»Ja. Das war vor einer Stunde, jetzt steh auf, sonst sind die besten Zimmer schon weg.«

Draußen empfingen Lukas Eiseskälte und zentimetertiefer Schnee. Und während er versuchte, ihr Gepäck aus den Untiefen des Busses zu retten, kümmerte sich Daniel um die Zimmer.

Mit einigen Schrammen kam Lukas mit den Gepäckstücken zu Daniel, der mit zwei Jungs wartete, die ihm unheimlich bekannt vorkamen.

»Lukas, das sind unsere Zimmerkollegen, Kai und Michael.«

»Tag auch.« Kai grinste Lukas an und wirkte wesentlich selbstbewusster als beim letzten Mal.

Warum musste Daniel ausgerechnet die Personen auswählen, mit denen der ganze Wahnsinn erst angefangen hatte?

»Klasse, Daniel, hättest du nicht jemand anders nehmen können?«, murmelte er ihm zu, als sie ihre Zimmer suchten. »Da hättest du gleich Straßenwalze persönlich mit ins Zimmer nehmen können.«

»Immer nur am Meckern, der Junge.« Daniel schüttelte den Kopf. »Die sind wenigstens jung und beeinflussbar, denen können wir eine bessere Ausrede auftischen als einem von den Großen.«

Lukas wollte erwidern, dass im Gegensatz zu den Kleinen die Großen am Ende des Tages viel zu besoffen waren, um sie überhaupt zu bemerken. Doch er war zu müde, und außerdem war sein Koffer zu schwer.

Kaum hatten sie ihre Sachen einigermaßen in den Schränken verstaut, wurden sie auch wieder zusammengerufen.

Skisachen holen.

Lukas, Daniel und der Rest machten sich auf zu »Balkans bestes Skizubehör«, das im Gegensatz zu den anderen Skiverleihen mit ihren Neonaushängern ein bisschen altbacken wirkte.

An den holzvertäfelten Wänden standen Regale mit den unterschiedlichsten Skiern und Skischuhen, die alle schon ein bisschen angeschrammt waren. Auf der winzigen Bank drängten sich gefühlt zwanzig Leute, und jeder wollte zuerst seine Skier bekommen.

»Nein, die Skischuhe will ich nicht, die hatte ich letztes Jahr und bin damit überhaupt nicht zurechtgekommen.«

Aus dem hinteren Teil des Geschäftes kam der Mitarbeiter, der die Skiausrüstung zusammenstellte, und Lukas bekam einen Schreck.

Glatze, der starre Blick und der leicht diabolische Gesichtsausdruck.

Klar, dieses Mal trug er keinen Anzug, sondern legere Kleidung, doch Lukas war sich sicher, dass es sich bei dem Kerl um einen der Männer handelte, die Paul Wenderstein entführt hatten. Was machte der denn hier?

Er stieß Daniel mit dem Ellbogen an. »Daniel, der Kerl.«

»Was soll mit dem sein?«

»Kommt der dir nicht auch irgendwie bekannt vor?«

Daniel musterte den Glatzkopf, während dieser die ersten Skischuhe aus dem Regal holte.

»Wer hat noch alles Schuhgröße 43?«

»Hier«, meldete sich Daniel.

Der Glatzkopf sah Daniel mit einem kurzen, angestrengten Blick an. Seine Augenbrauen zogen sich zu einer einzigen buschigen Linie zusammen. Dann drehte er sich blitzschnell um und begann Skischuhe aus den Regalen zu holen.

»Schnell, mach mal ein Foto. Eezbeez weiß sicher, wer das ist.«

Daniel holte sein Handy hervor.

»Bitte keine Mobiltelefone hier im Laden«, rief der Glatzkopf und knallte Daniel die Skischuhe vor die Füße. Dann eilte er ins Lager.

»Oh je, jetzt holt er seine Kumpel«, flüsterte Lukas Daniel zu.

»Einfach cool bleiben, Luke. Die können uns gar nichts, wenn Zeugen dabei sind. Ganz egal, wie viele Knarren die dabeihaben.«

26

Die Knarren stellten sich jedoch als noch mehr Skischuhe heraus.

Lukas, der sich deswegen fast in die Hosen gemacht hatte, bestrafte Daniel mit einem Ellbogen-Check.

»Autsch.« Daniel rieb sich den Arm. »Junge, wenn du da schon Angst bekommst, wie soll das dann …« Er sah sich um, doch der Mann war schon wieder im Lager verschwunden. »… in der seltsamen Stadt werden?«

Lukas schnalzte mit der Zunge. Der Laden war ihm einfach zu stickig, je früher sie hier rauskamen, desto besser.

Schließlich war es dann so weit. Sie schleppten ihre neuen Schätze aus dem Verleih. Draußen warteten schon die anderen, fertig eingepackt mit Skibrille und Bommelmütze, die Stöcke im Anschlag.

»Ihr habt aber lange gebraucht«, maulte eine der Luisengymnasium-Mädels, die schon ihr neongrünes Snowboard über die Schultern geworfen hatte. »Noch länger, und wir können heute nicht mehr lange auf die Piste.«

»Heute noch auf die Piste?«, keuchte Lukas, dem der Schreck mit dem Glatzkopf noch im Nacken saß. »Also ich wäre erst einmal für ein kräftiges Ausschlafen.«

»Nix da, schlafen könnt ihr, wenn ihr tot seid.« Ein hünenhafter Kerl, den Lukas schon öfter in der Pause gesehen hatte, stapfte an ihnen vorbei.

»Das sind wir so was von, wenn wir Straßenwalze gegenüber treten«, murmelte Lukas.

Daniel nickte bedächtig.

»Alles klar.« Sylvia setzte ihre Skibrille auf. »Die Anfänger gehen mit José und Margot.« Lukas sah Linda strahlend in ihrer neuen Ausrüstung zu den beiden hüpfen. »Und die Fortgeschrittenen kommen mit Elfriede und mir.«

Bepackt mit Skiern, Skistöcken und in ihren klobigen Schuhen marschierten sie los in Richtung Lift. Daniel, Lukas und Ilona hatten Mühe, ihrer Gruppe hinterherzukommen. Der Skikurs war doch schon fast zwei Jahre her, und die anderen schienen förmlich auf Skiern aufgewachsen zu sein, so kam es jedenfalls Lukas vor. Die Mädels vor ihnen liefen so anmutig, als kämen sie direkt von ›Germanys next Topmodel‹, die Skier so leicht auf den Schultern, als wären sie gar nicht da.

Lukas hatte Mühe, seine eigenen Skier zusammenzuhalten, und seine Stöcke schauten in alle Himmelsrichtungen. In regelmäßigen Abständen schlug er sie unabsichtlich Daniel zwischen die Beine.

»Junge, pass doch mal auf!«

Auf dem Berg wurde es nicht besser. Lukas hatte Probleme, in die Skibindung reinzukommen, und auch die Unterstützung von Daniel und Ilona half nicht.

Als dieses Problem gelöst war, warteten die anderen schon ungeduldig auf sie. Lukas sah das Mädchen mit dem neongrünen Snowboard mit den Augen rollen, als er verzweifelt versuchte, vorwärts zu kommen und dabei mit den Skistöcken im Schnee herumbohrte.

Sylvia kam ihnen entgegen. »Wollt ihr nicht doch noch mal in die Anfängergruppe gehen?«

»Nein, wir packen das schon.« Daniel wischte sich den Schweiß von der Stirn und setzte sich seine Mütze wieder auf.

»Wenn ihr meint.« Sylvia zog skeptisch die Augenbrauen hoch. Dann wandte sie sich dem Rest der Gruppe zu. »Ok, Leute. Ihr wisst, wie das läuft. Die Schnellen fahren voraus, die Langsamen hinterher. Skiregeln habe ich im Bus erklärt, die sind nicht nur zum Spaß da, also daran halten. Und wartet bitte unten auf den Rest der Gruppe. Alles verstanden?«

Die Gruppe nickte, einige winkten lässig ab.

»Na, dann los!«

Wie eine Einheit setzte sich die Gruppe in Bewegung und war mit einem Schwupps verschwunden. Lukas rutschte an den Rand der Kuppe, wo es fast senkrecht den Berg hinunterging. Die anderen waren schon fast außer Sichtweite.

»Da sollen wir runter? Das ist doch ’ne schwarze Piste!«

»Oh, das sieht nur so aus.« Sylvia stand immer noch neben ihnen. »Aber das ist nur am Anfang so steil, dann ist es richtig schön. Augen zu und durch, und dann immer schön Slalom fahren, wie ihr im Skikurs gelernt habt.«

»Nie im Leben!«

»Kommt schon, Jungs, das packen wir.« Ilona fasste sich ein Herz und stürzte sich todesmutig den Berg hinunter. Daniel folgte ihr nach einigem Zögern.

»Trau dich«, ermutigte ihn Sylvia. »Das ist halb so schlimm, du wirst sehen.«

Lukas atmete tief durch und stieß sich ab.

Seine Skier schlitterten durch den Schnee. Er wurde schneller und schneller. Loses Eis flog ihm ins Gesicht. »Waaaaah!« Lukas streckte die Arme von sich wie ein Ampelmännchen auf Rot und stieß dabei fast einen kleinen Jungen um, der ihn gerade überholen wollte.

»Slalom fahren, Lukas. Slalom.«

Lukas versuchte das Gleichgewicht zu halten und zog seine Arme wieder an den Körper heran. Dann verlagerte er sein Gewicht auf den rechten Fuß. Er schlitterte nach rechts. Er verlagerte sein Gewicht nach links. Seine Skier änderten die Richtung und schlitterten auf die andere Seite. Es klappte! Lukas fuhr weiter Slalom und fühlte sich allmählich nicht mehr so, als hätte man ihn vom Berg geschubst. Er holte Ilona und Daniel ein.

»Tag auch, Leute!« Er grinste, als er sie überholte.

»Na, seht ihr? Das funktioniert doch prima!« Sylvia war wieder neben ihnen. »Wir sehen uns unten im Tal.« Dann fuhr sie in eleganten Kurven an ihnen vorbei.

Lukas legte seine Arme an und beugte sich vor, wie das die Skiprofis im Fernsehen auch immer machten. Er erhöhte sein Tempo und hatte bald einen großen Abstand zu Daniel und Ilona.

Die Skifreizeit war vielleicht doch nicht die schlechteste Idee. Und bald würden sie Straßenwalze zu fassen bekommen. Was konnte sie jetzt noch stoppen?

In seiner Tasche fing sein Handy an zu bimmeln.

»Stopp, Leute. Stopp, stopp, stopp.« Er ging voll in die Eisen, seine Skier überkreuzten sich, und er wäre beinahe den Abhang hinuntergerollt, hätte er nicht rechtzeitig seine Stöcke nach links und rechts ausgestreckt.

»Mensch, pass doch auf«, fluchte der Mann, den er fast umgefahren hätte.

Mit Mühe und Not kamen auch Daniel und Ilona zum Stehen.

Er schälte sich aus seinen Handschuhen und holte sein Handy aus der Tasche. »Ja?«

»Hier ist Eezbeez. Seid ihr schon da?«

»Klar.« Lukas atmete erleichtert aus, denn er hatte fast erwartet, dass sein Vater anrief, weil er das mit seiner Fünf herausgefunden hatte und verlangte, dass er sofort nach Hause käme. »Wir sind sogar schon auf der Piste. Wann geht es los? Heute Abend?«

»Hmm«, kam es nachdenklich von der anderen Seite. »Könnte gehen.«

»Wunderbar.« Lukas war euphorisch drauf, was vermutlich vom ganzen Adrenalin kam. »Haben wir irgendeinen besonderen Code? Müssen wir was Besonderes anziehen? Irgendein Erkennungszeichen?«

»Nein«, entgegnete Eezbeez knapp. »Eure Winformiertenausweise sind da, eure Begleitperson wird sie euch mitbringen. Verliert sie nicht, ok?«

»Klar, wir sind doch nicht Linda. Sonst noch was?«

»Nein.« Kurz war es still in der Leitung. »Ich glaube, ich muss auflegen, Lukas. Deine Eltern kommen heim.«

Dann war nur noch ein Tuten zu hören.

Lukas verpackte sein Handy wieder in der Tasche.

»Heute Abend geht Mission Straßenwalze los«, teilte er Daniel und Ilona mit.

»Wunderbar.« Ilona rückte ihre Skibrille wieder zurecht. »Und wie kommen wir jetzt dahin?«

»Wir werden abgeholt.«

»Ja, aber wann? Und wo treffen wir uns? Weiß die Person überhaupt, wie wir aussehen?«

»Keine Ahnung, hat Eezbeez nicht gesagt.«

Ilona seufzte. »Lukas, du bist schon ein Organisationstalent.«

»Das wird schon«, warf Daniel schnell ein. »Wer weiß, vielleicht haben diese Homobestia ja eine geheime Erkennungssoftware oder den Röntgenblick oder so was. Lasst uns schnell weiterfahren, die anderen warten sicher schon auf uns.«

Lukas sah sich um. Sie standen vor einer Kreuzung. »Jaaaa … aber wohin?«

»Sylvia ist da langgefahren.« Daniel deutete auf eine kleine Abfahrt, die rechts durch den Wald verlief.

»Bist du sicher? Da steht: Durchfahrt verboten!«

»Ganz sicher. Ich hatte mich nämlich auch schon gewundert.« Daniel setzte seinen Helm wieder auf und stakste mit seinen Skiern in die Richtung wie Donald Duck. »Und wenn sie da durchfahren darf, dann dürfen wir das auch. Ist vielleicht eine Abkürzung. Kommt schon.«

Sie fuhren Daniel hinterher.

»Daniel, bist du sicher, dass wir hier richtig sind?«, fragte Ilona unsicher, als sie am vierten Verbotsschild vorbeigefahren waren.

Die Piste wurde immer verschneiter, und der Wald immer dichter.

»Bist du dir sicher, dass es hier weitergeht?«

»Leute, jetzt macht euch nicht ins Hemd. Hier sind Skispuren, also geht es hier irgendwo hin.«

Urplötzlich hörte der Wald auf, und sie standen ganz allein mitten auf der allerschönsten Abfahrt.

»Verdammt, warum haben die uns die abgefuckte Piste fahren lassen? Hier ist es doch viel schöner.« Lukas fuhr ein paar Slaloms, bremste und besah seine Spuren im Schnee. Dann fuhr er weiter. »Huuuii«

Auf einmal hörten sie ein Scharren und konnten gerade noch aus dem Weg fahren. Ein einzelner Skifahrer kam von oben angebraust und sauste mit so einer irren Geschwindigkeit an ihnen vorbei, dass Lukas nur noch Schlieren sah. Und einen Krokodilschwanz.

Was?

Doch sie konnten sich nicht wundern, denn sie hörten einen markerschütternden Schrei.

»Ilona, Lukas, Daniel! Was macht ihr hier?« Sylvia kam aus dem Wald gefahren. »Ich habe euch ewig gesucht.«

»Wir sind nur da langgefahren, wo Sie auch langgefahren sind«, entgegnete Daniel.

Sylvia sah sie perplex an. »Ich bin hier garantiert nicht langgefahren. Das ist Lawinengebiet. Habt ihr die Schilder nicht gesehen?«

Sie entschuldigten sich bei Sylvia und folgten ihr wieder zurück auf den richtigen Weg.

Doch Lukas ging der Krokodilschwanz nicht aus dem Kopf.

27

»Glaubt ihr, das war Straßenwalze?«

Nachdem sie den ganzen Tag die Skipiste hoch und runter gejagt wurden, waren Lukas, Daniel und Ilona hundemüde, als sie schließlich zur Jugendherberge zurückkehrten, um zu essen.

»Mensch, Lukas.« Daniel verdrehte die Augen. »Wir sind hier in einer Homobestia-Hochburg, das kann jemand völlig anderes gewesen sein. Ich glaube nicht, dass Straßenwalze jetzt extra zum Skifahren herkommt. Er hat doch bestimmt zu Hause genug zu tun.«

»Und was machen wir dann hier?« Lukas sah auf seinen Teller, auf dem etwas lag, was entfernt wie Lasagne aussah. Er stach mit der Gabel hinein, und die Masse fiel in sich zusammen. Er bekam das dumpfe Gefühl, dass er das selbst besser hinbekommen hätte. Trotz seiner katastrophalen Kochkünste.

»Keine Ahnung.« Ilona sah ihn mit hochgezogenen Augenbrauen an. »Ich dachte, ihr hättet einen Plan?«

Lukas nahm einen Bissen von seinem Essen, das genauso schmeckte, wie es aussah. Es hatte den leichten Geschmack von Putzlappen, die mit halb vergammeltem Frischkäse bestrichen wurden. Was seine Laune noch tiefer sinken ließ.

»Haben wir doch. Wir gehen nach Strangecity. Und dann … sehen wir schon.« Er kratzte die angebrannten Stellen von seiner Lasagne herunter. Irgendwie hatte er sich darüber nie einen Kopf gemacht. Er hatte immer nur dieses eine Ziel vor

Augen gehabt: Stangecity. Danach, so hatte er immer geglaubt, würden sich seine Probleme in Luft auflösen. Sie würden irgendwas Cooles, Heldenhaftes machen und dann wie gefeierte Sieger nach Hause zurückkehren. Der echte Stretmanni wäre wieder da und würde ihnen aus lauter Dankbarkeit den Rest des Schuljahres nur noch Einser geben.

»Wir improvisieren einfach.« Daniel grinste breit und fuchtelte mit seiner Gabel in der Luft herum. »Was kann denn schon passieren?«

Ilona schob ihren Teller mit der halb aufgegessenen Lasagne von sich. »Eben. Das wissen wir auch nicht. Wir wissen so gut wie gar nichts. Hat euch Eezbeez einen Lageplan gegeben? Wo wohnt Straßenwalze eigentlich? Wie kommen wir überhaupt rein?« Sie sah sie erwartungsvoll an.

Lukas und Daniel sahen zu Boden. Lukas spürte, wie sein Kopf rot anlief. Natürlich hatte Ilona wie immer recht. Lukas hatte gedacht, dass ihnen Eezbeez alles erklären würde, doch Eezbeez hatte an seiner ›Meine Studierenden besorgen sich ihre Informationen selbst‹-Methode festgehalten. Doch woher hätten sie irgendwelche Informationen herbekommen können? Es war ja nicht so, dass es in Griedlohe von Leuten, die von den Homobestia wussten, nur so wimmelte.

Ilona atmete aus. »Wie gut, dass ich mitgekommen bin, ihr würdet doch sonst überhaupt nichts gebacken kriegen. Wie sieht es jetzt mit unserem Abholer aus? Sollen wir vielleicht etwas raushängen? Ein rotes Tuch? Ein Schild mit ›Einmal Strangecity zum Mitnehmen, bitte‹?«

»Wir lassen uns was einfallen«, beschwichtigte sie Daniel. »Und wir geben dir Bescheid, wenn die Person da ist. Und sollte die Person vorher bei dir aufkreuzen, gib uns Bescheid.«

Nach dem Abendessen mussten sie noch einem Spieleabend entkommen, doch schließlich schafften sie es auf ihr Zimmer. Müde und mit brennenden Waden hätte sich Lukas am liebsten schlafen gelegt, doch Daniel wühlte bereits in seinem Koffer herum.

»Das gibt es doch nicht. Ich habe nicht mal annähernd irgendetwas Rotes dabei. Du vielleicht?«

Auch Lukas durchsuchte seinen Koffer. Doch bis auf seine knallpinke Lieblingsboxershorts hatte er auch nichts Brauchbares dabei. Schließlich einigten sie sich auf das Katzen-T-Shirt, das ihm Linda zum Geburtstag geschenkt hatte, und hofften, dass das genug Wink mit dem Zaunpfahl war.

Lukas packte in seinen Rucksack seine Taschenlampe, ein Pfefferspray, was ihm seine Mutter mal gegeben hatte (man wusste ja nie), ein bisschen Rest vom Abendessen und einen Ersatzpullover.

»Ich denke, wir sind ready for Take-off.« Daniel schob seinen Rucksack unters Bett. Dann warf er sich darauf. »Du übernimmst die erste Wache.«

»Warum ausgerechnet ich?« Lukas zog statt seines Schlafanzugs seinen Trainingsanzug an, wo er dann ganz bequem seine Skijacke drüberziehen konnte.

»Weil du der Jüngere von uns bist und ich das so bestimmt habe.« Daniel grinste breit. »Basta!«

In dem Moment kamen Kai und Michael herein, noch tief in einer Diskussion, wer denn nun beim Monopoly beschissen hätte.

»Das kann nicht sein, du hattest immer weniger Geld als ich. Aber dann konntest du dir plötzlich die Schlossallee kaufen. Gibs zu, du hast dir immer Geld geklaut von Luisa.«

»Stimmt nicht. Nur weil du ein schlechter Verlierer bist.«

»Bin ich nicht!«

»Bist du wohl!«

»Schnauze, wir wollen schlafen!«, brüllte Daniel. Dann murmelte er etwas von »… die Jugend von heute«, drehte sich auf der Matratze herum und war auch schon eingeschlafen.

Unglaublich!

Da blieb Lukas nichts anderes übrig, als tatsächlich die erste Wache zu übernehmen.

Kai und Michael brauchten eine gefühlte Ewigkeit im Bad, und Lukas bereute es, sich kein Buch mitgenommen zu haben. Er hätte in der Zeit, die seine Zimmerkollegen im Bad brauchten, die gesamten Werke von Terry Pratchett durchlesen können. Zweimal!

Schließlich war Nachtruhe, und auch Kai und Michael hörten auf zu streiten und legten sich schlafen. Lukas lag wach und daddelte auf seinem Smartphone, bis es bedrohlich wenig Akku hatte und er es an den Strom anschließen musste.

Wann würden sie wohl abgeholt werden? Mann, konnte sich die Person vielleicht nicht ein bisschen beeilen? Hatte sie sich verlaufen? Fand die Person sie nicht?

Lukas sah noch einmal an die Balkontür, wo munter das Katzen-T-Shirt wehte. Vielleicht hätte er doch seine Boxershorts raushängen sollen.

Nach zwei Stunden war er müde und versuchte Daniel aufzuwecken, damit er wenigstens ein bisschen Schlaf abbekam.

»Nur noch eine Stunde, Lukas. Ich mach auch zwei. Versprochen«, nuschelte Daniel in sein Kissen.

Doch aus der einen Stunde wurden zwei, dann drei. Irgendwann gab es Lukas auf, Daniel zu wecken, und stellte sich darauf ein, die ganze Nacht durchzumachen. Er warf sich wieder aufs Bett, zog schon mal seine Schuhe an und nahm seinen Rucksack auf die Beine.

Lukas spürte, wie er ins Reich der Träume abdriftete.

RUMS!

Ein Schneeball traf das Fenster. Und mit einem Schlag waren alle Personen im Zimmer wach. Alle außer Daniel natürlich.

»Was ist da los?«

»Was war das?«

»Beruhigt euch, Jungs, geht wieder schlafen. Ich kümmere mich schon darum.« Schnell holte Lukas sein Handy hervor und gab Ilona Bescheid. Dann schälte er sich aus dem Bett und beeilte sich, ans Fenster zu kommen.

Draußen stand ein dick in Winterklamotten eingepackter Jemand, der mit Lukas' T-Shirt wie mit einer Fahne rumwedelte. »Kommt ihr endlich raus? Ist verdammt kalt hier draußen.«

Die gedämpfte Stimme kam Lukas irgendwie bekannt vor.

»Ja, gleich, ich muss nur noch die anderen aufwecken.« Lukas wendete sich Daniel zu und schüttelte ihn an der Schulter. »Daniel, Alter. Wach doch endlich auf.«

»Nein, Mensch! Nur noch eine Stunde.«

»Nichts mit einer Stunde, es geht los.«

»Was geht los?«, fragte Michael.

»Nichts. Daniel und ich müssen nur mal schnell was erledigen. Geht wieder ins Bett.«

Lukas schaute auf sein Handy, ob Ilona schon fertig war. Doch keine Nachricht von ihr. Inzwischen war auch Daniel endlich wachgeworden und kämpfte sich in seine Winterstiefel. In Zeitlupengeschwindigkeit.

»Wo wollt ihr hin?«, fragte Kai verschlafen. »Wir haben Nachtruhe, ihr könnt jetzt nicht mehr raus.«

Lukas seufzte. Das hatte ihm gerade noch gefehlt. Warum musste Daniel nur so eine Schlafkappe sein?

»Wir gehen in eine Tierstadt, voller Hunde und Katzen, die sprechen können, und versuchen unseren Mathelehrer zu befreien. Das ist haargenau das, was wir machen, also lasst uns.«

Daniel war endlich fertig angezogen.

»Haha, verarschen können wir uns selbst.«

»Na, gut. Wir haben gelogen. Wir gehen auf eine coole Party mit viel Alkohol und hotten Chicks. Ihr habt uns erwischt, okay? Wenn ihr Sylvia nichts sagt, bringen wir euch auch was mit.«

Neben dem vermummten Jemand tauchte nun Ilona auf, die winkte und etwas ungeduldig auf ihr Handgelenk tippte.

Lukas öffnete die Balkontür. »Sorry, dauert noch etwas.«

Kai und Michael sahen Ilona an, als wäre sie ein Monster, das sie entführen wollte. »Es dürfen keine Mädchen und Jungen zusammen aufs Zimmer.« Sie gingen ein paar Schritte zurück. »Und Alkohol ist auch verboten.«

Die vermummte Gestalt schüttelte den Kopf. »Leute, so kommen wir nicht weiter. Ihr kleinen Kiddies könnt euch doch ruhig kooperativer verhalten.« Sie begann ihren Schal abzuwickeln. »Mein Bruder hat mir erzählt, dass ihr diejenigen gewesen seid, die ihn immer gemobbt haben.« Sie zog ihre dicke Wintermütze vom Kopf, und Lukas fiel ein, warum ihm die Stimme so bekannt vorkam.

Es war Nora Wenderstein.

28

Doch Nora sah komplett anders aus. Ihre Augen waren nicht mehr dunkelbraun, sondern orange, und ihre Pupillen verliefen senkrecht wie bei einer Katze. Sie lachte, und als sie endlich unten neben ihr standen, konnte Lukas ebenfalls sehen, dass ihre Zähne viel kleiner, spitzer und zahlreicher als in einem normalen Gebiss waren.

»Ups … da habe ich doch glatt vergessen, mich Unwissenden gerecht anzuziehen.« Sie zog einen Handschuh aus und entblößte eine Hand, die mehr einer Krokodilklaue als einer Hand glich und über und über mit Schuppen und ziemlich scharf aussehenden Krallen ausgestattet war.

Sie hob die Hand drohend zu Kai und Michael hoch, als würde sie magisch deren Gedanken löschen wollen. »Falls jemand fragt: Ihr habt nichts gesehen.«

»Wir haben nichts gesehen«, quiekten Kai und Michael ängstlich vom Balkon herunter.

»Fein.« Nora bleckte ihre Zähne. »Dann geht mal wieder schön zurück ins Bettchen und lasst Lukas und seine Freunde mal ihre Sachen erledigen. Und solltet ihr petzen wollen: Paul hat noch eure Adressen von der Elternversammlung.«

Lukas konnte gar nicht so schnell schauen, da waren die beiden wieder im Zimmer und hatten die Balkontür angelehnt.

»So, das hätten wir.« Nora zog wieder ihren Handschuh an, als wäre nichts gewesen, und vermummte sich in Schal und Mütze. Jetzt sah sie ganz harmlos und normal aus, und wenn man nicht so genau hinsah, konnte man nicht einmal erkennen, dass sie eine andere Augenfarbe hatte.

»Bist du jetzt fertig mit angucken oder brauchst du ein Passbild?« Sie bemerkte Lukas' Blick und sah ihn direkt an.

Lukas zuckte zusammen, und der Schreck lief ihm eiskalt seinen Rücken hinunter. »Klar.« Schnell zog er Schal und Mütze an und hoffte, dass die anderen nicht bemerkt hatten, wie er sie angestarrt hatte. Doch wenn er schon Daniels feixendes Gesicht sah …

»Lasst uns gehen.«

Katzengleich und von unbeschneiter Fläche zu unbeschneiter Fläche hüpfend, um ja keine Spuren zu hinterlassen, verließen sie das Herbergsgelände und machten sich auf durch die Innenstadt von Ödeforst.

Es war mitten in der Nacht, doch es war so viel los, dass man meinen könnte, es wäre mitten am Tag. Die Bars und Clubs waren hell erleuchtet, überall dröhnten ihnen dieselben Après-Ski-Hits entgegen. Auf den Gehsteigen kamen ihnen die Skifahrenden entgegen, die sie am Tag auf der Piste fast umgefahren hätten. Jetzt mussten sie ihnen ausweichen, wie sie ihnen torkelnd und Schlagerlieder grölend entgegenkamen.

»Ey, was los? Kommt mit feiern!« Ein Kerl, der seine Skimütze verkehrt herum anhatte, winkte ihnen mit seiner Bierflasche zu. »Heeeeeey …«

Lukas tat es Nora nach und zog seine Mütze noch tiefer ins Gesicht.

Sie bogen in eine winzige Gasse ab und waren auf einmal aus der Stadt raus. Keine blinkenden Lichter mehr, keine besoffenen Skifahrer, nicht einmal Straßenlaternen. Es war fast vollkommen dunkel, bis auf den Schnee, der das wenige Licht reflektierte.

»Ich hoffe doch, ihr habt Taschenlampen mitgebracht? Ich habe keine mit. Sonst könnte es nämlich gruselig für euch werden.« Nora steckte sich lässig die Hände in ihre Jackentaschen und lief den schneebedeckten Weg entlang, der steil aufwärts direkt in einen dichten Wald führte.

»Natürlich, wir sind doch keine Anfänger.« Lukas holte seine Taschenlampe aus dem Rucksack und schaltete sie an. Die Lampe gab ein kurzes Flackern von sich und ging dann aus. Verdammt, er hätte vielleicht vorher prüfen sollen, ob die Batterien noch in Ordnung waren.

Schnell holte er sein Handy hervor und schaltete die Taschenlampen-App ein. Daniel hatte eine billige Werbetaschenlampe hervorgeholt, und auch Ilona hatte kein High-End-Adventure-Gerät vorzuweisen, sodass ihre Sicht nur minimal besser wurde. Sie sahen genau den Meter weit, den Nora vor ihnen lief, davor war es vollkommen dunkel.

Ihre Schritte knarzten im zentimeterdicken Schnee. Es war sonst kaum ein Geräusch zu hören. Hin und wieder knackte es im Unterholz.

»Müssen wir wirklich durch den Wald?«, fragte Lukas vorsichtig.

Nora lachte. »Hat da wohl jemand Schiss?«

»Nein, ich … frage nur für …« Er warf Ilona einen raschen Blick zu. »Spielt keine Rolle.«

Noras Augen leuchteten im Dunkeln durch ihren Schal hindurch. »Keine Sorge, hier im Wald lauert nichts Gefährliches. Er wurde hunderte Male durchkämmt. Allein schon wegen der Aliens.«

»Aliens?« Lukas merkte, wie Daniel neben ihm einen kleinen Hüpfer machte.

»Aliens?«, fragte Ilona skeptisch.

»Das ist alles nur Verschwörungsgequatsche.« Nora winkte ab. »Aber auf jeden Fall ist dieser Wald sehr geschichtsträchtig.« Sie drehte sich um und lief nun rückwärts. »Ich weiß nicht, wie viel euch Eezbeez erzählt hat … aber hier hat alles angefangen. Hier hat es mein Uropa entdeckt.«

»Entdeckt? Was entdeckt?« Lukas blieb vor Aufregung stehen und hörte gerade noch, wie etwas im Unterholz knackte. Schnell lief er wieder weiter.

»Na, das Wendersteinium. Das Element, mit dessen Hilfe wir überhaupt entstehen konnten. Bis heute ist unklar, wo er es gefunden hat. Einige Spinner behaupten deswegen, er hätte es von Außerirdischen erhalten. Aber das ist völliger …«

Nora stoppte und sah mit angestrengtem Blick hinter Lukas, Ilona und Daniel. Lukas lief es mit einem Mal eiskalt den Rücken hinunter. Waren das jetzt die Aliens? Waren sie gekommen, um ihn zu holen? Er war doch noch so jung …

»Hey du!«, rief Nora. »Stehenbleiben!« Sie sprintete los und warf sich einige Meter von ihnen entfernt mit einem Hechtsprung ins Unterholz, worauf Lukas ein ihm nur zu bekanntes Kreischen hörte.

Nora kehrte zurück und zerrte dabei eine kleine Gestalt mit sich. Als der spärliche Schein der Taschenlampen auf sie fielen, wurden seine Befürchtungen bestätigt.

»Lass mich los«, quietschte Linda und wand sich hin und her wie eine Katze, die man zu baden versuchte.

Lukas verdrehte die Augen. Neben Noras orangenen Augen und der ganzen Aliengeschichte hatte ihm das gerade noch gefehlt. Warum musste sich Linda einfach überall einmischen?

»Was machst du hier, Linda?«

Nora sah ihn überrascht an. »Du kennst sie?«

Lukas nickte resigniert. »Das ist meine Schwester.« Er wendete sich Linda zu. »Was hast du hier verloren? Es ist Nachtruhe, du darfst jetzt nicht draußen sein.«

»Du aber auch nicht«, entgegnete sie ihm.

Lukas holte Luft und suchte nach Argumenten. »Wir … Wir sind hier … Auf einer Sondermission. Die ist super geheim.«

Linda hob eine Augenbraue. »Ihr wollt nach Strangecity. Was wollt ihr da?«

Lukas hatte das Gefühl, als hätte ihm jemand in den Bauch geboxt. Also hatte Linda doch was aus Eezbeez herausbekommen. Na warte, wenn er den erwischte …

»Woher weißt du von Strangecity?«, fragte Daniel stattdessen.

»Von Lena aus meiner Klasse.« Linda drehte sich in ihren Winterstiefeln hin und her. »Die ist nämlich Sobekkerin. So, und was machen wir jetzt?«

»WIR machen gar nichts«, entgegnete Lukas, der sich endlich gefangen hatte. »Du gehst schön brav wieder in die Jugendherberge und lässt uns unseren Kram machen.«

»Du kannst doch nicht deine kleine Schwester mitten in der Nacht durch einen dunklen Wald ohne Begleitung laufen lassen«, entgegnete Nora, und Ilona nickte zustimmend.

»Hä? Was? Du hast doch selbst gesagt, dass der Wald hier ungefährlich ist.« Er drehte sich Nora zu. Und bevor diese noch ein triftiges Argument einlegen konnte, schob er noch nach: »Und außerdem muss man registriert sein, damit man Strangecity betreten darf. Hat Eezbeez extra gesagt.« Er stemmte seine Hände in die Hüfte, wie Linda das auch immer machte, wenn sie eine Diskussion gewinnen wollte.

Nora schien ein Licht aufzugehen. »Oh, hätte ich beinahe vergessen.« Sie kramte in ihrer Tasche und holte drei kleine, orange leuchtende Plastikkärtchen hervor. »Eure Winformiertenausweise.«

»Da steht ja überhaupt nichts drauf.« Daniel hatte sich ein Plastikkärtchen genommen und besah es sich von hinten und vorne. »Woher sollen wir wissen, welcher wem gehört?«

Nora holte ihr Handy hervor, wählte eine App aus und scannte ihre Ausweise. »Der hier ist für Ilona.« Sie reichte Ilona ein Kärtchen. »Der für Daniel, und der für Lukas.«

Lukas warf einen schnellen Blick auf das Display. In der App wurden wie beim Personalausweis sämtliche Daten von ihm angezeigt. Sogar ein Foto war dabei, auf dem er sehr unvorteilhaft getroffen war. Lukas hatte die leise Ahnung, dass Eezbeez hierfür einfach einen Ausschnitt aus dem letzten Familienfoto genommen hatte.

»Siehst du?« Er wedelte mit seinem neuen Ausweis vor Lindas Nase herum. »Du hast keinen, deswegen kannst du nicht mitkommen.«

»Das stimmt nicht ganz«, entgegnete Nora. »Winformierte unter elf Jahren brauchen keinen Ausweis, solange sie von einem

Familienmitglied begleitet werden. Wie alt bist du?« Sie drehte sich Linda zu.

»Zehneinhalb.« Lukas sah trotz der Dunkelheit Lindas breites Grinsen vor sich.

»Siehst du?« Daniel atmete tief durch. »Problem gelöst.«

Manchmal fragte sich Lukas, auf welcher Seite Daniel wirklich stand.

»Können wir dann weitergehen?«, fragte Nora. »Oder hat der Herr einen besseren Plan?«

»Nein«, knurrte Lukas niedergeschlagen, obwohl ihm die Idee, Linda an einen möglichst dicken Baum anzubinden, besser gefallen hätte. Doch er wollte heute noch nach Strangecity. Zudem hatte er kein Gaffa-Tape dabei, und selbst das würde Linda nicht aufhalten.

Nach weiteren zehn Minuten Fußmarsch kamen sie völlig außer Puste auf einer Lichtung an.

»Wir sind da.« Nora öffnete das Kuhgatter vor ihnen und lief über die Wiese. In der Ferne konnte man Muhen und Glocken hören.

»Wir sind hier im Nirgendwo«, keuchte Daniel. »Wo soll denn hier bitte Strangecity sein?«

»Benutz deinen Winformiertenausweis.« Nora holte ebenfalls ein Plastikkärtchen – ihres war aber grün – heraus und hielt es sich wie eine Art VR-Brille vor das Gesicht.

Daniel sah Lukas mit einem skeptischen Blick an, tat aber, was sie sagte. »Woah! Leute, das müsst ihr euch anschauen.«

Jetzt hob auch Lukas seinen Ausweis vor die Augen.

Direkt vor ihnen, wo sie nur eine öde Kuhweide sahen, lag eine Stadt. Hochhäuser, die die Bäume überragten, ein riesiger Turm in der Mitte. Umschlossen wurde alles von einer mächtigen Mauer, und eine Art Schutzwall, der in seinem Kärtchen leicht flimmerte, umgab alles wie eine große Kuppel.

»Ja, Leute, das ist es: Unser schönes Strangecity.«

29

Sie stapften durch den Schnee mit ihren Kärtchen vor den Augen, wobei sich Lukas ein bisschen albern vorkam. Linda hüpfte immer hinter ihm her und versuchte ebenfalls einen Blick durch sein Kärtchen zu werfen. Schließlich standen sie vor einer großen Schiebetür, die sich neben einem Terminal, der einem Fahrkartenautomaten mit extragroßem Display ähnelte, befand.

Lukas senkte sein Kärtchen. Selbst jetzt, wo er gerade einmal einen Schritt vor den Mauern von Strangecity stand, war überhaupt nichts zu sehen. Das Einzige, was er vernahm, war ein Summen, was wie ein angeschalteter Elektrozaun klang.

Aus dem Nichts hörten sie ein lautes Rauschen.

Lukas zuckte zusammen und drehte sich um. Zwischen den Bäumen versteckt stand eine Schneekanone, die kräftig Schnee in ihre Richtung sprühte. Vermutlich, um ihre Spuren zu verwischen, denn nach einigen Sekunden hörte sie wieder auf, klappte nach oben und verschmolz so mit den umherliegenden Bäumen.

»So, und was machen wir jetzt?«, fragte Daniel.

Nora packte ihn am Handgelenk und schwenkte die Hand mit seinem Kärtchen ein paar Mal hoch und runter. Vor ihnen erschien der Fahrkartenautomat, den sie vorher durch ihre Kärtchen gesehen hatten.

»Willkommen in Strangecity, Daniel Boss«, stand auf dem Display. »Was ist der Grund Ihres Besuchs?«

»Hier kannst du auswählen.« Nora tippte ein wenig auf dem Display herum. »Nehmen wir … hmm… Lerngruppe/Intellektueller Austausch … denn das machen wir ja irgendwie. Dann musst du noch die Dauer des Aufenthalts eingeben … machen wir drei Stunden. Bei Leuten, die reinkommen, sind sie nicht so streng wie bei Leuten, die rauswollen.«

Auf dem Display erschien eine Sanduhr. »Zugang erlaubt.« Das Display blinkte grün auf, und mit einem Zischen ging die Schiebetür auf.

Daniel ging hindurch, und Lukas konnte in die relativ leeren Gassen von Strangecity sehen, bevor sich die Schiebetür wieder schloss.

»Weiter geht's mit Ilona.«

Nachdem auch Ilona sich am Terminal eingecheckt hatte und durch die Schiebetür gegangen war, war Lukas dran. Er hielt sein Kärtchen vor den Automaten.

»Willkommen in Strangecity, Lukas Müller. Was ist der Grund Ihres Besuchs?«

»Wir müssen noch Linda einchecken.« Nora wählte wie auch bei Daniel und Ilona Art und Dauer des Besuchs aus und tippte dann auf ›Kind unter 11‹. »So, jetzt brauchen wir noch ein hübsches Foto von dir, Linda.«

Linda hüpfte aufgeregt vor dem Automaten hin und her.

»Say Cheese!«

Linda streckte die Zunge heraus. Sofort erschien auf dem Monitor das Bild mit Linda, ihrer Zunge und Lukas, der missmutig im Hintergrund stand. Sah er wirklich so schlimm aus?

»Noch eins, noch eins«, bat Linda, doch Lukas drückte auf ›Bild annehmen‹.

»Nein. Wir haben keine Zeit jetzt.«

Die Schiebetür ging auf, hinter der Daniel und Ilona schon ungeduldig warteten.

Sie standen direkt vor einem riesigen Schild mit der Aufschrift ›Sicherheitshinweise für die Außenwelt‹. Direkt daneben war eine Werbetafel, die mit grellen Farben und blinkender Schrift das neue ›Statement Space‹ von Cattec feilbot – jetzt auch in der ›Feli-Edition‹.

Was auch immer das sein sollte.

Der Weg vom Eingang führte direkt zu einem großen Marktplatz, auf dem schon die erste Weihnachtsdeko stand. Im Gegensatz zum Wald und der Wiese, durch die Lukas und die anderen die ganze Zeit gestapft waren, lag in Strangecity kein einziges Flöckchen Schnee. Das Gras, das zwischen den Gehwegplatten hervorlugte und in kleinen Gärtchen vor einigen Häusern wuchs, war so saftig grün, als wäre gerade Frühsommer. Lukas sah in den Himmel und bemerkte, dass es dicke Flocken vom Himmel schneite. Über den Häusern von Strangecity spannte sich wie ein kuppelförmiges Dach ein Netz aus lila leuchtenden Fäden, die Lukas schon von außen gesehen hatte. Die Schneeflocken berührten das Netz und schmolzen. Sie schienen förmlich in Rauch aufzugehen, denn Lukas spürte keine Tropfen auf seiner Nase.

Gleich nachdem ein großer Schwarm Schneeflocken verdampft war, erschien an seiner Stelle plötzlich das Bild einer Homofelis, die ihn ernst anblickte. ›Katastrophale TOK-Ergebnisse. Kritiker schlagen Abschaffung des Faches ›Praktisches Arbeiten‹ vor‹, hieß es in der Bauchbinde darunter. ›Schlägerei im Studitrakt. Drei Strasecs verletzt.‹

Lukas sah an eine andere Stelle an der Decke. Dort wurden gerade die Börsenkurse eingeblendet, direkt daneben wurde wieder das ›Statement Space‹ angepriesen. Diesmal konnte Lukas sehen, dass es sich dabei um eine Art Smartphone handelte. Es hatte ziemliche Ähnlichkeiten mit dem Gerät von Straßenwalze.

»Hier wohnen eigentlich nur die Superreichen.« Nora winkte ab. »Und es gibt hier die wichtigsten Gebäude wie Rathaus und die Winformierten-Informations-Zentrale. Das richtige Leben allerdings …«, sie deutete auf einen Aufzug, »… findet im Untergrund statt.«

Sie öffneten die Tür zum Aufzug, und Lukas stutzte. Der Aufzug war nicht leer, wie es Lukas von Aufzügen her kannte. Stattdessen waren an einer Wand Sitze angebracht mit Bügeln wie in einer Achterbahn. Und zwar einer, die über Kopf ging.

Daniel sah ebenfalls skeptisch auf die Sitze. »Das scheint wohl eine etwas heftige Fahrt zu werden?«

Nora winkte ab. »Ach was! Ihr dürft nur nicht den Druckausgleich vergessen. Ein Mitschüler von mir hat das mal vergessen, und dem ist dann das Trommelfell geplatzt. Aber normalerweise passiert nichts. Also, meistens. Manchmal.« Sie grinste breit. »Kaugummi gefällig?«

Lukas nahm sich gleich zwei und setzte sich in einen der Sitze. Als alle saßen, hielt Nora ihr Kärtchen vor einen Scanner, worauf sich an der gegenüberliegenden Wand eine riesengroße digitale Karte öffnete und sich eine Computerstimme zu Wort meldete.

»Willkommen, Nora Wenderstein. Wohin möchten Sie?«

»Studitrakt, Sektion B, Unterebene sieben«, rief Nora ohne Umschweife.

»Studitrakt, Sektion B. Unterebene sieben«, wiederholte die Computerstimme. »Bitte Sicherheitsbügel schließen.«

Lukas griff nach oben und zog seinen Bügel zu sich, bis er mit einem Knacken einrastete. Dann griff er neben sich und half Linda dabei, ihren Bügel herunterzudrücken, die sich ganz glücklich mit einem »Das hätte ich auch selbst geschafft, du Nuss« bedankte.

»Fahrt beginnt in drei … zwei … eins …«

Es ging so rasch abwärts, dass Lukas sämtliches Blut in Sekundenbruchteilen in seinen Kopf gepumpt wurde. Sein Herz und die Gedärme rutschten jedoch in Richtung Füße.

Neben sich hörte er Daniel »Mami« kreischen.

Er hatte Watte auf den Ohren, vielmehr fühlte es sich an, als würden unsichtbare Finger die Watte mit voller Kraft in sein Gehirn drücken.

Einzig Linda schien das Ganze zu gefallen. »Freefall«, quietschte sie vergnügt. »Freefall!«

Die Seile knarzten, und Lukas hörte selbst durch seine Watteohren, dass alles quietschte und knackte. Sie wurden hin und her geschleudert, und Lukas hatte das Gefühl, sie würden mindestens fünf Loopings drehen, bis das Gefährt endlich abbremste.

»Studitrakt, Sektion B, Unterebene sieben.«

Mit einem Zischen lösten sich ihre Bügel und entließen sie in ihre Freiheit.

Lukas schaute zu Daniel und Ilona, und beide sahen aus, als müssten sie gleich kotzen.

Sie stolperten zur Tür des Aufzugs. Die Türen öffneten sich, und ihnen schlug das Wummern von Technomusik entgegen.

Vor ihnen erstreckte sich ein Gang, der wie eine Mischung aus ihrer Jugendherberge und den Hinterhöfen, die er aus Gangster-Filmen kannte, aussah. Die holzvertäfelten Wände waren fast vollständig mit Graffiti besprüht, teilweise waren Paneele gewaltsam herausgerupft und durch durchsichtiges Klebeband ersetzt worden.

Er war die Hölle los. Homocroks, Homofelis und Homocanis liefen hin und her, ließen laute Musik aus ihren Statements dröhnen und begrüßten sich untereinander mit ziemlich komischen Verrenkungen.

»Hier wohnt also Straßenwalze?« Ilona rümpfte die Nase.

»Nee …« Nora winkte ab. »Straßenwalze lebt in einer dieser Bonzen-Wohnungen an der Oberfläche. Wir sind nur kurz hier, weil wir etwas …« Sie sah zu einem hellblauen Homocrok, dessen Zustand seiner Gesichtsfarbe entsprach. »Hey, Gavial. Ist Eckbert zu Hause oder treibt er sich wieder irgendwo rum?«

Gavial winkte mit seiner Schnapsflasche und stolperte beinahe Linda um. »Eey, Nora«, lallte er. »Was machsn du hier? Uniluft schnuppern? Sach blos, du has schon Uhhheer… Wie viel Schul …. schuljahre haste diesmal übersprungen?«

»Gar keine.« Nora verdrehte die Augen. »Sagst du's mir jetzt oder muss ich erst ungemütlich werden?«

Gavial hob seine blauen Klauen. »'s ja gut. Eckbert is bei Resti, hat was von dem Zeug aufgetrieben, das die Biotec-Studenten zusammengebraut haben und versucht sich in die Generatorien einzuhacken. Bis ihn mal die Strasecs schnappen.«

»Danke.« Nora winkte Lukas und die anderen hinter sich her.

»Was sind Generatorien?« Linda hüpfte neben Nora hin und her.

Nora stutzte und grinste dann merkwürdig. »Da kommen die kleinen Homobestia her.«

»Waaas?« Daniel sah Nora mit großen Augen an. »Meinst du, das ist so ein Treffpunkt, wo sich Männlein und Weiblein treffen, … und dann …«

»Daniel …« Lukas nickte rasch in Lindas Richtung. Wer wusste schon, ob sie das Thema schon in Bio durchgenommen hatten …

»Sex haben?«, ergänzte Linda, und Lukas' Frage wurde beantwortet.

Nora lachte. Und diesmal nicht so mechanisch. »Nein. Homobestia, zumindest die Homocroks, -felis und -canis, sind unfruchtbar. Daher werden sie generiert, das heißt, sie kommen aus der Retorte. Natürlich alles streng kontrolliert und nach den Vorgaben, die mein Urgroßvater aufgestellt hat. Meine Eltern arbeiten da und müssen unzählige Regeln und Sicherheitsbestimmungen beachten.«

»Und was ist Uher?« Linda war anscheinend in ihrem Kleine-Kinder-wollen-alles-wissen-inklusive-den-Sinn-des-Lebens-Modus.

»UR ist der Schulabschluss, mit dem man auf die Uni kann. Die Herrschaften von der Bildungsbehörde konnten sich bei der Entwicklung des Schulsystems nicht zwischen Matura und Abitur entscheiden, also musste ein eigener Name her. Genauso verhält es sich mit den anderen Schulabschlüssen. Nach neun Jahren bekommt man die HAB, und nach elf Jahren die TuGAR. Und fragt jetzt nicht, was die Abkürzungen im Einzelnen bedeuten, sonst kommen wir nie zu Straßenwalze.«

Sie erreichten eine Tür, unter deren kryptischer Zimmernummer (mit mindestens drei Buchstaben und einem Sonderzeichen) ein kleines Pappschild mit ›Restis Butze‹ angebracht war.

Nora klingelte. Und es passierte … nichts. Sie hämmerte gegen die Tür. »Resti, mach auf, ich weiß, dass du mit Eckbert da drinnen bist.«

Die Tür öffnete sich einen Spalt, und eine blassrosa Krokodilschnauze lugte hervor. »Eckbert meint, er zahlt dir die zweihundert ÖLT nächste Woche zurück. Er isn bisschen knapp bei Kasse, und sein SUG kommt erst nächste Woche.

Nora seufzte. »Das sagt er schon seit sechs Monaten. Aber um das verdammte Geld geht es jetzt nicht. Lass mich rein, ich hab Gäste dabei.«

Resti trat zurück und ließ sie herein. Er musterte sie alle mit skeptischem Blick.

Die Wohnung war winzig und bestand nur aus einem Zimmer, das ungefähr halb so groß war wie ihr Vierbettzimmer in der Jugendherberge. In eine Ecke war eine winzige Küchenzeile gequetscht. In der anderen Ecke stand ein klappriges Regal, das vollgestopft war mit Büchern, Klamotten und elektronischem Krimskrams. Neben dem kleinen Bett befand sich ein Heimtrainer, der ebenfalls über und über mit Klamotten behängt war. Im anderen Eck neben dem Bett saß an einem riesigen Computer ein Golden Retriever und hämmerte fieberhaft in die Tasten.

Er sah kurz auf, nur um danach wieder auf seiner Tastatur zu klappern. »Was macht denn meine Ex hier?«

Noras Augen verzogen sich zu Schlitzen. »Hey, ich habe immer noch einen Namen.«

»Na gut, Frau Eleonore Perennis Wenderstein.« Eckbert blätterte in einem Heft, das auf dem Schreibtisch lag. »Was treibst du hier, und wer sind die ganzen Leute, die du mitgebracht hast? Ist das deine Privatarmee?« Er warf einen belustigten Blick auf Linda.

»Nein. Das sind … Bekannte. Auftrag von Eezbeez.«

»Wer zum Teufel ist denn Eezbeez?« Eckbert schnaubte belustigt.

»Zufällig einer deiner Profs, wie du wüsstest, wenn du vielleicht mal ein bisschen mehr Mühe für dein Studium aufbringen würdest anstatt für deine Aluhut-Machenschaften. Er ist auch bekannt unter dem Namen Dr. Dr. Eduard Minsk.«

»Eezbeez kenne ich.« Resti räumte die Klamotten vom Heimtrainer und schleuderte sie mit einem gekonnten Wurf in das kleine Badezimmer. »Der ist witzig. Ist'n Explo und macht seine Vorlesungen immer per Livestream. Supercooler Typ.« Er lachte auf. »Ich frage mich immer noch, wer ihm den bescheuerten Namen gegeben hat.«

Lukas sah unauffällig zu Linda, die ihre Augenbrauen hochgezogen hatte.

»Was ist ein Explo?« fragte sie im selben nervigen Tonfall, mit dem sie schon nach UR und den Generatorien gefragt hatte.

Doch bevor Lukas sie anweisen konnte, doch endlich mal ihren Schnabel zu halten, hatte Resti ihr auch schon geantwortet.

»Explos sind Homobestia, die nicht in einer Stadt wie dieser leben, sondern in der Menschenwelt.« Er sah sich im Raum um, als wäre er in der Schule und würde erwarten, dass ihm der Lehrer nun eine mündliche Eins geben würde.

Nora starrte Eckbert böse an. »Wir müssen jedenfalls in Straßenwalzes Wohnung. Und du hast doch immer so großspurig angegeben, dass du durch dein Praktikum bei den Strasecs an Masterkeys gekommen bist.«

»Straßenwalze? Ist das nicht der mit dem Anti-Winformierten-Hetzblog? Der, der PA und die TuGAR abschaffen will, weil er in seiner Schulzeit durchgefallen ist? Was habt ihr mit dem zu schaffen?«

»Er ist unser Mathelehrer«, erklärte Lukas.

Eckbert sah sie einige Sekunden ungläubig an, dann fing er schallend laut zu lachen an. Lukas fand, dass er dabei ziemlich merkwürdig aussah mit den hochgezogenen Lefzen und den zugekniffenen Hundeaugen.

»Mathelehrer? Was bringt er euch denn bei? Das kleine Einmaleins auf dem Taschenrechner? Dass alle Menschen böse sind?«

»Er ist nicht wirklich unser Mathelehrer«, verteidigte sich Lukas. »Er hat sich mit irgend so einer Maschine in unseren Mathelehrer verwandelt.«

Eckbert beugte sich interessiert zu Lukas. »Was für eine Maschine denn? Die hätte ich auch gerne.«

»Er meint den Paulisper-Transformator. Der ermöglicht, für einige Zeit die Gestalt eines anderen Menschen oder Homobestia anzunehmen. Den haben meine Eltern entwickelt, aber Straßenwalze ist irgendwie an die Baupläne gekommen. Irgendeine Stinkmorchel von seinen Helferlein muss sich in unsere Cloud gehackt haben. Eezbeez ist deswegen außer sich. Ich meine, der hat sie extra für uns entwickelt und mit zusätzlichen Schutzmechaniken ausgestattet.«

»Also gut, ich bin dabei.« Eckbert holte sein Statement hervor und löste die Hintergrundabdeckung. Es kam eine dunkelblaue Plastikkarte zum Vorschein. »Wisst ihr überhaupt, wo er wohnt?«

Nora verdrehte die Augen. »Das war leicht rauszufinden. Freilufttrakt, Herrmann-Fichtenschwandt-Komplex, Apartment 233.« Sie tippte auf ihrem eigenen Statement herum und zeigte eine Webseite, die ganz in fürchterlichem Grün und Gelb gehalten war. »Steht im Impressum von seiner Homepage.«

Eckbert war nun aufgestanden und musterte sie interessiert. »Wir sind allerdings viel zu viele, um das Ding durchzuziehen. Fünf Teenager und ein Erwachsener, die sich im Nobelbezirk herumtreiben? Da sind uns die Strasecs schneller auf den Fersen, als wir irgendeinen Fuß in Straßenwalzes Wohnung gesetzt haben.«

Sein Blick fiel auf Linda. »Ich gehe allein. Und die Kleine kommt mit mir. Ihr könnt so lange bei Resti bleiben.«

»Was?« Doch ehe Lukas so richtig registrieren konnte, was abging, hatte Eckbert Linda am Arm gepackt und war mit ihr aus Restis Butze verschwunden.

30

»Linda!«, rief Lukas.

»Spinnst du, Eckbert? Warte!« Nora sprang quer durch den Raum, doch als sie die Tür erreicht hatte, war diese bereits geräuschvoll zugeknallt worden. Sie fluchte und trat schwungvoll dagegen.

Lukas hechtete ihr hinterher, öffnete die Tür und sah, wie Eckbert mit Linda im Schlepptau auf den Aufzug zuraste, als wäre er gerade auf der Flucht.

»Kommt schon, Leute. Wir müssen hinterher«, rief er Ilona und Daniel zu, die noch geschockt in Restis Wohnung standen.

Zusammen mit Nora raste Lukas auf den Aufzug zu, doch als sie nur noch fünf Meter davon entfernt waren, schlossen sich die Aufzugtüren, und Lukas hörte den Antriebsmotor surren.

Verdammt!

»Die Treppe«, keuchte Nora und wies auf eine lädierte Tür neben dem Aufzug. Sie übernahm die Führung und sprintete vor Lukas, Ilona und Daniel eine irrsinnig lange Wendeltreppe hoch.

»Nora, warte!«, keuchte Lukas und hatte Mühe, ihr überhaupt nachzukommen.

»Nicht so langsam, ihr Schnecken«, kam als Antwort zurück.

Die Wendeltreppe endete, und von Nora war weit und breit keine Spur. Nur eine einsame Eisentür mit einem kleinen Bildschirm war zu sehen. Lukas rüttelte daran.

»Willkommen bei Cattec. Bitte verifizieren Sie sich.«

»Wo lauft ihr denn rum, kommt doch endlich!«, hörten sie die genervte Stimme von Nora, die wie aus dem Nichts aus einem Durchgang auftauchte, an dem Lukas schnurstracks vorbeigelaufen war.

Nora führte sie im Zickzack durch verschiedene Gänge und noch zwei weitere Wendeltreppen hinauf. Lukas wunderte sich inzwischen nicht mehr, weshalb der Aufzug sie achterbahnmäßig herumgeschleudert hatte. Nachdem sie noch zwei weitere Male an einer Tür von Cattec herumgerüttelt hatten, sehnte er sich danach regelrecht zurück. Er spürte schon lange seine Beine nicht mehr und hatte sich sicherlich mehrere Blasen gelaufen. Sein Orientierungssinn hatte sowieso längst den Geist aufgegeben.

»Kommt schon, wir sind gleich da.«

Sie kletterten eine Feuerleiter hoch und öffneten eine Falltür.

Lukas spürte sofort, wie der kalte Wind um seine Nase strich. Oh, wie hatte er es vermisst. Er würde sich nie wieder beschweren, wenn er mal wieder an die frische Luft gescheucht wurde. Sie kletterten aus der Falltür und waren fast genau wieder da, wo sie reingekommen waren.

»Beeilt euch gefälligst.« Noras Stimme war nur noch ein Zischen. »Und seid leise, die Leute hier rufen wegen jedem kleinen Mückenschiss gleich die Strasecs.«

Lukas war eigentlich erst mal nach einer Pause und einem Schluck Wasser, doch der Gedanke an Linda ließ ihn schnell wieder auf die Beine springen. Seine Eltern hatten ihm und Linda doch lang und breit erklärt, dass sie mit keinem Fremden mitgehen sollten, das galt doch sicher auch für fremde Homocanis, die sie gerade einmal fünf Minuten kannten. Wobei … Nora kannten sie doch auch noch nicht so lange. Egal. Das war was anderes.

Nora hetzte sie noch einige Häuserblocks weiter, bis sie an eine ganz noble Ecke kamen, mit Vorgärtchen und Marmorstatuen. Und vor genau so einer Statue stand Linda und wippte in ihren Winterstiefeln vor und zurück.

»Da seid ihr ja endlich!« Sie grinste über das ganze Gesicht. »Mensch, ihr habt ja lange gebraucht. Und warum seid ihr so außer Puste?«

Lukas konnte nicht anders. Er fiel Linda in die Arme. Seine Bewegungen waren durch die ganze Rennerei schon so unkoordiniert, dass er das Gleichgewicht verlor und die beiden beinahe gegen die lebensgroße Homocrok-Marmorstatue knallten.

Im Hintergrund hörte Lukas Daniel schon belustigt schnauben, also löste er schnell die Umarmung und stellte sich ein Stück weg von Linda.

»Hast mich wohl vermisst?«, feixte sie.

»Nein, aber ich wüsste nicht, was ich unseren Eltern erzählen sollte, wenn du weg bist. Ich kann denen ja schlecht sagen, du wärst in einer Schneelawine untergegangen. Obwohl, wenn ich jetzt so darüber nachdenke …« Lukas hob seinen Finger ans Kinn und nahm eine Denkerpose ein. Linda verdrehte die Augen. »Trotzdem, Linda. Mach das nie wieder.« Er kramte in seinem Rucksack und holte das Pfefferspray heraus. »Nimm das mit, falls dich wieder einer überredet, mit fremden Hunden mitzugehen.«

»Was ihr nur alle habt. Eckbert ist voll cool. Und ganz nebenbei hat er auch Straßenwalzes Wohnung gefunden.«

»Weil wir ihm ja auch die Adresse gesagt haben.«

»Trotzdem. Wir waren trotzdem vorher da als wie ihr.«

Lukas hatte schon halb den Mund geöffnet, um Lindas grammatikalisch grauenvollen Satz zu korrigieren, da schritt auch schon Nora ein.

»Jetzt haltet doch endlich mal die Backen! Eckbert, kommst du mit deinen Ach-so-tollen Masterkeys da jetzt rein oder war die ganze Aufregung für die Katz?«

Linda steckte das Pfefferspray ein, und sie gingen an der übergroßen Marmorstatue, die offenbar Straßenwalze darstellen sollte, vorbei durch den Vorgarten an die Haustür. Sie sahen sich um, doch die mit terracottafarbenen Bodenplatten ausgelegte Straße war, im Gegensatz zum Studitrakt etliche Stockwerke weiter unten, ausgestorben.

Eckbert holte das dunkelblaue Kärtchen hervor und schob es in den Schlitz neben der Haustür. Mit einem bestätigenden Piep entsperrte die Tür.

»Na, Baby, was sagst du jetzt?«

Nora murmelte etwas von Anfängerglück.

»Nein, Baby, das ist wahres Können«, entgegnete Eckbert breit grinsend und betrat Straßenwalzes Wohnung.

Hinter seinem Rücken verdrehte Nora die Augen.

»Dann wollen wir mal sehen.«

Straßenwalzes Wohnung war um einiges größer als Restis Kabuff. Allein schon der mit Parkett ausgelegte Eingangsbereich war vermutlich doppelt so breit und führte direkt in ein Wohnzimmer mit großem Panoramafenster, durch das man den Himmel und das lilafarbene Gitter sah. Sämtliche Möbel waren aus einem dunklen, teuer aussehenden Holz, und es standen sämtliche elektronische Gimmicks herum, die man sich vorstellen konnte. Im hintersten Eck des Wohnzimmers surrte ein Saugroboter herum, auf dem Regal sah Lukas das Statement stehen, auf dem sie Straßenwalzes Unterhaltung mit dieser Mikrowelle mitbekommen hatten. Das Display war gesprungen, und als Lukas es anschaltete, blinkte ihm ein ›Kein Medium erkannt‹ entgegen.

»Ui.« Eckbert nickte anerkennend. »Coole Bude, Straßenwalze.«

»Guckt mal«, rief Daniel aus der Küche. »Der Kühlschrank weiß genau, was in ihm drin ist. Und man kann direkt nachbestellen. Ein Kilogramm gepökelte Rindsleber … iiih, wer braucht denn so was?« Es kam ein Computerpiepsen aus der Küche. »Und schaut mal, man kann beim Toaster Bilder erstellen, und dann toastet er das so.« Daniel stieß ein schallendes Lachen aus. »Hui, hui, Herr Straßenwalze, da ist dann wohl morgen auf Ihrem Toastbrot ein Stinkefinger.«

»Ihr seid ja so mega professionell«, schnaubte Ilona. »Verteilt nur weiter eure DNA auf allem, was ihr finden könnt. Wir haben eine Aufgabe, schon vergessen?«

Mist, das hatte er tatsächlich beinahe vergessen. Aber wo konnte Herr Stretmanni denn sein? Hier war alles offen und leicht zugänglich, sie wären doch schon längst auf ihn gestoßen.

»Huhu, Herr Stretmanni. Wir kommen, um sie zu retten. Wo sind Sie denn?«, rief Daniel aus der Küche. Es folgte ein dumpfer Schlag. »Aua, Ilona. Hör auf, mich zu hauen.«

»Wirst. Du. Jetzt. Endlich. Mal …«

»Wasserbett!«, quietschte Linda aus dem Schlafzimmer.

Lukas eilte dorthin und sah, wie es sich Linda auf einem breiten Himmelbett bequem gemacht hatte. Ihre Schneeschuhe hinterließen dabei unschöne Matschspuren auf der Bettwäsche. Das Bild auf dem Nachttisch, das Straßenwalze mit einem hellgrünen Homocrok zeigte, das ihn anhimmelte, wackelte bedrohlich, als sie die Beine übereinanderschlug.

»Linda, komm da raus.«

»Nö. Ihr macht doch auch, was ihr wollt.« Linda legte die Hände demonstrativ unter ihren Kopf und überschlug die Beine in die andere Richtung.

»Nein, wir haben eine Aufgabe. Das ist serious Business hier.«

Linda schnaubte. »Ihr vielleicht. Ich hab Ferien. Was ist das für ein Bisnis, dass ihr dafür in eine Wohnung einbrechen müsst?« Katzengleich sprang sie vom Bett und verschränkte ihre Arme. »Das ist nämlich verboten, das wisst ihr schon, oder?«

Lukas seufzte genervt. »Wir suchen Herrn Stretmanni, unseren Mathelehrer. Kennst du vielleicht: Groß, dick, eine Brille so dick wie die Fenster in der Turnhalle. Hat 'nen Pinguinaufkleber auf der Schultasche.«

»Wie wäre es mit: in der Schule?« Linda verdrehte die Augen.

Lukas biss seine Zähne fest zusammen und stieß die Luft aus, da ihm vermutlich sonst der Kopf geplatzt wäre. »Nein. Da ist er eben nicht. Er wurde entführt. Von dem da.« Er deutete auf das Bild von Straßenwalze, auf dem er seelenruhig und ganz romantisch mit seiner giftig hellgrünen Freundin in die Kamera blickte. Am liebsten hätte er das Bild zum Fenster rausgeworfen.

»Und du glaubst wirklich, der da ist wirklich so doof und versteckt sein Entführungsopfer in seiner Wohnung, wo die Leute vermutlich zuerst suchen werden?«

Lukas schnalzte mit der Zunge. »Wo denn sonst?«

Linda schnalzte ebenso mit der Zunge. »Zum Beispiel da, wo er einen Kran zur Verfügung hat. Ich glaube nicht, dass der da Herrn Stretmanni allein hochheben kann, so schwer, wie der ist.«

»Du bist so ein Wiesenchampignon.« Lukas gab Linda einen Knuff gegen die Schulter.

»Nicht so wiesenchampignonig, wie du denkst.« Linda holte eine winzige Chipkarte hervor. »Vielleicht solltest du es mal damit versuchen.«

Linda war schon ein Fuchs!

»Wo hast du denn das her? Und was sollen wir damit machen?«

»Vielleicht wo reintun, wo man es anschauen kann?«

»Schon klar, aber …« Lukas fasste sich an den Kopf. Das war schon fast zu einfach gewesen. »Leute, ich hab's!«, rief er.

Ilona, Daniel, Eckbert und Nora gingen aus der Küche ins Schlafzimmer, doch Lukas war schon längst im Wohnzimmer. Er holte das Statement vom Regal und suchte nach einer Öffnung, wo er den Chip reinstecken konnte.

»Gib mal her.« Nora hatte erkannt, was er vorhatte und löste mit einer gekonnten Bewegung die Abdeckung des Geräts und legte die Chipkarte in den dazugehörigen Slot ein. Auf dem Bildschirm erschien sofort ein Sanduhrsymbol, und wenige Sekunden später waren alle Daten geladen.

Automatisch öffnete sich die Bildergalerie, und das erste Bild, das sie zu sehen bekamen, war eins von Straßenwalze, auf dem er ziemlich selbstverliebt in die Kamera grinste.

Es folgten eine Reihe von Selfies, manche mehr oder weniger gelungen.

Linda kicherte. »Also, ich mag den. Er sieht nicht gerade aus, als könnte er einen Menschen entführen.«

»Tja, Linda«, meinte Lukas dumpf. »Aussehen ist eben nicht alles.«

Er blätterte weiter. Und da waren sie: Bilder von dem Paul-Transformator oder wie auch immer Nora ihn genannt hatte. Bilder von Einzelteilen, Leuchtstoffröhren. Zwei Kapseln mit einem riesigen Radioaktiv-Zeichen und jede Menge Bilder von verschiedenen Baustadien der Maschine.

»Das ist super. Das ist genau das, was wir brauchen, um Straßenwalze dingfest zu machen. Wir müssen das zu Eezbeez bringen. Kommt, Leute, dann haben wir doch alles. Wir können gehen.«

»Moment!« Lukas scrollte weiter. »Vielleicht haben sie die Entführung von Stretmanni auch dokumentiert. Dann können wir ihn finden.«

»Ja, aber …« Nora fuchtelte mit ihren Armen. »Das können wir doch auch unterwegs machen.«

Warum hatte sie es plötzlich so eilig?

Da! Ein Bild von Herrn Stretmanni, wie er bewusstlos in Straßenwalzes Bett lag. Genau das Bett, in dem Linda vor ein paar Minuten noch gelegen hatte.

Aber warum war er nicht hier?

Es kamen weitere Bilder vom Transformator, und dann sah Lukas es. Ein Herr Stretmanni so euphorisch grinsend, dass Lukas sicher war, dass es Straßenwalze in Verkleidung sein musste. Diesmal in einer komplett anderen Umgebung. Nichts war luxuriös, nichts mehr elektrisch.

»Das ist in Griedlohe«, rief Ilona aufgeregt. »Da liegt der Griedloher Kurier auf dem Tisch.« Sie trat noch näher ans Statement heran. »Zoom mal näher ans Fenster, vielleicht sehen wir ja, wo das ist.«

Doch alles, was sie sehen konnten, waren drei unscharfe Zacken.

»Was zum Teufel? Was soll das sein?«, fragte Daniel. »Seid ihr sicher, dass das in Griedlohe ist? Das Bild könnte überall entstanden sein.«

Doch bevor Lukas Daniel antworten konnte, wurden sie von der schrillen Türglocke unterbrochen.

»Strangecity Security. Wir wissen, dass ihr euch unerlaubt Zutritt zu dieser Wohneinheit verschafft habt. Also kommt jetzt schön brav raus, und Hände hoch nicht vergessen!«

31

»Shit«, wiederholte Eckbert, was Lukas gerade eben noch gedacht hatte. »Die Strasecs.«

Lukas lief es eiskalt den Rücken hinunter. Was sollten sie jetzt machen? Sie konnten doch nicht einfach rausspazieren mit einem: »Hallo, Herr Security-Mann, alles in bester Ordnung, wir waren beim lieben Straßenwalze nur schnell Blumen gießen. Ach übrigens, er hat unseren Mathelehrer entführt, und wir dachten, er wäre hier. Also, könnten Sie uns bitte vorbeilassen? Wir müssen weitersuchen.«

»Lukas!« Daniel schnippte vor seinem Gesicht herum. »Beeil dich!«

Die anderen waren schon längst wieder ins Wohnzimmer geeilt und machten sich an dem großen Panoramafenster zu schaffen.

Wieder klingelte es. »Wenn ihr nicht sofort die Tür aufmacht, treten wir sie ein.«

»Verdammt, dieses Fenster muss doch irgendwie aufzubekommen sein«, knurrte Eckbert, während er den Fensterrahmen abtastete und sämtliche Knöpfe in Fensternähe drückte – was allerdings nur die Jalousien herunterließ und die Hintergrundbeleuchtung des Fernsehers ein und ausschaltete.

Linda hüpfte von einem Bein auf das andere und kaute dabei an den Fingernägeln. Daniel tat genau dasselbe. Ilona hämmerte auf der Fensterscheibe herum. Nora sah sich panisch mit hochgezogenen Augenbrauen im Wohnzimmer um, bis ihr

Blick auf eine melonengroße Bronzestatue in Form eines Homocroks fiel.

»Aus dem Weg!« Nora packte die Statue, nahm Anlauf und donnerte sie mit vollem Karacho gegen die Fensterscheibe.

Mit einem ohrenbetäubenden Knall prallte die Statue an der Fensterscheibe ab und knallte auf den Boden, wo sie zerbrach. Die Fensterscheibe hatte keinen Kratzer abbekommen.

Es klingelte wieder.

»Oh, verdammt, wir werden sterben, die werden uns so was von abknallen«, wimmerte Daniel.

Es gab einen ohrenbetäubenden Knall, und die Tür flog aus den Angeln. In der Tür stand der größte und bulligste Homocrok, den Lukas je gesehen hatte. Vor sich hielt er eine Waffe, die aussah wie ein Mittelding aus Pistole und Taser.

»Hände hoch und auf die Knie«, bellte er in einem so bedrohlichen Ton, dass sie seinem Befehl sofort Folge leisteten.

Er schritt auf sie zu, die Taser-Pistole vor sich gestreckt. Als er direkt vor ihnen stand, kickte er die Überreste der Bronzestatue beiseite und beugte sich zu Nora und Eckbert hinunter. »Na, na, na, wen haben wir denn da? Unseren Mister Oberhacker und die kleine Wenderstein. Ihr glaubt wohl, ihr könnt euch alles erlauben, was?«

»Nicht in diesem Ton«, knurrte Nora.

»Nicht in diesem Ton? Darf ich dich erinnern, dass ihr ohne Erlaubnis eine fremde Wohnung betreten habt? Wie seid ihr überhaupt hier reingekommen? Also, wenn hier einer in der Patsche steckt, dann ihr.« Er sah in die Runde. »Und wer seid ihr? Freunde, Schulkollegen?« Der Homocrok sah Lukas prüfend in die Augen. »Na, super«, knurrte er dann und verdrehte die gelben Augen. »Winformierte. Dann kommt mal alle schön mit auf die Wache. Und keine Mätzchen, ist das klar?«

Im Gänsemarsch trabten sie Eckbert hinterher, immer mit der Waffe des Strasec-Homocrok im Rücken. Eckbert hatte den Blick gesenkt, führte sie jedoch rasch ans Ziel, einem relativ unauffälligen Bau an der Oberfläche. Nur das Schild ›Strangecity

Security – Abteilung Freilufttrakt‹ unterschied ihn von den anderen Häusern.

Der Homocrok führte sie in ein enges Büro und beäugte sie streng, während er Stühle für alle beschaffte. Schließlich pflanzte er sich mit einem großen Seufzer auf einen für ihn viel zu kleinen Bürostuhl, der bedrohlich knarzte.

»So, dann wollen wir mal.« Mit einem ungeduldigen Hämmern auf die Tastatur weckte er seinen PC aus dem Stand-by-Schlaf. »Dann zeigt mal schön eure Ausweise her.«

Sie legten die Kärtchen auf den Tisch, die der Strasec in aller Seelenruhe nacheinander scannte.

»Ich hab keinen«, krähte Linda in die Runde. »Ich bin nämlich noch keine elf!«

Lukas atmete tief aus. Konnte Linda nicht einmal ihre Klappe halten?

»Soso«, bemerkte der Homocrok mit einem süffisanten Grinsen, während er auf seiner Tastatur herumklapperte. »Und wer ist bitte deine volljährige Aufsichtsperson?«

Volljährig? Davon hatte Nora nichts erwähnt.

»In Paragraf 56 des Winformierten-Informationsgesetz steht aber, dass die Aussichtsperson nicht unbedingt volljährig sein muss, wenn …«, warf Nora ein.

»Ja, ja, Mädchen. Ich kenne die Gesetze. Hab sie alle hübsch hier stehen.« Er griff hinter sich ins Regal und holte einen besonders dicken Wälzer hervor, den er auf den Tisch klatschte und darin herumblätterte.

»Hier steht es: Ausnahme, wenn in unmittelbarer Nähe kein volljähriger Winformant zur Verfügung steht und ein Unwissender eingeweiht werden müsste. In diesem Fall kann auch ein nahestehender Jugendlicher (Mindestalter: 15 Jahre) als Aufsichtsperson genommen werden. Diese Ausnahme bedarf einer Genehmigung der Winformierten-Informations-Zentrale.« Er klappte den Gesetzestext wieder zu. »So. Und wo ist denn bitte die Genehmigung? Im System ist nämlich keine hinterlegt.«

»Wir …«, begann Nora.

»Es war sozusagen ein Notfall«, warf Lukas ein.

»Ein Notfall«, wiederholte der Homocrok trocken. »Nachts in irgendwelche fremden Wohnungen einzubrechen ist ein Notfall. Und dann auch noch ›sozusagen‹ …« Er schüttelte den Kopf. »Kinder, es hat schon einen Sinn, dass solche Gesetze existieren. Wo kämen wir denn hin, wenn Hinz und Kunz machen würden, was sie wollen?«

Lukas sah zu Nora, die die Stirn kraus gezogen hatte und auf einen kleinen, silbernen Fleck auf der Brust des Homocroks starrte. Es war sein Namensschild.

›CRATELATUS‹ stand in Großbuchstaben darauf. Irgendwie kam Lukas der Name bekannt vor.

»Dann schauen wir mal.« Cratelatus hatte wieder sein süffisantes Grinsen aufgesetzt. »Supervisor: Prof. Dr. Dr. Eduard Minsk. Ach ja. Das gibt ein schönes Bußgeld für dich, Eezbeez.«

Wieder klapperte er auf seiner Tastatur herum. »Herr Warschau, Frau Wenderstein, euer Fall wird an das Gericht weitergeleitet. Ihr werdet in den nächsten Tagen Post vom Prokurationsrat bekommen.«

»Aber das …«, protestierte Nora.

»Alles, was ihr jetzt sagt, kann gegen euch verwendet werden, also versucht es gar nicht erst.« Cratelatus hob seine enorme Klaue. »Und was euch betrifft …« Er wandte sich Lukas, Daniel, Linda und Ilona zu. »Leider gibt es für Winformierte kein adäquates Rechtsverfahren, dafür kann ich euch ein Blackout aussprechen.« Er schob Eckbert und Nora die Ausweise wieder zu, doch die restlichen warf er in seine Schreibtischschublade.

»Blackout?«, keuchte Lukas. »Was ist das?«

»Das, mein lieber …«, seine Augen flitzten schnell in Richtung Computerbildschirm, »… Lukas Müller, ist eine völlige Kontaktsperre. Kein Zutritt zu Strangecity, Prüssbach, Secologne oder Oarweiooge für einen Monat. Auch nicht zu Bad Unterstadt, Wunnerberg und Zislärn. Sperrung eurer Profile auf Winfonet … aber ich sehe gerade …« Er sah lächelnd auf seinen Bildschirm. »Ihr seid da sowieso nicht angemeldet.« Er klatschte in die Hände, was bei seinen Krokodilsklauen kein Klatschgeräusch, sondern eher ein unheimliches Krachen erzeugte. »Und damit ihr keine Dummheiten mehr anstellt, begleite ich euch zum Ausgang.« Er stand auf und hielt ihnen die Tür auf. »Nach euch.«

Lukas sah zu Nora und Eckbert, die immer noch wie versteinert auf ihren Stühlen saßen. Daniel und Ilona hatten die ganze Zeit kein Wort gesagt. Auch Linda war merkwürdig ruhig geworden, was Lukas ehrlicherweise noch mehr beunruhigte.

»Das heißt dann Lebwohl, oder?« Lukas fand diesen Spruch recht kryptisch, doch er wusste nicht, was er sonst sagen sollte.

»Ja, Mensch.« Eckbert streckte seine Hundepfote aus. »Sorry, dass wir euch nicht weiterhelfen konnten.«

»Wir sehen uns«, versprach Nora. »Nach dem Blackout … ich werde Eezbeez kontaktieren.«

»Kommt jetzt, ich habe nicht die ganze Nacht Zeit.« Cratelatus verdrehte die Augen und scheuchte sie zur Tür hinaus.

Schweigend liefen sie vor ihm durch die wirren Straßen der Stadt in Richtung Eingangstor. Auf dem lila Dachnetz stand nun in riesigen Lettern: 04:31. In drei Stunden würde Sylvia sie wieder aus dem Bett schmeißen und die Piste hoch und runterjagen. Und das, wo Lukas schon den vorherigen Tag nicht allzu ausgeschlafen begonnen hatte.

Cratelatus zog sein grünes Kärtchen durch den Schlitz am Ausgangstor und öffnete es mit einem Schwung. Kalte Winterluft schlug ihnen entgegen, und eine Ladung Schnee flog ihnen ins Gesicht.

»Na dann, schöne Heimreise.« Cratelatus winkte sie mit einer Verbeugung hinaus in den Schnee. »Oder wo immer ihr herkommt.«

Dann schlug er das Tor wieder zu, und die Tür verschmolz mit dem Schneegewehe, als wäre sie nie dagewesen.

32

Dort standen sie nun, mitten im Schnee, mitten im Nirgendwo.

»Und jetzt?«, fragte Daniel.

»Weiß ich doch nicht«, gab Lukas zurück, ein bisschen giftiger, als er beabsichtigt hatte.

»Jungs, jetzt streitet doch nicht, wir finden bestimmt eine Lösung, wenn wir einen kühlen Kopf bewahren.«

»Wir haben einen kühlen Kopf«, erwiderte Daniel. »So kühl, er friert uns bald ab.« Er zog seine Mütze tiefer ins Gesicht.

Ilona schnalzte mit der Zunge. »Lukas, du hast doch bestimmt Straßenwalzes Tablet mitgenommen?«

Lukas hob die Hände. »Sieht das vielleicht so aus, als hätte ich es? Ich habe es in der Wohnung gelassen, als uns dieser Cratelatus-Typ geholt hat.«

Ilona schlug sich die Hände vors Gesicht. »Heißt das, dass alles auch noch völlig umsonst war?«

»Nicht umsonst«, warf Daniel ein. »Wir wissen immerhin, dass sie Herrn Stretmanni nicht in Strangecity gefangen halten, sondern bei uns. An einem Ort mit drei Zacken.«

»Bei McDonalds«, quietschte Linda und hüpfte aufgeregt herum.

»Nein, Linda.« Lukas seufzte genervt. »Das McDonalds-Zeichen hat nur zwei Zacken, und das sind auch eher Bögen. Außerdem waren die Zacken nicht gelb, das wäre uns doch sofort aufgefallen.«

»Das war ja auch nur ironisch gemeint.«

»Du weißt doch gar nicht, was Ironie ist.«

»Weiß ich dohoch.«

»Leute, jetzt seid doch mal leise. Ich will vielleicht heute noch eine Stunde oder zwei schlafen, damit ich vor Müdigkeit nicht den Berg hinunterkugle.« Ilona warf ihnen ihren Jetzt-ist-aber-mal-gut-Blick zu.

Schweigend stapften sie durch den Schnee zurück in ihre Unterkunft. Doch kaum hatte Lukas im Bett die Augen zugemacht, klingelte auch schon wieder der Wecker, und Sylvia klopfte kräftig gegen die Tür, um sie aus den Federn zu holen.

Lukas brauchte drei Tassen Kaffee, um einigermaßen aus den Augen zu sehen, und den Blicken von Ilona und Daniel nach zu urteilen schien es ihnen da nicht anders zu gehen.

Nur Linda hatte anscheinend eine nie endende Energiequelle, denn sie hüpfte und tanzte im Frühstücksraum herum, als wäre nichts gewesen.

Alles in allem war Lukas heilfroh, als sie wieder nach Hause fuhren.

Kaum zu Hause angekommen, warf er seine Reisetasche achtlos in eine Zimmerecke und machte sich auf die Suche nach Eezbeez. Er musste ihm alles erzählen. Von Eckbert, Resti und Nora. Von der wilden Jagd in den Gängen von Strangecity. Wie sie in Straßenwalzes Wohnung gekommen waren und schließlich vom Blackout. Vielleicht konnte er ja Nora kontaktieren. Vielleicht hatte sie es noch mal in Straßenwalzes Wohnung geschafft und konnte sein Statement holen. Oder vielleicht wusste Eezbeez, wo in Griedlohe sich diese ominösen drei Zacken befanden. Vermutlich kam er allerdings nicht so oft aus der Wohnung raus, aber schließlich war er Doktor-Doktor-was-wusste-er-schon.

Doch Eezbeez war nirgendwo.

Er war weder in Lukas' Zimmer noch im Wohnzimmer, wo er sich am meisten aufhielt. Und auch das Arbeitszimmer von seinem Vater war komplett katzenlos.

Er klopfte an Lindas Tür, aus der schon wieder so ein Plastikpopquietschlärm kam.

»Linda!«

Keine Antwort.

»Linda!« Er stieß die Zimmertür auf, wo Linda gerade zu besagter Musik herumtanzte und die Klamotten aus ihrer Tasche quer durch ihr Zimmer warf. Als sie Lukas bemerkte, erstarrte sie und rannte wie eine Furie mit einem »Mach gefälligst die Tür wieder zu« auf Lukas zu.

Doch bevor sie ihm die Tür vor der Nase zuknallen konnte, hielt Lukas den Türgriff fest und drückte dagegen.

»Hast du vielleicht Eezbeez gesehen?«, fragte er, während er sich mit seinem gesamten Gewicht gegen die Tür stemmen musste, um nicht ausgesperrt zu werden.

»Nein, der ist doch bei dir.« Linda warf sich nun auch mit ihrem gesamten Gewicht gegen ihre Tür. »Und jetzt. Geh. Weg.«

»Nein, bei mir ist er nicht.« Lukas stemmte sich weiterhin gegen die Tür.

»Na, dann ist er eben in seinem Geheimversteck.«

Lukas ließ die Tür ein bisschen lockerer, was fast dafür sorgte, dass sein Fuß in der Tür eingeklemmt wurde. »Eezbeez hat ein Geheimversteck? Wo ist das?«

»Keine Ahnung, aber er muss doch eins haben, wo soll er sonst seinen ganzen Kram aufbewahren?« Linda war anscheinend müde, die Tür zu machen zu wollen, und rieb sich die Ellbogen.

Die Haustür klackerte, und sie sahen, wie ihr Vater hereinkam, beladen mit Akten. Er balancierte den Aktenberg mit einer Hand, während er mit der anderen versuchte, sich seinen Mantel auszuziehen. Nach einigen Minuten hatte er es geschafft und kam lächelnd auf sie zu.

»Na, meine Schneehasen, wie war die Skifreizeit?«

»Papa, wo ist Eezbeez?«, fragte Linda stattdessen mit hochgezogenen Augenbrauen.

Das Lächeln gefror auf seinen Lippen. Er legte seinen Aktenstapel auf dem Boden ab, nahm seine Brille von der Nase und wischte sich über die Stirn. »Nun ja, die Sache mit Eezbeez …« Er setzte sich die Brille wieder auf. »Eigentlich wollten wir euch die Sache schonender beibringen, aber … naja … Eezbeez wurde einen Tag, nachdem ihr weggefahren wart … von einem Auto überfahren.«

WAS?

Lukas fühlte sich, als hätte ihm jemand ohne Vorwarnung eine Ladung Eiswasser in den Nacken gekippt. Eezbeez. Auto. Überfahren. Irgendwie kamen die Worte in seinem Gehirn an, doch sie machten in diesem Zusammenhang einfach keinen Sinn.

Eezbeez konnte nicht von einem Auto überfahren worden sein! Er war doch keine normale Katze. Das war unmöglich! Sie hatten doch auch noch miteinander telefoniert! Wie konnte das sein?

Er warf einen Blick zu Linda, deren große Augen mit Tränen gefüllt waren. Sie sagte keinen Ton, was bei ihrem Herumgequietsche sonst eine beunruhigende Entwicklung war.

»Aber … das kann doch nicht …«, stammelte er.

»Wir können uns das auch nicht erklären«, sagte sein Vater mit einem betrübten Gesicht. »Wir haben extra zweimal nachgesehen, dass alle Fenster und Türen geschlossen sind. Und er ist auch bisher nie auf die Straße gegangen. Aber als ich letzte Woche Mittagessen gemacht habe, habe ich ihn plötzlich auf die Straße laufen sehen … direkt in ein Auto rein.« Er sah auf den Boden. »Wir haben ihn gleich im Garten vergraben. Bis ihr wiedergekommen wärt, hätte er schon angefangen zu stinken.«

Linda hatte anscheinend genug gehört. Sie warf die Zimmertür zu, worauf ihnen nach wenigen Sekunden *Time to say goodbye* entgegenschallte.

Lukas und sein Vater sahen sich an.

»Tut mir leid, dass es so gekommen ist.« Sein Vater begann, seine Akten aufzusammeln. »Ich weiß, dass Eezbeez euch ziemlich wichtig war. Wenn ihr wollt, können wir nächste Woche ins Tierheim gehen und eine neue Katze holen. Das ist vielleicht nicht Eezbeez, aber …«

»Ist in Ordnung.« Lukas merkte, dass sein Hals ganz trocken war. »Ich … Linda muss das erst noch verarbeiten, bis wir … bereit für eine neue Katze sind.« Dann ging er in sein Zimmer.

Er warf sich aufs Bett. Obwohl er hellwach war, fühlte er sich so müde. Er musste Daniel und Ilona davon berichten, aber er hatte keine Ahnung, wie. Alles, was er schreiben wollte, erschien ihm zu respektlos Eezbeez gegenüber. Nach dem dritten Versuch warf er sein Handy gegen die Wand, wo es geräuschvoll auf den Boden knallte. Egal. Es war ja sowieso schon kaputt.

Wie sollten sie ohne Eezbeez zurechtkommen? Wer kontaktierte Nora? Sie konnten jetzt gar nichts mehr gegen Straßenwalze ausrichten, erst recht nicht nach dem Blackout. Verdammter Cratelatus! War das nicht der gewesen, den der weibliche Homocrok bei dem Videoanruf erwähnt hatte?

»Wenn Cratelatus nicht bei den Strasecs arbeiten würde, wären wir ratzfatz aufgeflogen!«

Natürlich. Deswegen war ihm auch der Name so bekannt vorgekommen. Vermutlich hatte ihn Straßenwalze gewarnt. Bestimmt hatte er irgendwas mit Eezbeez' Tod zu tun. Lukas wusste zwar nicht, wie, aber anders konnte er sich das auch nicht erklären. Straßenwalze! Der war doch sowieso an allem schuld!

Lukas vergrub sein Gesicht in seinem Kissen. Wenn er schon an Straßenwalze dachte, wurde ihm schlecht. Dieses selbstgefällige Grinsen, das er auf dem einen Bild draufhatte, ging ihm nicht mehr aus dem Kopf. Erst hatte er ihnen Herrn Stretmanni genommen, und jetzt auch noch Eezbeez. Straßenwalze musste weg. Egal wie.

Beim Abendessen bekam er kaum etwas herunter, und Linda schien es da genauso zu gehen. Nach dem Essen beeilte er sich, wieder in sein Zimmer zu kommen, und voller Tatendrang schaltete er seinen Computer an, um Straßenwalze endgültig das Handwerk zu legen.

Und? Was hat Eezbeez gesagt?

Daniels Nachricht ploppte auf seinem Desktop auf, kaum hatte er sein Passwort eingegeben.

Lukas erstarrte. Was sollte er nur schreiben? Das konnte er doch seinen Freunden nicht antun. Einfach so schreiben, dass Eezbeez tot sei?

Lukas saß wie versteinert auf seinem Schreibtischstuhl, unfähig, irgendetwas anderes zu tun, als auf den Bildschirm zu starren. Die Frage von Daniel brannte sich in seine Netzhaut ein und ließ seine Augen tränen. Am liebsten hätte er sich wieder aufs Bett geworfen. Er hob seine Hände, doch seine Tastatur schien meilenweit weg zu sein. Die Buchstaben darauf verschwammen, immer mehr kam es Lukas vor, als hätte er eine riesige, komplizierte Maschine vor sich.

Wie konnte er in so wenigen Minuten plötzlich das Schreiben verlernt haben?

Hallo? Lukas? Noch da?

Was ist los? Ilona war nun ebenfalls online gekommen. *Hat Eezbeez was gesagt? Hast du was wegen der drei Zacken herausfinden können? Was meint er zum Blackout? Können wir da was machen?*

Lukas bekam langsam keine Luft mehr. Er fühlte sich zu gar nichts mehr fähig. Vielleicht wäre es besser, einen Video-Call zu starten oder eine Sprachnachricht aufzunehmen? Aber er war sich sicher, dass er kein Wort rausbringen würde. Er sah, wie Daniel und Ilona tippten. Sie würden sicher wieder fragen, was los sei. Er musste es ihnen sagen, es führte kein Weg dran vorbei.

Lukas holte tief Luft.

Und noch einmal.

Und dann tippte er mit nur einem Finger, langsam, Buchstabe für Buchstabe.

Nein.

Daniel und Ilona hörten auf zu tippen.

Eezbeez ist tot.

Und dann konnte er es einfach nicht mehr halten.

Die Tränen liefen ihm in Sturzbächen die Wangen hinunter. Er schluchzte, die Nase lief ihm, und er spürte, wie sein ganzer Körper zitterte. Er legte seinen Kopf in seine Arme, versuchte, seinen Atem wieder zu beruhigen und seine Tränen abzuwischen, doch es kamen immer wieder neue. Schließlich gab er ihnen nach und ließ seinen Tränen freien Lauf.

Warum passierte in letzter Zeit einfach so viel Scheiße? Was hatte er falsch gemacht? Hätte er Eezbeez öfter anrufen sollen? Hätte er sich besser vorbereiten sollen? Wäre es besser gewesen, Eezbeez wäre mitgekommen? Nein, Eezbeez wollte ausdrücklich nicht mitkommen. Das hatte er nun davon!

Langsam gingen Lukas die Tränen aus, und mit schmerzendem Kopf und trockenem Hals wischte er sich diese aus dem Gesicht und wendete sich wieder seinem Computer zu.

Scheiße, wie ist denn das passiert?, schrieb Daniel.

Oh Gott, das tut mir so leid, kam von Ilona. *Was machen wir denn jetzt?*

Er wurde vom Auto überfahren. Lukas kostete immer noch jeder Buchstabe Überwindung. *Ich habe keine Ahnung, was wir jetzt machen sollen.* Nach kurzer Überlegung schrieb er weiter. *Ich glaube, es steckt Straßenwalze dahinter.*

Save tut er das, schrieb Daniel. *Eezbeez wird ja nicht freiwillig vor ein Auto laufen. Wir müssen was machen. Wir müssen Eezbeez rächen!*

Und dann postete er ein GIF mit einer Frau, die genüsslich ein Küchenmesser abschleckte.

Wir haben bis Dienstag Zeit, uns was auszudenken, schrieb Lukas zurück, froh, dass Daniel ihm zustimmte. *Oder sollen wir nicht bis zur Mathestunde warten?*

Leute, wir sollten uns jetzt nicht in blinden Aktionismus stürzen, warf Ilona ein. *Lasst uns vorher erst mit irgendjemandem darüber reden. Vielleicht mit einem Lehrer oder einer Lehrerin?*

Ja, weil die Helden in Filmen und Büchern ja auch immer vorher mit ihren Lehrkräften reden, bevor sie den Bösewicht besiegen. Lukas postete einen Augenverdreh-Emoji. *Und danach schreiben wir einen Aufsatz drüber und eine Erörterung, warum Selbstjustiz verboten ist.* Der Gedanke brachte ihn tatsächlich zum Lachen, und er fühlte sich gar nicht mehr so mies.

Ilona postete ebenfalls einen Augenverdreh-Emoji. *Wir sind aber nicht in einem Film oder Buch. Und wenn es so wäre, würde ich euch liebend gerne gegen Miss Marple oder Leia Organa eintauschen, denn die würden so etwas nie machen.*

Es folgte eine lange Pause, in der Ilona nur schrieb, wieder aufhörte und dann weiterschrieb.

Warum zum Teufel haben wir das nicht schon längst gemacht? Ich meine, die Sache ist ja nicht irgendein persönliches Problem, was wir haben. Ich meine, da bewegt sich in unserem Schulhaus eine Person herum, die fröhlich kidnappt und mordet, und ihr findet es ernsthaft eine gute Idee, das niemandem zu sagen und die Sache selbst in die Hand zu nehmen? Wir müssen da jemanden einschalten, der es zumindest halbwegs in der Hand hat, die Sache zu beenden … wenn wir mal von der Homobestia-Geschichte absehen.

Lukas musste einsehen, das Ilona Recht hatte. Dennoch …
Wir reden nicht mit Herrn Schreiner. Der schmeißt mich hochkant aus der Schulzeitung.

Dann wenden wir uns eben an die Vertrauenslehrkräfte.

Lukas klickte auf das lachende Emoji. *Keinen Plan, wer das überhaupt ist.*

Überraschenderweise war es Daniel, der zuerst antwortete. *Herr Stretmanni …*

Nicht dein Ernst!

… und Frau Palan.

Das ist auch nicht gerade besser. Als wir ihr von dem Test erzählt haben, hat sie uns schließlich auch nur vertröstet. Und was sollen wir ihr erzählen? Hallo Frau Palan, unser Herr Stretmanni ist in Wirklichkeit ein Krokodil und hat irgendwo in der Schule eine Maschine versteckt, die ihn in einen Menschen verwandelt. Bitte helfen Sie uns, er hat meine Katze umgebracht.

Zum Beispiel.

Sehr schön, aber du erklärst das meinen Eltern, wenn wir dafür einen Verweis bekommen.

Ach, komm schon, Lukas, beschwor ihn Daniel.

Wir haben überhaupt keine Beweise. Er hat den Umwandler weggebracht, das haben wir doch auf Nasirs Handy gesehen. Und die Bilder von Straßenwalzes Statement haben wir auch nicht.

Hast du vielleicht eine bessere Idee?

Nein. Gut, dann reden wir eben mit Frau Palan.

Fein, antwortete Ilona. *Ich bin dann raus, muss noch Reli lernen. Nachti, Jungs.*

Auch Lukas und Daniel verabschiedeten sich, und Lukas surfte noch ein wenig und machte dann den Computer aus.

Mit wehmütigen Gedanken an Eezbeez legte er sich schlafen.

33

»Also, um noch mal auf unser geheimes Abenteuer zurückzukommen ...« Daniel grinste schelmisch und biss herzhaft in sein Leberkäsebrötchen. »Hat sich schon jemand ausgedacht, was wir jetzt der Palan sagen? Ich meine, ohne dass sie uns danach den Kopf abhacken will?«

»Wir bleiben bei der Wahrheit«, beschwor ihn Ilona. »Und immer kleine Stückchen. Wir wollen niemanden überfordern.«

»Ich weiß nicht.« Lukas sah sich skeptisch in der Pausenhalle um. »Ich meine, das hat doch bei Paulina auch nicht funktioniert.« Er sah Paulina bei Sophia stehen und spürte, wie der Ärger in ihm hochkochte.

»Aber bei mir«, warf Ilona ein. »Das ist doch schon mal ein Anfang. Und wer weiß, vielleicht glaubt uns ja Frau Palan. Und wenn nicht ...«, sie drehte sich hilfesuchend zu Daniel. »Dann vielleicht jemand anderes.«

Lukas seufzte tief, auch weil er sah, dass Roman mit Hundeblick auf sie zugelaufen kam. »Ich glaube nicht, dass Eezbeez das ... Was ist denn?«

Roman blieb mit seinem halb verknitterten Schulzeitungshefter vor ihnen stehen und sah schüchtern von Lukas zu Daniel und Ilona. »Es ist wegen diesem neuen Projekt von Herrn Schreiner.«

»Du meinst ›Mein Griedlohe und ich‹? Sag bloß, du bist noch nicht fertig damit? Morgen ist Abgabetermin!«

Roman sah auf den Boden. »Ich weiß ehrlich gesagt nicht … was ich machen soll.«

Das brachte für Lukas das Fass zum Überlaufen. Erst Straßenwalze, dann Eezbeez, Frau Palan, Paulina und dann das hier. Fehlte nur noch, dass Linda angetanzt kam.

»Du weißt nicht, was du machen sollst?« Lukas' Stimme wurde so hoch wie die von Linda, wenn sie in ihrem Zimmer Justin Bieber sang. »Herr Schreiner hat das doch lang und breit erklärt. Du schreibst über das Viertel Hinterforst, weil du da wohnst. Thao Cai schreibt über den Vorderforst, weil sie da wohnt. Jakob schreibt über das Mälzerviertel, weil …«

»Jaja, das habe ich schon verstanden«, warf Roman schnell ein. »Ich weiß nur nicht, *was* ich schreiben soll.«

Lukas schnalzte mit der Zunge und ging auf Roman zu. Wenn der Junge nicht bald Land gewann …

»Denk dir halt etwas aus! Meine Güte, du bist doch schon so lange bei der Schulzeitung. Irgendeinen Geschichtsquatsch, schau auf Wikipedia nach. Irgendwas mit Erdkunde, damit Herr Schreiner auch zufrieden ist. Bäume, Steine, die Farbe der verdammten Bordsteinkante. Mensch, du bist noch schlimmer als Nasir!«

»Und mach Fotos«, rief Daniel. »Ich finde, in der Schulzeitung sind immer viel zu wenig Fotos.«

Lukas drehte sich wutschnaubend um. »Hast du gerade etwas gegen die Schulzeitung gesagt?«

»Nein, Lukas, beruhig dich, ich mein ja nur …«

»Wisst ihr was, ihr könnt euch eure Fotos sonst wohin …« Er fuhr wieder herum und sah, wie sich Roman gerade aus dem Staub machte.

Daniel legte ihm mitfühlend die Hand auf die Schulter. »Du solltest dringend mal ein Führungskräfteseminar besuchen.«

Als sie nach der Pause wieder in ihr Klassenzimmer gingen, war Lukas immer noch angepisst. Der Vorschlag von Ilona gefiel ihm überhaupt nicht. Im Geiste sah er sie schon sämtliche Lehrer abklappern, die sie hatten. Schwester Lucrezia würde halb in Ohnmacht fallen und sie das Vaterunser aufsagen lassen. Lukas hatte das Gefühl, dass sie ihnen *Das Leben des Brian* noch nicht verziehen hatte. Herr Kruse würde ihnen mitfühlend die Schulter tätscheln und ihnen vorschlagen, sie sollten doch mal wieder ein nettes Liedchen singen. Dasselbe würde Herr Grimm tun, nur mit Liegestützen statt dem Liedchen und einem Anschiss statt dem Schultertätscheln.

Lukas holte seine chamoisfarbenen Hefte und das Englischbuch hervor und fragte sich, wann sie das mit Frau Palan endlich hinter sich bringen konnten. Zeitlich wäre die zweite Pause am besten. Hoffentlich dauerte das nicht zu lange, dachte Lukas, während er sein Mäppchen auf den Tisch warf. Er wollte noch ein bisschen von seiner Pause genießen, bevor dann in der fünften Stunde wieder der textgebundene Aufsatz winkte.

»Ich denke, wir …«, begann Lukas, aber ehe er den Satz zu Ende sprechen konnte, ging auch schon die Tür auf. Doch die Person, die nun hereinkam, war nicht klein und schwarzhaarig, sondern groß mit langen, blonden Locken.

»Hallo, Frau Palan, Sie sehen heute aber komisch aus.«

»Vielen Dank auch, Daniel«, antwortete Frau Duboeuf und stellte ihre Tasche auf dem Pult ab. Mit einem »Plonk« folgte ein Stapel Arbeitsblätter, der fast höher als ihre Tasche war.

»Das ist aber nicht alles für uns, oder?«

»Wo ist Frau Palan?« Rebecka sah Frau Duboeuf an, als hätte sie sie vor ihren Augen zu Wurst verarbeitet und aufgegessen.

»Madame Palan est un peu malade, donc je suis là. Und ich habe euch …«, sie hob den ersten Packen des Mammutstapels hoch und begann ihn zu verteilen, »… un peu de revision mitgebracht.«

Sophie nahm ein Blatt vom Stapel und verzog das Gesicht. »Avoir und être? Das haben wir doch schon tausendmal gemacht!«

»En français, s'il vous plaît! Und wenn ihr es schon tausendmal gemacht habt, sollte es doch kein Problem mehr für euch sein.« Frau Duboeuf sah in die Runde. »Alors. Wer will anfangen?«

»Das waren noch Zeiten, als man in einer Vertretungsstunde in Ruhe Hangman oder Stadt-Land-Fluss spielen konnte.« Lukas rieb sich das Handgelenk, das sich anfühlte, als hätte er soeben zwei Deutschaufsätze hintereinander geschrieben. »So viel Wiederholung machen wir nicht einmal in der letzten Stunde vor einer Schulaufgabe.«

»Hoffentlich hat Frau Palan nichts Ernstes.« Ilona stopfte die Grammatikblätter, die sie von Frau Duboeuf bekommen hatten, in ihr Französischheft und holte ihr Pausenbrot hervor.

»Einen Vorteil hat das Ganze. Wir können jetzt noch einmal richtig in Ruhe durchsprechen, wie wir das jetzt mit Frau Palan angehen.«

Lukas verdrehte die Augen. »Muss das sein?«

Daniel holte eine Handvoll Münzen aus seiner Hosentasche und baute kleine Stapel auf dem Tisch. »Ja, das muss sein. Wir könnten zu dir gehen. Hat Linda montags nicht immer dieses Biozeugs bei der Unke? Dann haben wir sturmfreie Bude!«

»Dass du mehr über meine Familie weißt als ich macht mir schon ein bisschen Angst. Aber nur ein bisschen.«

Nach einer Stunde Deutsch und Wirtschaft war auch dieser Schultag geschafft, und Lukas machte sich mit Daniel und Ilona auf nach Hause. Was diese Besprechung bringen sollte, wusste Lukas selbst nicht. Es musste doch noch eine andere Lösung geben, als der Reihe nach alle Lehrer abzuklappern und denen dieselbe Story zu erzählen. Wer würde ihnen denn schon glauben? Zudem waren sie doch keine kleinen Kinder mehr. Es war am besten, wenn sie die Sache selbst in die Hand nähmen. Doch wie?

»Mensch, habe ich einen Kohldampf«, keuchte Daniel und warf seine Schultasche auf Lukas' Bett. »Ich würde sagen, wir machen erst mal ordentlich einen Break. Dann lässt es sich auch besser denken. Hast du noch Fertigpizza da?«

»Hawaii oder Spezial?« Lukas war erleichtert. Wenn Daniel jetzt schon mit Essen anfing, würden sie vielleicht die Besprechung vergessen und irgendwann auch den Plan. Dann musste Lukas nur noch mit einer besseren Idee kommen …

»Egal, Hauptsache Pizza.«

Lukas ging hinaus zum Gartenschuppen, wo die Gefriertruhe stand.

Vielleicht konnten sie ja die Kontaktperson von Eezbeez kontaktieren. Der Typ, der eigentlich die Skifahrt organisiert hatte, bevor er krank wurde. Aber wie kam man an den ran?

Lukas öffnete die Klappe der Gefriertruhe, stieß einen Schrei aus und warf sie wieder zu.

In der Kühltruhe lag der Kopf von Herrn Stretmanni.

34

Es dauerte ein wenig, bis sie die Polizei überzeugen konnten, bei ihnen vorbeizuschauen. Zum einen, weil Lukas kaum ein Wort herausbrachte und Daniel immer dazwischen quatschte, was er denn sagen sollte. Zum anderen hörte sich seine Stimme plötzlich wieder an wie die von Linda.

Sicherheitshalber sagte er auch noch seinen Eltern Bescheid. Seine Mutter könne nicht, die sei in einer wichtigen Besprechung, flötete ihm ihr Sekretär zu. Als er bei seinem Vater das Wort `Polizei` erwähnte, hörte er nur noch Husten durch das Telefon. Als er sich nach einer Minute wieder das Telefon wieder ans Ohr halten konnte, ohne einen Hörsturz zu bekommen, vernahm er nur ein gekrächztes »Ich komme sofort« und danach ein Tuten in der Leitung.

Schließlich war die Streife da. Ein Mann und eine Frau, die in ihren blauen Uniformen ziemlich ernst aus der Wäsche schauten.

»Uns wurde gemeldet, dass in eurer Gefriertruhe … der Kopf von eurem Mathelehrer sei?«

»Ja, kommen Sie, kommen Sie!« Lukas winkte mit seinen Armen wie eine Windmühle und zeigte ihnen den Weg zum Gartenhäuschen, wo die Gefriertruhe stand. Auch wenn die Sache für Herr Stretmanni nicht unbedingt zum Guten ausgegangen war, hatte es auch nicht nur schlechte Seiten. Jetzt mussten sie ihnen zumindest glauben.

Lukas sah die Polizisten erwartungsvoll an, als er die Klappe der Truhe öffnete. Was sie wohl sagen würden?

»Sehen Sie?«

Die Miene der Polizisten versteinerte sich.

»Aha.« Der männliche Polizist sah Lukas mit leicht säuerlichem Gesicht an. »Und wo bitte ist jetzt besagter Kopf?«

Lukas stutzte und sah in die Gefriertruhe.

Der Kopf war nicht mehr da.

Lukas schob die Tiefkühlpizzen beiseite und warf einen Beutel Mischgemüse und Chicken-Wings auf den Boden.

Das konnte doch nicht sein!

»Er war doch gerade noch hier!«

War er schon verrückt geworden?

Die Tür zum Haus ging auf und Lukas Vater kam in den Garten gestürmt. Er hatte seine Aktentasche unter dem einem Arm und unter dem anderem seine Anwaltsrobe.

Keuchend blieb er vor Lukas, Daniel, Ilona und den Polizisten stehen.

»Ich bin so schnell gekommen, wie ich konnte. Wie ist die Sachlage?«

Die Polizistin räusperte sich. »Also im Moment gehen wir vom Vortäuschen einer Straftat nach Paragraf 145d StGB aus.«

»Nein, ich habe ihn gesehen, er war da! Herr Stretmannis Kopf hat genau da gelegen, zwischen der Pizza-Hawaii und den Erbsen!«, rief Lukas dazwischen.

Lukas' Vater machte große Augen. »Wie bitte? Ich komme gerade von einem wichtigen Meeting mit Oberbürgermeister Oberforst für so etwas?« Er räusperte sich. »Dürfte ich mich kurz mit meinem Mand… meinem Sohn unterhalten?«

Er führte Lukas hinter das Gartenhäuschen. Entfernt konnte Lukas die Stimmen von Daniel und Ilona hören.

»Wirklich, er war wirklich da. Wir erzählen auch keinen Scheiß!«

»Ich habe ihn auch gesehen. Total vereist und das ganze vertrocknete Blut. Sah total ekelhaft aus.«

Sein Vater sah ihn ernst an. »Lukas, was soll das?«

»Ich …«

»Hör mal, mit der Polizei ist nicht zu spaßen, das ist hier eine ernste Angelegenheit. Hast du jetzt einen Kopf gesehen, oder nicht?«

»Ja. Und ich bin mir sicher, Straßenwalze hat etwas damit zu tun«, platzte es aus ihm heraus.

Sein Vater sah ihn an, als hätte er den Verstand verloren. »Straßenwalze? Wie soll denn hier ein Baufahrzeug reingekommen sein? Und was hat das mit eurem Mathelehrer zu tun?«

Plötzlich beugte er sich zu Lukas herunter und schniefte zweimal kurz durch die Nase ein.

»Nein, Drogen oder Alkohol kann ich ausschließen. Oder gibt es da etwas, was du mir sagen willst?«

»Nein«, sagte Lukas rasch. Er sah ein, dass die ganze Aktion keinen Sinn hatte. »Ich glaube, ich habe mir das doch nur eingebildet. Es war ein harter Schultag und wir sind ein bisschen müde. Vielleicht kommt das daher.«

»Gut.« Sein Vater nickte erleichtert. Dann schien ihm ein Gedanke zu kommen und er legte rasch sein Gesicht in Falten. »Nein, gar nicht gut. Dass du mir das ja nie wieder machst, ok, Lukas?«

»Alles klar.«

Sie liefen wieder nach vorne zu den Polizisten, die immer noch mit Daniel und Ilona diskutierten.

»Es handelt sich hier alles um ein großes Missverständnis«, Herr Müller wedelte rechtsanwaltsmäßig mit seinen Händen. »Mein Junge … hat erst letzte Woche seine Katze verloren, hing sehr an dem Tier. Völlig traumatisiert. Und dann hat er letzte Woche auch noch eine schlechte Note in Mathematik herausbekommen … Die Jugend heutzutage … man hört ja immer öfter von Burnoutfällen in dem Alter. Vermutlich ist das alles ein bisschen zu viel für ihn und er hat dann was gesehen. Sie wissen ja, wie die jungen Leute sind.«

Der Polizist steckte seinen Block weg. »Fein. Wir sehen von einer Anzeige ab.« Er hob warnend seinen Finger. »Aber nächstes Mal sind wir nicht so entgegenkommend.«

Daniel öffnete seinen Mund, aber Lukas sah ihn warnend an. Dann schloß er seinen Mund wieder.

Die Polizisten zogen ab und mit einem weiteren Anschiss ging Lukas Vater wieder zurück auf Arbeit.

Der Appetit auf Pizza war ihnen vergangen.

»Seht mal, Frau Palan ist wieder da.« Rebecka deutete zum Fenster hinaus und winkte heftig.

Marie schnalzte genervt mit der Zunge.

»Hey, das ist unsere Chance.« Daniel knuffte Lukas in die Schulter.

Lukas grummelte. »Muss das sein?«

»Ja, das muss sein«, warf Ilona ein. »Oder willst du ernsthaft bis Mittwoch warten?«

»Na gut.«

Sie liefen hinunter zum Lehrkräftezimmer. Unterwegs kam ihnen Paulina entgegen, die ihnen einen fragenden Blick entgegenwarf. Lukas und Daniel warfen ihr einen bösen Blick zurück.

Ilona klopfte. Die Tür ging auf, und sie blickten in das Gesicht von Herrn Schreiner.

»Ah, Lukas.« Er nahm einen tiefen Schluck aus seiner Tasse. »Ist der neue Spielebericht schon fertig? Heute ist Abgabe, denk dran. Und Daniel, Ilona, habt ihr die Inhaltsangabe hinbekommen?«

»Na klar, Herr Schreiner.« Lukas fiel plötzlich siedend heiß ein, was er in der Pause zu tun hatte. »Wir … wir sind aber wegen etwas anderem hier. Wir würden gerne mit Frau Palan sprechen. Geht das?«

»Frau Palan also …« Herr Schreiner lachte. »Ist diese Angelegenheit anglizistischer oder gallizistischer Natur?«

»Weder noch. Eher so … vertrauenslehrkrafttasch… tischer Natur.«

Herr Schreiner lachte und drehte sich um. »Anna-Claudia, kommst du mal? 9c für dich … Vertrauenslehrkraftsache. Ja … Nein … Die Edith ist mit der 5a im Schullandheim. Ja, mach ich.«

Lukas versuchte über Herrn Schreiners Schulter einen Blick ins Lehrkräftezimmer zu erhaschen. Für ihn war das Lehrkräftezimmer immer noch der einzige unerforschte Punkt auf Lukas' persönlicher Erkundungskarte. Na gut, neben Atlantis und einigen anderen Orten wie der Burger-Küche von McDonalds und dem Testlabor von Alpecin, die ebenfalls ganz weit oben in seiner Visit-before-Die-Liste standen. Doch seine Sicht wurde von Herrn Kramer verdeckt, der sich an ihnen und Herrn Schreiner vorbeiquetschte.

Frau Palan kam aus dem Zimmer und sah sie fragend an. »Was ist los?«

»Wir müssen Sie sprechen, Frau Palan. Es ist ganz, ganz wichtig.« Ilona machte große Augen, und Daniel nickte beipflichtend.

»Natürlich.« Frau Palan wies mit ihrer Hand in die offene Tür des Vertrauenslehrkräftebüros. »Nun, worum geht es denn?«, fragte sie, als sich alle gesetzt hatten.

Die drei sahen sich an. Wer sollte denn anfangen, und was zum Teufel sollten sie sagen? Sie hätten doch noch mal brainstormen sollen …

Nach einer gefühlten Ewigkeit Stille fasste sich Lukas ein Herz. Dass er auch immer alles allein machen musste!

»Nun ja, wir haben da so ein kleines Problem mit … Herrn Stretmanni.«

»Davon habe ich schon gehört …«, begann Frau Palan. Ilona, Daniel und Lukas sahen sich an. Hatte es ihr Paulina erzählt? Glaubte sie ihnen endlich? Aber warum ausgerechnet jetzt?

»… aber ich dachte, der Test wäre gar nicht so schlecht ausgefallen?«

Lukas atmete aus. Er musste es tun, auch wenn es ihm ziemlich gegen den Strich ging. Frau Palan jetzt etwas vorzujammern wegen unfairen Tests und komischem Unterricht würde nichts bringen, das hatte sie bestimmt schon tausendmal erzählt bekommen. Und dann bekamen sie auch nur das Übliche zu hören: Mit ihm reden, bla … Zweitkorrektur, bla, bla … habt doch ein bisschen Nachsicht mit ihm, er war doch krank, bla, bla, bla …

»Ich meine nicht den Test. Der ist gut ausgefallen, bis auf … naja, lassen wir das.«

Frau Palan zog die Augenbrauen zusammen.

»Wir haben Beweise … naja, eigentlich nicht, aber Sie müssen uns trotzdem glauben … dass Herr Stretmanni nicht er selbst ist.« Lukas fand, dass seine Argumentationstaktik auf dem Punkt war. Wenn Herr Schreiner ihn hören würde, würde er ihm eine glatte Eins mit Stern geben.

»Ja«, pflichtete ihm Daniel bei. »Wir haben ihn gesehen.«

»Ihr habt ihn gesehen«, wiederholte Frau Palan.

»Ja«, warf Daniel ein. »Straßenwalze … also den Typen, der sich für Herr Stretmanni ausgibt.« Konnte Daniel nicht einmal die Klappe halten? »Er ist ein Krokodil«, fügte er noch hinzu und machte alles nur noch schlimmer.

Lukas musste die Wogen glätten.

»Hören Sie … ich weiß, dass muss total abwegig klingen. Aber in einer Stadt in den Alpen gibt es eine Stadt voller Mischwesen aus Menschen und Hunden und Katzen und Krokodilen. Und eines dieser Wesen hat Herrn Stretmanni gefangengenommen, sich monatelang als er ausgegeben und dann umgebracht. Er hatte dafür so eine Maschine, die steht im Materialraum … jetzt natürlich nicht mehr …« Lukas merkte, dass seine Erklärungen auch nicht besser waren als die von Daniel. Vielleicht hätte er doch lieber ein bisschen über den Test jammern sollen.

»Das Tablet, Lukas.« Ilona knuffte ihn gegen die Schulter. »Auf dem Tablet sind alle Beweise. Wenn du es nicht verloren hättest …«, fügte sie säuerlich hinzu.

»Was hätte ich denn machen …«

Frau Palan hob die Hand. Alle drei verstummten.

»Ihr wisst schon, dass eure ganze Geschichte an den Haaren herbeigezogen wirkt?«

»Ja, Frau Palan.« Sie senkten beschämt den Kopf.

»Und dass euch vermutlich niemand glauben wird?«

»Ja, Frau Palan.«

»Und dass ihr nichts, aber auch gar nichts in der Hand habt, um eure Geschichte auch nur in irgendeiner Art beweisen zu können?«

»Ja, Fr…«

»Gut!« Frau Palan faltete ihre Hände und hob sie mit nachdenklichem Blick an ihr Kinn. »Dann hat das ab jetzt ein Ende. Ihr könnt nicht jedes Mal zu einem Lehrer laufen, wenn euch etwas nicht passt.«

»Aber, Frau Palan … hören Sie …«

»Nein«, Frau Palan beugte sich vor. »Ihr hört mir jetzt mal zu. Und zwar ganz genau. Ihr steckt eure kleinen Näschen in Sachen, die ein bisschen zu groß für euch sind.«

Ilona sah Frau Palan mit hochgezogenen Augenbrauen an. Sie warf einen Blick zu Lukas und Daniel.

Frau Palan taxierte sie noch stärker. »Wir werden dieses kleine Gespräch hier vergessen, wenn ihr keinem mehr damit auf die Nerven geht, verstanden? Ich dachte, die eisige Überraschung wäre euch Warnung genug, aber anscheinend seid ihr naiver, als ihr ausseht.«

Lukas traf die Erkenntnis, als hätte ihm Daniel gegen das Schienbein getreten.

»Passt auf, dass eure Köpfe nicht bald auch dort landen.«

Frau Palan hatte es auch erwischt.

35

Als Lukas aus der Schulzeitungsredaktionssitzung kam, warteten Daniel und Ilona schon auf ihn.

»Das war ja wohl nichts mit Frau Palan«, wiederholte Daniel den Satz, den er schon den ganzen Tag über betont hatte.

Lukas schnalzte mit der Zunge. »Ich habe es euch doch gesagt.«

»Es ist noch viel schlimmer als nur ›War wohl nichts‹.« Ilona sah zu Daniel und Lukas. »Jetzt haben wir neben Mathe auch noch unsere Lehrkraft für Französisch und Englisch verloren. Mal abgesehen davon, dass jetzt dreiviertel unserer Abschlussprüfungsfächer von unqualifizierten Homocroks unterrichtet werden und wir damit unseren Abschluss in die Tonne treten können, frage ich mich, was das für Folgen für den Rest der Schule hat. Ich meine, sie ist Lindas Klassenlehrerin. Was die wohl dazu sagen wird?«

»Keine Ahnung«, antwortete Lukas. Er war sich noch nicht einmal sicher, ob Linda die ganze Sache mit der Polizei gestern mitbekommen hatte.

»Jetzt wo Eezbeez weg ist und wir auch keinen anderen Lehrer warnen können, bleibt uns nur die Möglichkeit, dass wir den Kumpel von Eezbeez finden, der ursprünglich die Skiferien organisiert hat.« Lukas sah zu Daniel und Ilona, die zustimmend nickten. »Allerdings habe ich keine Ahnung, wie er heißt und wo wir ihn finden können. Das Veranstaltungsheftchen haben meine Eltern bestimmt schon weggeschmissen, und ich habe sonst keinen Anhaltspunkt.« Lukas zuckte hilflos mit den Schultern.

»Wie wäre es, wenn wir Onkel Google fragen?« Daniel und Ilona sahen ihn an, als hätte er ihnen vorgeschlagen, ihm ein Telegramm zu schicken. Der Facepalm, den sich Lukas daraufhin geben wollte, hätte so eine Wucht gehabt, dass er die Erde aus der Umlaufbahn geworfen hätte, die daraufhin mit voller Geschwindigkeit auf der Sonne aufgeschlagen und sie alle jämmerlich verglüht hätte.

»Natürlich!« Schnell holte er sein Smartphone heraus, da einen Hitzeverglühtod sterben (vor allem im November) das Letzte war, was er wollte. Doch als er den Startbutton drückte, dachte sich sein geliebter Taschendiener »Ich werde für den Mist nicht genug bezahlt« und blieb schwarz.

Na, danke schön.

»Wann kriegst du denn endlich ein neues?« Daniel verdrehte die Augen und holte sein eigenes Handy heraus.

»Wenn meine Eltern mich wieder für zurechnungsfähig halten. Also vor unserem Abschluss sicherlich nicht mehr.«

Die beiden tippten stumm auf ihren Bildschirmen herum.

Daniel hatte schließlich die Antwort. »Da haben wir ihn doch: Markus Katzaug, Oberstudienrat, unterrichtet Mathe und Physik am Luisengymnasium. Och Mensch, ich dachte, wir wären mit Lehrern durch?«

Ilona nahm Daniel das Smartphone aus der Hand. »Und er gibt heute im Kulturzentrum einen Vorbereitungskurs fürs Abitur. Lasst uns doch da hingehen.«

»Och nö! Muss das sein?«

»Ja, das muss sein«, erwiderte Lukas und achtete darauf, genau denselben Tonfall anzuschlagen wie damals, als Daniel ihn davon überzeugen wollte, mit Frau Palan zu reden. Damals! Das war ja immerhin schon einen Tag her!

Nachdem sie als Bestechung für Daniel einen Döner mit ohne Zwiebeln und extra scharf geholt hatten, machten sie sich auf ins Kulturzentrum. Lukas hatte die hohen Decken und vor allem den Boden der Turnhalle in schmerzlicher Erinnerung behalten, nachdem seine Mutter ihn und Linda vor ein paar Jahren zu einem Selbstverteidigungskurs angemeldet hatte. Wenn Linda langweilig war, machte sie manchmal immer noch das Gesicht nach, das er gemacht haben soll, als er von einer Neunjährigen über die Schulter gen Boden geworfen wurde.

»Also, mal sehen.« Ilona studierte den Plan mit den am heutigen Tag stattfindenden Kursen. »Wir müssen zum Raum 280.«

Sie stiefelten hoch in den zweiten Stock, nur um vor einer verschlossenen Tür zu stehen. Auf diese war ein Schild geklebt:

Abiturvorbereitung Mathematik findet in Raum K05 statt.

Daniel, Lukas und Ilona stöhnten im Chor auf.

»Jetzt nicht im Ernst, oder?«

Geschlagen marschierten sie die gesamten Stufen wieder herunter. Im Keller suchten sie ewig nach dem Raum K05, aber sie konnten ihn einfach nicht finden.

»Müssen die den ausgerechnet im letzten Eck stattfinden lassen?«

Als sie schon wieder hochgehen wollten, um sich noch einmal den Lageplan anzuschauen, kam ein Kerl mit Lederjacke, langen, schwarzen Haaren und knallpinken Krücken vorbei.

»Entschuldigung«, rief Ilona, bevor Lukas oder Daniel einlenken konnten. »Kannst du uns sagen, wo der Matheabiturvorbereitungskurs stattfindet?«

Der Kerl blieb stehen, lehnte eine seiner Krücken gegen die Wand und wandte sich ihnen zu. »Der fällt aus, wegen zu geringer Teilnehmerzahl. Wieso?«

»Mist, was machen wir denn jetzt?« Lukas hätte am liebsten vor lauter Frust gegen die Wand getreten. Warum ging auch immer, immer alles schief?

»Keine Ahnung, schlag du was vor.« Daniel zuckte mit den Schultern.

»Ich schlag schon die ganze Zeit Sachen vor, ihr hört nur nie auf mich.«

»Haha, das war das einzige Mal, dass du was vorgeschlagen hast.«

Der Lederjackentyp unterbrach ihr Getuschel. »Oh je, das scheint mir ja ein dringliches Problem zu sein. Allerdings wirkt ihr mir noch ein bisschen zu jung fürs Abitur. Oder wollt ihr früher mit der Vorbereitung anfangen? Das ist sehr löblich. Auf welche Schule geht ihr, und in welche Klasse?«

»Ähhmm … Gebrüder Grimm … Neunte Klasse.« Lukas wunderte sich, warum der Kerl immer noch neben ihnen stand. Konnte der sich nicht um seinen eigenen Kram kümmern?

»Aber das ist doch eine Realschule, wenn ich mich nicht irre. Was wollt ihr denn dann in einem Abiturvorbereitungskurs? Es gibt hier auch Vorbereitungskurse für die Mittlere Reife, die kann ich euch raussuchen, wenn ihr wollt.«

Der Typ nervte immer mehr.

»Wir wollen aber in keinen doofen Abiturvorbereitungskurs. Wir wollen in überhaupt keinen Vorbereitungskurs. Wir wollen nur mit Markus Katzaug sprechen. Also falls du ihn siehst, sag Bescheid … ansonsten …«

»Das bringt doch nichts«, seufzte Daniel. »Hat Eezbeez vielleicht noch irgendeinen anderen Kumpel erwähnt, der uns helfen könnte?«

»Nein, hat er nicht.«

»Eezbeez? Woher kennt ihr Eezbeez?« Der Kerl sah von Lukas zu Daniel und Ilona.

Lukas wurde das Ganze langsam zu bunt. »Er ist meine Katze … war meine Katze … egal. Wer bist du eigentlich, und was willst du von uns?«

Der Kerl stützte sich auf seine Krücke, öffnete den Reißverschluss von seiner Lederjacke und klappte eine Seite so auf, dass man ein zerknautschtes Namensschild sehen konnte. In großen Lettern stand dort geschrieben: Markus Katzaug.

Er lächelte sie an. »Offenbar der, nach dem ihr gesucht habt. Voilà.«

36

Es dauerte eine Weile, bis sie mit Herrn Katzaug und seinen Krücken bei seinem Haus ankamen.

»Warum sind Sie eigentlich nicht mit dem Auto da?«, fragte Lukas, nachdem sie von einer Mutter und ihrem Kind auf einem Bobbycar überholt wurden.

»Och, so ein kleiner Spaziergang macht doch nichts aus, oder?« Herr Katzaug arbeitete sich Stück für Stück voran, mit einem Lächeln auf den Lippen, während Lukas die Beine einschliefen, so langsam liefen sie. »Ist gut für die grauen Zellen, und man sitzt doch oft genug auf seinen vier Buchstaben.«

»Also, wenn ich mir das so ansehe, würde ich eher sagen: Zu viel Luft und Bewegung ist auch nicht gut.« Ilona sah skeptisch auf die Krücken.

Herr Katzaug lachte. »Ich habe meine Küche neu gestrichen und bin von der Leiter gefallen. Da war eine Spinne«, fügte er todernst hinzu.

»Eine Spinne?«, wiederholte Lukas. Das war also ihre letzte Hoffnung? Ein Lederjackenheini, der auf Krücken ging und Angst vor Spinnen hatte?

»Ja, eine Spinne. Und zwar eine von der ziemlich ekligen Sorte, die mit den langen Beinen, die dich heimlich nachts erwürgen und deine Organe auf dem Schwarzmarkt verkaufen.« Er blieb stehen, lehnte sich gegen die Hauswand und kramte in seinen Jackentaschen.

Plötzlich hörten sie eine Stimme von hinten, die ihnen ziemlich bekannt vorkam.

»Markus, Kirsten hat gesagt, dass dein Kurs ausgefallen ist, also bin ich … was macht ihr denn hier?«

Es war Paulina. Sie sah Lukas, Daniel und Ilona mit großen Augen an und zwirbelte sich eine straßenköterblonde Strähne hinter ihr Ohr.

»Dasselbe könnten wir dich auch fragen«, warf Daniel ein. »Was machst du hier? Was willst du von Markus? Wir haben ihn zuerst gefunden!«

Paulina stieß ein kurzes Lachen aus. »Zuerst gefunden? Ich weiß nicht, was ihr wollt. Markus ist mein Onkel, ich muss mich für keine Besuche rechtfertigen. Aber was wollt ihr von ihm?«

»Lasst uns reingehen.« Markus Katzaug wedelte mit dem Schlüssel, den er endlich aus den Untiefen seiner Lederjacke geangelt hatte. »Mir friert schon das Gipsbein ab.«

Sie betraten das Haus und stiegen die knarzenden Stufen zu Katzaugs Wohnung hoch.

»Warum hast du uns das eigentlich nie gesagt?«, fragte Lukas. Er versuchte Paulina anzusehen, doch sie wich seinem Blick aus.

»Was nie gesagt?«

»Na, dass du jemanden kennst, der Eezbeez kennt. Ich meine … wir haben doch schon oft über ihn gesprochen, du warst doch auch bei uns und hast ihn gesehen. Warum hast du nie was gesagt? Bist du etwa … bist du etwa auch ein … Winformant?«

»So, wir sind da.« Markus Katzaug warf ihm einen strengen Blick zu und klimperte auffällig laut mit dem Schlüsselbund. »Home sweet home.«

Schon wenn man den Blick in die Wohnung von Markus warf, konnte man erkennen, dass sie ganz anders aussah als der Rest des recht kargen und konservativ aussehenden Hauses. Die Wände waren in dunklen, kräftigen Farben gestrichen, und überall hingen Poster von Hard Rock und Metal Bands. Lukas fiel auf, dass vor allem maskierte oder stark geschminkte Bands wie Kiss, Carach Angren oder Lordi überwogen. Er warf einen Blick in die Küche, die zur Hälfte schwarz gestrichen war.

Paulina begleitete sie ins Wohnzimmer, wo die komplette Hinterwand mit Ytong-Steinen verkleidet war, in die zahlreiche Löcher reingebohrt waren.

»Jedes Mal, wenn mich eine Schülerin oder einer meiner Kollegen ärgert, bohre ich ein Loch in die Wand.« Markus grinste schelmisch. »Letztes Jahr habe ich die Wand auswechseln müssen. Nichtsdestotrotz. Fühlt euch wie zu Hause. Was wollt ihr trinken? Ich habe Eistee, Cola, Koks, Nutten, Wodka …«

»Dann will ich einen Wodka.« Daniels Augen fingen zu leuchten an.

»Das war ein Scherz. Du kriegst ’ne Cola. Mach dir nur keine Hoffnungen.«

»Mist.« Daniel rollte mit den Augen. »Ich hatte eine Sekunde lang vergessen, dass er Lehrer ist.«

Paulina schnaubte, aber als Daniel, Ilona und Lukas sie ansahen, schnappte sie sich schnell die Fernbedienung und schaltete den Fernseher ein.

Schweigend sahen sie sich eine Wiederholung von einer Z-Promi-muss-irgendwas-total-Peinliches-machen-Sendung an. Lukas warf immer wieder einen Blick zu Paulina, die jedoch ihre Augen nicht vom Fernseher ließ. Warum hatte sie sie so lange im Dunklen gelassen? Und warum tat sie das immer noch? Was war los mit ihr?

Lukas suchte nach Worten, wie er mehr Informationen aus Paulina herauskitzeln konnte, aber ihm fiel nichts Gutes ein.

Die Wohnzimmertür ging auf, und Markus kam mit einem Tablett voller Getränke herein, während er sich mit der anderen Hand auf seinen beiden Krücken abstützte. Es sah ziemlich abenteuerlich aus, und Lukas sah seine Cola schon gen Boden stürzen, doch Markus schaffte es ohne Hilfe, die Getränke auf dem Wohnzimmertisch abzustellen.

»Nicht alle auf einmal. Ich dachte, ihr wärt Freunde, zumindest hat mir das Paulina immer erzählt.« Er sah sie abwechselnd an mit seinen Augen, die auf einmal nicht mehr braun waren, sondern orange. Genau wie bei Nora. Er war ein Sobekker.

»Das waren wir auch, bevor wir von Paulina durch ein paar supermegacoole Zehntklässlerinnen ausgetauscht wurden.« Daniel zog die Nase kraus.

Paulina drehte sich endlich vom Fernseher weg. »Ich habe das doch nur zu eurem eigenen Schutz gemacht.«

»Alles klar.« Lukas schnaubte. Vor seinem geistigen Auge liefen sämtliche Szenen aus Büchern und Filmen ab, wo der Mentor seinem Schützling genau diesen Satz gesagt hatte. »Und wann hat das bitte jemals funktioniert?«

»Aber hier muss ich Paulina teilweise recht geben.« Markus wuchtete sich auf das Sofa und schaltete den Fernseher auf eine Unterwasser-Doku um. »Die Gesetze für den Umgang mit Unwissenden sind in der Hinsicht ziemlich streng. Einem Umstand, den wir gewissen Anti-Winformierten zu verdanken haben. Man muss ein ziemliches Bootcamp durchlaufen, damit man als Sobekker in die Welt der Unwissenden darf.«

»Das heißt, du bist auch ein Sobekker, Paulina?«, fragte Lukas.

»Türlich«, murmelte sie und zwirbelte wieder an ihrer Haarsträhne. »Alle in meiner Familie sind Sobekker.« Sie zog an ihrem Finger, und mit einem »Flutsch« zog sie ihre Hand wie einen Handschuh herunter. Darunter kam eine grünlich geschuppte Krokodilpranke zum Vorschein.

Lukas sah auf das, was vorher Paulinas Hand gewesen war: Ein Handschuh, der ziemlich realistisch einer Hand nachempfunden war. Mit kleinen Äderchen, Muttermalen und lackierten Fingernägeln.

»Und das ist auch kein Wunder«, warf Markus ein. »Griedlohe ist die Geburtsstadt von Winfried Wenderstein, dem Entdecker des Elements Wendersteinium, und Partnerstadt von Strangecity. Abgesehen von den Orten, die direkt neben den Bestiadomi liegen, gibt es nirgends so eine große Zahl an Winformierten und Sobekkern wie hier. Selbst in einflussreichen gesellschaftlichen Positionen und hohen politischen Ebenen findet man sie.«

»Du meinst …« Lukas kribbelte der Bauch vor Aufregung. Das war so was von ein Thema für die Schulzeitung! Wenn das nicht so topsecret wäre, würde Herr Schreiner es ihm aus der Hand reißen und als Headliner bringen. »Es gibt an unserer Schule noch mehr … Sobekker?«

Paulina schnaubte. »Na, klar. Wir sind allein zwei in unserer Klasse.«

»WAS?«, riefen Daniel, Lukas und Ilona im Chor. »Wer denn noch?«

»Bestimmt Tanja.« Daniel zog wissend seine Augenbrauen hoch. »Die ist eh immer so komisch … aber dann müsste Sophie ja auch eine sein und … verdammt.«

»Was ist mit Dominik?«, fragte Ilona.

Paulina schüttelte den Kopf.

»Merve?«

»Dirk?«

»Yun?«

»Rebecka?«

»Emily. Es kann nur Emily sein!«

Paulina verdrehte die Augen und schnappte sich wieder die Fernbedienung. »Es liegt doch vollkommen auf der Hand, wer es ist.« Und dann schaltete sie wieder zurück zum Trash-TV.

Markus lächelte verständnisvoll. »Paulina war unsere Identität schon immer unangenehm. Ich denke, ihr werdet früh genug herausfinden, wer euer Sobekker-Mitschüler ist. Habt ihr denn schon auf Winfonet nachgeschaut?«

»Nein, das geht nicht.« Lukas sah zu Boden. »Wir haben ein Blackout bekommen.«

»Ihr habt WAS?«, keuchte Markus. »Wie habt ihr das denn geschafft?«

»Naja, wir haben … naja, wir sind … ein bisschen …«, druckste Lukas herum.

»Wir sind in Straßenwalzes Wohnung eingebrochen.« Ilona brachte die Sache auf den Punkt.

Der Ton, den Markus von sich gab, war eine Mischung aus einer sterbenden Babyrobbe und dem Geräusch, wenn man mit den Fingernägeln an der Tafel herumkratzte. »Ihr habt …? Nein, das habt ihr nicht wirklich … Was sagt denn Eezbeez dazu?«

»Ich will nicht sagen, dass er uns dazu angestiftet hat«, begann Lukas, »aber irgendwie schon. Abgesehen davon ist …« Er spürte wieder dieses dumpfe Gefühl, das ihn in die Tiefe ziehen wollte, und schluckte seinen Kloß im Hals herunter.

»Das kann doch nicht sein.« Markus schüttelte empört den Kopf. »Ihr seid alt genug, um Verantwortung für eure Taten zu übernehmen, aber trotzdem! Ich muss mal dringend ein ernstes Wörtchen mit ihm reden.«

»Das wird schwierig werden.« Lukas' Stimme war heiser. »Er ist … nun, ja … tot.«

Markus sah sie mit großen Augen an, als würden sie gleich loslachen und mit einem großen ›You have been pranked‹-Schild daherkommen. Doch bevor er irgendetwas sagen konnte, fasste sich Lukas ein Herz. »Und deswegen brauchen wir Ihre … deine Hilfe. Straßenwalze hat irgend so einen Plispertransformator in unserer Schule versteckt und gibt sich als unser Mathelehrer aus. Und nachdem wir … in seiner Wohnung waren, hat er den echten Stretmanni umgebracht und in unsere Kühltruhe gesteckt. Und jetzt hat er auch noch irgendwas mit unserer Englischlehrerin angestellt.«

Markus sah zu Paulina. »Das mit dem Paulisper-Transformator habe ich schon gehört.«

»Schon gehört?«, keuchte Lukas und sah ebenfalls zu Paulina. »Du wusstest von allem und hast uns trotzdem nichts gesagt?«

Paulina seufzte und schaltete endlich den Fernseher ab.

»Ihr versteht das nicht. Straßenwalze ist niemand, der mal eben so von ein paar Fünfzehnjährigen aufs Kreuz gelegt wird. Er ist ständig bei uns in den Medien. Auf Winfonet, auf Strangecity News, stiftet Unruhe mit seinem Hetzblog, hat ständig irgendwelche Vorwürfe am Hals … aber trotzdem schafft er es immer wieder, sich aus der Affäre zu ziehen, und ein paar Wochen später redet niemand mehr darüber. Als ihr mir von diesem Gerät erzählt habt, wollte ich herausfinden, was es damit auf sich hatte, aber euer überhaupt nicht auffälliges Gehabe hat dazu geführt, dass Straßenwalze entdeckt hatte, dass sein Geheimnis aufgeflogen war, und er hat es weggebracht, bevor ich nähere Infos beschaffen konnte.«

»Ach ja, jetzt sind wir auf einmal schuld, oder was?«, warf Daniel ein. »Wenn du uns geholfen hättest, wäre es gar nicht so weit gekommen.«

»Daniel.« Lukas packte ihn an der Schulter. Irgendwie hatte er recht. Aber Paulina hatte auch recht mit ihrer Version. Warum stritten sie immer noch über dieses Thema? Sie konnten doch einfach den Streit begraben und zusammenarbeiten, das würde sie weiterbringen.

»Was?«

»Lass gut sein, ok? Wenn wir Straßenwalze besiegen wollen, können wir das nur mit vereinten Kräften und nicht, indem wir uns ständig an die Gurgel gehen.«

»Straßenwalze besiegen? Das ist kein Videospiel.« Paulina sah ihn skeptisch an.

»Dann nenn es, wie du willst. Ich habe auf jeden Fall weder Bock auf Straßenwalze noch auf einen anderen seiner Kumpanen. Ich werde alles Menschenmögliche tun, damit er von der Bildfläche verschwindet. Wer ist dabei?«

Und er streckte seine Hand aus und hoffte, dass seine Freunde einschlugen. Denn allein sah es zugegeben ziemlich traurig aus.

»Na gut, weil du es bist, Luk.« Daniel legte seine Hand auf Lukas'.

»Einer für alle, alle für einen.« Ilona kam auch dazu. »Sagten schon die drei Musketiere … und die Schweizer.«

Sie sahen zu Paulina. Die verdrehte die Augen, doch dieses Mal mit einem Lächeln. »Ihr seid schon ganz schön bescheuert. Aber gut.« Und dann legte auch sie ihre Hand auf das Knäuel.

Sie waren wieder vereint!

37

Euphorisch über die zurückgewonnene Freundschaft zu Paulina verließen sie Markus Katzaugs Wohnung.

»Und was jetzt?«, fragte Ilona.

»Zur Feier des Tages erst mal zu McDonalds.« Daniel grinste.

Ilona verzog das Gesicht. »Da kannst du schön allein hingehen.«

»Leute!«, unterbrach Lukas sie. »Ich weiß nicht, ob es euch aufgefallen ist, aber wir haben immer noch keine Lösung zu unserem Problem mit Frau Palan. Wenn Straßenwalze so weitermacht, haben wir bald keine Lehrkräfte mehr übrig. Und ich habe keine Ahnung, was er und das andere Krokodil mit ihr anfangen.

»Mikrowelle«, warf Paulina ein. »Sie heißt Mikrowelle.«

Daniel prustete los. »Erstens: Woher weißt du das? Und zweitens: Warum haben die alle so komische Namen?«

Paulina verdrehte die Augen. »Du kommst bei uns an den beiden nicht vorbei. Kein Tag vergeht, ohne dass im Strangecity Newsfeed sein Gesicht aufploppt. Und Mikrowelle ist immer an seiner Seite. Sie ist seine Pressesprecherin, seine Assistentin, sie wechselt seine Windeln … Ich hatte eine Zeit lang mal geglaubt, die beiden wären zusammen, bis ich gemerkt habe, dass sie jeweils mit einem anderen verheiratet sind.«

»Und warum Mikrowelle? Warum heißt sie nicht Brunhilde oder Edeltraut?«, fragte Ilona.

»Das liegt daran, dass jede Art bei uns ihr eigenes Namenskomitee hat. Das der Homofelis und Homocanis geben den Kindern alphabetisch nach einer Liste gewöhnliche Namen. Bei Z angekommen fangen sie diese Liste neu an, aber mit einem neuen Nachnamen. Den Homocroks ist das zu gewöhnlich. Sie geben jedem Kind einen einzigartigen Namen, damit sie keine Nachnamen verwenden müssen. Irgendwann waren die normalen Namen verbraucht, da haben sie eben angefangen, die kleinen Homocroks nach Gegenständen zu benennen.«

»Was für ein Namenskomitee, wofür braucht ihr denn ein Namenskomitee?«, fragte Daniel, doch Lukas schritt ein.

»So spannend das auch ist, wir müssen weiterkommen. Hat einer einen Vorschlag, was wir gegen Straßenwalze und Mikrowelle machen können?«

Ilona legte die Stirn in Falten und tippte mit ihren Fingern auf ihre Lippen. »Ich denke, sie halten Frau Palan in ihrer eigenen Wohnung gefangen. Das wäre naheliegend. Alles andere würde zu viel Aufmerksamkeit erzeugen.«

»Dann haben wir immer noch ein Problem«, schloss Lukas. »Wir können ja schlecht ins Sekretariat gehen und nach Frau Palans Adresse fragen.«

»Braucht ihr auch nicht, ihr habt doch mich.« Daniel grinste breit.

»Sag bloß, du hast …«

»Na, logisch. Dreimal darfst du raten, wo Frau Palan am Schuljahresanfang ihr Schulzeug kauft und wer es ihr nach Hause liefern darf. Und bis in den sechsten Stock schleppen muss. Und das alles ohne Aufzug.«

»Wer hält jetzt hier Informationen zurück?« Paulina schnaubte.

»Hey, das sind Betriebsinterna.«

»Lasst uns nicht streiten«, unterbrach Lukas die beiden. »Je schneller wir die Sache hinter uns bringen, desto besser.«

Einige Minuten Fußmarsch später standen sie vor einem sehr unschuldig aussehenden Gebäudekomplex mit angeschlossener Gartenanlage und Tiefgarage.

»Und jetzt?« Ilona sah sich ratlos um. »Bloß nicht wieder irgendwo einbrechen! Ihr habt doch gesehen, was das das letzte Mal gebracht hat.«

»Einer muss sie rauslocken, und die anderen schleichen rein und retten Frau Palan«, schlug Lukas vor.

Paulina schnaubte. »Als ob. Abgesehen davon, dass wir nicht einmal wissen, in welchem Zustand sie sich befindet, können wir sie schlecht da rausbringen. Sie ist zwar kein Herr Stretmanni, aber …«

»Ach, komm schon, Paulina, Frau Palan ist ein Dreikäsehoch, was wird die schon wiegen? Fünfzig Kilo? Sechzig? Das krieg ich hin.« Daniel spannte demonstrativ seine Armmuskeln an.

Lukas hob zögerlich den Finger. »Daniel, eigentlich hatte ich dich für das Ablenkungsmanöver eingeplant!«

»Das kannst du vergessen. Wenn, dann bin ich an vorderster Front mit dabei.«

»Das bringt doch nichts«, warf Paulina ein. »Was glaubt ihr? Dass wir wie ein Superheldenteam reinplatzen und Frau Palan so mir nichts, dir nichts rausholen?«

Da platzte Lukas der Geduldsfaden. Hatte Paulina nicht vor ein paar Minuten zugestimmt, ihnen zu helfen? Und jetzt zog sie sich wieder feige zurück, wo es erstmals um etwas ging?

»Das bringt doch nichts? Wir haben keine andere Wahl? Worauf willst du warten? Dass Frau Palans Kopf auch in meiner Kühltruhe landet? Straßenwalze und Mikrowelle haben gesagt, dass Herr Stretmanni ein Sicherheitsrisiko ist, solange er lebt. Was ist, wenn Frau Palan jetzt auch eines ist? Und wer kommt danach? Herr Schreiner? Oder auch gleich Herr Orzel? Und wenn sie alle Lehrkräfte umgenietet haben, was kommt danach? Zuerst ich und dann Daniel, Ilona und du. Vielleicht lassen sie Herrn Schreiner und die anderen auch in Ruhe und machen gleich bei uns weiter …« Lukas musste Luft holen, weil ihm der Kopf sonst platzte. Vermutlich war er schon rot wie eine Tomate.

Paulina murmelte etwas von: »Musst ja nicht gleich den Helden spielen …«

»Ich will das ja auch nicht. Ich hab keinen Bock auf irgendwelchen Heldenkram. Aber den anderen scheint das alles scheißegal zu sein. Hauptsache gute Noten … die Polizei hält mich für einen halluzinierenden Spinner und eure Strasec-Typen stecken mit Straßenwalze unter einer Decke.«

»Schon gut, schon gut.« Paulina verdrehte die Augen und sah zur Haustür. »Und wie sieht dein fantastischer Plan aus?«

Während Lukas ihr im Schnelldurchlauf sämtliche Punkte des Plans zu erklären und sie halbwegs zu briefen versuchte, hatte Daniel schon seinen Finger auf der Klingel.

Und zwar nicht bei Palan, sondern bei Kirschhofer.

»Hast du Tomaten auf den Augen? Palan ist eins weiter drunter.«

Daniel schnaubte. »Sieh zu und lerne …«

In der Sprechanlage rauschte es, und eine krächzende Stimme fragte: »Wer ist da?«

»*Coffee & Copy* Lieferservice. Wir hätten da eine Lieferung für Frau Palan. Sie meint, wir sollen sie in den Flur stellen. Können Sie aufmachen?«

Es herrschte einen Moment Stille in der Leitung.

»Das klappt doch niemals«, flüsterte Lukas.

Die Tür ging mit einem Summen auf, und am liebsten hätte er Daniel sein breites Grinsen vom Gesicht gewischt.

»Los, los, los!« Lukas rauschte in den Flur und jagte die Treppen hoch. Sechster Stock, hatte Daniel gesagt. Er hatte keinen Plan, was sie dann machen sollten, aber da würde ihnen schon was einfallen. Sie mussten Frau Palan retten, das war klar. Egal wie.

Zweiter Stock, und Lukas ging schon die Puste aus. Hinter ihm waren die anderen auch ganz schön am Keuchen.

Dritter Stock …

Vierter Stock …

Lukas musste sich langsam auf seine Oberschenkel stemmen, um überhaupt voranzukommen. Er kam sich wie Herr Katzaug mit seinen Krücken vor. Warum gab es hier keinen Aufzug?

Fünfter Stock …

Als sie im sechsten Stock ankamen, fühlte sich Lukas wie ein Wischmopp, den man durch dieses Auswringdings gedrückt hatte, das die Reinigungskräfte an der Schule immer benutzten. Schweiß lief ihm den Rücken hinunter, und sein Kopf glühte wie heiße Kohle.

Das Endspiel gegen FSV Neustadt am Froschweiher war nicht so anstrengend gewesen wie das hier.

»Leute!« Lukas lehnte sich gegen die nächstbeste Wand. »Lasst uns erst Pause machen, bevor wir zu Mikrowelle gehen. Ich habe das Gefühl, ich sterbe sonst noch …«

»Das wäre doch mal eine gute Idee«, ertönte eine Stimme hinter ihnen.

Frau Palan blickte ihnen mit verschränkten Armen entgegen.

38

»Wen haben wir denn da?« In Frau Palans Gesicht war kein Lächeln zu sehen. Sie hatte die Augenbrauen hochgezogen, was Lukas an den Homocrok erinnerte, der sich in Wirklichkeit hinter ihr verbarg. »Ihr habt wohl noch nicht genug Ärger bekommen, oder? Was wollt ihr hier?«

»Das weißt du ganz genau, Mikrowelle«, wollte Lukas sagen, doch Daniel kam ihm zuvor.

»Nur Ihr bestelltes Paket abgeben.« Er grinste breit.

Mikrowelle schnaubte. »Ich habe nichts bestellt. Veräppeln kann ich mich selbst. Wenn ihr nicht gleich Land gewinnt, hole ich die Polizei und zeige euch an wegen Hausfriedensbruch.«

»Das wäre aber schlecht«, warf Paulina ein. »Sie haben nämlich noch offene Rechnungen. Und Sie wollen doch kein Hausverbot im *Coffee & Copy* riskieren, oder?«

Mikrowelle lachte. »Euer *Coffee & Copy* ist mir doch egal.«

»Vielleicht schon, aber ich würde das an Ihrer Stelle nicht auf die leichte Schulter nehmen. Wir arbeiten jetzt mit einem erstklassigen Inkasso-Unternehmen zusammen, und wenn Sie uns nicht glauben, dann können Sie ihn ja mal anrufen.«

»Wen soll ich anrufen?« Mikrowelle stemmte ihre Hände in die Hüften.

»Er heißt Markus Katzaug.« Lukas sah, wie sich ihre Augen für einen Augenblick kurz weiteten und dann zusammenzogen.

»Ihr blufft«, zischte sie.

»Keineswegs.« Paulina holte ihren Ausweis vor. »Er ist mein Onkel.«

In diesem Moment hörten sie, wie keuchende Schritte die Treppe hochkamen. Eine Frau stützte sich am Handlauf ab.

»Anna-Claudia! Ist alles in Ordnung? Nett, dass die jungen Menschen Ihnen die Sachen vorbeibringen, oder?«

»Ja, sehr«, knurrte diese. Sie setzte ein äußerst gezwungen aussehendes Grinsen auf. »Na, dann kommt mal rein in die gute Stube.« Sie winkte der Nachbarin zum Abschied zu.

Lukas konnte kaum glauben, dass sie es geschafft hatten. Jetzt mussten sie nur noch mit Mikrowelle fertig werden …

Ilona und Paulina warfen sich besorgte Blicke zu. Daniel sah aus, als hätte er gerade eine Eins in Mathe bekommen.

Die Tür fiel hinter ihnen wie eine Kerkertür zu. Lukas' Inneres verwandelte sich in Eis. Sie hatten sich nicht wirklich einen Plan gemacht, wie sie Frau Palan befreien wollten. Und dann war auf einmal alles so schnell gegangen. Was sollten sie jetzt tun?

»Ihr seid solche unsäglichen Nervensägen.« Mikrowelle sperrte die Haustür ab und steckte den Schlüssel in ihre Jeanshose. »Ihr macht den Bälgern aus Chatte-Château Konkurrenz, und das soll schon was heißen. Und von dir«, sie richtete ihr Wort an Paulina, »… hätte ich Besseres erwartet. Dass du als Sobekkerin dich mit solchen Stümpern herumschlägst.«

»Diese Stümper sind meine Freunde. Heißt das, nur weil ich Sobekkerin bin, dass ich keine Menschen als Freunde haben kann?«

»Das glaubst du. Weil die Homofelis-Medien dir das Gehirn gewaschen haben. Dieser ganze Rotz, den sie schreiben … Menschen und Homobestia müssen zusammenarbeiten. Menschen wissen überhaupt nicht, dass wir existieren. Und weißt du auch, warum? Weil sie versuchen würden, uns wieder zu versklaven. Du musst dir nur eins unserer Geschichtsbücher durchlesen. Die Menschen glauben, sie wären Herr über alles. Dass sie allem überlegen wären, sogar uns. Und dabei sind wir es doch, die den Menschen weit voraus sind.«

Mikrowelle führte sie den Flur entlang, bis sie ins Schlafzimmer kamen. Lukas roch den Gestank von Desinfektionsmittel und fühlte, wie ein beißender Druck von seiner Schläfe über seine ganze Stirn zog.

Frau Palan lag auf einem breiten Bett, das jedoch mehr einem Krankenbett in einer Intensivstation glich.

Überall hingen dünne Plastikschläuche, und eine dieser Krankenhausmaschinen surrte und piepte munter vor sich hin. Die Lehrerin hatte die Augen geschlossen, und auch wenn sie noch nicht lange von Mikrowelle gefangen schien, sah sie reichlich mitgenommen aus. Das Gesicht war kreidebleich, als hätte sie mehrere Blutspenden hinter sich, faltig und eingefallen.

»Ich verstehe nicht, warum ihr sie retten wollt. Es schert sich doch sonst keiner um sie. Ein leichtes, sie zu unterwerfen. Kaum Muskeln, keine Kondition. Aber ein ziemlich kräftiges Schreiorgan. Verstehe ich! In dem Beruf …« Mikrowelle grinste hämisch. »Aber hey, wenn ihr drauf besteht, dann werde ich euch wohl umlegen müssen.«

Wie aus dem Nichts bekam Lukas plötzlich einen Schlag auf den Kopf, der ihn von den Füßen riss. Er landete auf dem Boden, wo er Sterne vor seinen Augen tanzen sah und ein hohes Pfeifen in seinen Ohren trällerte.

Ilona schrie.

Es gab einen dumpfen Schlag, und Daniel fluchte. Das Bett neben ihm wackelte bedrohlich.

»Da haben wir wohl einen kleinen Jackie Chan. Wird dir aber nichts nutzen.« Mikrowelle lachte hämisch.

»Lass ihn los!«

Lukas sah, wie Ilona versuchte, nach Mikrowelle zu treten, und richtete sich mühsam auf. Paulina lag bereits mit blutender Nase am Boden.

Ilona versuchte einen Karate-Move, doch Mikrowelle wich ihr geschickt aus, packte ihren Arm und schleuderte sie gegen die Kommode. Lukas packte Mikrowelle von hinten und versuchte ihre Arme festzuhalten. Er spürte einen Schlag in der Magengegend, als sie ihre Fäuste nach hinten schnellen ließ.

Er musste sich am Bett festhalten, um nicht wieder auf den Boden zu fallen, doch er riss fast ein Dutzend Schläuche ab. Die Krankenhausmaschine piepte schneller, und mehrere kleine rote Lichter leuchteten auf.

Seine Rippen schmerzten, aber er musste wieder aufstehen. Sie mussten Mikrowelle von Frau Palan wegbringen. Ihr schien es weder etwas auszumachen, Ilona und Daniel immer wieder gegen das Bett zu schleudern, sodass Frau Palan beinahe hinausfiel, noch dass Frau Palan Schrammen abbekam und ihre lebenserhaltenden Instrumente fast geschreddert wurden.

Hatten sie vielleicht eine Möglichkeit gefunden, wie sie ohne Frau Palan zurechtkamen?

Dann sah es ziemlich schlecht für ihre Englischlehrerin aus.

»Ich schätze, wir brauchen für unseren Plan noch ein paar Schüler. Und wie ich sehe, haben sich da gerade vier junge Leute freiwillig gemeldet.« Mikrowelle klickte mit ihrer Zunge wie eine Schlange, die ihre Beute umkreiste. »Unglücklich! Eigentlich wäre es taktisch klüger, wenn ihr nicht alle in einer Klasse wärt, aber man kann heutzutage nicht mehr wählerisch sein.«

Sie öffnete die Kommode und holte eine kleine Schachtel hervor, aus der sie eine kleine Spritze zog. Die leuchtend gelbe Substanz darin ließ Lukas einen Schauder den Rücken hinunterlaufen. Würde Mikrowelle sie jetzt betäuben und in eine Gefriertruhe stecken? Oder hatte sie noch ein paar Ersatzbetten, wie das von Frau Palan? Vielleicht würde sie ihnen die Haut abziehen und sich daraus einen Pelzmantel nähen, wie bei *101 Dalmatiner* … okay, das war vielleicht zu absurd.

Doch bevor Lukas irgendetwas machen konnte, hatte Mikrowelle die Spritze schon bei sich selbst angesetzt und drückte den Kolben nach unten. Ihre Pupillen weiteten sich, und fast im selben Augenblick, als das letzte Schlückchen giftgelber Flüssigkeit aus der Spritze in ihren Venen verschwand, breitete sich von der Mitte ihrer Pupille ein kräftiges Rot aus, das bald das ganze Auge füllte. Mikrowelle ballte die Hände zu Fäusten, die plötzlich anschwollen und an Farbe verloren. Ihre Fingernägel wuchsen unglaublich schnell und verhärteten sich zu Krallen. Lukas wurde eines klar …

»Sie verwandelt sich.« Er versuchte sich mit seiner ganzen Kraft vom Bett abzustoßen. Seine Beine schmerzten wie nach einem anstrengenden Fußballspiel. »Nichts wie raus hier!«

Er zog Paulina auf die Beine, und Ilona half Daniel auf.

»Das würde euch so passen.« Mikrowelle war bereits einen Kopf größer als sie. Mit einem Ratsch riss Frau Palans Jeanshose, und Mikrowelle riss die Reste mit ihren inzwischen babyblauen Pranken ab und warf sie in die Ecke.

Dann packte sie Lukas und Paulina.

39

Lukas sah für eine kurze Zeit Sternchen, als er wie ein Sack Mehl über die Schulter geworfen wurde. Der Geruch von Schweiß stieg ihm in die Nase, die immer wieder gegen Mikrowelles gepanzerten Rücken stieß. Er versuchte, irgendein Körperteil von Mikrowelle zu fassen und strampelte mit den Füßen. Doch das bewirkte nur, dass Mikrowelle ihre Krallen in seine Wade rammte. Lukas schrie auf.

Der ordentlich aufgeräumte Parkettboden von Frau Palans Wohnung verschwamm, und auch die geschuppten Beine von Mikrowelle konnte er kaum noch erkennen. Die Schritte klangen dumpf, und Lukas wusste nicht, ob das an den fingerlangen Krallen lag oder daran, dass auch langsam seine Ohren den Dienst versagten.

In Mikrowelles anderem Arm keuchte Paulina.

Schon kurz darauf wurden sie in ein Zimmer geschleift und gegen die Wand geschleudert. Die Tür schlug mit einem Knall zu, und kurz darauf drehte ein Schlüssel im Schloss.

Lukas und Paulina versuchten aufzustehen.

»Wir müssen hier raus«, brachte Paulina hervor. »Wer weiß, was Mikrowelle mit Daniel und Ilona anstellen wird.«

»Ich weiß. Ich weiß …« Lukas zog sich am Vorratsregal hoch und fiel gleich wieder hin, weil er über den Staubsauger stolperte. Seine Hose war zerrissen und blutrot.

»Mikrowelle!« Paulina hämmerte gegen die Tür. »Lass uns hier raus!«

»Als ob das was bringen würde …« Lukas hatte es endlich geschafft, sich hochzuziehen, und stützte sich auf dem Staubsaugerrohr ab.

Paulina sah ihn verzweifelt an. »Mach du doch auch mal was.«

Lukas sah sich um. »Sie hat die Tür abgesperrt. Der einzige Weg raus ist wohl durchs …« Lukas stoppte. Schweren Herzens ließ er den Staubsauger los und humpelte zwischen einem Haufen Kisten mit Pfandflaschen hindurch zum Fenster.

Er öffnete es und sah hinunter. Im selben Atemzug schlug er es wieder zu. Hatte Daniel gesagt, dass Frau Palan im sechsten Stock wohnte? Das konnte unmöglich wahr sein. Es musste mindestens der Hundertste sein.

»Zeig mal!« Paulina drängte ihn zur Seite. »Du hast recht, durchs Fenster könnte es gehen.« Sie öffnete es erneut. »Schau mal, da ist direkt ein Vorsprung unter dem Fenster. Und daneben ist gleich der Balkon. Mit ein bisschen Schwung kommen wir da sicher rüber.«

»Bist du dir sicher?« Lukas traute sich kaum aus dem Fenster zu sehen, er konnte nicht richtig atmen und war sich sicher, dass das nicht nur vom Schlag in seine Magengrube kam.

»Was bleibt uns anderes übrig? Komm!«

Bevor Lukas etwas anderes vorschlagen konnte, war sie schon nach draußen geklettert. Sie sah angestrengt nach rechts, lehnte sich nach hinten, nahm Schwung und sprang.

Dann war sie verschwunden.

»Paulina!« Lukas beugte sich aus dem Fenster, und eine Welle üblen Schwindelgefühls kam über ihn. Er konnte kaum sehen, was auf dem Boden war. Vermutlich lag Paulina dort, mit gebrochenem Genick, während alle Gedärme neben ihr verstreut waren.

»Wo schaust du hin? Hier drüben bin ich!« Paulina hing am Balkon, als ob es ihr nichts ausmachen würde, dass sich tausende Meter schrecklich schwankender Abgrund unter ihr befanden, und winkte.

»Komm jetzt!«, rief sie ihm zu.

»Niemals, das ist ziemlich hoch. Und außerdem bin ich verletzt.«

Paulina verdrehte die Augen. »Dann schau halt nicht runter.«

»Haha, das sagst du so einfach.«

Doch Lukas musste sich zusammenreißen. Wenn er weiter so ein Theater machte, würde Mikrowelle mit den anderen beiden sonst was für Dinge anstellen. Er krallte sich am Fensterrahmen fest, während er aus dem Fenster kletterte.

»Mach schon. Wir haben nicht den ganzen Tag Zeit.«

Der Vorsprung, der von oben noch so groß ausgesehen hatte, war kleiner, als Lukas gedacht hatte. Es passten kaum seine beiden Füße darauf, sie hingen schon fast im Abgrund, und dabei stand er gerade einmal mit den Ballen auf dem kleinen Stück Beton. Wie sollte er da Schwung holen können?

»Lass das Fenster los und stell dich richtig drauf.«

»Aber dann kann ich mich doch gar nicht mehr festhalten.« Lukas griff demonstrativ noch fester an den Fensterrahmen.

Langsam wurden seine Hände schwitzig.

»Das macht nichts, du stehst da doch sowieso nur kurz drauf.«

Lukas konnte sich kaum mehr bewegen, seine Beine schienen Wackelpudding geworden zu sein. Besonders sein verletztes Bein hörte mit dem Zittern gar nicht mehr auf. Er hielt seinen Blick starr auf die Wand gerichtet, um ja nicht nach unten zu sehen. Doch der Abgrund zog ihn regelrecht magnetisch an. Immer wieder flüsterte er: »Komm zu mir, komm zu mir.«

Lukas konnte sich nicht mehr lange halten. Er versuchte seine Hände zu bewegen, doch sie gingen einfach nicht vom Fenster ab.

»Ich schaffe das nicht«, krächzte er.

»Doch, das schaffst du.«

Langsam löste Lukas seine rechte Hand vom Fenster. Sofort sank er nach unten. Ein Stück Putz bröckelte vom Vorsprung ab und fiel in den Abgrund. Seine Schuhe rutschten nach vorne. Die Spitzen hingen bereits frei in der Luft.

»Ich schaffe das nicht«, wiederholte er. Seine schweißnassen Hände tasteten in der Hose nach seinem Handy.

»Das ist jetzt nicht der passende Augenblick für ein Selfie.« Paulina klang, als würde sie langsam die Nerven verlieren, doch Lukas wusste sich nicht anders zu helfen. Bis zum Balkon war es so weit, das würde er niemals schaffen.

Er wählte die Nummer von daheim.

»Hallo, hallo?« Ohne abzuwarten, ob jemand antwortete oder wer dran war, legte Lukas los. »Hilfe, wir sind in Frau Palans Wohnung, und sie hat uns gefangen genommen. Ich meine, Mikrowelle natürlich ...«

»Lukas, was machst du da?«, rief Paulina.

»Mama, Papa ... Linda meinetwegen!« Lukas' Hände zitterten. »Bitte, ich hab so eine Angst. Kommt und holt mich ab.«

Schnell gab Lukas noch die Adresse durch und wollte auflegen, doch er traf mit dem Daumen den roten Knopf nicht. Er löste seine andere Hand vom Fenster und rutschte dabei so weit nach unten, dass er beinahe das Gleichgewicht verlor. Er ergriff mit beiden Händen das Kabel, das die Wand entlanglief, und sein Handy glitt aus seinen Fingern.

»Nein!«

Das Handy knallte auf den Vorsprung und fiel in den Abgrund. Es dauerte einige Sekunden, bis Lukas das endgültige Zerbersten auf dem Kopfsteinpflaster im Innenhof hörte.

»Mein Handy!« Er beugte sich vor und sah, dass es in sämtliche Einzelteile zerbrochen war. Ein Grummeln in seinem Magen kam hoch, und er presste sich wieder gegen die Wand.

»Lass doch dein Scheißhandy jetzt in Frieden und komm rüber!«, schrie Paulina. Und als sie merkte, dass sie ein bisschen zu laut war, fügte sie hinzu: »Schnell, bevor Mikrowelle merkt, was wir vorhaben.«

Lukas machte zwei Tippelschritte in Richtung Balkon. Er war viel weiter weg, als es ausgesehen hatte, und wie Lukas hinsah, schien er sich immer weiter wegzubewegen. War das hier das Wandelnde Schloss?

»Jetzt hol Schwung, und rüber mit dir.« Paulina war inzwischen über das Geländer geklettert und stand bereits auf dem Balkon. »Nicht nachdenken, nicht runterschauen, einfach machen.«

Lukas konnte sich nicht mehr leisten, aufzugeben. Paulina hatte recht. Er drückte sich von der Wand ab und sprang.

Er knallte gegen das Geländer und rutschte ab. Schnell krallte er seine Finger in das Holz und spürte, wie sich gefühlt hunderte von Holzsplittern in seine Haut bohrten. Schweiß lief ihm die Stirn hinunter. Er versuchte, Halt mit seinen Füßen zu bekommen, doch seine Schuhe schlugen immer wieder gegen die Fensterscheibe von der Wohnung unter ihm.

»Gib mir deine Hand.«

Vorsichtig löste er eine Hand vom Holz und reichte sie Paulina, die ihn mit einiger Kraft hochzog. Bald hatte er Halt unter den Füßen und konnte sich Stück für Stück über das Geländer kämpfen.

Wie ein wasserdurchtränkter Sack fiel er auf den Balkon und musste sich erst einmal ein paar Sekunden sammeln, bevor er aufstehen konnte.

»Los, weiter geht's«, keuchte er und packte einen der Blumentöpfe, die herumstanden. Mit der letzten Kraft, die noch in seinen Armen war, schwang er ihn gegen die Balkontür und ging vor den Scherben in Deckung.

40

Lukas hörte, wie Ilona aufschrie, als er den Blumentopf durch die Balkonscheibe warf. Hoffentlich hatte ihn Mikrowelle nicht gehört. Der Blumentopf zersplitterte, und Scherben glitten über die Fliesen in der Küche. Die letzten blieben vor der Spülmaschine liegen. Doch leider hatte der Blumentopf nicht genug Schaden angerichtet, dass er und Paulina ungehindert durch die Balkontür einsteigen konnten. Er kam noch nicht einmal mit der Hand an den Türknauf.

Schöne Scheiße!

Da passendes Werkzeug nicht in Sicht war, musste er mit der Hand ran. Er brach an den Rändern des blumentopfförmigen Loches Scherbe für Scherbe aus der Tür, sodass er weiter an den Rand kam. Das Glas schnitt in seine Hand, die bald blutverschmiert war.

»Mensch, Lukas, pass doch auf.« Paulina klang besorgt.

»Mach ich doch«, erwiderte er. So ein paar Kratzer konnte er doch auf sich nehmen. Ilona und Daniel schwebten in viel höherer Gefahr. Wie zur Bestätigung kam ein markerschütternder Schrei aus dem Schlafzimmer, dieses Mal von Daniel. Ihnen lief die Zeit davon. Warum hatte er sich auch so doof angestellt?

Lukas hatte bald keine Geduld mehr und half mit dem Fuß nach. Ein Splitter bohrte sich durch seine Schuhsohle. Er unterdrückte das Jammern, das er sonst anstimmen würde, denn er war seinem Ziel schon ganz nahe. Er holte noch einmal Schwung, und dann …

Die Tür schien auf die ganze Sache auch keinen Bock mehr zu haben, denn sie entschied sich, mitsamt dem ganzen Rahmen mit einem Krachen auf den Boden zu fallen.

Geschafft!

»Los, Paulina!« Lukas ignorierte, dass er inzwischen in Blut schwamm und sich wie ein Igel auf einer Gartenharke fühlte. Bei jedem Schritt spürte er das Glas in seinen Schuhen. Jedes Mal, wenn er den Fuß belastete, drückten sich die Splitter weiter in seine Sohle.

Er humpelte durch die Küche, hinaus auf den Gang. Daniel lag blutend auf dem Boden und versuchte sich robbend in Richtung Haustür zu bewegen.

»Ilona …«, keuchte er. »Mikrowelle hat …«

»Sind schon unterwegs«, unterbrach ihn Lukas. Mikrowelles Stapfen ein paar Zimmer weiter war kaum zu überhören.

Paulina hastete zu Daniel und versuchte, seine Verletzung auszumachen.

Lukas' Herz zog sich zusammen. Das alles war außer Kontrolle geraten. Was hatte er sich auch dabei gedacht? Dass sie hier einfach reinspazierten, Frau Palan retteten, und alles war in Ordnung? Das hatte doch auch schon bei Herrn Stretmanni nicht geklappt. Wenn seinen Freunden etwas passierte, dann war das alles seine Schuld!

»Mikrowelle!«, brüllte er, in der Hoffnung, sie von Ilona abzulenken. Er kam im Wohnzimmer an.

Ilona lag regungslos auf dem Wohnzimmertisch, die Deko war achtlos auf den Boden gekehrt worden.

Mikrowelle stand neben ihr, ein kleines, schwarzes Gerät in der Hand. »Du schon wieder.« Ihre roten Augen rollten genervt. »Hatte ich euch nicht beiseitegeschafft?«

»Lass meine Freunde in Ruhe!« Lukas versuchte, es sich nicht anmerken zu lassen, dass er in seinen mit Scherben gespickten und blutdurchtränkten Schuhen kaum stehen konnte. Er hörte ein leises Fiepen in seinen Ohren, das immer lauter wurde. Das Wohnzimmer schwankte, und die türkisfarbenen Vorhänge am Fenster verblassten langsam zu einem Babyblau.

»Hör auf, den Helden zu spielen«, zischte Mikrowelle. »Wenn ich dich erinnern darf: Ihr habt mich zuerst angegriffen.«

»Ja, aber … aber …« Er wusste nicht, was er darauf antworten konnte. Das Fiepen hatte seinen Kopf leergefegt wie vor einer Physikschulaufgabe. Er musste gegen die plötzlich aufkommende Übelkeit ankämpfen. Irgendetwas an den Leberkäsebrötchen war wohl schlecht gewesen heute …

»Die Sache hat etwas Gutes.« Mikrowelle klickte wieder mit ihrer Zunge. »Ihr werdet wunderbare Versuchskaninchen sein. So eine Zeitverschwendung von Straßenwalze, über die Lehrer zu gehen, wo doch die Schüler das eigentliche Ziel sind!«

Sie senkte das Gerät auf Ilona. Es gab einen knisternden Blitz, und Mikrowelle schrie auf. Ilona öffnete die Augen und fiel seitlich vom Tisch herunter.

Das war zu viel für Lukas' Magen, und er übergab sich direkt vor Mikrowelles Füße.

Sie plusterte ihre Schnauze auf. »Ihr Menschen seid so widerlich.« Doch bevor sie irgendetwas machen konnte, kam Paulina aus dem Flur und bewarf die Homocrok mit einer Dekotaube.

Durch das ganze Gepiepe in seinen Ohren hörte Lukas, wie langsam das Gedudel einer Polizeisirene näherkam.

Sie waren gerettet!

Auch Mikrowelle bemerkte die Sirene schließlich, denn ihre Augen verengten sich, und sie zog scharf die Luft ein.

»Was habt ihr gemacht?«, keuchte sie. Sie beugte sich nach unten, um das schwarze Gerät wieder aufzuheben.

Lukas griff danach, doch er war nicht schnell genug. Mikrowelle hatte schon ihre blauen Krallen darauf. Ein paar Sekunden sah sie ihn mit ihren blutroten Augen an, als würde sie überlegen, ob sie ihn umlegen wollte. Doch dann stieß sie sich ab und rannte, so schnell ihre schwerfällige Statur es erlaubte, aus dem Wohnzimmer und ins Schlafzimmer von Frau Palan.

»Nein«, rief Lukas und versuchte ihr hinterherzulaufen. Wenn Mikrowelle jetzt auch noch Frau Palan umbrächte, wäre alles so was von umsonst gewesen. Doch einige Sekunden später kam sie direkt wieder aus dem Schlafzimmer gerannt, mit Frau Palans Schlüsselbund in der Hand.

»Viel Spaß mit den Bullen«, warf sie ihnen verächtlich zu und sperrte die Haustür wieder auf. Fast engelsgleich leise schloss sie sie wieder.

Daniel kam zu ihnen, und auch Ilona stand auf.

»Alles okay bei euch?«

Daniel hatte ein paar heftige Kratzer abbekommen. Paulinas sonst so herausgeputzte Frisur war völlig zerrupft, und Ilona sah aus, als wollte sie bei *The Walking Dead* mitspielen.

»Ging schon mal besser. Was ist mit Frau Palan?«

»Keine Ahnung, bin kein Arzt. Aber ich glaube, sie atmet noch.« Daniel zog Lukas hoch. »Das ist doch schon besser als gar nichts, oder?«

Das schrille Rasseln der Türglocke ließ sie aufschrecken.

»Aufmachen, Polizei!«

Lukas kam es vor, als hätte er ein Déjà-vu.

»Nicht schon wieder«, knurrte Daniel, als könnte er Lukas' Gedanken lesen. »Was machen wir denn jetzt?«

»Cool bleiben.« Paulina strich sich ihre Haare glatt.

Lukas schnaubte. »Du hast gut reden, du warst ja letztes Mal nicht dabei.« Er versuchte sich das Blut aus dem Gesicht zu wischen, damit er nicht ganz so wild aussah, und öffnete schweren Herzens die Tür.

41

»Das hätte ich nie von dir gedacht.« Wenn Lukas' Mutter das sagte, dann musste die Kacke schon richtig am Dampfen sein. »Wir hätten immer gedacht, du wärst vernünftig. Aber was machst du? Brichst mit deinen Freunden bei deiner Englischlehrerin ein und verwüstet vollkommen ihre Wohnung. Was um Himmels Willen wolltet ihr da? Und was hast du mit deinem Bein angestellt?«

Lukas wollte seinen Mund öffnen, doch sein Vater redete schon weiter.

»Ich weiß, dass das Leben als Schüler nicht einfach ist. Besonders heutzutage in unserer Leistungsgesellschaft. Aber du bist doch gut in Englisch. Ich verstehe das nicht.«

Lukas stieß einen resignierten Seufzer aus. Er konnte seinen Eltern wohl schlecht die Wahrheit sagen. Eine schlechte Lüge brachte ihn auch nicht weiter, wenn er an Eezbeez zurückdachte. Vermutlich hatte Mikrowelle es im Hintergrund schon so hingedreht, dass alles auf Lukas und seine Freunde zurückfiel.

»Du kannst froh sein, dass Frau Palan bis jetzt noch keine Anzeige gestellt hat.«

Lukas wusste nicht, ob das so ein Grund zur Beruhigung war. Frau Palan hätte ihnen sicher helfen und ihre ganze Story bestätigen können. Jetzt lag sie auf der Intensivstation des Griedloher Krankenhauses.

Er selbst hatte auch ein paar Stunden im Krankenhaus verbracht. Sein Bein war untersucht und verbunden worden. Die

Ärztin hatte einige peinliche Fragen gestellt, als sie die Glassplitter aus seiner Fußsohle gezogen hatte. Verdammt, das hatte viel mehr geschmerzt als der Tritt in die Scherben. Auch seine Freunde waren untersucht worden. Gott sei Dank war niemand ernsthaft verletzt.

»Und dein Handy hast du auch kaputtgemacht. Denk ja nicht, dass wir dir ein Neues kaufen.«

Lukas fühlte sich, als säße er in einer randvollen, eiskalten Badewanne und jemand würde immer und immer wieder mit einem Fass eiskalten Wasser nachkippen.

»Eigentlich wollten wir es dir ja ersetzen. Aber da du ja so verantwortungslos bist, wirst du das alte Handy von Linda bekommen, und sie wird ein Neues bekommen.« Lukas war sich sicher, dass hinter der Esszimmertür Linda Luftsprünge machte. »Außerdem bekommst du Hausarrest.«

Innerlich seufzte Lukas. Dass so etwas kam, war so vorherzusehen wie die Pausenaufsicht von Herrn Donau.

»Und damit du dich besser auf die Schule konzentrieren kannst, wirst du aus der Schulzeitung austreten.«

Bam.

Gerade war ein ganzer Eisberg in seine Badewanne gekracht.

»Was? Ich kann nicht aus der Schulzeitung austreten. Ich bin doch stellvertretender Chefredakteur!«

Seine Mutter sah ihn streng an. »Du bist in letzter Zeit ständig mit Dingen dieser Schulzeitung beschäftigt, sodass du deine Schulsachen vernachlässigst. Ich bin sicher, dass deine Aufgaben auch jemand anderes machen kann.«

Lukas holte Luft, damit der Eisberg ihn nicht völlig erschlug.

»A-aber … die Schulzeitung ist doch auch wichtig für meine normalen Schulsachen. Für Deutsch zum Beispiel … » Er erinnerte sich, dass er dieses Gespräch schon einmal geführt hatte, als Linda unbedingt Eis essen und er nach Paul Wenderstein suchen wollte, und ahnte düster, dass sich seine Eltern von diesem Argument nicht überzeugen ließen.

»Ja, in Deutsch hast du ja auch eine Zwei, da brauchst du wirklich keine Förderung mehr. Du solltest dich viel mehr auf die naturwissenschaftlichen Fächer wie Mathe konzentrieren. Vor allem, nachdem du diese Fünf herausbekommen hast. Habt ihr seitdem schon wieder etwas geschrieben?«

»Aber … Nein, ich … Herr Stretmanni ist doch …«

»Denkst du etwa, ich hätte mit so einem Unsinn einen Ausbildungsplatz gefunden? Mathematik ist eines der wichtigsten Fächer, auf das die Personaler schauen. Als ich in der neunten Klasse war, hatte ich meinen Ausbildungsvertrag schon längst in der Tasche.«

Lukas wollte nicht erwähnen, dass er dank Straßenwalze und Mikrowelle seinen Abschluss komplett vergessen könnte. Wenn er Glück hätte …

»Ist ja gut.« Schuldig senkte er seinen Kopf. Was hätte er denn sonst machen sollen? Mikrowelle das Feld überlassen? Zumindest war Frau Palan nicht mehr in ihrer eigenen Wohnung gefangen und an Schläuche gefesselt.

Er leistete keinen Widerstand und verzog sich nach der Ansprache in sein Zimmer. Das konnte er nicht glauben. Warum hatten ihm seine Eltern ausgerechnet die Schulzeitung verboten? Das war doch voll ungerecht. Er wollte Redakteur werden – oder zumindest irgendwas mit Medien machen. Und da war doch die Teilnahme an der Schulzeitung wichtiger als irgendwelche Mathenoten. Mathe! Pah! Wer brauchte das schon!

Am nächsten Tag wollte Lukas die schlechte Nachricht Herrn Schreiner möglichst schonend beibringen. Doch als er auf dem Weg zum Klassenzimmer war, kam ihm schon Rebecka entgegengelaufen.

»Was zum Teufel habt ihr mit Frau Palan angestellt?«

Nicht auch noch sie!

»Das geht dich nichts an«, stieß er heraus, bevor er sich etwas Besseres überlegen konnte.

Im selben Moment wünschte er sich, er hätte schon mal sein Testament geschrieben. Rebecka holte tief Luft.

Und der Schlund der Hölle öffnete sich.

»Was soll das heißen, das geht mich nichts an? Natürlich geht es mich was an. Unsere ganze Klasse geht das was an. Was ist mit ihr? Was habt ihr mit ihr gemacht, dass sie gleich ins Krankenhaus musste und wir jetzt bis Ende des Jahres Vertretung haben?«

Lukas wollte nicht wissen, woher sie das schon wieder wusste.

»Und das kurz vor dem Abschlussjahr!«

Jetzt klang sie schon wie seine Eltern.

Lukas seufzte. »Ist ja nicht so, dass es hier an der Schule nicht noch andere Englischlehrer gibt.«

»Und das ist für euch ein Grund, bei Frau Palan einzubrechen und wer weiß was für Sachen anzustellen?«

»Du kennst doch gar nicht die Hintergründe, also sei einfach ruhig.« Lukas drehte sich von Rebecka weg und machte sich auf zum Pausenverkauf, nur um nach wenigen Metern Herrn Schreiner in die Arme zu laufen.

»Lukas, ich habe dich schon ewig gesucht!«

»Ja … also … ich …«

Mist, da wäre ihm Rebecka doch lieber gewesen.

Herr Schreiner versperrte ihm jeden Fluchtweg. »Dein Vater hat mich heute Morgen angerufen. Was soll das heißen, dass du nicht mehr bei der Schulzeitung mitmachen willst?« Er sah ihn ernst an. »Das geht doch nicht. Nicht so kurz vor der neuen Ausgabe. Und ich dachte, du wolltest Chefredakteur werden?«

Lukas sah zu Boden. Er fühlte sich, als würde jemand hinter ihm stehen und ihm die Luft abdrücken. In dem Fall konnte er es sich bildlich vorstellen: Straßenwalze mit seinen langen, grünen Klauen. Wie er hinter ihm stand, seine Hände um seinen Hals schloss und dabei seine Krallen in seine Halsschlagader rammte. Mikrowelle stand händereibend daneben.

»Tja, es ist nicht so, dass ich austreten will. Es ist nur so … ich muss. Wegen der Sache mit Frau Palan.«

Herr Schreiner öffnete den Mund. Auf seinem Gesicht konnte Lukas sehen, wie sich eine Reihe von Emotionen abspielten.

Seine Augenbrauen gingen hoch, wie wenn er ihm gleich eine Standpauke erteilen würde. Die Augen wurden erst vor Schock groß und zogen sich dann zusammen, bis sie so klein wurden, dass er sie schloss und kurz auf den Boden schaute. Er drehte seine Tasche in den Händen und räusperte sich kurz, immer noch zu Boden blickend, und sah dann wieder hoch zu Lukas. Seine Augen wanderten hin und her, während er auf seiner Lippe kaute.

Das machte Lukas fast noch mehr Angst wie die Standpauke seiner Eltern.

Er hatte Herrn Schreiner noch nie sprachlos erlebt.

Und würde er nicht vor lauter Angst und Verwirrtheit wie festgeklebt am Boden stehen, hätte er schon längst schreiend und heulend das Weite gesucht.

»Ich … das war … die Sache mit Frau Palan war sehr … ich …« Die Stimme seines Lehrers klang unüblich dünn. Er räusperte sich und wischte sich über seine Halbglatze. »Gut. Dann werde ich wohl einen Ersatz für dich finden müssen. Kannst du mir deine offenen Aufgaben bis nächste Woche in mein Fach legen?« Jetzt klang er wieder ganz wie der Alte.

»Sicher, mache ich.« Lukas versuchte ein Lächeln aufzusetzen, obwohl ihm gerade absolut nicht danach war.

»Gut. Super. Mach das«, keuchte Herr Schreiner und machte sich auf den Weg in Richtung Lehrkräftezimmer.

Lukas wollte sich schon umdrehen und auch wieder auf den Weg machen, als sich Herr Schreiner noch einmal umdrehte.

»Aber nicht vergessen!«

»Ja, ja.« Lukas machte, dass er schnell davonkam. Er ging in sein Klassenzimmer und setzte sich zu Daniel, Ilona und Paulina.

»So ein Scheiß«, murmelte Daniel. »Ich muss wegen der ganzen Sache von meiner Mutter aus jetzt bei irgendwelchen Sozialprojekten mitmachen. Und meine Switch wurde auch konfisziert. Das kann sie doch nicht machen!«

Lukas hob die Augenbrauen.

»Jaaaa, gut«, gab Daniel zu. »Du hast es natürlich am allerschwersten von uns getroffen. Schande auf mein Haupt.«

Lukas schüttelte den Kopf. »Lasst uns nicht darüber reden. Hauptsache, Frau Palan ist in Sicherheit.«

Der Schultag zog sich heute wie der Käserand einer Pizza. Und obwohl er Käserand eigentlich mochte, hatte er heute darauf keinen Hunger. Nach der Schule kam er nach Hause, und es gab … Pizza. Wenn einem das Leben Zitronen gab …

Er ging in sein Zimmer.

Warum musste immer alles schiefgehen? Er wollte doch nur das Richtige tun. Hätte er Frau Palan weiterhin in Mikrowelles Händen lassen sollen? Und alle anderen … die beschwerten sich immer, dass etwas falsch lief. Doch den Hintern bekamen sie nicht hoch.

Lukas haute sich auf sein Bett. Im selben Moment klingelte es an der Tür.

Er ignorierte es. Sollte doch Linda die Tür öffnen. Besuch durfte er sowieso keinen empfangen.

Dachte er zumindest.

Von der Tür ertönte ein greller Schrei.

Lukas sprang sofort auf. Was war da los? Hatte Mikrowelle seine Adresse herausgefunden? Natürlich, als Frau Palan hatte sie ja Zugriff darauf. Und jetzt griff sie Linda an.

Er rannte aus dem Zimmer und sprintete zur Tür.

»Oh, mein Gott. Oh, mein Gott. Oh, mein Gott«, kreischte Linda.

»Ich komme, Linda«, rief Lukas, halb rennend, halb über den Fußboden rutschend. »Ich komme und rette dich vor …«

Er kam bei Linda an und sah in das abscheuliche Gesicht von …

»Oh, mein Gott, Herr Katzaug!« Linda zappelte aufgeregt. »Was machen Sie denn hier? Sind Sie gekommen, um mir zu sagen, dass ich jetzt doch auf dem Luisen-Gymnasium aufgenommen bin?«

Markus stand sehr bedröppelt vor der Tür. Er hatte offenbar mit allem gerechnet, nur nicht mit Linda.

»Hallo, Markus«, begrüßte Lukas ihn und wollte ihn am liebsten mit allen Fragen, die in seinem Kopf herumschwirrten, überfallen. Doch das hätte Markus sicherlich von seinen Krücken gehauen. »Was machst du hier?« Schnell fügte er noch ein »Das ist meine Schwester Linda« hinzu.

»Linda, richtig. Linda.« Markus stieg mit seinen Krücken die Eingangsstufen hoch. »Du warst doch …«

»In Ihrem Matheprobeunterricht!« Linda schlug verzückt die Hände aufeinander. »Und der war sooo toll. Was wir da gemacht haben! Das war so super. Und aufregend. Und ich wollte sooo gerne aufs Luisengymnasium!«

»Und das hat nicht geklappt?«, fragte Markus vorsichtig.

»Neee.« Linda sah ein wenig sauer aus. »Wegen Deutsch. Kreatives Schreiben.« Sie verdrehte die Augen. »So ein Schrott. Wer braucht das schon? Nur Kleinkinder und so Leute wie Lukas!«

»Hey!« Lukas gab Linda einen Knuff in die Seite, traute sich wegen Markus aber nicht, laut gegen sie zu werden. »Musst du denn nicht noch … Hausaufgaben oder so was machen?«

»Hab ich doch schon lange fertig«, entgegnete sie mit hochgezogenen Augenbrauen. »Weil ich nämlich keinen Unsinn anstelle, der mich ins Krankenhaus bringt. Was ist eigentlich passiert?«

»Geht dich nichts an«, antwortete Lukas und versuchte sie ein wenig zur Seite zu schieben, damit Markus eintreten konnte. »Was bringt dich hierher, Markus?«

Linda sah aus, als würde sie schon wieder ausflippen. »Waaaaas? Markus? Du kennst ihn auch noch?«

»Ja.« Lukas stieß einen tiefen Seufzer aus. »Linda, das ist Markus Katzaug. Er ist ein Bekannter von Eezbeez und der Onkel meiner Schulfreundin Paulina. Er ist ein Sobekker.«

»Wie? Der Onkel von Lena? Warum hat sie mir nie was gesagt? Warum hast du mir nicht gesagt, dass du meinen Matheprobeunterrichtlehrer kennst? Und dass Eezbeez meinen Matheprobeunterrichtlehrer kennt? Warum sagt mir eigentlich nie irgendjemand irgendwas? Ich bin doch keine fünf mehr!«

»Weil ich ihn auch erst seit gestern kenne, mein Gott, Linda, du Wiesenchampignon. Ich war im Krankenhaus, wann hätte ich dir das denn erzählen sollen?«

»Ich denke«, warf Markus ein, »wir sollten uns erst einmal alle etwas beruhigen. Sind eure Eltern zu Hause?«

»Nein«, antworteten Linda und Lukas im Chor.

»Linda passt auf mich auf«, sagte Lukas halb belustigt, halb verärgert. »Mein Vater hat heute einen ziemlich langen Gerichtstermin, meine Mutter kommt meistens nicht vor sieben nach Hause.«

»Gut.« Markus lächelte. »Dann haben wir ja etwas Zeit zum Quatschen.« Er nickte Linda freundlich zu. »Darf ich denn reinkommen, liebe Frau Aufpasserin?«

Linda gab ein vergnügtes Quietschen von sich und machte einen albernen Knicks. »Selbstverständlich!«

Lukas fand, dass sich Linda zuweilen wirklich wie eine Fünfjährige benahm.

Frau Aufpasserin führte sie beide ins Esszimmer, wo sie sie auf Stühle verfrachtete, ihnen Getränke einschenkte, ein Stück Kuchen auf einen Teller legte und ihnen dazu passende Servietten in der Form eines Schwans faltete.

Lukas kam sich vor wie in einem sehr merkwürdigen Hotel, und auch Markus sah ein wenig peinlich berührt aus.

»Fein. Danke für deine Mühe, Linda«, sagte Markus, als Linda offenbar fertig war und sich mit Kuchen und Getränk ebenfalls an den Tisch gesetzt hatte und sie nun erwartungsvoll ansah.

»Also«, er wendete sich Lukas zu. »Ich habe mich an die Winformiertenzentrale gewandt sowie an die Strangecity Security. Leider kann ich nichts gegen euer Blackout machen, jedoch habe ich erfahren, dass Straßenwalze keine Anzeige gegen euch erstattet. Das ist schon mal eine gute Nachricht. Ihr habt also außer dem einmonatigen Kontaktverbot keine weiteren Konsequenzen. Was euer letztes Abenteuer allerdings anbelangt …«, er machte eine kurze Pause und sah Lukas streng an. »Ich habe schon mit Paulina gesprochen, und ich glaube, ich muss dir nicht sagen, wie unglaublich verantwortungslos und unvorsichtig das von euch war.«

»Ja«, sagte Lukas kleinlaut.

Markus kramte in seiner Tasche. »Und ich glaube zwar nicht, dass du eine Belohnung dafür verdient hast, aber ich bin euch dankbar, dass ihr zumindest die Frau gerettet habt. Ich habe meine Beziehungen spielen lassen. Da dein Handy kaputtgegangen ist, ich allerdings finde, dass ihr trotz allem informiert sein solltet … Er holte eine kleine, schmale Verpackung heraus, auf der mit riesengroßen Buchstaben ›Cattec Statement Space – Winformierten-Edition‹ stand.

War es das, was er dachte?

»Lukas bekommt ein Handy?« Linda machte große Augen.

»Kein Handy, ein Statement«, erklärte Markus. »Sobekker vertragen keine Handystrahlen, also haben die Entwickler von Cattec das Statement für die Homobestia entwickelt. Es arbeitet auf einer anderen Frequenz, die zum einen magenfreundlicher für die Sobekker und zum anderen versteckt vor den Menschen ist.«

»Und sicher vor der NSA.« Linda grinste breit. Flink wie eine Katze schnappte sie sich das Gerät und holte es aus der Verpackung. »Und was kann das so?«

»Hey, das ist meins!« Lukas griff danach, doch Linda zog sich schnell in ihre Ecke des Tisches zurück und beugte sich so weit nach hinten, dass Lukas ohne aufzustehen und um den Tisch zu laufen nicht an sie herankam.

»Nun ja, die Winformierten-Edition hat noch ein paar Zusatz-Features gegenüber den normalen Statements. Neben den üblichen Apps wie BestiaSocial, der Bürokrat-App und dem Zugang zum Bestianetz gibt es auch Zugang zum ganz normalen Menscheninternet. Es hat auch Apps wie Facebook, Twitter oder Instagram drauf, und nach dem Blackout wird dir auch wieder der Winfonet-Account freigeschaltet.«

»Cool!« Linda tippte auf dem Bildschirm herum, öffnete Facebook und hatte in Sekundenschnelle Lukas' Account-Daten eingegeben.

»Hey!«, rief Lukas. »Erstens: Das ist mein Statement. Und zweitens: Woher weißt du mein Passwort von Facebook?«

Linda streckte ihm die Zunge heraus. »Erstens …«, äffte sie ihn nach, »… ist eezbeez123 kein sicheres Passwort. Und zweitens: Hat Papa nicht gesagt, du kriegst kein neues Handy? Das Ding hier ist doch schneller weg, als du gucken kannst.«

»Ja, aber denkst du, bei dir ist es besser aufgehoben?« Das hatte sich Linda wohl so gedacht. Aber nicht mit ihm! »Gib her!«

»Streitet doch nicht.« Markus hob beruhigend die Hand. »Lukas, wenn das Ganze ein Problem darstellt, kann ich es gerne für dich verwahren.«

»Nein!«, riefen Lukas und Linda gleichzeitig. Lukas warf Linda einen bösen Blick zu. »Wir kommen schon klar.«

»Dann ist ja gut.« Ein Lächeln schob sich auf Markus' Lippen. »Ich wollte sowieso noch eine andere Sache ansprechen.«

Lukas' Nackenhaare stellten sich auf. Jetzt kam es. Sie hatten Mikrowelle gefunden, und sie hatte die ganze Sache so gedreht, dass Lukas und seine Freunde an allem schuld waren. Und jetzt musste er ins Bestia-Gefängnis. Oder so.

»In den Osterferien findet in Prüssbach die Winformiertenkonferenz statt. Es kommen Winformierte aus ganz Deutschland, Österreich und der Schweiz zu diesem Treffen und tauschen sich über Themen in der Menschen- und Bestia-Welt aus. Balthasar Media bietet jedes Jahr ein Jugendpraktikum an. Junge Winformierte bekommen die Möglichkeit, eine Reportage aus ihrer Sicht zu schreiben. Du bist doch bei der Schulzeitung. Wäre das nichts für dich?«

Lukas' Herz setzte einen Takt aus. Doch dann holte ihn die Realität ein. »Nicht mehr. Ich musste aufhören, weil … die Sache … du weißt schon …«

»Ja, aber das ist doch eine wunderbare Möglichkeit, die Sache wieder geradezurücken.« Markus nickte zuversichtlich. »Bis zum Frühling ist das Blackout ausgelaufen, und du hast eine Gelegenheit, die Bestia-Welt kennenzulernen.«

»Ohne irgendwo einzubrechen«, warf Linda mit einem beiläufigen Ton ein.

Lukas wollte gerade Linda entgegnen, dass sie beim Einbruch in Straßenwalzes Wohnung ja schließlich auch dabei war und somit nichts zu melden hatte, da sprach Markus auch schon weiter.

»Und deinen Eltern ist es bestimmt sehr recht, wenn du ein paar Praktikumserfahrungen sammelst, oder?«

Lukas atmete tief durch. Nach den ganzen Strapazen hatte er erst einmal genug von der ganzen Bestia-Welt. Er wollte sich nur noch eingraben.

»Nein, danke«, erwiderte er.

»Schade.« Markus schüttelte seinen Kopf. »Aber falls du dich doch umentscheidest, du weißt, wo du mich findest.« Er trank sein Wasser aus und aß seinen Kuchen, dann nahm er seine Krücken, verabschiedete sich von Lukas und Linda und ging nach draußen.

42

Kaum war Markus aus der Tür, stürzte sich Lukas auf Linda. »Gib das Statement her. Das ist meins!«

Linda wand sich aus seinen Händen. »Und was willst du tun? Wie ich dir vorhin schon gesagt habe: Wenn unsere Eltern das sehen, ist das im Nullkommanix wieder weg. Und dann kannst du dein Praktikum beim Winformiertentreffen auch vergessen.«

Lukas schnaubte. »Hatte ich gesagt, dass ich zum Winformiertentreffen wollte? Nein. Mir ist schon klar, dass das nur mehr Ärger und Anstrengung gibt, als dass es mir was nützt.«

Linda schüttelte den Kopf. »Du bist so ein Feigling, weißt du das? Hast du nicht den Wink mit dem Zaunpfahl von Markus gemerkt?«

Er konnte innerlich nur die Augen verdrehen. »Ich weiß nicht, was du da schon wieder reininterpretierst.«

Die Türglocke unterbrach ihre Diskussion.

»Das muss der Postbote mit meinem Chemiebauset sein.« Linda flitzte an die Tür und öffnete sie. »Oh nein, es ist nur der da.« Sie schlug die Tür wieder zu und hüpfte an Lukas vorbei. »Ist für dich. Mal wieder.«

Also, echt!

Lukas ging zur Tür und öffnete sie. Draußen stand ein recht eingefrorener Roman, der seinen Schulzeitungshefter unter dem Arm trug. Lukas hätte es am liebsten Linda gleichgetan.

»Roman! Was willst du hier? Ich bin aus der Schulzeitung draußen, hast du das noch nicht mitbekommen?«

»Ja, aber …« Roman konnte vor aufeinanderschlagenden Zähnen kaum sprechen. »Herr Schreiner hat gesagt, ich soll das bei dir abgeben.«

»Das war sicherlich, bevor ich die Schulzeitung verlassen habe. Gib deinen Kram doch bei David ab.«

»Aber-aber … David hat gesagt, ich soll es bei dir abgeben. Er kann das nicht machen, er steht in Englisch und Betriebswirtschaft auf vier Komma fünf, und außerdem hat er jetzt eine Freundin.«

Himmel! Lukas rieb sich seine kalten Arme.

Musste er denn alles selbst machen?

»Na, dann gib schon her.« Er riss ihm den Schnellhefter aus seinen Händen und bereitete sich darauf vor, ihm jetzt jeden Rechtschreibfehler unter die Nase zu halten. »Zuallererst mal: Da fehlt ein Komma. Dass mit zwei s. Und was sind das eigentlich für Bilder? Die sind ja alle verwackelt.«

Er ging über die Fotos, die zudem auch noch einen üblen Rotstich aufwiesen. »Was soll dieser komische verwackelte Bogen sein? Hast du unseren McDonalds fotografiert?«

Doch noch während er diesen Satz sagte, klingelte etwas in seinem Gedächtnis.

»Nein, das ist das Herzog-Gunthebar-Denkmal. Herr Schreiner meinte, ich sollte das unbedingt mit in meinen Artikel nehmen. Es war voll anstrengend, das zu fotografieren, weil es so groß ist, dass ich es kaum draufgebracht habe. Ich bin dann in diesen Garten an der Ecke von der Herzog-Gunthebar-Straße auf den Baum geklettert und hab ein Foto gemacht. Aber dann ist so ein Glatzkopf gekommen und hat gesagt, ich soll mich verpissen.«

Lukas fiel eine ganze Wagenladung Geröll in den Magen. Konnte das sein? Hatte er etwa Straßenwalzes Versteck gefunden? Ein Teil von ihm wollte sofort seine Jacke schnappen und mit seinem Fahrrad schnurstracks zur Herzog-Gunthebar-Straße fahren. Doch der Teil, der zurzeit das Sagen bei Lukas hatte, hielt ihn zurück.

Was brachte es ihm, wenn er dorthin fuhr? Selbst wenn sich Straßenwalze dort befinden sollte, was immer noch fraglich war, was sollte er dann tun? So leicht, wie sich Mikrowelle aus der ganzen Sache herausgewunden hatte, konnte sich Straßenwalze doch auch rauswinden. Und wer hatte dann das Nachsehen? Er.

Roman drehte sich auf seinen Fersen hin und her. »Kann ich dann gehen? Ich muss noch zum Balletttraining.«

»Ja«, kam es wie von selbst aus Lukas' Mund.

Roman drehte sich um und machte sich aus dem Staub.

Lukas stand da wie ein Eiszapfen, bis ihn Linda von hinten anstupste.

»Und? Gehst du jetzt da hin?«

»Spinnst du?« Lukas schloss die Tür wieder. »Damit du mich bei Mama und Papa verpfeifst und ich vergessen kann, dass ich je wieder nach draußen darf?«

Linda machte große Augen. »Hältst du mich wirklich für so gemein? Ich weiß von Straßenwalze genauso wie du. Wir sitzen im selben Boot. Da wäre ein bisschen Vertrauen schon angesagt.«

Lukas wollte nicht erwähnen, dass in besagtem Boot er unten im Maschinenraum das Wasser aus dem Leck schöpfte, während Linda sich im Ballsaal die Seele aus dem Leib tanzte.

»Gut. Dann geh du doch dorthin. Muss nicht immer ich die Drecksarbeit machen.«

»Püh, wer hat denn dafür gesorgt, dass du nach Strangecity darfst? Das war genauso schwere Arbeit.«

»Du hast beinahe dafür gesorgt, dass ich nicht dorthin darf. Außerdem hast du immer noch das Statement. Das gehört mir. Gib es mir.« Er griff nach der Packung, die Linda immer noch in den Händen hielt. Doch Linda versteckte sie geschickt hinter ihrem Rücken.

»Klar. Wie schon gesagt. Wenn ich es dir gebe, hast du es wieder los, sobald unsere Eltern es gesehen haben. Aber ich kann da Abhilfe schaffen.« Sie holte eine furchtbar pinke Hasenhandyhülle aus ihrer Hosentasche und packte das Statement dort rein. Lukas tat das schon vom Hinsehen in der Seele weh.

»Bei mir ist dein Statement gut aufgehoben. Und ich mache auch keinen Quatsch damit. Ich bin dein Social-Media-Manager. Ich gebe dir wöchentlich Updates, wenn du willst. So brauchst du dich um nichts mehr zu kümmern. Und wenn du zu diesem Winformiertendingsbums gehst, kannst du es natürlich wiederhaben.« Lindas Kulleraugen sahen ihn an, sodass Lukas gar nicht anders konnte.

»Meinetwegen. Du wirst es mir sonst sowieso nicht geben.«

»Und was ist jetzt mit Straßenwalze? Einer von uns muss dem anderen den Rücken freihalten. Eine Stunde müssten wir sicher haben, bis unsere Eltern nach Hause kommen.«

Daraufhin fiel ihm die Entscheidung ganz leicht. Er schnappte sich seine Jacke und machte sich auf den Weg.

43

Es war verdammt kalt draußen. Lukas stellte es schon nach wenigen Schritten die Gänsehaut auf, und er zog sich seine Jacke noch enger um den Körper. Kein Wunder, dass Roman so ein schlotterndes Elend war!

Sein Fahrrad wollte Lukas für den Weg nicht nehmen. Ihm wäre von dem Fahrtwind sicher noch kälter geworden. Und bei dem ganzen Eis hätte es ihn vielleicht noch unvorteilhaft aufs Fressbrett gelegt.

Es dauerte einige Minuten, bis er die Herzog-Gunthebar-Straße erreichte. In der Mitte stand das riesige Denkmal des Gründers.

Wie konnte er das vergessen?

In der Grundschule hatten sie ihn in so gut wie jedem Jahr im Heimat-und Sachkundeunterricht durchgenommen. War fast so beliebt wie das Thema Eichhörnchen. Heroisch hatte der Herzog sein Schwert erhoben, und zusammen mit seinem merkwürdigen spitzen Hut ergab es das M, das Linda für das McDonalds-Zeichen gehalten hatte.

Herr Riedel hatte schon mehrere Geschichtsstunden allein über diesen verdammten Hut gehalten!

Herzog Gunthebars Grinsen war fast so gehässig wie das von Straßenwalze. Lukas spürte, wie die heiße Wut in ihm hochkochte. Es konnte doch nicht sein, dass Straßenwalze einfach so einen Lehrer umbrachte, eine weitere Lehrerin ins Krankenhaus brachte und Lukas dafür den ganzen Ärger kassierte.

Er drehte sich um und sah am Ende der Straße den großen Baum, den Roman wohl gemeint haben musste. Es kribbelte in seinem Magen. War hier wirklich das Versteck von Straßenwalze? Und wie sollte er hineinkommen? Diesmal hatte er keinen Daniel dabei, der ihn aus dem Schlamassel holen konnte. Und er hatte auch garantiert nicht so verrückte Ideen wie der. Für einen Bruchteil wünschte er sich, er hätte Linda dabei. Doch dann kam ihm das Bild in den Kopf, wie Linda ihren Häschentanz vor Straßenwalze vorführte, und er verwarf den Gedanken wieder.

Er musste selbst ran.

Er versteckte sich hinter der Hecke und tastete sich langsam bis zum Zaun vor.

Lukas sah, wie ein Transporter den Randstein hinaufrumpelte und direkt vor Lukas stehen blieb. Shit, was sollte er jetzt tun? Instinktiv zog er sich die Kapuze tiefer ins Gesicht.

Die Schiebetüren öffneten sich, und zwei bullige Homocroks kamen heraus.

Homocroks hier in Griedlohe? Lukas wagte kaum zu atmen, drückte sich so unauffällig wie möglich in die Hecke und hoffte, dass sie ihn nicht erkannten.

»Wird auch Zeit, dass da einer mal was unternimmt«, sagte der eine Homocrok zum anderen. »Ich habe keine Lust mehr, mich von denen kontrollieren zu lassen.«

»Ich sagte es dir doch. Straßenwalze ist der Beste. Wenn er nichts reißen kann, wer dann?«

Die beiden Homocroks öffneten quietschend das Gartentürchen und verschwanden aus Lukas' Sicht. Immer noch die Luft anhaltend, schlich er zum Gartentürchen und hoffte, dass es bei ihm nicht so nervtötend und auffällig quietschen würde. Doch er wurde enttäuscht. Das Tor jaulte auf, als hätte es seit Jahrzehnten kein Öl mehr gesehen.

Lukas blieb das Herz stehen.

Gleich kamen die Homocroks wieder heraus und verarbeiteten ihn zu Apfelmus, sagte er sich. Er sprang vom Kiesweg und versteckte sich hinter einem großen Baum. Doch niemand kam.

Die Haustür war unbewacht und schien auch nicht verschlossen zu sein. Schließlich hatte Lukas die beiden Homocroks auch nicht klingeln oder mysteriöse Parolen austauschen hören. Aber er konnte sich auch irren.

Er schlich weiter. Von Baum zu Baum, von der Hecke zur Veranda.

Es blieb ruhig, nur hin und wieder sah er ein paar Schatten am Fenster. Endlich hatte er die Tür erreicht und drückte leicht dagegen. Mit einem leisen Knacken öffnete sie sich. Der Flur war leer, am Ende des Ganges hörte er lautes Gerede.

Alles in ihm schrie nach Falle, sie konnten ihn doch unmöglich nicht gehört haben. Oder?

Er gab sich einen Ruck und trat in das Haus ein.

Vorsichtig tapste er den Gang entlang und horchte immer auf die Stimmen am anderen Ende. Es ertönte ein Klingeln sowie ein Geräusch wie von Metall auf Glas, und das Gemurmel verstummte.

»So, ich denke, wir können beginnen«, hörte Lukas Straßenwalzes Stimme. »Macht mal jemand die Tür zu?«

Lukas blieb wie versteinert stehen. Verdammt! Jetzt war es aus mit ihm. Sie würden ihn häuten und in seiner Schule ausstellen wie im Museum.

Instinktiv stolperte er in den Raum links neben ihm und warf sich flach auf den Boden. Er presste seine Hand auf seinen Mund, damit ihm auch kein einziger Laut entwich.

Ein Schatten trat in den Flur und verschwand wieder, als sich die Tür schloss.

Lukas atmete auf. Worauf hatte er sich da nur wieder eingelassen?

»Meine Freunde!« Straßenwalzes Stimme war durch die Tür zwar nur noch gedämpft, aber immer noch gut genug zu hören. »Wie ich sehe, hat jeder die kleine Challenge, die ich auf mein Blog gestellt habe, bestanden.«

Zustimmendes Gemurmel im Raum.

»War nicht einfach.«

»Ich musste so einem Homofelis-Strasec erklären, warum ich mich im Auto-Hangar aufgehalten habe. Und das, ohne Ausflugs-Antrag gestellt zu haben. Und obwohl ich ein Homocrok bin.«

»Da sagst du ein wahres Wort, Betonmischer«, fuhr Straßenwalze fort. »Ich habe da mal einen Vortrag vorbereitet.« Er machte eine kurze Pause. »Wir Homocroks machen dreißig Prozent der Bevölkerung von Strangecity aus, aber vierzig Prozent der arbeitenden Bevölkerung sind Homocroks. Und das allein in Strangecity. In den anderen Städten ist der Prozentsatz noch viel höher. Croknology, eine Firma, die sich besonders für unsere Belange einsetzt, und deren Geschäftsführer ich persönlich kenne und sehr schätze …«, Straßenwalzes Stimme überschlug sich geradezu mit Stolz, »… hat einen wesentlich höheren Umsatz gemacht als Cattec-Technology. Und das, obwohl diese Kätzchen sich gerade die Statements für diese ganzen Winformierten schön aus der Staatskasse bezahlen lassen.«

Applaus füllte den Raum.

»Und dabei sind die schweineteuer und können nichts«, grölte Betonmischer wieder durch den Raum.

»Seid euch sicher, meine Freunde: Wenn ich bei der nächsten Ratswahl gewählt werde, werde ich persönlich dafür sorgen, dass diesem Unsinn ein Riegel vorgeschoben wird. Ich habe gute Beziehungen zu Tantal, Mitglied des Stadtrates in Prüssbach. Stadtrat in jener Stadt, in der dieses Jahr die sogenannte …« Straßenwalze hob die Stimme und sprach das nächste Wort so aus, als würde es sich um einen Rotzfleck auf dem frisch polierten Boden handeln »… Winformiertenkonferenz abgehalten wird.« Er machte eine Pause und ließ seine Zuschauer wütend schnauben und schimpfen. Dann fuhr er fort. »Ja, ja, meine Freunde. Wir wissen alle, was für eine ekelhafte Farce das ist. Milliarden von Steuergeldern werden da rausgeschleudert. Gelder, die man woanders dringender gebrauchen könnte, wie zum Beispiel in meinem Hilfsfond für arbeitslose Homocroks, den ich eigens dafür gegründet habe, denn mir liegt das Wohl meiner Mitbestia wirklich am Herzen.«

Lukas lag halb auf dem Gang und konnte seinen Ohren kaum glauben.

Doch Straßenwalze redete schon weiter.

»Und deswegen müssen wir jetzt aktiv werden. Wir haben zusammen die Kraft, etwas zu verändern, diesem Quatsch ein für alle Mal ein Ende zu setzen. Mikrowelle und ich arbeiten nach unserem etwas … missglückten Projekt an einem ganz neuen Ding. Wir möchten eine Aktion auf dem Winformiertentreffen starten. Etwas, was diese Haustierchen und diese ganzen schmarotzenden Winformierten niemals vergessen werden. Wir werden dafür sorgen, dass auf der Winformiertenkonferenz eine Bombenstimmung herrscht, wenn ihr versteht, was ich meine.« Straßenwalze machte eine Pause, und Lukas konnte sein selbstgefälliges Grinsen durch die Tür sehen, obwohl sie geschlossen war.

Es lief ihm ein kalter Schauder über den Rücken. Egal was Straßenwalze für die Winformiertenkonferenz plante – es hörte sich gar nicht gut an. Lukas musste etwas dagegen tun. Aber was?

»Wie ich hörte, ist euer letztes Projekt in die Hose gegangen.« Eine Stimme aus Straßenwalzes Publikum meldete sich. »Und zwar wegen ein paar Winformiertenkiddies. Wie können wir sichergehen, dass dieser Plan nicht auch den Bach hinunterläuft?«

Lukas hatte große Lust, in den Raum zu stürmen und dem unbekannten Sprecher das Krokodilgesicht zu vermöbeln. Kiddies? Sie waren doch keine Kiddies mehr!

Auch im Zimmer herrschte Unruhe, und Straßenwalze musste sich ein paar Mal räuspern, um wieder Herr über die Lage zu werden.

»Guter Einwand, Chenotrix.« Seine Stimme klang säuerlich. »Aber diese Kleinigkeiten werden uns nicht aufhalten. Ich habe bereits Pläne, die uns erlauben, solche Störelemente auszuschließen.« Er lachte kurz leise auf. »Ach, übrigens. Ich bin mir sicher, jeder hier in diesem Raum kennt Dr. Dr. Eduard Minsk. Nun ja, wenn euch dieser Name nichts sagt, gebe ich euch einen Tipp. Er ist auch unter dem Namen, den ihm seine Herrchen gegeben haben, bekannt.« Die Meute lachte kurz auf. »Eezbeez.«

Lukas lief es eiskalt den Rücken hinunter. Was war mit Eezbeez?

»Wie ihr wisst, waren die Medien vor ein paar Tagen in vollkommener Trauer um den Verlust unseres ehrenwerten Professors, Wegbereiters und Winformierten-Freund. Doch das ist alles eine Lüge. Eezbeez lebt. Und im Gegensatz zu unseren lieben Medien kann ich das auch beweisen.«

Lukas schob die Tür leicht auf, um besser sehen zu können. Straßenwalze log doch jetzt, oder? Was hatte er vor?

Er konnte durch die ganzen Rücken und Beine der anwesenden Homocroks kaum etwas sehen, doch der große Bildschirm hinter Straßenwalze nahm fast die komplett Wandseite ein. Darauf war ein sehr verschachtelter Stadtplan zu sehen, aber Lukas blickte nicht durch, was die vielen kleinen Schilder und Beschriftungen bedeuten sollten. Lange Zeit zum Einprägen hatte er auch nicht, denn Straßenwalze schaltete auf eine Kommunikations-App namens ›Bestia Talk‹ um. Mit breitem Grinsen tippte er auf Eezbeez in der Kontaktliste.

Es ertönte ein Tuten wie bei einem Telefon.

Lukas drehte sich der Magen um. Er hoffte, dass es weitertuten würde, dass die Mailbox rangehen und Straßenwalzes selbstgefälliges Grinsen aus dem Gesicht wischen würde.

Plötzlich ploppte ein Fenster auf, und das Tuten stoppte.

Im Fenster war niemand anderes als Eezbeez zu sehen, und er schaute zwar müde, aber ziemlich lebendig aus der Wäsche.

Ungläubigkeit machte sich in Lukas breit. Das konnte nur ein Fake sein!

»Was willst du, Straßenwalze?« Eezbeez rollte mit den Augen.

»Dich an deinen Teil der Abmachung erinnern.« Straßenwalzes Grinsen wollte einfach nicht verschwinden.

»Lass mich in Ruhe.« Eezbeez' Bild wackelte.

»Fein, dann überweist du mir aber bitte mein Geld wieder zurück.«

»Das habe ich nicht mehr. Schon alles weg. Ich bin pleite, das weißt du doch.«

»Aha.« Straßenwalzes Augen funkelten. »Deswegen hast du also deinen Tod vorgetäuscht. Aber mich kannst du nicht verarschen. Ich brauche meine Ware.«

»Jetzt mach mal halblang«, maulte Eezbeez. »Ich habe dir alle Informationen gegeben, die ich habe. Ich habe euch die Pläne vom Umwandler der Wendersteins gegeben. Sogar die Updates habe ich euch zugespielt. Das war die Abmachung … nichts weiter!« Er sah ein wenig unsicher in die Kamera. »Mehr kann ich euch wirklich nicht geben. Die Wendersteins verwenden nicht mehr die Cloud, die ich ihnen erstellt habe. Sie müssen irgendetwas mitbekommen haben.«

Straßenwalze legte seinen Zeigefinger an sein Kinn. »Aha, so ist das also. Und du bist dir sicher, dass du nicht heimlich etwas ausgeplaudert hast?«

»Für wie naiv hältst du mich, Straßenwalze?« Eezbeez' Stimme klang auf einmal nicht mehr müde. »Was glaubst du, was es für meinen Ruf bedeutet, wenn herauskommt, dass ich mit so einem wie dir zusammenarbeite? Man würde mir meine Winformierten-Recruiter-Lizenz entziehen. Denkst du, ich will zurück nach Strangecity? In dieses eingefallene Drecksloch? Neee, danke.« Eezbeez hob den Kopf. Dann kniff er seine Augen zusammen. »Was machst du da eigentlich? Was ist das für eine Schrift im Hintergrund? Du willst mich doch nicht verpfeifen, oder? Du widerlicher …«

Doch Straßenwalze drückte auf ›Auflegen‹.

»Seht ihr? Dr. Dr. Eduard Minsk. Vorzeigebürger. Ausgezeichnet für seine vorbildliche Zusammenarbeit mit Winformierten.« Er seufzte theatralisch. »Eine reine Farce. Eine Schlupfmöglichkeit, dem Fiskus zu entkommen. Was ich übrigens nie tun würde.« Straßenwalze fasste sich an die Brust und öffnete seine

Augen weit. »Ich zahle ganz brav meine Steuern und würde solche unmoralischen Möglichkeiten nie ausnutzen. Der Stadtrat braucht jeden Cent. Für die Zukunft unserer jungen Homobestia!«

Eine Runde Applaus ertönte. Lukas hatte genug von Straßenwalzes Selbstbeweihräucherung.

Er machte sich aus dem Staub.

44

Lukas empfand es als ein Wunder, dass er aus einem Haus voller Homocroks entkommen war, ohne erwischt zu werden. Allerdings hatte er auch andere Probleme. Straßenwalzes Anruf ging ihm nicht mehr aus dem Kopf.

Eezbeez lebte! Und er hatte ihnen die ganze Sache erst eingebrockt!

Das musste ein Irrtum sein.

Quietschende Reifen rissen Lukas aus seiner Trance.

»Es ist Rot, Junge. Pass mal auf, wo du hinläufst«, brüllte der Autofahrer aus seinem heruntergekurbelten Fenster.

Lukas zog die Schultern hoch und huschte über die Straße. Das Auto fuhr weiter.

Doch wo steckte Eezbeez? Nicht, dass Lukas so scharf war, ihn wiederzusehen, sollte das alles stimmen.

Aber eine vernünftige Erklärung war er ihm schuldig.

Er erreichte seine Straße und sah, dass die Autos seiner Eltern noch nicht in der Garage standen. Erleichtert atmete er aus. Noch einmal Glück gehabt.

Seine Gedanken wandten sich wieder Eezbeez zu. Warum hatte er bei dem Anruf nicht auf den Hintergrund geachtet? Dann wäre ihm im Nullkommanix eingefallen, wo er steckte. Eezbeez konnte überall sein. Er könnte sich hier irgendwo in Griedlohe verstecken. Er könnte irgendwo in Strangecity untergetaucht sein. Oder in einer anderen Homobestiastadt. Wie zum Beispiel Prüssbach …

Lukas ließ vor Schreck den Haustürschlüssel fallen. Prüssbach! Da fand doch das Winformiertentreffen statt! Und Straßenwalze wollte dort sein … Ding veranstalten.

»Wie gut, dass du da sowieso nicht hingehst«, murmelte er. Ein ungutes Gefühl kroch seine Schultern hinauf und machte sich dort wie ein kleines Teufelchen breit. Er musste irgendjemanden warnen. Doch was brachte das schon? Straßenwalze würde einen Weg finden, ihn daran zu hindern. Vermutlich schaffte er es wieder, ihm alles in die Schuhe zu schieben. Es hatte doch keinen Zweck.

Lukas zog Jacke und Schuhe aus und schlich in sein Zimmer.

Dort saß bereits Linda im Schneidersitz auf seinem Bett und blätterte den Ordner mit seinen Geschichten durch.

»Hey, Hände weg.« Lukas zog ihr den Ordner aus den Händen, bevor sie noch zu den ›Meine kleine Einhorn-Farm‹-Fan-Fictions kam. »Was machst du in meinem Zimmer? Wolltest du nicht Wache halten oder mir den Rücken freihalten?«

»Was hast du für ein Problem? Die Luft ist doch rein. Und? Was hast du bei Straßenwalze rausgefunden? Jetzt sag nicht, du hast dich nicht reingetraut!«

»Doch, ich habe mich reingetraut, was denkst du denn?« Im Moment wäre ihm sogar lieber gewesen, er hätte sich nicht ins Haus getraut und wäre bei den beiden Homocroks schon umgedreht und zurück nach Hause gelaufen. »Straßenwalze plant einen Angriff auf das Winformiertentreffen in Prüssbach. Und …« Lukas schluckte. »Eezbeez ist gar nicht tot.«

»Waaaaaaaas?« Lindas Augen waren so groß wie Teller. »Jetzt schwindelst du mich aber an. Das ist nicht schön.«

»Ich schwindle dich überhaupt nicht an. Straßenwalze hat mit ihm einen Videochat gemacht. Den hat er doch schlecht faken können, oder?« Leise fügte er hinzu: »Also, für mich sah es zumindest recht echt aus.«

»Das kann nicht sein.« Linda schüttelte den Kopf. »Eezbeez ist in unserem Garten vergraben, und ich kann es dir beweisen. Komm.« Sie sprang von seinem Bett auf, packte ihn an der Hand und zerrte ihn aus dem Zimmer, als würde sie beim LKW-Wettziehen mitmachen.

»Linda … jetzt hör doch mal …«, protestierte Lukas. »Lass mich zumindest allein laufen. Das kann ich schon noch.«

Er folgte Linda in den Garten, die sich aus dem Gartenhäuschen eine Schaufel holte und kräftig zu schaufeln begann. »Linda, jetzt hör doch auf. Das ist ekelhaft!«

»Mensch, Lukas, jetzt stell dich nicht so an. Ist doch bloß ein bisschen Erde. Und Schnee. Und tote Katze.« Sie grub weiter.

Aus der Erde kam eine befellte Pfote zum Vorschein, und Lukas musste sich wegdrehen, damit er Linda nicht über die Schulter kotzte. »Zieh dir doch wenigstens Handschuhe an.«

Linda schnaubte nur abfällig. Stück für Stück kam der starre Katzenkörper zum Vorschein. Fachmännisch schob Linda die Krallen auseinander. Sie erstarrte.

»Dieser Mistkerl.«

»Linda! Fünf Euro für die Schimpfwörter-Kasse.«

»Steck dir deine Schimpfwörter sonst wohin! Straßenwalze hatte recht. Das ist nicht Eezbeez, sondern irgendeine Straßenkatze!«

Linda warf den Katzenkadaver wieder ins Loch und rannte ins Haus zurück. Mit spitzen Fingern schaufelte Lukas das Loch wieder zu und hätte ein paarmal fast die Blumen gedüngt. Es stank wegen der Kälte zwar nicht, aber trotzdem: Wie konnte Linda das nur aushalten?

Die Sache mit Eezbeez wollte ihm einfach nicht in den Kopf gehen.

Die Wut stieg ihm wie Feuer in den Kopf, wo sie von einer Regenwolke aus Traurigkeit und Enttäuschung fauchend gelöscht wurde. Die nasse Kohle blieb am Boden liegen, wurde aufgeweicht und verwandelte sich allmählich in einen Matschhaufen.

Verdammt. Warum musste er sich immer alles bildlich vorstellen?

Er ging wieder ins Haus zurück, schließlich musste er ja irgendwie Linda trösten. Als er in ihr Zimmer kam, saß sie verdächtig ruhig an ihrem Lego-Technik-Set.

»Das wird schon wieder, Linda. Wir müssen einfach …«

»Ich hab dich angemeldet«, entgegnete Linda knapp. »Mitfahrgelegenheit habe ich auch organisiert, und schlafen kannst du vor Ort.«

»Bitte, was?«

»Ich habe dich beim Winformiertentreffen angemeldet. Irgendjemand muss Straßenwalze stoppen. Das machst du. Ich suche derweil Eezbeez.«

»Aber Linda … das kannst du doch nicht so einfach …«

Linda hob den Kopf und sah ihn mit ihrem Todesblick an. »Wenn du nicht gehst, gehe ich.«

Lukas verdrehte die Augen. »Unsere Eltern haben mir Hausarrest gegeben. Sie haben mich schon kaum nach Strangecity gelassen, da wird Prüssbach noch schwerer werden.«

Linda stand auf und packte ihn vorne am Hoodie. »Das hat dich heute aber nicht davon abgehalten, zu Straßenwalzes Versteck zu gehen. Stell dich nicht so an. Du wirst als Deutsch–Streber und Schulzeitungsfuzzi unseren Eltern ja wohl verkaufen können, dass du für eine Woche in ein Praktikum gehst. Selbst wenn es in Berlin ist.« Sie schüttelte ihn.

Lukas riss sich von ihr los. »Berlin? Prüssbach ist in Berlin?«

»Nicht in Berlin, ein bisschen weg. Wobei es eher bei Potsdam ist, aber das ist doch egal. Du hast doch sowieso jemanden, der dich hinbringt. Was soll dein Theater?«

Linda hatte recht. Jemand musste Straßenwalze ein für alle Mal stoppen, und die Winformiertenkonferenz war die perfekte Gelegenheit dafür. Wenn Lukas nur wüsste, was Straßenwalze genau vorhatte, könnte er das Attentat verhindern und die Öffentlichkeit darauf hinweisen, was für ein böser Kerl Straßenwalze doch war.

Doch nur bei dem Gedanken daran schlug sein Herz wie verrückt, und der Schweiß lief ihm den Rücken hinunter. Er hatte Schiss. Richtigen Schiss.

Er war kein Held, der sich mutig dem Bösewicht entgegenstellte, die Welt rettete und am Ende auch noch das Mädchen abbekam. Er konnte nicht kämpfen, hatte keine besonderen Skills, und besonders clevere Pläne konnte er auch nicht aushecken.

Doch er wusste, dass Straßenwalze diesen Umwandler hatte und ziemlich überzeugt von sich war. Und das konnte er sich zunutze machen. Alles, was er noch brauchte, war ein Plan.

45

Lukas stand mit seinem Rucksack und einer vollgepackten Tasche am Bordstein und wartete darauf, dass er abgeholt wurde.

In seinem Bauch grummelte es vor Aufregung: Heute war es endlich so weit!

Die letzten Wochen hat er damit verbracht, auf Homobestias Finest herum zu surfen und so viel wie möglich über Straßenwalze herauszufinden.

Und das war gar nicht so schwer gewesen.

Anampses, die Geliebte von Straßenwalze, war ziemlich mitteilungsfreudig. Auf Lukas' Statement sammelten sich die Screenshots mit Selfies von ihr.

›Romantisches Abendessen mit Schatziwalzi‹ war Lukas' Lieblingsfoto. Es zeigte Anampses und Straßenwalze bei einem Teller undefinierbares Gehacktes. Während Anampses verzweifelt versuchte, ein Duckface zu machen, sah Straßenwalze so aus, als wäre er viel lieber noch an ihrer Schule und gäbe Lukas Matheunterricht. Lukas war kurz davor, dieses Foto als Bildschirmhintergrund zu nehmen.

Doch leider hatte er diese doofe Abmachung mit Linda. Viel zu oft kam sie unangemeldet in sein Zimmer geschneit und verlangte das Statement.

Als wäre ihr verdammtes Spiel wichtiger als Lukas' Recherchen!

Lukas war froh, dass er das Gerät diese Woche für sich allein hatte und Linda nicht mitkam. Vom letzten Mal hatte er noch gehörig die Schnauze voll. Ihm wäre es viel lieber gewesen, jemand aus seiner Clique würde mitkommen. Doch nach der Sache mit Frau Palan hatten Ilona und Daniel nicht wirklich Lust auf weitere Abenteuer, und selbst Paulina beantwortete zwar geduldig seine Fragen zur Bestia-Welt, wollte aber nicht aufs Winformiertentreffen - vor allem nicht, nachdem Lukas ihr erzählt hatte, was Straßenwalze vorhatte. Sie waren sich allerdings einig, dass sie nicht unbedingt Markus einweihen wollten.

In Französisch hatten sie jetzt dauerhaft Frau Duboef, und in Englisch einen neuen Referendar namens Weatherfields. Und obwohl Lukas es früher spannend gefunden hatte, Sprachunterricht von Muttersprachlern zu bekommen, vermisste er Frau Palans Unterricht ganz schön und besuchte sie einige Male zusammen mit Markus im Krankenhaus. Markus fand es eine ziemlich gute Idee, Frau Palan in die Welt der Homobestia einzuweihen und sie zu einer Winformierten zu machen. Sie eher weniger.

Seine Mathenoten waren unterdessen um einiges besser geworden, vor allem, nachdem Markus ihm ein paar Nachhilfestunden gegeben hatte. So schaffte er es mit Hängen und Würgen auf eine Drei, und seine Eltern waren mit dem Winformiertentreffen einverstanden gewesen.

Ein Transporter kam um die Ecke gefahren, und Lukas sah schon von weitem die Aufschrift: Thomas Tierservice. Wie automatisch ploppte ein Erklärungsvideo aus Winfo-Wiki in seinem Kopf auf.

Den Tierservice können alle Explos (Homobestia, die in der Menschenwelt leben) in Anspruch nehmen, wenn sie etwas Wichtiges in ihrer Stadt zu regeln haben und dies nicht online erledigen können. Der Tierservice besorgt für Homofelis eine identisch aussehende Katze und für Homocanis einen identisch aussehenden Hund. Der Doppelgänger wird dann unauffällig in den Gasthaushalt eingeschleust. Gelegentlich übernimmt der Tierservice auch Botendienste.

Natürlich musste Linda zu diesem Thema gleich ihre Meinung kundtun und behauptete, dass Eezbeez diesen Service missbraucht hatte, und eben diese Katze auf die Straße gescheucht hatte, damit alle glaubten, er wäre tot.

Und da diese Erklärung unglaublich logisch klang, hatte Lukas keine andere Wahl, als dieser Theorie zu glauben. Schließlich hatte Linda die Logik für sich gebucht. Seit sie mit einer Mathe Eins im Halbjahreszeugnis nach Hause gekommen war, war sie unausstehlich geworden.

Gut, dass er ihr zumindest in dieser Woche aus dem Weg gehen konnte.

Wenn er inzwischen an Eezbeez dachte, spürte er nur noch Wut in sich. Wie konnte das Eezbeez nur tun? Und warum hatte er sie erst in diesen ganzen Schlamassel reingezogen, wo er doch sowieso an allem schuld war?

Die ganzen Wochen über hatte Lukas immer wieder Phasen gehabt, wo er kurz davor war, die ganze Sache abzublasen. Warum sich den Arsch aufreißen für etwas, zu dem er sowieso nicht dazugehörte?

Doch dann dachte er an Herrn Stretmanni und Frau Palan. Zwei Unschuldige, die einfach so ins Visier geraten waren, ohne dass sie irgendwas mit Straßenwalzes Racheplan an den Menschen zu tun hatten. Und er dachte an Nora und Paul, die er zwar seither nicht mehr gesehen hatte, in der kurzen Zeit aber trotzdem liebgewonnen hatte.

Vor allem Nora …

Der Tierservicetransporter rumpelte den Bordstein hoch und blieb vor Lukas stehen. Ein kleiner Mann mit dickem Bauch und schiefen Goldzähnen stieg aus und kam auf Lukas zu.

»Lukas Müller?« Er sah ihn an und holte ein Lesegerät aus seiner Tasche, die den Geräten ähnelten, die Paketfahrer immer dabeihatten.

»Jep, der bin ich.« Lukas wusste, was jetzt kam. Er holte seine Plastikkarte hervor, die ihm Markus wieder besorgt hatte, und hielt sie über den Scanner.

Der Schriftzug ›Lukas Müller‹ und sein Bild erschienen auf dem Display. Wie gut, dass er das in seinem Profil aktualisiert hatte.

Der Fahrer beugte sich über das Display. »Scheint zu passen. Kannst einsteigen.«

Er griff nach Lukas' Gepäck. Während Lukas auf dem Beifahrersitz Platz nahm, warf der Fahrer es in den Kofferraum. Hundegebell ertönte, als er die Hecktür zuwarf.

»Nee, steig mal schön hinten ein, mein Freundchen. Wir müssen auf der Strecke noch jemanden einladen, und der hat sich den Beifahrersitz schon reserviert.«

Mit einem »Tschuldigung« stieg Lukas wieder aus und nahm im hinteren Bereich Platz.

»Macht nichts. Ich bin übrigens der Gustav.«

»Und ich Lukas.« Er schnallte sich an.

»Ich weiß.« Gustav deutete auf das Lesegerät. »Steht alles in deinem Winformiertenprofil. Ich weiß nicht, warum sich die Leute so über die NSA aufregen. Da steht sogar deine Punktzahl von Morbus Pets.«

»Morbus Pets?«

»Na, das Dingens halt … das Spiel mit den Krankheiten, die man so wie Haustiere aufziehen kann. Meine Tochter spielt das andauernd.«

»Bist du Sobekker?«

Gustav setzte seinen Blinker und fuhr los. »Nein, ich bin ein ganz normaler Mensch. Das soll es ja schließlich auch geben.«

Die Fahrt ging los, und bald versank Lukas wieder in einen Halbschlaf, so wie es bei nahezu jeder Busfahrt passierte. Hin und wieder wachte er auf, wenn Gustav einen anderen Autofahrer beschimpfte.

»Du rauchblättriger Schwefelkopf! Rechts ist frei! Schleich doch nicht die ganze Zeit auf dem Mittelstreifen rum!« Er verdrehte die Augen und sah Lukas durch den Rückspiegel an. »Alles gut bei dir? Sag Bescheid, wenn dir schlecht wird, ich mag hinterher nicht das Auto putzen.«

»Nein, nein«, versicherte Lukas und schluckte das schummerige Gefühl hinunter. »Du, Gustav? Hast du schon mal was von Straßenwalze gehört?«

Auf Gustavs Stirn bildeten sich Falten. »Wer kennt den nicht? Ist so ein Giftpilz, der angepisst auf die Menschen ist, so wie fast alle Homocroks. Wettert in der Presse immer gegen die Winformierten. Aber …« Er wandte sich wieder dem Verkehr zu. »Da kannst du halt nichts dagegen machen. Solche Knallpilze gibt es immer wieder. Einfach reden lassen.«

»Aber …«, platzte es aus Lukas heraus. »Ich habe gehört, dass Straßenwalze einen Anschlag auf das Winformiertentreffen veranstalten will.«

Gustav schnaubte belustigt. »Straßenwalze erzählt viel, wenn der Tag lang ist. Wenn dir das so wichtig ist, melde das den Behörden. Die Strasecs sollen sich darum kümmern, sind ja dafür ausgebildet.«

Lukas wollte seinen Mund aufmachen, doch er ließ es lieber. Er wusste, dass er noch vor ein paar Monaten genauso reagiert hätte. Die Menschen reden lassen, alles egal.

Aus irgendeinem Grund fielen ihm Dominik und Merve ein. Wie oft hatte Dominik Merve schon wegen ihrer Herkunft und ihrem Kopftuch getriezt. Und er hatte nie etwas dagegen gesagt. Schließlich hatte auch niemand der anderen etwas dagegen gesagt. Einfach reden lassen … irgendwann würde es ihm schon langweilig werden …

Und als sich Daniel gegen ihn aufgelehnt hatte, hatte er Daniel auch noch schief angemacht.

Lukas kam sich auf einmal so naiv vor.

Sie fuhren von der Autobahn ab und kurvten durch Dörfer, die ziemlich komische Namen hatte. Lukas hätte schwören können, dass ein Schild nach ›Lederhose‹ zeigte. Sie mussten wirklich am Ende der Welt sein.

Schließlich hielten sie an einer Straßenecke in einem Minidorf an, wo ihnen auch schon ein Hund entgegengetrottet kam. Er sah wie ein ganz gewöhnlicher Schäferhund aus, mit der Ausnahme, dass er einen schwarzen Rucksack auf dem Rücken trug.

»Da bist du ja endlich, Gustav! Hast ja dieses Mal ewig gebraucht. Standest du im Stau oder mussten die Leberkäs-Semmeln erst noch geschlachtet werden?«

»Ganz und gar nicht, Simon. Wir haben heute einen Mitfahrer.«

Simon sprang auf den Fahrersitz. »Auch Winformiertenkonferenz? Aber meinen Stammplatz kann ich doch behalten, oder?«

»Für dich doch immer.« Gustav klopfte Simon freundschaftlich auf die Flanke.

»Ja, nicht, dass die …«, er wies mit seiner Schnauze bedeutungsschwer nach oben, »wieder so ein schlaues Gesetz beschlossen haben, dass Homocanis beim Tierservice in den Kofferraum müssen, wenn sich ein Winformant oder ein Sobekker an Bord befindet.«

Gustav lachte. »Ach, Simon. Schluss mit Politik, heb dir das lieber für die Debatten auf oder was du sonst noch so vorhast auf der Konferenz.«

»Also, gut. Bringen wir Sparky rein. Meine Alten sind noch auf Arbeit. Aber wir müssen aufpassen, die alte Vermieterin hat Lunte gerochen.«

»Muss ich mich wieder als Pizzabote ausgeben?«

»Nee, musst nur aufpassen, dass sie nicht grade raussieht.«

»Wir sind gleich wieder da, Lukas.« Gustav ging mit dem Hundetransportkorb und Simon um die Ecke. Nach ungefähr fünf Minuten kamen sie wieder, und die Reise konnte weitergehen.

Nach einer weiteren Stunde konnte Lukas schon langsam die Vororte von Berlin sehen.

Wieder fuhr Gustav von der Autobahn ab und lenkte den Transporter über einsame Landstraßen, auf denen teilweise noch Schnee vom Winter lag.

Es ging immer weiter durch die Pampa, bis Gustav schließlich irgendwo im Niemandsland den Blinker setzte und auf einen Feldweg abbog. Offenbar waren sie bald da. Lukas' Magen überschlug sich, und er musste sich immer wieder an Gustavs Rat vom Anfang der Fahrt erinnern.

Gustav sah ständig nach oben, als würde er erwarten, dass auf dem offenen Feld, über das sie gerade fuhren, demnächst eine Boeing 747 landete. Er schob das Lesegerät auf dem Armaturenbrett zur Scheibe hin und blieb schließlich mitten auf dem Feld stehen.

Was war jetzt los?

Plötzlich spürte Lukas einen Ruck und ein Brummen, das den ganzen Wagen vibrieren ließ. Was war das? Ein Erdbeben?

Der Transporter wackelte immer stärker und sackte schließlich nach unten ab.

Scheiße, das war tatsächlich ein Erdbeben!

Die beiden sahen ihn nur belustigt an.

»Junge, mach nicht so ein Gesicht, es ist alles in Ordnung.« Gustav lehnte sich entspannt zurück. Er hatte nur noch eine Hand am Lenkrad.

Auch Simon grinste breit. »Ja, da siehst du mal. Nicht einmal Strangecity hat eine Tiefgarage.«

»Tiefgarage?«

Sie versanken in die Dunkelheit, und Gustav schaltete das Licht ein.

Und tatsächlich: Nach ein paar Metern Tiefflug in die Dunkelheit begann es wieder heller zu werden. Stahlträger tauchten auf, und schließlich landeten sie auf einer Plattform, die es auch im Parkhaus des Griedlohe-Centers geben könnte.

Und wieder fühlte sich Lukas wie der dümmste Mensch auf dem Planeten.

»Nimm aber bitte nicht wieder einen Parkplatz am Ende der Welt. Ich will nicht so weit laufen wie letztes Mal«, meckerte Simon.

»Das wird schwer sein. Gute Parkplätze sind bei der Winformiertenkonferenz schwer zu bekommen«, sagte Gustav und drehte auf der Suche nach Lücken den Kopf hin und her. »Da muss man nehmen, was man kriegt.«

»Da ist einer!«

»Da passt doch höchstens ein Smart rein. Der Dödel daneben hat wie ein Homocrok geparkt.«

Schließlich hatten sie doch einen Parkplatz gefunden und machten sich auf den Weg nach oben. Oder nach unten. Lukas hatte die Orientierung verloren.

Hier war es fast noch schlimmer als in Strangecity. Durch den Ausgang kamen sie in ein Gewirr von Gassen und Gängen, fuhren Aufzüge, erklommen Treppen. Letzten Endes fanden sie sich an der Oberfläche wieder, die Strangecity gar nicht so unähnlich sah.

Die lila Fäden, die sich zur Kuppel formten, erhellten den immer dunkler werdenden Abendhimmel.

Wie auf Kommando fing Lukas' Magen an zu knurren.

Sie liefen den Kopfsteinweg entlang, bis sie an einen großen Platz kamen. Dort wurden schon fleißig Buden aufgestellt, Bierbänke gerichtet und eine große Bühne aufgebaut.

»So, hier trennen sich unsere Wege.« Simon richtete sich auf und schüttelte Lukas die Hand. Gustav nickte ihm zu.

»Hier ist der Treffpunkt, an dem ich dich abliefern soll.« Gustav ließ Lukas' Tasche neben ihn plumpsen. »Dein Gastgeber wird dich in wenigen Minuten abholen. Mach's gut. Ich muss dann weiter, noch ein paar Touren fahren.« Er schüttelte ihm ebenfalls die Hand und ging wieder zurück zum Treppenhaus.

Lukas fühlte sich ein bisschen verloren auf dem Marktplatz. Sein Magen grummelte, und er hatte so einen Durst, dass er jetzt auf einen Schlag eine Fünf-Liter-Cola-Flasche austrinken könnte. Direkt neben der Bühne, die gerade Lautsprecher verpasst bekam, war eine Bude schon fertig aufgebaut. Auf den Auslagen standen viele bunte Flaschen. Da musste Lukas doch etwas zu trinken bekommen, oder?

Der Verkäufer, ein Cocker-Spaniel-Homocanis, zählte gerade sein Wechselgeld. ›Jede Flasche 2‹ stand auf einem Schild über seinem Kopf. Lukas suchte eine Zwei-Euro-Münze aus seinem Geldbeutel und schob sie zusammen mit einer Flasche ›Soda der Verständigung‹ über den Tresen. Der Verkäufer sah ihn an, als hätte er gerade ein Kapitalverbrechen begangen.

»Wir nehmen nur Ötscheizländische Taler an. Du musst dein Geld erst wechseln lassen, bevor du hier was kaufen kannst.«

»Oh.« Lukas nahm sein Geld wieder zurück. »Und wo kann ich das machen?«

»Die offizielle Wechselstube befindet sich im Winformierten-Informations-Zentrum in Sektor D, zwanzigste Unterebene. Oder im Rathaus. Das hat aber bereits schon geschlossen.«

Lukas wollte dem Verkäufer das Getränk am liebsten um die Ohren werfen. Er hatte Durst, verdammt! Seine Zunge hing ihm schon fast auf dem Boden. Er hatte keinen Bock, jetzt noch einen ewigen Umweg zu machen, um Geld zu wechseln.

Der Verkäufer nahm die Flasche in die Hand. »Wenn du den Strasecs aber nichts sagst, kann ich dir das Geld natürlich auch wechseln. Zum offiziellen Wechselkurs natürlich.«

»Das würde ich an deiner Stelle nicht machen«, kam eine Stimme von der Seite.

Der Verkäufer zuckte zusammen und ließ beinahe die Flasche fallen.

Lukas drehte sich um.

Da stand, ohne Kontaktlinsen und Handschuhe, Nora Wenderstein.

46

»Nora, was machst du denn hier? Verfolgst du mich?«

Nora hob die Augenbrauen. »Du hast das doch lang und breit auf deinem Winformiertenprofil veröffentlicht, dass du heute ankommst. Und du hast mir sogar den Treffpunkt per PN geschickt. Was hast du genommen, dass du das nicht mehr weißt?«

Mist, das musste Linda gewesen sein. Doch er wollte sich vor Nora keine Blöße geben.

»Ja, richtig. Jaaaaaa.«

»Und? Weißt du schon, bei wem du pennst?«

»Na ja …« Auch das hatte Linda für ihn abgeklärt.

»Hotels gibt es keine mehr«, hatte sie gesagt. »Aber ein Volodingsbums von Balthasar Media hat gesagt, dass er dich auf einer Matratze schlafen lässt. Airbnb, Mensch! Dreh Maggifick!«

Damals hatte ihm die Aussicht auf eine wabbelige Matratze nichts ausgemacht.

Yeah, Abenteuer! Wir legen Straßenwalze endgültig das Handwerk!

Abgesehen davon wollte er Linda nicht erklären, wie ›Très magnifique‹ wirklich ausgesprochen wurde. Jetzt, nach der langen Autofahrt, wünschte er sich nichts sehnlicher als ein warmes, weiches Hotelbett … und endlich etwas zu trinken, verdammt noch mal!

Aus den Augenwinkeln sah Lukas einen dunkelblauen Homocrok mit winkenden Armen auf sich zu laufen.

Oh nein! Konnte das wirklich …?

»Hallo, Lukas«, keuchte der Homocrok, sobald er sie erreicht hatte. »Ich habe dich schon ewig gesucht.«

»Das hier ist doch der ausgemachte Treffpunkt, oder?«

Lukas hatte kein gutes Gefühl bei der Sache. Nach all dem Mist mit Straßenwalze war jetzt ausgerechnet ein Homocrok für ihn verantwortlich. Was, wenn der auch gemeinsame Sache mit dem machte?

»Ja, kann sein. Ich hab mein Statement verlegt, und mein neues kommt erst nach dem Winformiertentreffen, weil wegen des Treffens Lieferengpass ist. Und deswegen hab ich mir alles auf einen Zettel geschrieben, aber den habe ich verlegt. Ich glaube, ich habe ihn sogar aus Versehen weggeschmissen. Also bin ich einfach auf gut Glück hergekommen, aber du warst nicht da, deswegen dachte ich, du wärst vielleicht schon in der Redaktion. Da habe ich Schiss bekommen, dass vielleicht der Chef etwas mitbekommt, aber jetzt ist ja alles gut.«

Lukas war sich sicher, wenn der Homocrok nicht schon eine blaue Hautfarbe hätte, würde er jetzt garantiert in dieser Farbe anlaufen. Der Homocrok fasste sich an die Brust und keuchte ein paar Mal laut. Meine Güte, machte der ein Theater!

»Ich bin übrigens Bonsai.« Er reichte ihm seine Pranke, die Lukas schüttelte. »Wir werden diese Woche viel Spaß miteinander haben.« Bonsai sah zum Stand, vor dem Lukas und Nora immer noch standen. »Du hast doch nicht etwa vor, dir so einen überteuerten Scheiß zu kaufen? So eine Flasche kostet umgerechnet zehn Euro!«

»Nein, ich doch nicht!« Lukas nahm seine Tasche. »Ich kenne doch den Umrechnungskurs von … ähm … Ötscheizländischen … Dings in Euro.«

Die beiden sahen ihn grinsend an.

»Hach, lasst uns gehen. Ich hatte heute einen langen Tag.«

»Na, dann tschüss, bis morgen, ihr beiden Turteltauben!« Nora winkte ihm zu.

Lukas wurde knallrot. »Wir sind doch keine … ich meine …« Lukas marschierte in Richtung Aufzug, damit er sich nicht weiter ins Verderben redete. Hoffentlich war das der richtige Weg.

»Hey, hey, hey. Nicht so schnell. Wir sind nicht auf der Flucht.« Bonsai holte ihn ein.

Lukas warf einen Blick über seine Schulter und sah, dass Nora mit dem Getränkeverkäufer redete. Vermutlich kugelten sie sich gleich vor Lachen über Lukas' Verpeiltheit. Er war so ein Ochse.

Bonsai folgte seinem Blick. »Hübsch die Kleine. Ich für meinen Teil stehe eher auf blond. Oder auf blau. Egal ob Haut- oder Augenfarbe. Hauptsache, nicht Zustand.« Er lachte über seinen eigenen Witz. Sie erreichten den Fahrstuhl, und Lukas drückte den Aufzugknopf.

Bonsai legte den Kopf schief. »Hmmm. Du brauchst wohl ein bisschen, um warm zu werden. Macht nichts. Der Praktikant von letztem Jahr war am Anfang auch nicht sehr wortgewandt.«

»Kein Wunder, wenn der auch auf der Luftmatratze schlafen musste«, rutschte es Lukas raus.

»Wenn du magst, können wir tauschen«, schlug Bonsai vor. »Ich nehme die olle Luftmatratze, und du kannst mein Bett haben.«

»Nein, passt schon.« Lukas zuckte zusammen. So viel Großzügigkeit hatte er nicht erwartet. »Ich will keine Umstände machen. Das hat der Praktikant von letztem Jahr bestimmt auch nicht.«

Bonsai hämmerte nochmals auf den Aufzugknopf. Nichts passierte. »Schon wieder kaputt. Als ob hier mal was funktionieren würde. Komm, wir nehmen die Treppe.«

Lukas keuchte in Gedanken, die schwere Tasche die ganzen Stufen schleppen zu müssen, doch er versuchte, sich nichts anmerken zu lassen.

»Ach, das liegt nicht an den Praktikanten. Das liegt eher an unserem lieben Chef hier.« Er zeigte auf einen Screen an der

Wand, wo gerade eine Nachrichtensendung lief, die von einer sehr grimmig guckenden Perser-Homofelis moderiert wurde. »Redet immer davon, wie wichtig es ist, dass wir uns vor den Praktikanten und Praktikantinnen für das Winformiertentreffen von der besten Seite zeigen. Und dann lässt er nicht einmal ein Hotelzimmer springen. Ich weiß, die sind während des Winformiertentreffens etwas teurer bis unbezahlbar.« Er verdrehte die Augen. »Aber nichts, was er sich nicht locker aus der Portokasse leisten könnte. Der Praktikant letztes Jahr musste auf dem Boden schlafen, mein Kollege hatte nicht einmal eine Matratze für ihn. Ungünstig war aber, dass das der Sohn vom Bürgermeister irgendeiner Partnerstadt war. Das hat dann erst einmal Stunk gegeben. Aber das hat den lieben Balthasar nicht aus der Ruhe gebracht.« Er senkte die Stimme, bis sie so tief klang, dass Lukas förmlich seinen Brustkorb vibrieren sah. »Er soll merken, wie der Alltag eines Reporters ist und dass dieser nicht von Anfang an mit Glanz und Gloria gesegnet ist. Alles Quatsch! Du wirst es merken. Wenn der Chef nicht gerade in der Redaktion ist, werden wir einen Heidenspaß miteinander haben.«

Sie waren inzwischen so weit unten, dass sich Lukas sicher war, dass sie demnächst auf Erdöl stoßen mussten.

»Hier ist es.« Bonsai führt Lukas in einen Gang, der noch ramponierter aussah als der in Strangecity, wo sie Resti getroffen hatten. Definitiv kein Glanz und Gloria.

Bonsai zog seine Karte durch den Kartenschlitz. »Home sweet home.«

47

»Menno, ich verstehe das nicht.« Linda saß zusammen mit ihrer besten Freundin Lena auf dem Boden ihres Zimmers, das Mathebuch auf dem Schoß.

»Ich auch nicht.« Lena versuchte seit einer halben Stunde die Mathehausaufgabe zu lösen, die ihnen Frau Bentheim über die Ferien aufgegeben hatte.

»Ne, das ist einfach.« Linda tippte mit dem Fuß auf Lenas Mathebuch. »42, neundreiviertel, leere Menge.«

Lena kritzelte die Lösungen in ihr Heft.

»Was ich mich frage: Warum hat Eezbeez gemeinsame Sache mit Straßenwalze gemacht? Doch sicher nicht, weil er auch böse ist.«

»Keine Ahnung.« Lena kratzte sich am Kopf, pustete einmal schwer und klappte dann Heft und Mathebuch zu. »Meine Eltern sagen, das Eezbeez ein Kornifi… Corifi… ein Experte auf dem Gebiet der Generierungstechnik ist. Er ist Professor und Berater von vielen Firmen. Er soll total viel Asche verdienen.«

»Lukas sagt, er ist pleite. Soll Eezbeez selbst zu Straßenwalze gesagt haben.« Linda sprang auf ihr Bett und holte unter der Matratze eine hölzerne Kiste hervor. Sie nahm ein bordeauxrotes Nagellackfläschchen heraus und schüttelte es nachdenklich. »Zwei gegensätzliche Aussagen. Welche ist nun wahr, und welche ist nun falsch?«

»Ein Fall für Galileo Mystery. Hey, ist das Nagellack? Cool, kann ich mir welchen draufmachen?«

»Nein, der ist für meine automatische Blumenbewässerungsanlage. Ich brauche ewig viele Fläschchen, bis ich die lackiert bekomme.«

»Och, bitte. Zu Hause darf ich nie Nagellack benutzen. Meine Eltern sagen immer, das macht meine Handschuhe kaputt.«

»Na gut.« Linda warf Lena das Fläschchen zu. »Aber brauch nicht alles auf, ich muss mich demnächst an den Wassertank machen.« Sie legte sich auf ihr Bett und streckte die Arme von sich. Sie seufzte tief. »Ich hätte mit nach Prüssbach fahren sollen. Lukas bekommt das mit Straßenwalze sowieso nicht gebacken.«

»Ach, da ist es gar nicht so spannend.« Lena hatte ihre linke Hand fertig lackiert und versuchte nun, die rechte Hand genauso sauber zu lackieren. »Eine Menge dröges Politikergelaber. Das einzig Spannende ist sowieso die Verleihung des Winfried-Wenderstein-Preises. Den bekommen Unternehmen verliehen, die besondere Produkte herstellen, die Homobestia das Leben leichter machen. In den letzten Jahren hat immer Pellitex gewonnen. Du weißt schon, die die Handschuhe herstellen.« Lena warf einen Blick auf die ihrigen. »Ich wette, du könntest viel spannendere Sachen erfinden. Wie deine Blumengießmaschine. Du musst sie nur etwas umbauen, dass sie einen Nutzen für die Homobestia-Welt hat. Und schon kriegst du einen Preis dafür. Schwubs. Ich denke, wir müssten nur einmal quer durch den Gartenschuppen gehen, und schon hast du die halbe Erfindung zusammen.«

»Gartenschuppen!« Linda sprang von ihrem Bett auf, als hätte Lena gerade mit einer Heckenschere in ihren Hintern gepiekt. »Warum habe ich Nuss noch nie an den Gartenschuppen gedacht?«

Lena sah Linda an, als wäre sie vollkommen verrückt geworden. »Weil es da dunkel ist, kalt und dreckig und es bestimmt ganz viele Spinnen gibt?«

»Nein, da sind keine Spinnen. Komm mit, ich muss mir mal was ansehen.« Sie packte Lena an der Hand und zog sie mit sich mit.

»Muss das sein?« Lena warf einen Blick nach draußen in den trüben Garten.

»Ja, das muss sein.« Warum war Lena nur so schwer von Begriff? »Ich glaube, ich habe Eezbeez' Geheimversteck gefunden. Natürlich. Er muss eins haben, wo soll er sonst seinen ganzen Kram aufbewahren?« Linda gluckste. Seit sie zufällig mitbekommen hatte, dass Eezbeez eine Homofelis war, hatte sie das ganze Haus nach seinem Geheimversteck abgesucht. Den Keller. Den Dachboden. Aber nirgends gab es auch nur einen Hinweis darauf, dass dort etwas Geheimes aufbewahrt wurde. Sie konnte sich vor Lena jetzt natürlich total blamieren, wenn sie in eine Sackgasse lief, doch das war Linda nun egal. »Durch Ausprobieren lernt man«, das sagte Frau Unke immer im MINT-Kids-Unterricht.

Und das musste sie jetzt ausprobieren.

Linda schnappte sich beim Rausgehen eine Taschenlampe und schlug Lena vor, ihre Schuhe anzuziehen. Dann machten sie sich auf ins Gartenhäuschen. Die Tür ließ sich erstaunlich leicht öffnen. Kein Quietschen. Und das, obwohl Linda wusste, dass die Tür seit Jahren nicht geölt worden war. Das wusste sie ganz genau, weil sie beim letzten Mal nämlich dabei gewesen war. Das war am Tag vor ihrer Einschulung gewesen.

»Boa, hier sieht's aus wie bei Hempels unterm Sofa.« Lena wedelte mit den Händen, damit der aufgewirbelte Staub ihr nicht ins Gesicht flog. »Bist du sicher, dass du mich nicht veräppeln willst?«

»Wenn es so wäre, würde ich es dir ja nicht sagen, oder?« Linda schloss die Schuppentür hinter ihnen und schaltete ihre Taschenlampe an. »Hoffentlich gibt es hier keine giftigen Schlangen.«

»Hör auf, du machst mir Angst!« Lena schlug sich die Hände vors Gesicht.

»Sei nicht so ein Angsthase. Ich bin mir sicher, dass hier irgendwas ist.«

Mit vorsichtigen Schritten schlichen sie über den Holzboden, der bei jedem Schritt knarzte. Doch es klang komisch, da war sich Linda sicher. Sie hatte bisher nur nie daran gedacht. Vorsichtig ging sie noch einen Schritt nach vorne. Das Knarzen hallte - zumindest mehr, als es bei einem kleinen, schäbigen Gartenhäuschen wie diesem hier tun sollte. Wenn Lena nur ihre Klappe halten würde, dann könnte sie auch besser hören.

»Das ist voll gruselig hier.«

»Pssst!« Lena war ja noch schlimmer als Lukas. Der machte sich auch fast immer in die Hose, wenn bei Minecraft plötzlich ein Creeper oder ein Zombie von hinten kam.

Sie ging weiter, leise wie ein Tiger, und lauschte dem Knarzen. Wenn hier Eezbeez' Geheimversteck war, dann musste es auch einen Zugang geben.

Da. Da war doch was.

Linda blieb mitten im Raum stehen. Sie hüpfte auf der Stelle, um ihre Vermutungen zu bestätigen.

»Hör auf, der Boden quietscht. Das macht mir Angst.« Lena hatte immer noch die Hände vor den Augen.

»Nein, es quietscht eben nicht.« Sie ging in die Knie. Der Boden wirkte fest, als ob er zusätzlich zum Holz noch mit Metall verstärkt wäre. Linda fuhr mit ihren Fingern über das Holz.

Da war es: ein Scharnier.

»Hier ist eine Falltür«, rief sie Lena zu.

»So ein Quatsch, wo soll es denn da hingehen? Der Schuppen steht doch schon auf dem Boden.«

Linda strich weiter die Bodenbretter entlang, bis sie den Verschluss gefunden hatte.

»Bingo!« Sie zog die Falltür auf. Die Öffnung war gerade mal so breit, dass eine ziemlich fette Katze durchpasste ... oder ein schlanker, kleiner Mensch.

»Ich will da nicht runter.« Lena klang, als würde sie gleich in Tränen ausbrechen. »Wer weiß, was da unten ist. Ein Folterkeller oder so was.«

»Ach Lena, sei doch nicht so ein Schwamm.« Linda packte die Taschenlampe zwischen die Zähne und stieß sich ab.

48

Linda fiel nicht so tief, wie sie erwartet hatte. Der Raum war nicht gerade hoch, ein Erwachsener konnte darin nicht aufrecht stehen. Selbst sie stieß fast an der Decke an.

»Komm schon, Lena, das ist nicht tief.«

»Ich trau mich nicht.«

»Ich fange dich auf.«

Das nahm Lena zum Anlass, tatsächlich zu springen. Leider auf Lindas Fuß.

»Aua, das hat wehgetan. Kannst du nicht aufpassen?« Linda rieb sich den schmerzenden Fuß.

»Du hast doch gesagt, du fängst mich auf. Wow, was ist das hier?«

Linda leuchtete herum. Der Raum war ungefähr genauso groß wie das Gartenhäuschen.

Sie tastete an der Wand entlang und entdeckte einen Lichtschalter. Sie betätigte ihn, und schon wurde sie von zwei riesigen Scheinwerfern geblendet. Als sie sich an die plötzliche Helligkeit gewöhnt hatte, konnte Linda den Raum besser inspizieren.

An den Wänden standen IKEA-Regale, die alle bis zum Bersten voll mit Büchern, Zeitschriften und Kisten, aus denen Elektronikschrott quoll, waren.

In einer Kiste konnte Linda die Computermaus sehen, die bis vor ein paar Monaten an Lukas' altem Computer war, bis er sich einen neuen gekauft hatte. Das erkannte sie an dem Schmetterlingssticker, den sie darauf geklebt hatte. Er glitzerte immer noch in den schillerndsten Farben. An der Wand rechts von ihnen war ein grünes Tuch gespannt, vor dem ein penibel aufgeräumter Schreibtisch stand. Vor dem Schreibtisch war eine Kamera auf einem Stativ aufgebaut. Links und rechts vom Schreibtisch waren noch einmal Scheinwerfer, die waren allerdings nicht mitangegangen.

Linda ging ein Licht auf.

»Ich weiß, was das ist. Das ist so ein Green Screen. So was benutzen die YouTuber auch immer, oder die Leute vom Film. Da wird dann am Computer das Grüne rausgemacht und durch was anderes ersetzt.«

»Dann muss er hier wohl seine Vorlesungen halten.« Lena setzte sich auf den Schreibtischstuhl. »Er macht ab und zu auch Vorlesungen für Kinder, daher kenne ich den Schreibtisch. Aber ich hätte mir das alles ganz anders vorgestellt. Viel größer und …« Sie warf einen Blick auf das Gerümpel. »Professioneller.«

»Nur das Genie beherrscht das Chaos«, verteidigte Linda Eezbeez, bis ihr wieder einfiel, warum sie hier waren. »Komm, vielleicht finden wir einen Hinweis.«

»Och, menno. Warum können wir nicht wieder hoch?« Lena schälte sich mühevoll aus dem Schreibtischstuhl.

Linda fing an, in den Kisten zu wühlen. »Irgendwas muss doch hier sein. Er kann doch schließlich nicht seinen ganzen Haushalt mitgenommen haben.«

»Wenn wir sein Statement finden könnten, das wäre ganz toll.«

Linda rollte mit den Augen. »Ich glaube nicht, dass Eezbeez sooo naiv gewesen ist, das hier liegen zu lassen. Er hat ganz bestimmt versucht, seine Spuren zu verwischen. Ich habe keine Ahnung, wie lange er das Ganze geplant hat. Umso mehr Beweise hat er vermutlich vernichtet. Hmmmm …« Linda hörte auf, in den Kisten zu wühlen, und wandte sich stattdessen den prall gefüllten Ordnern zu. Als sie den Riegel aufschob, fiel einer davon auseinander, und eine Wolke aus Blättern ergoss sich über den Fußboden.

»Mensch, Linda. Was machst du denn schon wieder für ein Durcheinander?«

»Egal, das tritt sich schon fest.« Linda ging auf die Knie und wühlte in den Dokumenten am Boden herum.

Mahnungen über Mahnungen, Rechnungen, komische Berechnungen von einem Finanzamt in Strangecity. Haufenweise Kontoauszüge.

»Letzte Mahnung! Wenn Sie nicht innerhalb der nächsten vierzehn Tage bezahlen, werden wir gerichtliche Schritte … blablabla …«

»Ihr Account bei Playcity wurde gesperrt, bis alle Außenstände getilgt worden sind.«

»Playcity kenne ich«, warf Lena ein. »Die machen Online-Games. Ich glaube, die haben auch Morbus Pets gemacht. Meine Mama mag die nicht. Sie sagt, die sind voll die Abzocker.«

»Guck mal an, wie viel Schulden der bei denen hat. 22.345 ÖLT!«

»Das ist voll viel Geld. Für so viel hat meine Mama Omas Wohnung verkauft. Und die war auf der Oberfläche von Strangecity.«

»Aber schau mal!« Linda hatte unter den ganzen Minuszahlen ein Plus auf Eezbeez' Kontoauszug entdeckt. »Hier hat er 30.000 ÖLT bekommen. Von Fangzahn Media. Hier steht ›Eine kleine Finanzspritze, Gruß Straßenwalze‹.« Linda holte Luft. »Dann hatte Lukas doch recht. Eezbeez hat mit Straßenwalze zusammengearbeitet.«

»Und was jetzt? Wir wissen immer noch nicht, wo Eezbeez ist. Denkst du etwa …«, Lena sah Linda mit großen Augen an, »dass Eezbeez bei Straßenwalze untergetaucht ist?«

»Ich glaube nicht«, antwortete Linda. Doch ein Gefühl in ihrem Bauch sagte ihr, dass sie die Fakten lieber nachprüfen sollte, als ewig im Dunklen zu tappen. »Aber wir sollten zur Sicherheit nachsehen.«

»Wir sollen zu Straßenwalze? Das ist doch gefährlich. Der ist voll böse. Da mache ich nicht mit.«

»Gut.« Linda nahm die Rechnung von Playcity und die riesigen Kontoauszüge und heftete diese in einem leeren Schnellhefter ab. Dann zog sie sich wieder durch das Loch nach oben.

»Hey. HEY. Warte auf mich!« Lena rannte ihr hinterher und versuchte ebenfalls, durch das Loch zu kommen. »Ich habe es mir anders überlegt. Ich komme doch mit.«

»Na, also.« Linda lächelte zufrieden und half Lena an die Oberfläche.

Sie würden Eezbeez finden. Und wäre es das Letzte, was sie tun würden.

Boah, das klang so cool in Lindas Ohren.

49

Lukas war kaum eingeschlafen, da wurde er mit einem nervtötenden MEEP, MEEP, MEEP schon wieder aus seinen Träumen gerissen. Er wollte den Wecker mit seinem Kissen auswerfen, erwischte aber den Knopf von seiner Luftmatratze.

Pfffft …

Die Luft, die ohnehin schon über Nacht Stück für Stück aus seiner Luftmatratze entwichen war, verabschiedete sich nun vollkommen. Lukas lag jetzt auf einem sehr labberigen Laken.

»Moooohorgen!« Bonsai kam mit einer Tasse aus der Küchenzeile. »Gut geschlafen? Du warst ja sehr aktiv in der Nacht.«

»Hmmmm …« Lukas rieb sich die Augen und versuchte, klar zu kommen. Er hatte ewig nicht einschlafen können, weil diese verdammte Luftmatratze ständig irgendwelche Quietschgeräusche von sich gegeben hatte. Und sehr bequem war sie auch nicht.

»Dann ist ja alles klar. Kannst ins Bad, wenn du willst. Schnapp dir 'nen Toast und 'nen Kaffee, wir müssen in einer halben Stunde in der Redaktion antanzen.«

»Waaaah!«

»Mensch, du bist ja noch langsamer als der Praktikant letztes Jahr. Sieht aus wie Slow-Motion bei dir.«

Lukas schälte sich aus der Decke. Wenn Bonsai noch weiter Scherze machte, dann würde er ihm ganz Slow-Motion eine reinhauen. Ihn wollte er mal sehen, wenn er auf so einem wabbeligen, luftverlierenden Etwas versuchte zu schlafen. Er krallte sich seine Kulturtasche und verzog sich ins Bad.

Nach ein paar Spritzern kaltes Wasser ins Gesicht sah die Welt immer noch nicht besser aus. Lukas hatte große Lust, direkt wieder ins Bett zu steigen. Zudem hatte er keinen Plan, wie er das mit Straßenwalze anstellen sollte. Mit Bonsai an der Backe würde es auf jeden Fall kein leichtes Unterfangen werden. Vielleicht konnte er Nora um Hilfe bitten …

Lukas nahm sich eine Tasse von dem Gebräu, was ihm Bonsai angeboten hatte. Er nahm einen Schluck und hätte ihm die Brühe am liebsten ins Gesicht gespuckt. »Bääääääh! Was ist denn das für ein ekliges Zeug?«

»Crokcaffee.« Bonsai zuckte mit den Schultern. Dann schlich sich ein Grinsen auf sein Gesicht. »Ich weiß, man kann es kaum trinken, aber es macht wach und ist nicht so teuer. Hier, mach die mal rein. Dann schmeckt es nicht so übel.« Er reichte Lukas eine Dose weißer Drops, die ein bisschen nach Meerschweinchenleckerlis aussahen. »Zucker habe ich leider keinen.« Er tippte sich auf den Bauch.

Bei Lukas klingelte etwas. »Ja, weil Homobestia keinen vertragen, oder?«

»Ah!« Bonsai nickte anerkennend. »Da hat jemand seine Hausaufgaben gemacht.«

Lukas nahm sich ein paar Meerschweinchendrops und ließ sie in seinen Kaffee plumpsen. »Ein bisschen.«

Bonsai lachte. »Du gefällst mir irgendwie. Musst zwar noch ein bisschen auftauen, aber so schüchtern wie du war ich auch einmal. Das gibt sich noch. Du wirst schon sehen.«

Lukas hob die Augenbrauen.

Bonsais Lachen erstarb, und er sah ihn ernst an. »Aber jetzt mal ohne Witz. Vieles ist einfach nur Übung oder Show. Lass dich davon nicht herunterziehen, vor allem von unserem Boss nicht. Der macht immer ein großes Getöse, aber er kocht auch nur mit Wasser. Wichtig ist, dass du so viel wie möglich mitnimmst. Und damit meine ich keine Büromaterialien …« Jetzt hatte er wieder sein Grinsen aufgesetzt. »Und wenn dir das hier Spaß macht: Balthasar Media sucht immer wieder nach neuen Talenten.«

In der Redaktion herrschte schon heftiges Treiben. Homocroks, Homofelis und Homocanis tippten wild in ihre PCs oder Statements, hatten Videokonferenzen laufen oder liefen beschäftigt durch die Gegend.

»Bonsai, da bist du ja endlich!« Ein Homocanis mit einer Fotokamera unter dem Arm erreichte sie. »Der Chef sucht dich und den neuen Praktikanten.«

Bonsai warf Lukas einen bedeutenden Blick zu. Oh je. Schon ein Anschiss am ersten Tag?

Bonsai führte Lukas in ein großes Büro neben der Redaktion. Dort wartete schon die streng blickende Homofelis, die Lukas gestern auf dem Nachrichtenscreen gesehen hatte.

»Ah, Bonsai. Und du musst Lukas sein.« Entgegen Lukas' Erwartungen löste sich der strenge Blick von Balthasar, und er brachte ein Grinsen zustande, was ihn allerdings ein bisschen an einen Bond-Bösewicht erinnerte.

»Willkommen bei Balthasar Media, dem renommiertesten Medienhaus in ganz Ötscheizland. Hat dir Bonsai schon alles gezeigt?«

»Noch nicht, wir sind gerade erst angekommen«, warf Bonsai ein.

»Dann hat das bis später Zeit. Wir müssen uns jetzt auf die Eröffnungsfeier der Winformiertenkonferenz konzentrieren. Ich teile euch für den Winfried-Wenderstein-Preis ein. Klappert die Nominierten ab und bastelt 'ne nette Story draus. Aber bitte nicht schon wieder Pellitex, da sind die Archive voll von. Ich habe gehört, dieses Jahr sollen die Wendersteins selbst einer der Favoriten sein.«

»Tatsächlich?« Lukas staunte, doch er kam sich gleich danach unvorbereitet vor. Er hätte vielleicht doch etwas öfter die Winfonews lesen sollen …

»Selbstverständlich.« Balthasar strich sich über sein befelltes Kinn. »Wie ihr Urahn Winfried Wenderstein hat diese Familie schon viele Forschende hervorgebracht. Henriette und Thomas gelten als Experten für die Generierungstechnik. Selbst ihre beiden Kinder sind nicht auf den Kopf gefallen. Die Tochter hat schon mehrere Preise der Brainbase-Community gewonnen. Ob diese Preise von dieser nicht staatlich anerkannten Plattform von Bedeutung sind, steht natürlich auf einem anderen Blatt, dennoch. Allerdings ist es Henriette und Thomas gelungen, eine Art Maschine zu bauen, die einen neuen Level für uns Homobestia bedeuten könnte. Diese Maschine soll angeblich ermöglichen, Homobestia zeitweise menschliche Form annehmen zu lassen. Ich denke, das wird sicherlich auf Begeisterung stoßen.«

Lukas lief es mit einem Schlag kalt den Rücken hinunter.

Der Paulisper-Transformator.

Mit einem Mal wusste er, was Straßenwalze vorhatte.

50

»Wie sollen wir da reinkommen?« Linda stand mit Lena vor Straßenwalzes Haus.

»Keine Ahnung, du machst doch immer die Pläne.« Lena trat nervös von einem Bein auf das andere. »Müssen wir unbedingt so direkt davorstehen? Was, wenn der uns sieht? Der macht doch bestimmt schlimme Sachen mit uns, wenn er uns erwischt.«

»Jetzt sei nicht so ein Angsthase. Wenn Lukas das schafft, dann schaffen wir das auch.«

»Ja, aber … aber … aber …«

Linda ging über die Straße. Straßenwalze schien ausgeflogen zu sein, es brannte kein Licht, und es war auch kein Auto da. Wahrscheinlich hatte er all seine Streitkräfte nach Prüssbach abgezogen, damit sie dort machen konnten, was Straßenwalze auch immer vorhatte.

Linda schwang sich über den Zaun und drehte sich zu Lena um. »Komm schon, sonst verpasst du noch den ganzen Spaß.«

Sie sah nach oben. Der Baum, der direkt vor dem Zaun stand, hatte einen niedrig hängenden Ast. Perfekt zum Hochziehen.

»Jetzt mach doch mal langsam«, keuchte Lena hinter ihr. Linda musste ihr dringend Trainingsstunden in Sachen Kondition geben.

»Hand!« Sie streckte ihre aus, packte Lenas und zog sie über den Zaun. »Und jetzt hoch auf den Baum.«

»Das auch noch.« Lena sah aus, als würde sie gleich umkippen. Dabei war der Zaum gerade mal anderthalb Meter hoch!

»Wenn dir das zu viel ist, kannst du auch Schmiere stehen.«

»Ne, ne, ich komme schon.« Lena wischte sich den Schweiß von der Stirn und kletterte Linda nach. Es ging höher und immer höher. Linda fühlte sich wie ein Eichhörnchen. Sie quiekte ein bisschen vor sich hin. Welche Geräusche machten eigentlich Eichhörnchen, fragte sie sich. Egal, sie verwarf den Gedanken wieder. Konzentration jetzt!

Sie hatten endlich eine Höhe erreicht, dass man einen ganz guten Überblick über das zweite Stockwerk hatte. Auch wenn Lena nicht so aussah, als wäre es für sie angenehm. Aber sie hatte es auch nicht anders gewollt, Linda hatte sie ja gewarnt.

»Guck mal, Lena, die Stinkfische haben die Balkontür offengelassen. In Strangecity gibt es offenbar nicht viele Einbrecher.«

»Ist ja auch alles überwacht«, keuchte Lena. »Aber wie sollen wir da jetzt rüberkommen? Der Ast ist nicht stabil genug, dass wir rüber laufen könnten.«

Linda krabbelte zum Ast, um die Lage besser abschätzen zu können. Sie rüttelte daran. Es knackte verdächtig.

»Hast recht. Er ist nicht stabil genug. Wir springen.«

Lena zog sich zu Linda hoch und sah sie mit großen Augen an. »Springen?«

»Willst du jetzt herausfinden, wo Eezbeez ist, oder nicht?«

»Das ist doch vollkommen verrückt! Eezbeez ist auf jeden Fall nicht hier. Sonst wären bestimmt mehr Wachen aufgestellt.«

»Hmmm … da hast du vermutlich recht.« Linda sah Lena an. Aber dann besann sie sich anders. »Ich springe trotzdem.«

Und dann schwang sie sich vom Ast.

BAM!

Der Aufprall war härter als gedacht, und Linda blieb erst einmal die Luft weg. Hinter sich hörte sie Lena schreien.

»Linda! Hast du dir was getan?«

Sie rieb sich die schmerzenden Knie. Vermutlich ein paar Schrammen, aber nichts, was sie umbringen würde.

»Ne, das war doch Pipifax.« Sie stand auf und sah über das Balkongeländer. Hoppla, das war doch ein wenig weiter als gedacht gewesen …

»Ähhhmm … oder doch nicht. Halte lieber Ausschau, ob jemand kommt.«

»Okay!« Lenas Stimme nach zu urteilen war sie nicht ganz unglücklich über Lindas Entscheidung.

Sie ging durch die Balkontür und tapste auf Zehenspitzen in Straßenwalzes Headquarter.

Die meisten Zimmer waren leer oder mit irgendwelchem Krempel zugestellt. Linda ging herunter ins Erdgeschoss. Hoffentlich würde sie da etwas Brauchbares finden, denn sonst hatte sie Lena völlig umsonst den Baum hinauf gescheucht.

Ihr Handy piepte. *»Hast du schon etwas gefunden?«*, schrieb Lena. Diese Ungeduldstante! Vielleicht hätte Linda sie doch noch ein paar Äste weiter hochschicken sollen. Aus Prinzip checkte sie jetzt erst einmal Facebook ab.

Roman hatte ihr eine Freundschaftsanfrage geschickt, Lena hatte sie auf einem Bild mit ihren Mathehausaufgaben getaggt und Henni hatte ihr auf Homescapes Leben geschickt. Mensch, der sollte ihr lieber Pestpunkte auf Morbus Pets schicken. Mist … Lukas hatte ja das Statement … Dann würde sie wohl niemals ihre Pharyngitis hochleveln können.

Plötzlich hörte Linda ein lautes Klappern ganz in der Nähe.

Was war das?

Sie hätte vor Schreck fast ihr Handy fallenlassen.

»Lena, bist du das? Ich hab dir doch gesagt, dass du auf dem Baum bleiben solltest.«

Keine Antwort. Das wurde langsam zu einem Gruselfilm. Sie war doch sicher gewesen, dass keiner von Straßenwalzes Leuten mehr im Haus war. Eigentlich.

Sie hielt die Luft an, während sie behutsam weiterschlich.

Hielten sie Eezbeez hier vielleicht doch gefangen? Allmählich wurde Linda die ganze Sache zu turbulent. Doch turbulent war ihr zweiter Vorname. Na gut, eigentlich Annegret, aber das tat nun nichts zur Sache.

Wohin jetzt? Auch wenn ihr Inneres ganz laut »Nein, nein, nein« schrie, machte sie sich dorthin auf, wo das Geklapper herkam. Vielleicht war es was Harmloses, eine Kobra oder eine Vogelspinne oder so. Sie ging durch die Tür zu ihrer rechten Seite.

Niemand war zu sehen. Dem heiligen, fliegenden Spaghettimonster sei Dank.

Linda strich über das Leder der vielen Stühle. Anscheinend war sie in einem Besprechungszimmer oder so was. Dafür sprach auch der Beamer an der Decke und das weiße Brett an der Stirnseite. Es sah hier fast so aus wie in ihrem Klassenzimmer. Nur hatten sie nicht so coole Lederstühle.

Hier musste etwas sein. Wenn Straßenwalze wusste, wo Eezbeez sich versteckt hielt, dann würde sie doch bestimmt einen Hinweis finden.

Linda fühlte sich wie eine Detektivin. Nein, wie eine Spionin, wie Black Widow von den Avengers. Die konnte auch cool kämpfen. Was würde Black Widow also jetzt tun?

Linda beugte sich herunter und öffnete die Schubladen des Schreibtisches, der dem Lehrer gehören würde, wäre dies ein Klassenzimmer. Kugelschreiber, verblichene Kassenbons von Aldi, haufenweise Ladekabel. Das Chaos war mit dem Durcheinander in Eezbeez' Geheimversteck zu vergleichen.

Unter einer weiteren Schicht von Papieren, die allesamt sehr offiziell aussehende Briefe waren, fand Linda ein Statement mit kaputtem Bildschirm.

»Na also«, murmelte sie. Sie drückte auf den Anschaltknopf. Nichts passierte.

Mist. Was machte sie jetzt?

»Vermutlich ist der Akku leer«, sagte ihre innere Black Widow. Linda nickte dankbar, schnappte sich eines der Ladekabel und wollte es schon an die nächste Steckdose anschließen, als ihr etwas einfiel.

Das letzte Mal hatten sie sich ewig Zeit gelassen, wurden erwischt und dann hatte Lukas auch noch die Beweise liegen lassen. Nein, den Fehler machte sie nicht!

»*Hab was. Komme wieder raus. Kletter den Baum schon mal wieder runter*!«

Vorsichtig schlich sie sich wieder durch die Zimmer, auf jedes kleine Geräusch achtend. Doch niemand war da. Hätte sie sich auch denken können. Als sie durch die Vordertür hinauskam, saß Lena immer auf dem Baum.

»Hey, hast du meine Nachricht nicht bekommen? Ich hab was, wir können gehen.« Sie schwang das Handy in Lenas Richtung.

»Ja, ich weiß. Es ist nur … ich trau mich nicht.«

»Hoch bist du doch auch gekommen.« Linda schüttelte den Kopf. »Mach schon!«

»Ja, weil du mir geholfen hast. Aber runter … das ist so hoch. Kannst du mich auffangen?«

Linda erinnerte sich, dass Lena ihr in Eezbeez' Geheimversteck auf den Fuß gesprungen war. »Auf keinen Fall. Dann bin ich Matschebrei.«

Linda seufzte. Das mit dem schnellen Abhauen klappte ja prima. Sie musste sich was einfallen lassen.

»Warte mal«, rief sie Lena zu und lief in den Garten. Geräteschuppen, dachte sie. Das war schon letztes Mal eine gute Wahl gewesen. Und tatsächlich fand sie nach einigen Minuten, was sie suchte. Am Geräteschuppen lehnte eine mit Farbe bekleckerte Klappleiter. Das musste doch reichen.

Sie packte die Leiter und schleifte sie hinter sich durch das Gras. Vor dem Baum klappte sie sie auf und lehnte sie an, sodass Lena bequem heruntersteigen konnte.

»Zufrieden, Frau Schneider?«

»Eine Leiter? Warum haben wir die nicht schon zum Hochklettern benutzt?«

»Weil ich sie auch erst gerade gefunden habe«, verteidigte sich Linda.

Lena kletterte die Leiter hinunter, und beide räumten die Leiter wieder weg. Dann machten sie sich schleunigst auf den Heimweg.

51

»Wir müssen zu den Wendersteins. Sofort!« Kaum waren sie aus dem Büro ihres Chefs gegangen, zog Lukas Bonsai Richtung Ausgang.

»Langsam, langsam, langsam!« Bonsai versuchte, ihn zu beruhigen. »Ich weiß, dass unser Zeitplan sehr vollgepackt ist, aber so übermotiviert war ja noch kein Praktikant.«

Doch Lukas war es leid, ausgebremst zu werden. Er musste die Wendersteins vor Straßenwalze warnen. Natürlich war Straßenwalze hinter dem Paulisper-Transformator her. Bestimmt wollte er bei der Eröffnung irgendein Ablenkungsmanöver starten, und wenn alle beschäftigt waren, würde er den Transformator stehlen. Lukas wusste nicht, was mit dem anderen Transformator passiert war, der mal in ihrer Schule gestanden hatte. Er war sich aber sicher, selbst wenn Straßenwalze diesen immer noch irgendwo im Keller stehen hatte: Zwei waren besser als einer. Und dass er bei der ganzen Aktion auch noch ein paar ungeliebte Winformierte aus dem Weg räumen konnte, war dann wohl ein zusätzlicher Bonus. Und das konnte Lukas nicht zulassen.

»Wir müssen auf der Stelle zu den Wendersteins und sie warnen. Es geht um Leben und Tod.«

»Jetzt sei doch nicht so dramatisch. Das ist mir vorbehalten. Was soll denn schon passieren?«

Lukas hielt die Luft an. Er konnte Bonsai unmöglich ins Vertrauen ziehen. Er war ein Homocrok. Vermutlich steckte er mit Straßenwalze unter einer Decke …

»Das kann ich dir leider nicht sagen.«

Bonsai stieß Luft aus seinen blauen Nasenlöchern aus. »Und ich war schon dabei, dich zu mögen. Ich bin der Volontär, und du bist der Praktikant, also chill erst einmal deine Basics, und dann sehen wir weiter.«

»Ich. Bin. Gechillt.« Lukas versuchte, ruhig zu atmen, doch es klappte nicht so richtig.

»Du bist rot wie ein Hummer. Das ist das Witzige an euch Menschen. Ihr könnt eure Farbe ändern.«

Lukas war kurz davor, durchzudrehen, und Bonsai riss nichts als Sprüche. Er wäre am liebsten rausgerannt und hätte die Wendersteins auf eigene Faust gesucht.

Bonsai unterdessen tat, als würde ihm das Ganze am Arsch vorbei gehen und suchte sich in aller Seelenruhe im Materialraum erst einmal eine Kamera und ein Stativ heraus.

»Nun komm schon, ich dachte, du wolltest unbedingt los?«

Lukas brachte nichts weiter als ein »Chhhht« heraus. In seinem Inneren glühte es.

Sie verließen die Redaktion und machten sich auf zum Marktplatz, wo die Nominierten ihre Schätze aufbauten und die Jury ihre letzten Notizen machte, bevor sie ihre endgültige Entscheidung traf. Die Wendersteins waren nirgends zu sehen. Nur Nora stand vor einer vollbepackten Präsentationswand und tippte kaugummikauend auf ihrem Statement herum.

Lukas atmete erleichtert aus. Nora würde er leichter warnen können als ihre Eltern. Er musste nur einen Weg finden, Bonsai kurz abzulenken, damit er mit ihr allein sprechen konnte.

»Na, ihr Hübschen? Fleißig am Arbeiten?« Sie sah nicht einmal von ihrem Statement auf.

»Und was ist mit dir?«, fragte Bonsai und lud sein Zeug vor ihr ab. »Müsstest du nicht in der Schule sein? Wo sind deine Eltern?«

»Arbeiten. Jemand muss sich ja um den Nachwuchs in Prüssbach kümmern.«

»Ah!« Bonsai drückte Lukas das Stativ in die Hand. »Aufbauen bitte. Also sind deine Eltern Lehrer?«

Lukas besah sich das Gerät. Er hatte keine Ahnung, was er damit anstellen sollte, also drehte er wahllos an ein paar Knöpfen und Schrauben herum. Mit einem Ruck löste sich ein Bein und fiel klappernd auf den Boden. Lukas hob es unauffällig auf.

»Was? Nein! Sie arbeiten in den Generatorien!«

»Generatorien?« Lukas drehte an ein paar weiteren Schrauben und Knöpfen, bis er an den Punkt gekommen war, wo er das Teil zu Hause Linda in die Hand gedrückt hätte. Es hatte keinen Sinn. »Das sind doch die Teile, wo die kleinen Homobestia herkommen.«

Nora sah von ihrem Statement auf. »Bravo, Lukas, da kann sich ja jemand einen einfachen Sachverhalt ein halbes Jahr lang merken. Ja, wie auch immer: Meine Eltern sind nicht da, erscheinen vermutlich erst zur Verleihung. Ich werde aber versuchen, eure Fragen zu beantworten.«

»Wirklich?« Bonsai sah mit gerunzelter Stirn auf die Präsentationswand, auf der ein paar hochkomplizierte Formeln abgebildet waren. »Wie … ähhm … kommt man auf solche Sachen?«

Nora zuckte mit den Schultern »Langeweile? Solltet ihr nicht lieber euer Equipment aufbauen, bevor wir mit dem Interview beginnen können?«

Bonsai warf einen Blick zu Lukas und seinem Stativhaufen am Boden. »Lukas, Mensch. Was machst du da?« Er seufzte und beugte sich über das Gerät. »Alles muss man selbst machen.«

Er beugte sich über den unglücklichen Haufen und fing an, herumzubasteln.

Die Chance nutzte Lukas, sprang mit einem olympiareifen Sprung rüber zu Nora und zog sie hinter die Präsentationswand.

»Was soll das?« Nora riss sich aus seinem Griff.

»Straßenwalze will einen Anschlag auf das Winformiertentreffen verüben«, flüsterte Lukas ihr zu, bevor sie ihm eins überbraten konnte. »Und er will in dem Zug vermutlich den Paulisper-Transformator stehlen.«

»Was?« Noras Stirn bestand nur noch aus Falten. »Und das konntest du mir nicht über Winfonet mitteilen?«

»Ich … ähmm … hab gedacht … wenn das vielleicht abgehört wird … oder so.« Lukas wurde rot. Daran hatte er überhaupt nicht gedacht. Der ganze Stress, das Praktikum, und ständig war Bonsai mit dabei. Das wurde allmählich zu viel für ihn.

»Hey, ihr zwei Turteltauben, hier wird nicht geflirtet!« Bonsai tauchte hinter der Wand auf.

Nora stieß Lukas von sich, dass dieser schmerzhaft auf den Boden flog.

»Wir flirten nicht.« Nora verschränkte die Arme.

»Sehr gut, dann können wir ja mit dem Interview weitermachen.«

Mit dem Kopf einer Tomate krabbelte Lukas hinter der Präsentationswand hervor und stellte sich zu dem nun aufgebauten Stativ. Das war ja mal voll in die Hose gegangen. Er versuchte, die Kamera aus Bonsais Tasche zu holen, doch der schickte ihn weg.

»Stell dich lieber nebenhin und versuche nichts kaputt zu machen.«

Immer noch mit rotem Kopf stellte sich Lukas ein Stückchen weg von Bonsai. Heute ging auch alles schief. Er musste irgendwie dafür sorgen, dass er und Nora ungestört reden konnten, ohne dass Bonsai dazwischenfunken konnte.

Er sah sich um. Nichts an den anderen Ständen sah nach einem perfekten Ablenkungsmanöver aus. Der riesige Stand von Pellitex überragte alle anderen. Drei große Bildschirme zeigten die Vorteile von nahezu menschlich aussehenden Gummihandschuhen. Nach ein paar Sekunden schaltete ein Bildschirm auf eine Werbung für realistisch aussehende Katzenpfotenstrümpfe um. Ein streng aussehender Homocanisdackel stand mit einem Klemmbrett vor dem Stand und notierte ein paar Wörter, bevor er sich zum nächsten Stand aufmachte. Dort stand bereits ein großer Mann mit schwarz-grau meliertem Haar, und neben ihm befand sich ein Teenager, der unheimliche Ähnlichkeit hatte mit …

»Hendrick-Ignatius?«

Lukas schlug sich die Hand vor den Mund und hoffte, das Hendrick ihn nicht gehört hatte. Es schien so, als hätte er den zweiten Sobekker ihrer Klasse gefunden. Aber warum musste es ausgerechnet er sein? Hendrick war einfach … Hendrick.

»Hendrick-Ignatius? Das ist doch der Praktikant von letztem Jahr. Ist er hier?« Bonsai sah von seiner inzwischen aufgebauten Kamera auf. »Tatsache. Hallo Henni! Wie geht's, wie steht's, was macht die Liebe?«

Hendrick drehte sich um, und Lukas konnte auf seinem Gesicht ablesen, dass er nicht minder überrascht war, ihn ausgerechnet hier zu sehen. Sein Vater drehte sich auch um.

Bonsai fing an, wild herumzuwinken.

»Bonsai, nein«, flüsterte Lukas ihm zu. »Nein, die kommen sonst noch … ich meine, das muss doch nicht … verdammt.«

Hendrick-Ignatius und sein Vater kamen auf sie zu. Herr Oberforst sah sich den Stand der Wendersteins von oben bis unten an und wendete sich dann an Nora.

»Das sieht alles sehr interessant aus. Sind die Entwickler denn auch zu sprechen?«

»Bei der Verleihung vielleicht. Ich kann einen Termin mit ihnen ausmachen, wenn Sie wollen.« Nora reckte das Kinn.

»Aber beeilen Sie sich. Nach der Verleihung ist vielleicht keine Zeit mehr dafür«, warf Bonsai ein.

In Lukas' Gehirn fand ein richtiger Platten-Scratch-Moment statt. Er zuckte zusammen und drehte sich zu Bonsai. Was hatte das zu bedeuten? Wusste Bonsai vielleicht etwas von Straßenwalzes Plan? Er wollte Nora ein Zeichen geben, doch vor Hendrick, seinem Vater und Bonsai hätte das sicherlich ganz bescheuert ausgesehen. Da war er sich sicher.

Doch dieser lachte nur unverdächtig. Auch Herr Oberforst ließ sich zu einem merkwürdig schiefen Grinsen herab.

»Ich denke, das ist ein wenig übertrieben.« Er warf einen Blick zu Bonsai. »Ich denke, wir werden sicher einen ausführlichen Bericht im Winformiertenmagazin bekommen. Komm mit, Hendrick-Ignatius. Wir haben gleich einen Termin mit dem

Stadtrat von Prüssbach.« Er schüttelte ihnen die Hände und zog von dannen. Hendrick warf ihnen einen hilflosen Blick zu und zuckte mit den Schultern. Dann folgte er seinem Vater.

Bonsai schnaubte. »Es gibt kein Winformiertenmagazin mehr. Dafür hat Straßenwalze gesorgt.«

Das war zu viel für Lukas.

»Straßenwalze hat dafür gesorgt? Und du hast vermutlich mitgeholfen, oder was? Ich meine, du sitzt ja an der Quelle. Was soll das?«

Es herrschte eine kurze Stille.

»Das könnte ich dich fragen. Was soll das? Du benimmst dich komisch. Ich meine, ich kenne dich noch nicht sehr lange, aber du hattest zuerst einen ganz anderen ersten Eindruck auf mich gemacht. Was ist dein Problem?«

Lukas konnte sich nicht länger zurückhalten. »Mein Problem? Straßenwalze will das Winformiertentreffen angreifen. Er will den Paulisper-Transformator stehlen und was weiß ich damit machen. Die Menschheit unterjochen oder so was. Sämtliche Leute in Kühlschränke stecken, die ihm im Weg stehen. Nur deswegen habe ich das Praktikum angenommen. Um ihn zu stoppen. Und jetzt steht ihr hier und macht auch noch Witze darüber«

»Wir machen keine Witze darüber.« Bonsai hatte seine Stirn in Falten gelegt und sah aus wie eine blaue, schrumpelige Gewürzgurke. »Ich wusste bis vor ein paar Sekunden nicht einmal, was du hast. Aber das ist was Ernstes. Hast du die Strasecs schon benachrichtigt?«

Lukas schnaubte und wendete sich ab. Immer wieder dieselbe Leier …

»Straßenwalzes Männer haben die Strasecs infiltriert«, erklärte Nora. »Und selbst wenn nicht, würde Lukas Probleme bekommen, wenn die Frage aufkommt, wie er an die Beweise gekommen ist … oder gar, woher er das weiß.«

»Weil ich bei Straßenwalze eingebrochen bin. Mehrmals«, sagte Lukas, bevor Nora ihm das vorwegnehmen konnte. »Ja, ich weiß. Liebe Kinder, das macht man nicht. Bevor der ganze Mist hier passiert ist, habe ich auch nie etwas Gesetzeswidriges gemacht. Gut, ich habe beim Klamottenkaufen ein paar mal fünf Teile mit in die Umkleidekabine genommen, obwohl nur drei Teile erlaubt waren. Aber sonst war ich ein Engel.« Er sah Bonsai und Nora an, die ihn entschlossen anblickten. Lukas spürte, wie das schlechte Gewissen langsam in seinen Magen tröpfelte. Was hatte er da wieder gedacht? Dass Bonsai ein Anhänger Straßenwalzes sei, nur weil er ein Homocrok war? Das war einfach nur arschig von ihm. Und was erzählte er überhaupt wieder für einen Mist? Das brachte sie überhaupt nicht weiter.

»Wir müssen den Transformator in Sicherheit bringen. Und die ganzen Leute. Irgendwie, ohne dabei Strasecs zur Hilfe zu nehmen, weil ich nicht weiß, wer zu Straßenwalze gehört und wer nicht.«

»Der Transformator befindet sich in einem Raum bei den Generatorien. Im Normalfall kommt da keiner ran. Meine Eltern haben geplant, ihn zur Verleihung hochzubringen. Ich denke, das kann ich ihnen ausreden.«

»Wer weiß, ob nicht Straßenwalze von dem Ort schon Wind bekommen hat«, gab Lukas zu bedenken. Er war froh, dass die beiden die Sache endlich ernst nahmen und spürte, wie ein zentnerschwerer Stein von seinem Herzen fiel.

Zusammen würden sie das rocken!

»Ich kenne einen Geheimgang hier raus. Wenn wir den Transformator rausschaffen, dann lenkt das Straßenwalze bestimmt vom Winformiertentreffen ab.«

Nora öffnete eine Tür zu ihrer Rechten und winkte sie hinein. »Wir sollten unsere Pläne nicht in aller Öffentlichkeit besprechen.«

Der Raum, in dem sie jetzt waren, war karg eingerichtet und hatte außer ein paar aufgestapelten Stühlen nicht viel aufzuweisen. Perfekt zum Pläneschmieden.

Nora lehnte sich an die Wand. »Okay. Dann würde ich sagen, wir gehen hinunter in die Generatorien und schaffen den Transformator über den Geheimgang nach draußen. Bonsai, denkst du, dass wir es zu diesem Geheimgang unbemerkt schaffen? Das ist immerhin ein ganz schön großes Teil, wie du vielleicht auf den Konzeptzeichnungen gesehen hast.«

»Ich denke, das kriegen wir hin. Wir müssen zwar ein paar Schleichwege nehmen, aber das ist machbar. Ich kenne mich hier aus, musste in meiner Volontärzeit schon einige Interviews in den unteren Etagen machen.«

»Gut, dann bleibt uns nur noch eine Frage: Wie schaffen wir die ganzen Leute heraus?«

Lukas ließ seinen Blick schweifen und blieb an einem vergilbten Plakat über Noras Kopf hängen.

›*Verhalten im Notfall.*‹

»Ich glaube, ich habe da eine Idee.«

52

›Cattec Technologie - Booting Systems‹

Linda und Lena knieten vor dem ramponierten Gerät.

»Ich sag's dir, das ist kein Gerät von Straßenwalze«, sagte Lena. »Der ist voll der Croknology-Fan, der würde nie was von Cattec benutzen.«

»Das werden wir ja gleich sehen«, sagte Linda selbstbewusst, obwohl sie sich eingestehen musste, dass Lenas Feststellung durchaus Sinn machte.

»Bitte Passwort eingeben«, stand nun auf dem zerbrochenen Bildschirm.

»Mal sehen. Wie hieß nochmal die Geliebte von Straßenwalze?«

Linda tippte das Wort ›Anampses‹ ein.

›Passwort inkorrekt‹

»Gut. Anampses<3.«

›Passwort inkorrekt‹

»1chb1nd3rB3st3$traß3nw4lze.«

›Passwort inkorrekt‹

Verdammt. Linda musste sich eingestehen, dass sie ihre Joker verbraucht hatte und nun härteres Geschütz auffahren musste.

Sie trennte das Gerät, was nun bestimmt genug Akku hatte, von der Steckdose und schloss es an ihr Notebook an, welches sie zu ihrem elften Geburtstag bekommen hatte. Natürlich hatte sie Lukas' Statement zu Forschungszwecken benutzt und war auf den Social-Media-Plattformen der Homobestia auf ein ganz wertvolles Schätzchen gestoßen.

BrainBase.

Und BrainBase war einfach … oberaffenhammergeil.

Jeder, der in Naturwissenschaften was draufhatte, konnte da sein Zeug reinstellen. Natürlich gab es auch andere Bereiche und einen großen Bereich mit Lukaskram, wo Leute ihre komischen Geschichten mit Nüsse schießenden Friedhofseichhörnchen und Chips fressenden Eulen reinstellten, doch eigentlich war es für die ganzen Sachen gedacht, die Linda cool fand. Und genau da hatte Linda auch diesen praktischen Passwortknacker gefunden.

»Jetzt geht es dir an den Kragen, Straßenwalze.«

Linda startete das Programm, und sie mussten gar nicht so lange warten, bis es einen Treffer anzeigte und sich das Statement entsperrte.

»Ha!« Linda streckte ihre Faust triumphierend in die Höhe. »Eins zu null für Linda und die Technik.«

Wo würde sie jetzt die Hinweise finden? Am besten in den Privatnachrichten. Linda ging auf ein Icon mit einer Sprechblase und einem Symbol, das die Buchstaben B und T darstellte. Sie scrollte durch die Liste der Chats, doch nirgendwo war der Name Eezbeez. Der letzte Chat war ein paar Tage nach Eezbeez' Tod und lautete: ›Wo ist mein Geld?‹ Gerichtet war diese Nachricht an Straßenwalze.

»Moment.« Linda stutzte. »Das ist gar nicht das Statement von Straßenwalze, sondern das von Eezbeez.«

»Hab ich dir doch gesagt«, sagte Lena, die ihr neugierig über die Schulter schaute.

Doch Linda störte das nicht. Sie fühlte, wie eine Horde Hoppelhäschen durch ihren Magen hüpfte. Jackpot!

Sie scrollte durch die verschiedenen Gesprächsverläufe.

Da!

Hey, Jürgen, kann ich bei dir untertauchen? Hab da ein paar Probleme. Zu viel, um es dir auf die Schnelle zu erklären.

Jürgen hatte schnell geantwortet.

Klar. Ich bin allerdings in die Pater-Imbert-Straße gezogen, direkt über dem Glückskäfer-Casino.

»Pater-Imbert-Straße?«, fragte Linda.

»Ich weiß, wo die ist«, warf Lena ein, offenbar motiviert, auch etwas beizutragen. »Das ist da, wo dieser Laden ist, wo es Schulzeug und Kuchen gibt. Vorher ist da ein Kreisverkehr mit einem Metallgestell drauf, und dann muss man da den Berg hoch, aber nicht links, sondern geradeaus, wo es zum *›Fancy Dancing‹* geht. Aber nicht ganz hoch, sondern vorher bei der Brücke rechts, und dann geradeaus und bei der Eisdiele wieder links, und dann … egal, wir haben eh Google Maps dabei!«

»Dann los!« Linda fuhr das Notebook runter und holte sich einen Jutebeutel aus dem Schrank, wo sie alle Hinweise reinstopfte. Das Statement mitsamt Ladekabel, den Schnellhefter mit den Rechnungen und den Kontoauszügen, eine Packung Taschentücher, falls sie wieder etwas ausgraben musste, und ihr eigenes Handy.

Nachdem sie sich noch kurz mit Wasser und Joghurt gestärkt hatten, machten sie sich zur Pater-Imbert-Straße auf.

Linda hatte Schiss. Was, wenn die Nachricht auf dem Statement nur ein Fake und Eezbeez gar nicht dort war? Dann würde sie sich vor Lena doch total blamieren! Und die ganze Aufregung war für die Katz. Zudem hatte sie ein ernstes Wörtchen mit Eezbeez zu reden.

Die Aufregung ließ sie noch schneller laufen, sodass sie fast rannte.

»Linda, warte doch! Ich komme nicht hinterher«, keuchte Lena.

»Dann lauf halt schneller.« In Linda kribbelte es. Je näher sie ihrem Ziel kamen, desto schlechter wurde ihr. Ein Teil von ihr wollte sofort wieder umdrehen und nach Hause laufen, der andere wünschte sich ein fliegendes Skateboard herbei, damit sie noch schneller ankamen. Und der Rest in ihr summte epische Filmmusik.

Sie erreichten die Pater-Imbert-Straße nach einer gefühlten Ewigkeit, obwohl sie nur ein paar Straßen entfernt war. Linda sah es sofort. Ein kleiner Auslieger am Ende der Straße mit einem Fliegenpilzlogo drauf. Für einen Moment hatte sie geglaubt, dass es den Laden überhaupt nicht gab.

Dort, wo normalerweise bei einem Laden das Schaufenster war, war Ich-kann-nicht-durchgucken-Folie angebracht worden, und ein großes ›Ab 18‹-Schild hing über der Tür. Doch darauf konnte Linda heute nicht achtgeben. Sie musste jetzt ein Gangster sein.

Mit einem vorsichtigen Blick auf Lena atmete Linda tief durch und öffnete die Tür.

Drinnen war es unspektakulärer, als sie es sich vorgestellt hatte. Die Luft war stickig, und es war recht dunkel. An den Wänden standen bunt blinkende Spielautomaten. Vor manchen dieser Automaten saßen Menschen mit düsterem Blick und einer Bierflasche in der Hand. Die meisten Automaten jedoch waren unbesetzt. Und deswegen fiel ihr auch gleich die rot getigerte Katze auf, die in katzenuntypischer Haltung an einem Automaten in der Ecke saß und auf den bunten Knöpfen herumdrückte.

»Eezbeez«, keuchten Linda und Lena im Chor.

»Hey!« Der Barkeeper hatte sie entdeckt. »Ihr dürft hier nicht drin sein, das ist nichts für kleine Kinder. Macht, dass ihr rauskommt.«

Ein ziemlich kräftig aussehender Mann vom Spielautomaten gleich neben ihnen stand auf und sah sie mit finsterem Blick an.

Jetzt hieß es: Augen zu und durch.

Linda sprintete zu dem Automaten, vor dem Eezbeez lümmelte. Ein Schrei hinter ihr signalisierte ihr, dass der Mann Lena gepackt haben musste. Den Bruchteil einer Sekunde war Linda wie erstarrt. Sie wollte zurück zu Lena rennen und sie vor dem bösen Mann retten. Doch sie hatte eine Mission. Sie sprang zu Eezbeez, packte ihn an seinem Nackenfell und zerrte ihn vom Stuhl. Eezbeez schlug um sich, doch Linda nahm ihre zweite Hand dazu und sprintete wieder zurück zu Lena.

»Schnell raus hier«, brüllte sie ihr zu.

Lena trat dem Mann auf die Füße und hüpfte durch die Tür nach draußen.

Geschafft!

Erleichtert, diesem Ort unbeschadet entkommen zu sein, lockerte Linda ihren Griff. Das nutzte Eezbeez schamlos aus, wand sich aus ihren Händen, fiel zu Boden und sprintete über die Straße.

Reifen quietschten.

Lindas Herz blieb stehen. Einen Moment dachte sie, diesmal wäre Eezbeez tatsächlich vom Auto überfahren worden, doch dann sah sie ihn auf der anderen Straßenseite in den Stadtpark flitzen.

Linda und Lena rannten hinterher.

»Himmel, Herrgott! Hält sich in dieser Stadt wirklich niemand an die Straßenverkehrsordnung?«, rief ihnen der Autofahrer hinterher.

Linda beschleunigte. Eezbeez durfte ihnen nicht entwischen. Das hatte der sich wohl so gedacht. Setzte sie alle so einer großen Gefahr aus und machte es sich dann in einem Spielcasino gemütlich. Langsam fingen ihre Waden an zu brennen. Lena hatte sie schon längst hinter sich gelassen. Der Schweiß tropfte ihr von der Stirn. Eezbeez war nur noch wenige Meter vor ihr.

Linda setzte zum Sprung an und ließ sich auf Eezbeez fallen. Er entkam, doch Linda konnte ihn am Schwanz packen.

»Miiiiaaaaauaaarrrgaaauuua!« Eezbeez heulte wenig katzenhaft auf.

»Du bleibst schön hier, Eezbeez.« Linda setzte sich auf und zog Eezbeez am Schwanz zu sich. »Ich weiß alles. Du kannst nicht wieder abhauen.«

»Ja, genau!« Lena kam keuchend angerannt und fiel neben Linda auf die Knie. »Oh mein Gott, war das anstrengend.«

»Du weißt gar nichts«, keuchte Eezbeez. »Du kleines, undankbares Kind. Wenn du es wüsstest, hättest du mich dagelassen.«

Das kleine, undankbare Kind zog Eezbeez noch ein wenig fester am Schwanz, dass dieser noch einmal aufheulte.

»Aufhören, aufhören!«

»Was weiß ich denn angeblich nicht? Dass du die Pläne des Paulisper-Transformators an Straßenwalze verkauft hast, obwohl du für deren Sicherheits-Cloud verantwortlich bist? Dass du trotz gut bezahltem Professorenjob pleite bist? Dass Straßenwalze dir regelmäßig Geld überweist? Dass du Lukas nach Strangecity geschickt hast, obwohl du wusstest, dass er da nichts Brauchbares finden wird? Lass mich raten, vermutlich hast du auch den Strasecs Bescheid gesagt, dass Lukas und ich kommen werden? Du bist echt unmöglich, Eezbeez!«

»Und du hast ›Frag Eezbeez‹ abgesetzt«, fügte Lena hinzu.

Linda warf ihr einen giftigen Blick zu.

»Was? Ich mochte das Format!«

Linda hatte große Lust, Lena einen Stoß in die Rippen zu geben. Stattdessen zog sie Eezbeez weiter am Schwanz.

»Okay, okay. Wenn ihr damit aufhört, erwecke ich das Format wieder zum Leben, versprochen.«

»Ich glaube nicht, dass du das noch kannst, wenn wir mit dir fertig sind«, knurrte Linda. Sie hatte eine verdammte Wut auf Eezbeez. Sie war immer nett zu ihm gewesen, auch als sie noch nicht wusste, dass er eine Homofelis war. Sie hatte ihm immer extra heimlich etwas von ihrem Essen gegeben. Und das war nun der Dank.

»Was hast du vor, Linda?«, fragte Lena mit hochgezogenen Augenbrauen.

»Wir sollten ihn ins Tierheim bringen«, schlug Linda vor. »Und den Kontakt zur Außenwelt abschneiden. Ein paar Nächte unter Katzen, die nur miauen, schlafen und pupsen, mit nichts als billigem Trockenfutter, und dazu sich einen Wassernapf mit zehn anderen teilen müssen wird ihn sicher zur Vernunft bringen.«

»Für wen hältst du mich?«, keuchte Eezbeez. »Ich bin doch keine dahergelaufene Straßenkatze. Ich bin Professor und Doktor für Generierungstechnik. Strangecity braucht mich.«

»Offenbar ist Strangecity ohne dich noch nicht zusammengebrochen. So arg brauchen sie dich also doch nicht.« Linda lehnte sich genüsslich zurück. Sie liebte es, die Oberhand zu behalten. Das war cool, das mochte sie bei den Diskussionen mit Lukas auch immer. »Aber ich habe einen Deal vorzuschlagen.« Sie grinste breit. Dies war nun ihre Chance. »Du kommst mit und hilfst uns, Straßenwalze zu besiegen. Das wolltest du doch, dass wir das für dich tun. Wenn du uns hilfst, hast du erstens Straßenwalze nicht mehr an der Backe, was gut ist, denn Straßenwalze ist böse und wird dich wahrscheinlich erledigen, wenn er keinen Nutzen mehr in dir sieht. Und wir helfen dir, auch deine anderen Probleme in den Griff zu kriegen.«

Eezbeez schnaubte. »Ihr könnt mir doch nicht helfen.«

»Können wir doch«, entgegnete Linda. Sie sah Lena an.

Die starrte Löcher in die Luft.

Linda gab ihr einen Knuff in die Seite.

»Ja … ähhh … doch … wir können dir helfen … wir …« Lena sah Linda ratlos an.

Linda formte das Wort ›Markus‹ mit ihren Lippen.

»Ja … mein Onkel … der ist Mathelehrer … Der kann dir sicher helfen bei deinem … Finanzproblem. Weil … der kennt sich mit Zahlen aus und so.«

In Gedanken schlug sich Linda mit der Hand auf die Stirn.

Eezbeez seufzte. »Markus kann mir auch nicht mehr helfen. Ich bin ein Wrack. Und Straßenwalze hat das erkannt. Na, da sieht man mal, wie das Blatt sich wenden kann.«

»Dann müssen wir dich eben abwracken. Oder entwracken. Fest steht, du brauchst Hilfe. Und nicht die von Straßenwalze, die zieht dich nämlich nur noch tiefer in den ganzen Sumpf.«

Eezbeez setzte sich auf. »Vielleicht habt ihr recht. Schlimmer kann es für mich eh nicht mehr kommen. Ich habe einen Fehler gemacht. Ich hätte nie auf das Angebot von Straßenwalze eingehen sollen.«

Lena stand auf. »Lasst uns zu Markus gehen. Der hat immer die besten Ideen. Ihm fällt sicher ein, was wir machen können.«

Linda sah Lena an und überlegte. »Dein Onkel hat doch sicher ein Auto, oder?«

Lena stutzte. »Ja, einen Mazda. Warum?«

»Perfekt. Dann können wir ja nach Prüssbach fahren.«

»Was wollen wir denn in Prüssbach?«, fragten Lena und Eezbeez im Chor.

»Na, was wohl?« Die beiden waren so schwer von Begriff. »Straßenwalze das Handwerk legen, natürlich.«

Sie sprang auf und schulterte Eezbeez wie eine lebendige Pelzstola.

Er protestierte, doch Linda konnte darauf keine Rücksicht nehmen.

Endlich konnte die Action beginnen.

53

»Dann lasst uns loslegen.« Nora hatte ein wenig perplex ausgesehen, als Lukas ihr seinen Plan erklärt hatte. Es hätte ihn nicht überrascht, wenn sie ihn für völlig Banane erklärt hätte.

»Das klingt gut. Ich bin dabei.« Bonsai nickte.

Sie verließen ihr geheimes Besprechungszimmer und machten sich zu den Aufzügen auf. Sie durften keine Zeit verlieren. In wenigen Stunden war die Verleihung des Preises, und bis dahin musste alles in trockenen Tüchern sein: Der Transformator in Sicherheit und alle Leute evakuiert.

Sie stiegen in den nächsten Aufzug. Lukas schloss die Sicherheitsbügel und machte sich auf etwas gefasst.

»Sektor S., Generatorien.«

Der Aufzug zischte los. Zuerst wurde es wild. Genau wie in Strangecity schoss der Aufzug mit einer enormen Geschwindigkeit nach unten, links und rechts, machte wilde Schlenker und ließ Lukas ganz schwurblig und orientierungslos zurück. Doch nach einiger Zeit wurde der Aufzug langsamer und bewegte sich nicht mehr ganz so oft, als würde er nach einer wilden Achterbahnfahrt plötzlich durch ein tiefes Gewässer tauchen. Die Aufzugseile quietschten nicht mehr. Es rumpelte nur noch gedämpft. Und das beunruhigte Lukas mehr als das wilde Gewackel davor.

Er hatte ein wenig Schiss, was ihn nun erwartete, als der Aufzug anhielt und sich die Bügel lösten.

»Sektor S., Generatorien«, bestätigte die Computerstimme, dass sie nun angekommen waren.

Die Aufzugtür öffnete sich.

Der Gang vor ihnen war kühler, und die Wände nicht so verschmiert wie der Studitrakt in Strangecity. Er wirkte steril, fast wie in einem Krankenhaus, und Lukas fühlte sich unweigerlich an ein Horrorcomputerspiel erinnert. Fehlte nur noch, dass die Lichter summten oder anfingen zu flackern.

»Kommt, Leute, wir müssen uns beeilen.« Nora eilte voraus. »Die meisten Leute sind zur Mittagspause ausgeflogen. Das müssen wir nutzen.«

Sie liefen Nora hinterher. Lukas hatte einen riesengroßen Kloß in seinem Hals. Was, wenn es hier unten irgendwelche Monster gab? Mit langen Fingern, dürrer, faltiger Haut und skelettartigen Storchbeinen. Wie waren sie nur auf diese Schnapsidee gekommen?

Richtig. Straßenwalze. Da musste er jetzt durch, wenn er Straßenwalze besiegen wollte.

Lukas ballte in der Tasche seines Hoodies entschlossen die Hände zu Fäusten.

Sie liefen durch eine Biegung, vorbei an Türen, an denen neben dem üblichen Kartenschlitz ein Netzhautscanner angebracht war.

»Eine Frage habe ich doch«, meldete sich Bonsai. »Wie sollen wir hier reinkommen? Hier reichen keine normalen Zugangskarten. Hier kommst du nur rein, wenn du tatsächlich in dem Büro oder Labor arbeitest. Hab mal eine Reportage hier machen müssen, ich konnte nicht einmal alleine aufs Klo gehen.«

»Das ist wahr. Man muss hier arbeiten. Oder gute Connections haben.« Nora hielt vor einer Tür an und stellte sich an den Netzhautscanner.

»Eleonore Perennis Wenderstein. Zugang gewährt.« Die Tür ging zischend auf.

Bonsai starrte sie mit offenem Mund an. »Die Connections will ich auch haben.«

»Bitte anziehen.« Nora reichte Lukas einen Plastikbeutel. Darin war eine Haube, Plastikhandschuhe, Schuhüberzieher und etwas, das an ein Regencape erinnerte. »Auch auf einer Geheimmission müssen die Hygienevorschriften eingehalten werden.«

»Du nimmst den ganzen Mist hier unten ganz schön ernst, nicht wahr?«

Nora schwieg und lächelte nur ein bisschen kryptisch.

Rasch schlüpfte Lukas in die Plastiksachen.

»Den Mundschutz nicht vergessen.«

Lukas hängte sich den Mundschutz vors Gesicht und folgte Nora durch ein spärlich beleuchtetes Labor zu einer weiteren Tür.

Kurz blieb Nora davor stehen. »Genießt den Augenblick. So etwas bekommt ihr nicht alle Tage zu sehen.« Sie öffnete die Tür.

Und Lukas blieb der Mund offen stehen.

»Wooooooah. Das sind also die berühmten Generatorien?«, fragte Bonsai. »So nah durfte ich nicht einmal für meine Reportage ran.«

Lukas sah sich um. Die Wände waren mit Wassertanks bedeckt, sodass es fast ein bisschen aussah wie in einem Unterwasseraquarium. Sie waren unterschiedlich groß, und in ihnen schwammen die Föten unterschiedlichster Stadien von Homofelis, Homocanis, Homocroks und Sobekker. Und bei manchen war sich Lukas nicht sicher, was es werden würde.

Zwischendrin blinkten verschiedenste Messwerte auf. Vorsichtig streckte Lukas seine Hand aus und tippte vorsichtig gegen den Tank eines größeren Homocroks. Sie sahen so friedlich aus.

Sie schwammen alle in ihren Tanks nebeneinander und wussten noch nicht, was die Gesellschaft mit ihnen anstellen würde. Was die Zukunft für sie bringen würde. Welchen Vorurteilen sie ausgesetzt werden würden.

»So, genug bewundert, weiter geht es.« Nora scheuchte sie in die nächste Kammer. Und dies schien das kleinste Zimmer zu sein, das Prüssbach zu bieten hatte. Bonsai musste vor der Tür warten, es passten kaum Lukas und Nora hinein. Der komplette Platz war mit einem Teil zugestellt, dessen Form Lukas schon bekannt vorkam. Er lüftete die Decke und sah, dass er richtig lag. Der Paulisper-Transformator.

»So, dann schieben wir ihn mal raus. Bonsai, du zeigst uns, wie wir zu deinem Geheimgang kommen. Dann lösen wir den Alarm aus, wie Lukas vorgeschlagen hat, und sehen zu, wie wir selbst hier rauskommen.«

»Alles klar, los geht's. Eins, zwei, drei, und hopp!«

Lukas stemmte sich mit seinem ganzen Gewicht gegen den Transformator. Bonsai zog und lehnte sich mit aller Kraft nach hinten, aber das Ding bewegte sich keinen Zentimeter nach vorne.

»Stopp, stopp, stopp! Ich muss erst einmal die Bremse lösen«, unterbrach sie Nora.

»Und das sagst du uns erst jetzt?«, keuchte Lukas völlig außer Atem.

Nora legte einen kleinen Schalter um, und das Gerät bewegte sich wie von selbst.

»Hab ich völlig vergessen, dass wir … dass der eingebaut wurde. Der Transformator ist eigentlich nicht dazu gedacht, herumgeschoben zu werden.«

»Jaja«, maulte Bonsai und zog weiter.

Sie schoben den Transformator durch den Gang mit den kleinen Homobestia.

»So, wir müssen nach dem Gang gleich links anstatt rechts, wo es zum Aufzug geht. Wir müssen dann nur noch ein paar Gänge nach rechts, dann geradeaus, dann links, und dann sind wir eigentlich schon da«, sagte Bonsai und streckte die Hand nach der Tür aus. Er wedelte mit seiner Pranke vor der Lichtschranke hin und her.

»Drück lieber auf den Schalter«, wies Nora von hinten an. »Die Tür hier zickt immer ein bisschen.«

Bonsai hämmerte auf den Türöffnungsknopf. »Der Schalter offenbar auch.«

Nora seufzte. »Muss man immer alles selbst machen?« Sie kletterte über den Transformator zu Bonsai und drückte ebenfalls auf den Schalter. Nichts passierte.

Nora hämmerte gegen die Tür. »Hey, macht mal jemand die Tür auf?«

Nichts passierte.

Plötzlich ging das Licht aus.
Und der Alarm an.

54

»Wann sind wir denn endlich da?«

»Ach, Lena, du bist doch kein kleines Kind mehr. Schau aufs Navi, da steht genau, wie lange wir noch brauchen.« Markus Katzaug sah durch den Rückspiegel zu Lena. »Ich kann es nicht glauben. Vor wenigen Stunden saß ich noch in aller Seelenruhe an meinen Korrekturen, und dann …« Er warf einen bösen Blick zu Eezbeez, der deprimiert guckend in einem Katzenkörbchen auf dem Rücksitz saß.

»Glaub mir, Markus, das habe ich mir vor ein paar Stunden auch noch gedacht«, entgegnete dieser.

»Klappe auf den billigen Plätzen.« Linda hatte sich gegen Lena durchsetzen und den Beifahrersitz ergattern können, indem sie gesagt hatte, dass ihr sonst schlecht würde. Jetzt fühlte sie sich wie eine Königin.

Lena starrte schmollend aus dem Fenster. Linda konnte ihr ansehen, dass sie der Meinung war, dass es einzig und allein ihrem Intellekt und Charme zu verdanken war, dass sie jetzt hier in diesem Auto saßen. Mit Eezbeez. Und Markus. Auf dem Weg nach Prüssbach. Aber wenn es nach Lena gehen würde, säßen sie immer noch in Lindas Zimmer und würden sich die Fingernägel lackieren.

Linda warf einen Blick auf das Navi. Sie hatten schon über die Hälfte geschafft. Es dauerte keine Stunde mehr, dann kämen sie in Prüssbach an. Als Erstes würde sie Lukas suchen.

Ihm sagen, dass nun die Profis die Arbeit übernahmen. Nicht dass sie ihn vermisste oder sich Sorgen machte … Nein, das war nur was für kleine Babys.

Sie drehte sich zu Lena um. »Gib mal dein Statement.«

Lena zog die Stirn kraus. »Nein, warum?«

Mann, war Lena schwer von Begriff. »Weil ich abchecken muss, wo Lukas ist. Mit meinem Handy habe ich keinen Zugriff auf das Bestianetz. Und Lukas hat das Statement mitgenommen«,

»Also gut.« Lena schob das Statement durch die Lücke unter den Kopfstützen vor zu Linda. Doch Linda konnte sehen, wie sie die Augen verdrehte.

Na warte, dachte sie. Dich lass ich nicht noch mal die Mathehausaufgaben abschreiben. Zumindest nicht … bis nächste Woche.

Linda schob den Bildschirmschoner mit einem sehr kitschigen Bild von Lena und ihrer Schwester Paulina beiseite.

»Du musst ins Exlonet. Das ist das mobile Bestianetz«, erklärte ihr Markus.

Linda schnalzte mit der Zunge. »Ich weiß, wie man ein Handy bedient.« Sie öffnete das obere Menü und tippte auf »Mit Explonet verbinden.«

Es erschien ein Wartekreis. Der drehte sich … und drehte sich … und drehte sich …

»Jetzt mach schon, du Scheißteil.«

»Hey, das ist immer noch mein Statement, was du da beleidigst«, mischte sich Lena ein.

Verbindung nicht möglich.

Linda knirschte mit den Zähnen. Noch mal!

Aus. Ein.

Wieder der Wartekreis. Der drehte sich … und drehte sich …

Verbindung nicht möglich.

»Das ist unterwegs sowieso schwierig. Bis das Gerät eine Zelle gefunden hat, sind wir schon zwei Zellen weiter.« Markus warf einen Blick zu ihr.

»Also Facebook funktioniert einwandfrei.« Linda drehte sich um und sah, dass Lena Eezbeez' verbeultes Statement in der Hand hatte und darauf herumtippte. Linda griff nach dem Gerät.

»Gib her.«

Lena zog die Arme zu sich und lehnte sich so tief in ihren Sitz, wie es nur ging. »Nein. Erst gibst du mir meins zurück«

Linda atmete ein. Lena war unmöglich. Verstand sie Lindas Lage nicht? Sie musste jetzt aus allen Quellen schöpfen. Sie konnte sich solche Zickereien von Lena nicht leisten.

»Jetzt komm schon. Stell dich nicht so an. Das ist ein Notfall.«

»Ladys, jetzt kommt doch erst einmal runter. Wir werden Lukas finden, sobald wir da sind. Wir fragen einfach Balthasar, der hat seine Augen überall.«

Linda musste ihr Lachen verkneifen, weil sie sich gerade eine große, alte Katze mit Augen am Hintern vorstellen musste. Das heiterte sie ein bisschen auf. Jedoch wollte sie nicht aufgeben. Wenn Facebook ging, dann musste das Explonet gleich zweimal gehen. Das hatte sie ausgetestet.

Sie öffnete die App. Ja, eindeutig. Facebook war zwar lahm wie Seuche, funktionierte aber. Und Wikipedia auch. Und Google. Sie konnte sogar ein YouTube-Video einschalten.

Sie ging noch mal ins Explonet. Wieder der doofe Wartekreis.

Bing.

Fast hätte sich Linda gefreut, dass sie endlich reingekommen war, da stellte sie fest, dass Henni ihr auf Facebook geschrieben hatte.

Linda. Gut, dass du on bist.

Hey, Henni. Sag mal, funzt bei dir das Bestianet auch nicht? Bin auf dem Weg nach Prüssbach und komme nicht ins Explonet rein.

Drei Punkte erschienen hinter Hennis Namen. Und dann verschwanden sie wieder. Und dann kamen sie wieder. Was stellte der Typ nur an?

Bestianet ist komplett down. Explonet und das stadtinterne Netz gehen auch nicht. Hier ist gerade Ausnahmezustand.

»Waaaaaaas?«

»Was ist los, Linda?« Alle im Auto sahen sie an, und Markus machte einen komischen Schlenker am Lenkrad, als wäre er gerade beinahe in die Leitplanke gefahren.

»Irgendwas ist in Prüssbach passiert.«

Was ist los?, schrieb sie. *Wo ist Lukas?*

Keine Ahnung. Ich habe ihn vor ein paar Stunden noch gesehen. Aber jetzt ist hier die Hölle los. Der Alarm ging los, und jetzt evakuieren sie die Leute.

Kurz erschienen drei Punkte neben seinem Namen.

Ich muss aufhören. Papa guckt schon.

»Wir müssen schnell nach Prüssbach. Die evakuieren gerade«, rief Linda.

»Hältst du das für eine gute Idee?« Eezbeez' Stimme klang unsicher. »Ich meine, wenn die evakuieren …«

»Sollten wir erst recht hin«, entgegnete Linda. »Da steckt sicher Straßenwalze dahinter.« Natürlich. Wollte der nicht einen Anschlag in Prüssbach veranstalten? Na, das schien ihm gelungen zu sein. Lukas brauchte jetzt unbedingt ihre Hilfe.

»Fahr schneller«, herrschte sie Markus an. »Bitte«, fügte sie hinzu, als sie ihren Ton bemerkte.

Sie sah aufs Navi. Es waren noch knapp fünfzig Kilometer zu fahren. Warum konnten sie nicht schon dort sein?

»Das geht jetzt schlecht hier in der Baustelle.« Markus hatte die Zähne zusammengebissen und sich am Lenkrad festgekrallt.

Linda spürte die Hummeln im Hintern. Sie fuhren so langsam, dass sie am liebsten ausgestiegen und das Auto angeschoben hätte. Und überhaupt: Konnte das Auto vor ihnen vielleicht noch langsamer fahren? Wenn sie jetzt am Steuer säße, hätte sie sicher schon gehupt.

Um sich abzulenken, sah sie auf das Statement von Lena. Das Explonet zeigte immer noch *Keine Verbindung* an, wohingegen die menschlichen Verbindungen wie Telefon und mobiles Internet volle Balken hatten.

Sie könnte jetzt zur Ablenkung irgendein Handyspiel spielen, doch ihr war überhaupt nicht danach. Was hatte Straßenwalze mit Lukas angestellt? War Lukas imstande, irgendetwas zu tun, bevor Straßenwalze zugeschlagen hatte?

Wieder öffnete sie Facebook, um zu sehen, ob Henni noch etwas geschrieben hatte. Hatte er nicht.

Kannst du vielleicht in Erfahrung bringen, wo Lukas ist?

Und dann sah sie auf den Bildschirm. Eine Minute, zwei Minuten lang. Doch im Chat erschienen nicht einmal die Punkte, die signalisierten, dass Henni etwas schrieb.

»Demnächst: Verlassen Sie die Autobahn in Richtung …«, plärrte das Navi.

»Endlich«, murmelte Linda.

Doch die Fahrt ging nun über Landstraßen und war nicht weniger anstrengend und lahm. Und immer noch keine Antwort von Henni.

Langsam bekam Linda Panik. Was, wenn Straßenwalze Lukas umgebracht hatte? Wie sollte sie das ihren Eltern beibringen? Und mit wem sollte sie dann ›Einhorn-Zombie-Schlacht-Gemetzel‹ spielen? Wem könnte sie die Schuld geben, wenn sie etwas falsch gemacht hatte?

Sie brauchte Lukas. Und jetzt brauchte er sie.

Sie musste ihn retten, wie das ordentliche Heldinnen nun mal taten.

Als das Navi nur noch einen knappen Kilometer zu fahren anzeigte, sah Linda schon das Inferno. Die Landstraße, auf der sie fuhren, war bisher so gut wie leer gewesen. Nun kam ihnen ein richtiger Konvoi an Autos entgegen. Die Motoren röhrten an ihnen vorbei, überholten ziemlich knapp und hupten herum wie bei einer Hochzeitskarawane.

Sie kamen an einer Kreuzung an, und da herrschte komplettes Chaos. Ein Homocrok stand mitten auf der Straße und wies die Autos ein. Homofelis-Kinder liefen über die Straße. Die Straße war brechend voll mit Homobestia, die immer wieder aus dem Nichts auftauchten.

Markus hielt an.

Der Homocrok kam mit genervt aussehendem Gesicht auf sie zugelaufen. Markus ließ die Scheibe runtersurren.

»Wo wollen Sie denn hin?«, fragte der Homocrok entgeistert. »Wir evakuieren hier, sehen Sie das nicht?« Er warf einen Blick in das Wageninnere, doch Lena hatte schnell ihre Jacke über Eezbeez geworfen. Kluges Kind.

»Wir wollen wissen, wo Lukas ist.« Linda beugte sich rüber zu Markus, doch dieser drückte sie wieder zurück in ihren Sitz.

»Lukas?« Der Homocrok atmete aus. »Ich kann doch nicht wissen, wo sich jeder Prüssbachbewohner befindet.« Er hob seine Kelle. »Und jetzt machen Sie, dass Sie hier fortkommen, Sie halten den ganzen Verkehr auf.«

Linda schnallte sich ab und sprang aus dem Auto.

»Linda«, riefen ihr Lena und Markus nach.

Der Homocrok war größer, als er aus dem Auto heraus ausgesehen hatte. Trotzdem baute sich Linda vor ihm auf.

»Wo ist Lukas Müller? Kannst du mir das sagen oder muss ich erst deinen Boss fragen? Straßenwalze? Kannst du ihn an dein Statement holen, damit ich mit ihm sprechen kann?«

»Was?«, schnaubte er. »Was fällt dir ein, du freches Gör? Sieh zu, dass du Land gewinnst, sonst …«

»Sperrst du mich in deinen Kühlschrank ein?«

An der Farbe seines Gesichts konnte Linda erkennen, dass sie zu weit gegangen war. Schnell ging sie in Deckung, bevor er tatsächlich Verstärkung rufen konnte.

Vielleicht war ihre Aktion doch keine so gute Idee gewesen. Falls der Homocrok tatsächlich mit Straßenwalze zusammenarbeitete, wusste er nun, dass Linda hier war. Verdammt. Sie hätte einmal ihren Kopf einschalten sollen.

Schnell ging sie weiter. Der Einzige, der ihr jetzt weiterhelfen konnte, war Henni. Oder Lukas' Boss. Na gut, den kannte sie nicht und konnte nicht darauf vertrauen, dass er ihr weiterhalf.

Doch wie sollte sie Henni unter den ganzen Leuten finden? Abgesehen davon: Sie hatte mit Henni im Real Life noch nie gesprochen. Laut Lukas war er voll doof, aber zu ihr war er immer nett gewesen.

Sie öffnete Facebook.

Henni, wo bist du? Ich bin jetzt auf der Wiese vor Prüssbach. Weißt du, wo Lukas ist?

Ein Briefsymbol tauchte auf. Schnell klickte Linda drauf.

Ihr Datenvolumen wurde aufgebraucht. Ab jetzt geht es langsamer. Schreiben Sie eine SMS mit …

Linda knurrte. Das konnte sie jetzt überhaupt nicht brauchen. Wie oft hatte sie Lena gesagt, sie sollte YouTube-Videos nur im WLAN schauen? Moment …

In der Menge sah sie einen schwarzen Schopf, den sie schon öfter in der Schule gesehen hatte.

»Henni!« Sie rannte auf ihn zu und sprang ihn wild von hinten an. »Henni, du musst mir dringend helfen. Wir suchen Lukas, und du musst …«

Der schwarze Schopf drehte sich um. Er war nicht Henni.

»Linda, was machst du hier?« Henni tauchte hinter ihr auf.

»Ich habe dir doch geschrieben, dass ich hier bin. Hast du Lukas gesehen?« Sie fiel ihm in die Arme. Mit einem nervösen Blick auf den streng aussehenden Mann neben sich drückte Henni sie wieder von sich.

»Gesehen habe ich ihn nicht. Er ist seit Stunden verschwunden, zusammen mit Nora und einem Volontär von Balthasar Media. Balthasar ist außer sich.«

»Aber die Evakuierung hier …« Linda hüpfte von einem Bein auf das andere. Sah sich in der Menge um, ob sie vielleicht nicht doch Lukas erkennen könnte.

»Linda, warum läufst du denn weg?« Linda dreht sich um. Markus kam angelaufen. Er war außer Atem und humpelte immer noch ein wenig.

»Ich habe Neuigkeiten von Lukas aus dem Strasec rausbekommen können. Er und zwei weitere Personen sitzen in einem Strasec Auto auf dem Weg nach Oarweiooge.«

»Oarweiooge? Was will Lukas denn da?«

Markus blieb vor Linda stehen und versuchte wieder zu Atem zu kommen. Er stützte sich auf seinen Beinen ab, atmete tief durch und richtete sich wieder auf.

»Offenbar glauben die Strasecs, dass Lukas etwas mit dem Anschlag zu tun hatte.«

55

Lukas' Ohren klingelten. Es tutete und tutete, doch die Tür blieb verschlossen.

»Dies ist ein Notsignal. Bitte bewahren Sie Ruhe. Begeben Sie sich geordnet zu den Notausgängen«, ertönte eine Computerstimme alle paar Minuten lang.

»Das würden wir ja gerne, wenn wir hier rauskämen!« Bonsai hämmerte gegen die Tür. »Hallo? Hallo? Hört uns jemand?« Doch seine Stimme kam kaum gegen den Alarm an.

»Ich kann mal versuchen, meine Eltern zu erreichen.« Nora holte ihr Statement hervor und tippte ein paar Mal darauf herum.

»Mist, kein Netz«, fluchte sie und rannte wieder zurück. »Ich versuche jemanden übers Festnetz zu erreichen.«

»Das gibt es noch?«, rief ihr Bonsai hinterher.

Nora verschwand in einem der Räume. Nach einigen Minuten kehrte sie wieder. »Festnetz funktioniert auch nicht.«

Verdammt, sie würden für immer hier unten gefangen sein!

»Wir müssen doch irgendwie rauskommen.« Lukas versuchte in seiner Panik irgendwie sein Gehirn zum Laufen zu bringen. »Es muss doch noch irgendeinen anderen Ausgang geben. Wie wäre es denn mit …« Und er schlug das vor, was er in Filmen immer sah: » … den Luftschächten?«

Nora lachte trocken. »Ja, das geht, wenn du dich spontan in flüssigen Zustand verwandeln kannst. Oder ungefähr zehn Zentimeter groß bist. Du bist nicht zufällig Antman?«

»’türlich nicht«, nuschelte Lukas und lüftete seine Plastikhaube. Es wurde unglaublich heiß unter dem Zeug.

Der Alarm erstarb.

»Na, endlich«, maulte Bonsai. »Ich dachte, ich werde dieses Geräusch jetzt bis zum Ende meines Lebens hören. Hoffentlich kommen die jetzt und holen uns hier raus.«

»Das wäre keine so gute Idee«, gab Lukas zu bedenken. »Du weißt doch sicherlich noch, warum wir hier sind?«

Er hatte das nagende Gefühl, Straßenwalze würde sie beobachten. Schon wieder war er ihnen einen Schritt voraus. Lukas mochte sich gar nicht ausmalen, wie es an der Oberfläche aussah, wenn sie wieder hochkämen. Vermutlich war alles in Schutt und Asche und alle Winformierte zerstückelt in Kühlschränken gelagert. Wenn sie jetzt warteten, bis sie jemand rausholte, würden sie sich Straßenwalze wie auf dem Präsentierteller servieren lassen. Mit Zitrone im Mund.

Wo waren eigentlich die Föten hin verschwunden? Jetzt, wo es wieder ruhiger wurde, fiel ihm das auf. Die Aquarien waren leer.

»Das muss zum Evakuierungsprozess gehören. Sie sind bestimmt durch irgendeinen Mechanismus in Sicherheit gebracht worden.«

»Da muss es doch Aufzeichnungen zu geben.« Lukas fing an, den nächsten Schreibtisch zu durchwühlen. Laborberichte, Datenblätter, Namenslisten, ein Gutschein für einmal Bowlen gehen … »Sicherheitspläne sind doch sonst immer überall aufgedruckt und hingepappt.«

Und da fand er es: Zwischen einem Stapel McDonalds-Gutscheine und einer Glückwunschkarte mit partyhuttragenden Eulen drauf sah Lukas ein recht verknittertes Blatt mit vielen Piktogrammen drauf.

Sicherheitshinweise Generatorien: Notfallarche Generierungsbecken.

Dort war mit Bildern beschrieben, was mit den Generierungsbecken passierte, wenn ein Notfall eintrat.

»Es gibt einen Wartungskanal für die Notarche.« Lukas spürte, wie sich seine Hoffnungslosigkeit auflöste und wieder Leben in seine müden Glieder kam.

Er hielt den Plan wie eine Schatzkarte vor sich. Unten an der Wand mit den Becken musste der Eingang sein. Lukas fuhr über die Plastikblenden, bis er eine Furche entdeckte. Er griff hinein und öffnete das Panel. Vor ihnen lag ein Geheimgang.

»Du bist genial, Lukas«, entfuhr es Bonsai.

»Schnell, wir müssen hier raus und Straßenwalze finden, bevor er noch mehr Schäden anrichtet.« Lukas warf einen unsicheren Blick auf den Paulisper-Generator. »Was machen wir damit? Mitnehmen können wir es nicht, und wenn wir es jetzt dalassen …«

Nora riss mit hochgezogenen Augenbrauen die Abdeckung des Kontrollpanels ab. Sie holte einen Schraubenzieher aus ihrer Tasche und schraubte mit einer Geschwindigkeit, die Lukas noch nie gesehen hatte, an den technischen Innereien herum, bis sie schließlich ein kleines Glasröhrchen mit einem silbrig glitzernden Sandkorn darin herausholte.

»So. Jetzt können sie ihn nicht mehr benutzen. Oder müssen einen etwas längeren Aufwand betreiben, um ihn wieder zum Laufen zu bringen. Lasst uns gehen.«

Lukas ging voran in den Gang, der eine Weile gerade verlief und dann über eine Leiter senkrecht nach oben führte. Nora und Bonsai hatten Mühe, hinterher zu kommen, vor allem Bonsai, da der Gang sehr eng war.

Lukas kletterte die Leiter hoch. Alles war stockdunkel um ihn herum, und er wünschte, er hätte wenigstens eine kleine Taschenlampe dabei, die er sich beim Klettern zwischen die Zähne klemmen konnte.

Er wagte es nicht, nach unten zu sehen. Von oben sah er auch kein Licht. Aber sie mussten verdammt tief sein.

Nach einiger Zeit taten seine Arme und Beine vom Klettern weh. Doch er durfte nicht aufgeben, schärfte er sich immer wieder ein.

Straßenwalze war irgendwo, vielleicht schon längst raus aus Prüssbach, und lachte sich bestimmt den Arsch ab. Und das konnte Lukas nicht zulassen.

Nach einer gefühlten Ewigkeit stieß er mit dem Kopf gegen die Decke und wäre beinahe die ganze Leiter wieder runtergefallen.

»Pass auf, Lukas!« Bonsai hielt ihn mit seiner Pranke fest und drückte ihn wieder zurück auf die Leiter.

Lukas griff nach oben und fand die Verriegelung.

Endlich strömte frische Luft auf sein Gesicht, und die Sonne war ihm noch nie so willkommen gewesen.

Endlich frei!

Lukas kletterte aus der Röhre und half Nora und Bonsai nach draußen.

»So.« Lukas rieb sich den Schweiß, der sich die letzten Minuten auf seinen Handflächen angesammelt hatte, ab. »Lasst uns losgehen, wir müssen Straßenwalze und seine Kumpanen finden.«

Er machte ein paar Schritte zurück und krachte mit etwas Wuchtigem zusammen.

»Mir scheint, als wärt ihr in dieser Hinsicht erfolgreich gewesen«, ertönte eine Stimme, die Lukas unangenehm bekannt vorkam.

Lukas sah nach oben.

Es war Cratelatus.

Er sah Lukas mit einem hässlichen Grinsen an. »Man sagt ja, man sieht sich immer zweimal. In diesem Fall hatte ich gehofft, dass dieses Sprichwort nicht auf dich zutrifft, Lukas Müller.«

Lukas stolperte ein paar Schritte zurück.

Cratelatus kam einen Schritt auf ihn zu. Lukas hob instinktiv seine Arme.

»Mal wieder dabei, irgendwo einzubrechen? Ach ja, die kleine Wenderstein ist auch mal wieder dabei, hätte ich es mir schon denken können.«

»Wir haben die Sirene gehört und sind so schnell wir können zum Notausgang …«

»Ja, ja, ja, lenkt nicht vom Thema ab. Was wolltet ihr in den Generatorien? Ihr habt da keinen Zutritt.«

»Pressearbeit«, sprudelte es aus Bonsai heraus, und er wühlte in seinen Taschen nach seinem Presseausweis.

»Klar, so wie ihr ausseht. Und warum liegt darüber keine Genehmigung vor?«

Lukas fragte sich, ob man hier wirklich für jeden Mist eine Genehmigung brauchte oder Cratelatus das gerade erfunden hatte.

»Ihr habt vielleicht Nerven. Euer Arbeitgeber sucht euch schon lange und hat uns mit der Suche beauftragt. Eure Aufgabe war eindeutig: Schreibt eine Reportage über einen Nominierten des Winfried-Wenderstein-Preises. Diese Nominierten waren alle im Gemeinschaftshaus der ersten Ebene versammelt. Doch ihr geht stattdessen in einen stark restriktiven Bereich hunderte Meter weiter unten, und in eben genanntem Gemeinschaftshaus explodiert eine Bombe radioaktiven Ursprungs. Viele Verletzte, komplette Stadt in Panik. Und ihr kommt ganz entspannt durch die Notleiter von einem Ort, wo rein zufällig die größte Menge Plutonium der gesamten Städtegemeinschaft Ötscheizland gelagert ist?«

Lukas klappte der Mund auf. »Ich … ähhh … wir … In den Generatorien wird Plutonium gelagert?«

Cratelatus zeigte seine Krokodilzähne. »Genug mit dem Unsinn. Das Gericht wird sich eurer Sache annehmen. Ihr seid wegen terroristischen und verschwörerischen Handlungen vorläufig festgenommen.«

Er schnippte mit seinen Pranken, worauf einige Homocroks, Homocanis und Sobekker in Strasec-Uniformen kamen.

Ein Pudel-Homocanis legt Lukas Handschellen an.

Er versuchte wegzurennen, doch Cratelatus hatte ihn schon am Kragen gepackt, wie man das normalerweise mit kleinen Katzen machte.

»Das könnt ihr nicht machen«, keuchte Lukas. »Wir waren das nicht, wir sind unschuldig.« Er drehte sich verzweifelt zu dem Pudel-Strasec um. »Dahinter steckt Straßenwalze, glauben Sie mir! Wir sind unschuldig.« Und dann zu Cratelatus: »Mein Vater ist Anwalt, Sie haben nichts gegen uns in der Hand.«

»Wenn dein Vater Winformant ist und auf das Bestiarecht vereidigt wurde, darfst du ihn gerne für deine Gerichtsverhandlung konsultieren. Ansonsten hast du leider schlechte Karten.«

Er nahm ihnen die Statements ab.

Sie wurden zu einem großen, weißen Transporter getrieben und im hinteren Bereich festgezurrt. Kurz darauf donnerte der Wagen mit Sirene durch die wild umherlaufenden Homobestia.

»Macht schon. Geht schon aus dem Weg. Hat heutzutage keiner mehr Respekt vor den Autoritäten?«, brüllte Cratelatus vom Steuer und drückte kräftig auf die Hupe.

Nora seufzte resigniert.

»Das ist alles meine Schuld. Ich hätte den Paulisper-Transformator niemals erfinden dürfen.«

»Waaaas?«, rief Bonsai überrascht. »Du hast diesen Transformator erfunden? Nicht deine Eltern?«

»Schrei mal bitte nicht so rum«, flüsterte Nora und nickte in Richtung Cratelatus. »Ich war das nicht allein, mein Bruder hat auch kräftig mitgeholfen.«

»Aber ist der nicht erst elf oder so?« Lukas war geschockt. Nach allen Neuigkeiten, die er heute schon gehört hatte, war das eindeutig die verrückteste.

»Das schließt sich doch nicht aus, oder?« Nora versuchte, ihre Handschellen zu lockern. »Besonders in dem Alter ist man doch noch neugierig und forschungsfreudig. Ich musste ihn ein wenig bremsen, als es an das ganze radioaktive Zeug ging.« Sie seufzte. »Deswegen sind wir auch ständig umgezogen. Straßenwalzes Leute saßen uns im Nacken. Dass uns ausgerechnet Eezbeez in den Rücken fallen würde, hatte ich nicht gedacht. Gerade er hatte mich immer unterstützt und mir Forschungsmaterial zukommen lassen.« Sie sah eine Weile trüb aus dem Fenster.

Lukas hätte nie gedacht, dass eine Situation noch auswegloser sein konnte. Er hatte geglaubt, Straßenwalze endlich besiegen zu können, doch jetzt lag er quasi auf dessen Serviertablett. Er war ein Krimineller auf dem Weg ins Gefängnis, ohne Kontakt zur Außenwelt, die er um Hilfe bitten konnte. Markus, Daniel, Ilona, Paulina. Sogar Linda war mehrere hundert Kilometer weit weg.

Was konnte er jetzt noch tun, um dieser Situation zu entfliehen?

Der Transporter fuhr auf die Autobahn auf. Nun war auch die Chance, stuntmanmäßig aus dem Auto zu springen mit Überlebenschancen gegen null gesunken.

»Wenn wir erst einmal bei diesem Oarweiooge sind, können wir versuchen zu fliehen«, flüsterte er Bonsai zu.

»Da stehen die Karten schlecht«, flüsterte dieser zurück. »Oarweiooge ist eine Nordseeinsel und wird ungefähr doppelt so gut bewacht wie Strangecity und Prüssbach zusammen. Da kommt man nicht so einfach runter.«

»Müssten wir dafür aber nicht die andere Autobahn nehmen?« Nora sah fragend aus dem Fenster und warf dann einen unsicheren Blick nach vorne.

Dies schien auf der Pudel-Homocanis bemerkt zu haben.

»Cratelatus? Müssten wir uns nicht links auf der A2 halten? Warum fährst du jetzt ab?«

Cratelatus zückte seine Dienstwaffe, richtete sie, ohne den Blick von der Straße abzuwenden, gegen den Pudel-Homocanis und drückte ab.

Der Knall dröhnte in Lukas' Ohren, er hätte sich am liebsten die Ohren zugehalten, wenn seine Hände nicht festgekettet wären. Sein Herz rutschte in die Hose, verflüssigte sich dort und hinterließ eine hässliche Pfütze auf dem Sitz.

Rote Soße lief die Fensterscheibe hinunter, durchtränkte den Sitz und suppte nach hinten zu ihnen durch.

Lukas musste gegen seinen Brechreiz ankämpfen.

»So, meine Freunde, jetzt ist es aus mit Friede-Freude-Eierkuchen. Kein geheimnisvolles Flüstern und kein Gelaber mehr. Und denkt ja nicht, dass ihr flüchten könnt. Straßenwalze will sich zwar persönlich um euch kümmern, aber ich habe mich gerade so schön warm geschossen.«

Er griff zu seinem Funkgerät. »C753 hier. An alle Einheiten der Operation Winformiertenfreitag. Ich bin gerade das Pecus losgeworden. Solltet ihr auch tun. Fühlt sich gut an.« Er grinste breit und sah sie durch den Rückspiegel an. »Dachtet ihr wirklich, so eine Horde Teenager kann uns aufhalten?«

Lukas sah aus dem Fenster und beobachtete die anderen Transporter, die sie wie eine Eskorte begleiteten.

Bei einigen war nun ebenfalls ein roter Fleck am Fenster, der verdächtig nach Blut aussah. Lukas würgte.

»Na, na, na, wenn du mir das Auto vollkotzt, machst du das aber wieder sauber.« Wieder lachte Cratelatus. »Ihr werdet schon sehen. Wenn Straßenwalze erst einmal an der Macht ist, wird sich einiges ändern. Dann müssen wir uns nicht mehr vor euch verstecken, sondern ihr euch vor uns.« Er schaltete den Blinker ein. »Wir sind bald da«, sagte er mit so einer weichen Stimme, als würden sie in den Urlaub fahren.

Nach einigen Minuten hielten sie an einem heruntergekommenen Autobahnrastplatz, auf dem nichts war außer ein paar überquellenden Mülltonnen.

»So, Endstation. Alles aussteigen.« Cratelatus öffnete die Schiebetür. Vor ihnen stand eine Gruppe Homocroks und Sobekker, die mit erhobenen Waffen ein Spalier bildeten. »Nach euch.« Cratelatus grinste immer noch. »Und versucht ja nicht zu fliehen.«

Schwerfällig schälte sich Lukas aus seinem Sitz. Alles an ihm klebte. Ganz zu schweigen von …

Cratelatus' Blick glitt an ihm herunter, bis er an seiner Hose hängenblieb. »Oh … hat sich da etwa jemand eingepüschert? Also an deiner Stelle wäre mir das jetzt peinlich. Das Menschlein ist noch nicht einmal stubenrein!«, rief er lachend zu seinen Kollegen.

Diese brachen in schallendes Gelächter aus.

Lukas wurde so rot wie der Homocrok zu seiner Rechten. Am liebsten wäre er davongerannt, mitten in den Wald, der direkt vor ihnen lag, und hätte sich in den nächsten Fluss gestürzt. Dort hätte er sich erst einmal alles abgewaschen. Das Blut, den Schweiß, den Urin. Und die ganze Scham und Hilflosigkeit, die ihn lähmte und zwang, wie ein kleines Kind zwischen all den Homocroks stehen zu bleiben.

Anstatt das zu tun, wofür er hergekommen war. Was konnte er eigentlich?

Der rote Homocrok löste Lukas' Handschellen und fesselte seine Hände wieder hinter seinem Rücken. Bonsai und Nora passierte dasselbe.

Cratelatus warf den toten Pudel-Homocanis ins Gebüsch. Dann bewegte sich der ganze Pulk vorwärts in den Wald, in den Lukas noch in seiner Fantasie flüchten wollte.

Er konnte sich kaum noch bewegen. Er hatte das Gefühl, gleich würden seine Schultern aus den Gelenken springen, so fest hatte ihn der Homocrok gepackt. Regelmäßig trat er ihm hinten in die Schuhe und regte sich auf, wenn Lukas stolperte.

»Pass doch auf. Nicht einmal laufen könnt ihr.« Das alles sagte er mit einer fiesen Stimme, die Lukas so wütend machte, dass er am liebsten heulen würde.

Warum? Warum passierte ausgerechnet ihm das? Warum musste er so ein verdammter Sankt Martin sein und sich in Sachen einmischen, die ihn nichts angingen? Warum hatte ausgerechnet er Nora helfen wollen? Hatte am Ende doch sowieso nichts gebracht.

Der Wald lichtete sich, und sie kamen auf eine Wiese, auf der eine recht heruntergekommene Scheune stand. Sie war eingezäunt von einem verrosteten Maschendrahtzaun, über den die Homocroks lässig drüberstiegen und der an Lukas' Beinen einige schmerzhafte Schrammen hinterließ.

Cratelatus' Kumpanen schleppten sie in die Mitte der Scheune und fesselten sie auf klapprige Holzstühle, die sie aus einer Ecke zerrten.

Dann stellten sie sich im Halbkreis vor ihnen auf, als würden sie noch auf jemanden warten. Und nach einigen Minuten gedämpfter Gespräche fuhr ein Auto vor, und noch Jemand betrat die Scheune.

Lukas hatte schon vermutet, wer da kam.

Straßenwalze.

56

Da hatte wohl einer in Deutsch nicht gut aufgepasst. Oder Dreck in den Ohren.

Sicher hatte Straßenwalze das so gedreht, weil er sauer auf Lukas war. Warum auch immer.

»Wir müssen hinterher«, trieb Linda Markus wieder an. »Tschüssi, Henni!« Sie quetschte sich durch die Menge zurück zum Auto, Markus lief ihr hinterher.

»Linda! Linda, lauf doch nicht so schnell! Linda!«

Linda wartete kurz auf Markus, der keuchend neben ihr stehenblieb.

»Mensch, Linda! Wenn du mit deinen Lehrkräften so umspringst wie mit mir, sehe ich schwarz für deine Schulkarriere.«

»Ich will doch keine Karriere machen. Ein Abschluss reicht mir völlig. Aber was bist du auch so langsam? Wir haben keine Zeit zu verlieren. Wir müssen Lukas finden. Kannst du oder Eezbeez sich in den Strasec-Funk einhacken?«

»Was?« Markus verzog das Gesicht. »Nein!« Er legte Linda die Hand auf die Schulter und führte sie weiter. »Weißt du, als Lehrkraft sagt man immer ›Es gibt keine dummen Fragen‹. Aber du bringst mich so langsam an meine Grenzen.«

»Ach, Markus!«

»Ach, Linda!«

Sie kehrten zum Auto zurück, wo schon Lena und Eezbeez auf sie warteten.

Linda übernahm das Kommando. »So, Leute, auf nach Oarweiooge. Lukas braucht uns.«

Sie brausten los und ließen nach einiger Zeit das Verkehrschaos hinter sich.

Linda drehte sich zu Eezbeez um. »Kannst du dich in den Strasec-Funk einhacken?«

»Linda!«, kam es warnend von Markus.

»Ach, komm schon, Markus. Wir müssen es zumindest versuchen. Sonst finden wir Lukas doch nie.«

»Wie soll das bitte funktionieren?«, fragte Markus. »Du brauchst doch mindestens ein Funkgerät dafür.«

»Ich könnte es mit dem Bestia-Notfunk vom Statement aus versuchen. Ich müsste nur die Frequenzen umstellen und die richtige Frequenz finden.«

Linda reichte Eezbeez ihr Statement. »Da, mach mal. Aber wehe, du warnst Straßenwalze. Dann mach ich Katzenfutter aus dir.«

Eezbeez ignorierte ihren Kommentar, schnappte sich ihr Statement – beziehungsweise Lenas – und machte sich ans Werk.

Nach einigen Minuten hörten sie komische Rausch- und Piepsgeräusche aus Eezbeez' Ecke. Verschiedene Gesprächsfetzen, viel zu verschwommen, um irgendetwas davon verstehen zu können, drangen an ihr Ohr.

»Tikäiwonsixfosigstobö … tauertu … die Besten Radiohits der Achtziger, Neunziger und die Hits von heute nur hier bei … Cratelatus? Müssten wir uns nicht links auf der A2 halten? Warum fährst du jetzt ab?«

Es ertönten ein großer Knall und ein Rauschen aus den Lautsprechern des umfunktionierten Statements.

»Was war das?« Linda drehte sich zu Eezbeez um, der das Statement wie eine Bombe von sich hielt.

»Keine Ahnung, aber ich denke, sie sind abgefahren.«

Mist.

»Kannst du sehen, wo sie hingefahren sind? Kannst du dich in ihr GPS einhacken oder so was?«

Eezbeez seufzte. »Nein, Linda. Glaubst du etwa, ich kann alles nur mit einem Fingerschnippen?«

Verdammt! Was sollten sie jetzt machen? Wenn sie Cratelatus und die anderen nicht finden würden, dann wären sie verloren. Was war das für ein Knall gewesen? Hoffentlich hatten sie Lukas nichts angetan.

»Sind sie das nicht da vorne?« Lena deutete auf die vielen weißen Transporter, die gerade abfuhren.

Markus machte fast eine Vollbremsung auf der Autobahn, nahm zwei Autos die Vorfahrt und quetschte sich auf die Abfahrt, kurz bevor das Schild kam. »Wenn das nicht stimmt, Lena, dann …«

Doch Linda konnte kaum mehr still sitzen.

Wenn sie Straßenwalze sah, würde sie ihm so was von die Meinung geigen.

»Fahr nicht so sehr auf«, warnte Eezbeez Markus. »Wer weiß, ob jemand von denen dein Auto kennt.«

»Da sind sie.« Linda konnte die weißen Autos auf einen Rastplatz einbiegen sehen.

Vorsichtig fuhren sie hinterher. Lindas Magen verkrampfte sich vor Nervosität. Sie waren so kurz davor! Was sollten sie tun? Sie hatten überhaupt keinen Plan geschmiedet!

Linda nahm ihren kleinen Rucksack auf die Beine, den sie sich schnell zusammengepackt hatte, bevor sie mit Eezbeez zu Markus geeilt waren.

Pfefferspray, eine Packung Kaugummis, ihr Handy, ein Taschenmesser, eine kleine Plüschmaus. Alles Wichtige eben.

Markus parkte den Wagen ein Stückchen von den Transportern weg. Linda sah durch das seitliche Fenster, dass niemand mehr dort war. Wo waren sie nur hin?

»Weit können sie nicht gekommen sein. Wir waren doch nur wenige Minuten hinter ihnen.« Lena zuckte mit den Schultern.

»Wir müssen aussteigen und den Rastplatz absuchen. Wenn wir nur im Auto sitzen bleiben, können wir viel vermuten.«

Linda öffnete die Tür. Ihr ging der Arsch auf Grundeis. Aber sonst würde sie Lukas nie finden.

Sie hielt ihren Rucksack wie einen Schutzschild vor sich und schlich zu den Autos, immer auf der Hut, dass jemand sie sehen würde.

Auf dem Boden vor dem ersten Transporter waren Blutflecken. Hoffentlich waren die nicht von Lukas. Hoffentlich waren sie von Straßenwalze, und Lukas hatte ihm ordentlich eine reingehauen.

Sie suchte nach weiteren Blutflecken. Das war ihre heiße Spur. Mensch, sie kam sich wie eine richtige Detektivin vor.

Sie benutzte den ersten Transporter als Deckung und arbeitete sich zum nächsten vor. Doch dort konnte sie keinen Blutflecken sehen. Schnell machte sie ein Foto und schrieb Henni, wo sie waren.

»Was siehst du da?« Lenas Stimme ertönte neben ihr.

Lindas Herz setzte einen Schlag aus.

»Mensch, Lena, was machst du da? Du kannst dich doch nicht so einfach anschleichen!«

Lena senkte den Kopf. »Sorry.«

»Und nein, ich habe noch nichts gefunden.« Sie ließ ihren Blick durch die Gegend schweifen. »Bis auf … Iiiiiiiiiih.«

In einem Busch sah sie einen toten Hund. Sie wollte sich schon wieder wegdrehen, doch da stellte sie eines fest: Der Hund trug Klamotten. Strasec-Klamotten.

»Komm, Lena, wir haben eine Spur!«

»Der tote Hund ist keine Spur, das ist ekelhaft. Was, wenn da schon voll viel Fliegen und …«, Lena würgte, »Maden dran sind?«

»Kann nicht sein, der liegt da bestimmt noch nicht so lange. Außer Straßenwalze tötet regelmäßig Strasecs und lässt sie auf einem Parkplatz verrotten.« Linda sah auf. Sie mussten durch den Wald gegangen sein.

»Komm mit, ich will mich mal umsehen.«

Lena schüttelte den Kopf. »Nein, das ist gruselig.«

»Ach, komm schon, ich beschütze dich.«

Sie holten Eezbeez und Markus und machten sich auf den Weg in den Wald.

Bruder retten war so anstrengend. Linda flogen die ganze Zeit Äste und Blätter ins Gesicht. Doch auf dem Boden fand sie homocrokgroße Fußspuren. Sie waren also richtig.

»Ihhh, guckt mal, da ist Blut«, quietschte Lena weiter vorne.

Linda setzte fast das Herz aus. War das von Lukas? Oder von einem der Entführer?

»Kann auch sein, dass nur jemand Nasenbluten hatte.«

»Haha, ich hätte mir fast in die Hose gemacht.«

»Du bist ja fast so schlimm wie Lukas, Lena.« Linda versuchte sich mutig und stark zu geben und sich nicht anmerken zu lassen, dass ihr selbst die Knie schlotterten. Was, wenn die Waffen hatten? Sie hatte zwar das Pfefferspray eingepackt, aber was nützte das schon gegen ein echtes Schießgewehr?

»Na, und? Ich darf das.«

Langsam lichtete sich der Wald, und sie kamen an eine Scheune. Draußen standen zwei Homocroks, die Wache standen. Wie in einem richtigen Hollywoodfilm.

»Was machen wir jetzt?«, flüsterte Lena. »Haben wir irgendeinen supercoolen Plan?«

»Wir haben keinen Plan. Weder einen supercoolen noch einen nur-ein-bisschen-coolen noch überhaupt einen«, wimmerte Eezbeez. »Lasst uns einfach wieder abhauen.«

Da packte Linda die Wut. Dieser Eezbeez war schon ein Feigling. Bei Lena verstand sie es, die heulte auch rum, wenn sie in Sport einen Feldaufschwung machen oder über eine Obstkiste springen musste, aber Eezbeez …

»Ihr seid doch alles Flaschen. Ich pack das jetzt an.« Linda tauchte wieder in den Wald ab und ließ die anderen verwundert zurück.

Zusammen hatten sie keine Chance, dachte sie. Ein mopsiger Mathelehrer, der aussah, als würde er eine Metal-Band gründen wollen, zwei Mädchen und eine Katze. Überhaupt nicht auffällig. Linda hoffte, dass die anderen wenigstens so weit dachten und sich auch zurückzogen, damit die Wachen nicht auf sie aufmerksam wurden und ihr Plan, der immer noch weder vollends ausgereift noch supercool war, schon im Voraus vereitelt wurde.

Linda ließ den Blick über die Scheune gleiten. Es musste doch einen weiteren Zugang zu dem Ding geben als nur dieses vergammelte Haupttor.

Natürlich, dieses Heuabwurfding! Linda grinste in sich hinein.

Sie schlich weiter und weiter durch den Wald, um auf die andere Seite der Scheune zu kommen. Jetzt musste sie aus ihrer Deckung. Sie ging noch weiter runter, bis sie fast am Boden lag. Der Rucksack war nun im Weg. Sie nahm das Pfefferspray heraus, damit sie sich verteidigen konnte, und schulterte den Rucksack. Sie klemmte sich die Dose zwischen die Zähne wie ein richtiger Actionheld. Wartete ein paar Sekunden, bis die Luft rein war, und huschte dann aus dem Wald heraus in den Schatten der Scheune, um sich dort hinter einen Haufen Gerümpel zu quetschen.

Sie sah nach oben. Wie zum Teufel sollte sie jetzt da raufkommen? Aus der Ferne hatte das gar nicht so hoch ausgesehen. Das waren bestimmt zwei oder drei Meter, bis überhaupt das Metallteil anfing, an dem sie sich würde hochziehen können.

Konzentrier dich, Linda, ermahnte sie sich.

Gegeben. Gesucht. Formel. Lösung. Antwort.

So hieß es doch immer im Matheunterricht.

Vorsichtig zog Linda an einem Wagen, der sich natürlich kein Stück bewegte. Mist! Spätestens jetzt wünschte sie sich, dass Katzaug doch mitgekommen wäre, der hatte bestimmt Kraft. Oder sie hätten wenigstens eine Räuberleiter machen können. Nein, sagte sich Linda. Der erschreckte sich am Ende noch vor einer Spinne, fiel irgendwo runter und brach sich nur wieder ein Bein.

Sie schaffte das schon. Sie musste sich nur ein bisschen anstrengen.

Linda ging auf die andere Seite des Wagens, um zu schieben. Auch das funktionierte nicht. Schließlich entdeckte sie die verrostete Handbremse.

Warum einfach, wenn es auch kompliziert geht, dachte sie sich. Sie löste die Bremse, schob den Wagen ein Stück und stellte die Bremse wieder fest. Dann schichtete sie die Ziegelsteine, die an der Wand gestapelt waren, zu einer Treppe auf den Wagen und türmte sämtliches Gerümpel, das sie finden konnte, zu einem sehr abenteuerlich aussehenden Kartenhaus auf.

Gaffa-Tape! Warum zum Giftpilz hatte sie kein Gaffa-Tape mitgenommen? Oder wenigstens irgendein Seil?

Egal. Musste ja nur einmal halten.

Verdammt, das wackelte ganz schön. Und vom ganzen Schieben und Ziehen waren ihr Hände ganz schwitzig. Wenn sie jetzt runterfiel, dann war's das mit ihr. Hier gab es keine Matten wie in den Kletterhallen, wo man klettern nach Farbe machen konnte. Wie hieß das noch mal? Irgendwas mit zwei Vokalen in der Mitte.

Verdammt!

Vor lauter Grübeln wäre Linda fast abgerutscht. Sie musste sich konzentrieren. Auf Insta und YouTube sah das immer so einfach aus!

Sie hätte damals in den Sommerferien dem Typen im Kletterwald besser zuhören sollen. Aber sie hatte kaum etwas verstanden, weil Lukas immer herumgejammert hatte, dass er doch lieber Eis essen wollte. Und jetzt hatte er den Salat.

Jetzt würde er sterben, weil Linda den Haufen Gerümpel nicht hochkam.

So ein Scheiß!

Der Gedanke an Lukas gab Linda jedoch wieder Kraft, und sie schaffte es bis zum Metall des Heuabwurfdings.

Sie atmete tief durch und zog sich daran hoch. Als sie sich mit dem Fuß abstieß, um ganz hochzukommen, krachte der Turm unter ihr zusammen.

»Fuck«, stieß Linda aus, halb erschrocken, halb erleichtert. »Fuck. Fuck. Holla, die Waldfee!«

Dann lauschte sie kurz, ob sie jemand gehört hatte. Doch alles schien ruhig zu sein. Sie zog sich weiter zur Luke hoch, wo sie sich auf einer Art Empore wiederfand.

Sie hatte es geschafft!

»Von wegen, nur ein Nebenfach«, murmelte Linda. »Wohin hat dich dein Schulzeitungskram gebracht? Und hat dir etwa Deutsch da rausgeholfen? Ne!«

Genau so würde sie ihm das sagen, wenn alles vorbei wäre. Sie würde ihm das so was von unter die Nase reiben. Den Rest seines Lebens. Dafür musste er nur lange genug überleben. Er durfte nicht sterben. Er musste so lange weiterleben, dass sie ihm das unter die Nase reiben konnte. Linda schlich die Empore weiter. Wo war er nur?

Da war Lukas! Er hatte einen zerrissenen, weißen Schutzanzug an und war zusammen mit einem Homocrok und Nora an einen Stuhl gekettet, während ein grüner Homocrok einen langen Monolog hielt.

War das nicht Straßenwalze?

Irgendwie musste sie jetzt noch herunterkommen. Linda sah einen großen Haken, der an einer Kette am Dach befestigt war. Vorsichtig kroch sie auf der Empore weiter, Stück für Stück. Wenn das alte Holz knarzte und die Wachen sie sahen, war alles aus.

Sie kam zu der Holzkiste, in der der Haken lag. Nur noch hochheben. Mann, war das schwer! Linda musste ihre Zähne zusammenbeißen.

Der Haken bewegte sich.

Endlich!

Die Kette bewegte sich nun ebenfalls und klirrte.

Linda hielt die Luft an.

Verdammt, schau endlich weg, dachte sie. Viel länger würde sie die Luft nicht anhalten können.

Der Wachmann schaute sich in der Scheune um, schüttelte den Kopf und drehte weiter seine Runde.

Linda atmete vorsichtig durch. Endlich.
Noch ein paar Sekunden mehr, und sie wäre tot von der Empore gefallen. Sie straffte die Kette und stieg auf das Geländer.
Verdammt, war das tief.
Doch sie musste sich jetzt zusammenreißen.
Sie war jetzt Mario. Und Lukas war Peach.
Und das war das Endlevel.
Linda schwang sich vom Geländer ab.

57

»Lukas Müller. Endlich haben wir das Missvergnügen, uns zu treffen.« Straßenwalze grinste ihn an, als würde Lukas nicht gerade auf einem alten Stuhl gefesselt in einer alten, gammeligen Halle umringt von bewaffneten Homobestia sitzen. »Wie ich sehe, hast du neue Freunde gemacht. Wo sind denn deine anderen Freunde? Haben die dich etwa verlassen?«

»Die sind zu Hause, in Sicherheit vor dir!«, knurrte Lukas.

»Tz, tz, tz. Die Jugend von heute! Habe ich dir etwa das Du angeboten?« Straßenwalze schüttelte den Kopf und wendete sich Mikrowelle zu, die gerade reingekommen war. »Was hältst du von der ganzen Sache?«

Doch Mikrowelle verdrehte nur die Augen.

»Nun denn, dass du nicht der Hellste bist, habe ich mir schon gedacht. Jedes vernünftige Lebewesen würde aufhören, seine Nase in fremde Angelegenheiten zu stecken, spätestens wenn sie eine Notiz bekommen würde, wie wir sie dir zukommen ließen.«

»Sie meinen den Kopf von meinem Mathelehrer in meiner Kühltruhe?«, warf Lukas Straßenwalze entgegen. »Ich würde das nicht als Notiz betrachten. Ein Post-It hätte da durchaus genügt. Das was du … SIE … meinen, ist eiskalter Mord. Und das ist ein bisschen illegal und mehr als eine Notiz.«

Straßenwalze lachte. »Sagt gerade unser kleiner notorischer Einbrecher. Aber es müssen kleine Opfer gebracht werden, um wirklich Großes zu bewirken. Du mochtest sowieso kein Mathe, habe ich nicht recht?«

Lukas wusste nicht, was er darauf antworten sollte. Natürlich war Mathe nicht gerade sein bestes Fach gewesen, aber das war kein Grund, seinen Mathelehrer umzubringen. Doch er konnte vermutlich sagen, was er wollte, Straßenwalze würde es auslegen, wie er wollte. Lukas musste einen Weg finden, wie er, Nora und Bonsai aus dieser Situation lebend herauskamen.

Straßenwalze wandte sich an Bonsai. »Und du, mein Lieber, warum hast du dich gegen deinesgleichen verschworen? Ich hätte es wissen müssen. Ein Homocrok, der für die Homofelis-infiltrierte Presse arbeitet! Solche Artenverräter hätte ich gleich am Anfang aus dem Weg räumen sollen. Aber nur aus Fehlern kann man lernen.«

»Was wollen Sie tun?«, fragte Bonsai. »Uns umbringen? Warum labern Sie dann noch so doof rum?«

»Sei still«, zischte Lukas. Offenbar hatte Bonsai nicht mitbekommen, dass Cratelatus skrupellos einen seiner Kollegen umgebracht hatte. Es sah zu ihm, der bei Straßenwalze stand und schon krampfhaft seine Waffe umfasst hatte, als würde er nichts lieber tun, als ihnen gleich die Rübe wegzupusten.

Straßenwalze lachte. »Oh, das wäre noch viel zu human für euch. Wisst ihr, was Menschen machen, wenn sie ihre einst geliebten Haustiere nicht mehr haben wollen?« Er sah sie an, als wären sie in einer Quizshow.

Lukas hätte jetzt liebend gerne den Telefonjoker.

»Sie setzen sie an einem Rastplatz aus. Und dasselbe machen wir jetzt mit euch, damit ihr wisst, wo euer rechter Platz.«

Doch weiter kam er nicht, denn eine Lukas furchtbar bekannte Stimme tönte durch die Halle.

»Einhornattackeeeeeeeee!«

Lukas spürte einen Luftzug über seinem Kopf. Linda schwang an einem Haken, der an einer rostigen Kette hang, quer durch die Halle und krachte mit voller Wucht gegen Straßenwalze. Dann schwang sie zurück und hätte um ein Haar Lukas umgekegelt.

»Hubsi!« Sie sprang von der Kette ab und ließ den Haken auf den Boden knallen.

»Linda, was machst du hier?«, fragte Lukas überrascht.

»Na, dich retten, du Quatschkopf. Offenbar kriegst du das mit Straßenwalze ja doch nicht hin.«

»Ja, aber … Das ist gefährlich hier!«

»Hände hoch oder ich schieße«, brüllte ein Sobekker, der aussah wie einer der beiden Typen, die Paul entführt hatten.

»Hände hoch oder ich schreibe eine SMS«, konterte Linda und hielt ihr Handy wie eine Waffe hoch. Der Sobekker erbleichte. »Ich glaube, ich habe das gut im Griff.«

Lukas seufzte. Lange würden sich Straßenwalze und Konsorten das nicht gefallen lassen. Sie mussten nur einmal schießen, und dann war's das mit ihnen.

Er musste irgendwie freikommen, doch die Handschellen saßen fest.

»Gib auf, kleines Mädchen, du bist in der Unterzahl. Nur du allein gegen uns. Und dein großer Bruder kann dich nicht retten.«

Straßenwalze kam Linda immer näher, doch sie wich nicht zurück. An ihrer Stelle hätte Lukas schon längst das Weite gesucht.

»Geh weg, Linda«, flüsterte er, obwohl er wusste, dass jeder ihn hören konnte. »Hau ab und hol Hilfe. Irgendwen.«

»Das machst du nicht, kleines Mädchen.« Straßenwalze war nun einen Schritt vor Linda, und sie stand immer noch drohend mit dem Handy in der Hand da.

Mit einem lässigen Wischer schlug er es ihr aus der Hand.

»Uuuups!« Er grinste und trat auf das Handy, als es zu Boden flog. »Was willst du jetzt machen?«

Als Antwort hörte Lukas ein Zischen, und Straßenwalze heulte auf.

»Aaahrrrg …«

Katzengleich sprang Linda zu Cratelatus, sprühte ihn mit ihrem Pfefferspray ein und schnappte den Schlüssel von seinem Gürtel. Dann hüpfte sie zurück zu Lukas.

»Schnappt sie euch!« Straßenwalzes Augen waren blutunterlaufen. Er rannte auf sie zu, stolperte jedoch über seine eigenen Füße. »Was steht ihr noch so dumm rum?«

Straßenwalzes Kumpels setzten sich aus ihrer Starre in Bewegung und kamen wie eine Horde wilder Nashörner auf sie zu.

Linda befreite Lukas von seinen Handschellen und machte sich zu den anderen beiden auf.

Ein Sobekker kam schnaufend auf Lukas zu.

Verdammt, wie sollte er sich verteidigen? Er hatte kein Pfefferspray wie Linda.

Er packte den wackeligen Stuhl und zog ihn dem Typen über die Rübe. Der Stuhl brach sofort auseinander, und Lukas hatte nichts als ein holzwurmzerfressenes Stuhlbein in der Hand. Der Sobekker grinste triumphierend.

Lukas nahm die eigenen Beine in die Hand.

Er musste weg, aber vor dem Ausgang stand Mikrowelle mit einer Waffe. Und so viel Schneid wie Linda hatte er nicht. Er tauchte zwischen zwei Homocroks durch und entkam nur knapp den Kugeln. Wenn er sich nicht schon in die Hose gemacht hätte, würde er es spätestens jetzt tun.

Er lief Zickzack, genau wie Nora und Bonsai, der es irgendwie geschafft hatte, zwei Homocroks k. o. zu schlagen.

Lukas kletterte auf die Empore. Hier oben war er erst einmal weg von dem Chaos und konnte sich überlegen, wie er sie alle aus dieser Sache heil herausholte.

Wenn er nur etwas Schweres hätte, könnte er es von oben auf Straßenwalze werfen. Doch alles, was er sah, war ein alter Holztrog, der an Klapprigkeit vermutlich noch seinen Stuhl übertraf.

Doch er musste es versuchen.

Lukas stieg über verschiedene halb verrottete Seile und verrostete Ketten und kam schließlich zu dem Trog. Er sah von Nahem viel größer und schwerer aus.

Umso besser.

Er versuchte ihn hochzuheben, doch er bewegte sich kein Stück.

Er atmete einmal durch. Versuchte es erneut. Doch wieder passierte nichts.

»Wenn du in Physik besser aufpassen würdest, würdest du vielleicht auf die Idee kommen, einen Hebel zu benutzen.«

Lukas schreckte auf. Er sah in die noch etwas angeschlagenen Augen von Straßenwalze.

Wie war der jetzt so schnell hochgekommen?

»Ich habe in Physik aufgepasst. Lag vielleicht daran, dass wir nicht Sie als Lehrer hatten.«

Er sprang schnell hinter den Trog, damit Straßenwalze nicht an ihn herankam.

»Oh, dann muss ich dich wohl verwechselt haben.« Straßenwalze grinste süffisant. »Ihr Menschen seht doch sowieso alle gleich aus.«

»Was haben Sie gegen Menschen?« Lukas wusste, dass er Straßenwalze nicht ewig entkommen konnte, aber vielleicht konnte er ihn ein bisschen ablenken, bis die anderen geflohen waren.

Er warf einen Blick nach unten. Linda hing im Schwitzkasten von dem roten Homocrok, der ihn hierhergeführt hatte. Nora führte erstaunliche Kampfmoves auf, und Bonsai war aus Lukas' Sichtweite.

»Oh, nichts. Abgesehen davon, dass sie uns seit Jahren versklaven und das unter dem Vorwand, uns beschützen zu wollen.«

Lukas wich noch ein wenig zurück.

Straßenwalze redete gerne. Er hatte gehört, mit welchem Stolz er seine Rede gegen die Menschen geführt hatte.

Lukas musste nun das tun, was er seit dem Wettbewerb zwischen Emma und ihm machte.

Er musste ein Interview führen.

»Aber woher kommt der Hass gegen die Menschheit? Hatten Sie ein einschneidendes Erlebnis?«

Straßenwalzes Visage verhärtete sich. »Willst du mich ausfragen? Das weiß man doch. Menschen sind seit Anbeginn schuld an allem. Dieser Wenderstein, der experimentiert hat, um uns zu erschaffen. Aber er hat uns schwach gemacht. Nicht so gut, wie wir sein könnten. Empfindlich gegen gewisse Strahlungen, die den Menschen nichts ausmachen, um uns unter Kontrolle zu halten.«

»Denken Sie wirklich, er hat das mit Absicht gemacht?«, fragte Lukas und wich noch weiter zurück. Die Empore hatte an mehreren Stellen Löcher, und wenn er in eins trat, würde er schmerzhaft nach unten fallen.

»Natürlich hat er das. Warum haben Homofelis und Homocanis diesen Defekt nicht? Verrate mir das doch mal. Und dann hat er sich mit den anderen Wissenschaftlern zusammengetan und uns Homobestia an die Nazis ausgeliefert. Die wollten uns zu hirnlosen Kriegsmaschinen machen. Nur um ein Haar sind wir entkommen. Die Homofelis hatten es gut, die mussten nur spionieren, aber wir … wir waren gearscht.«

»Sie haben das erlebt?«, fragte Lukas nach und begann etwas Mitleid mit Straßenwalze zu empfinden.

»Natürlich nicht, aber meine Vorfahren. Ich bin doch nicht steinalt.« Er machte wieder einen Schritt auf Lukas zu, sah aber nicht mehr so drohend aus. Anscheinend genoss er die Aufmerksamkeit. »Aber das ist immer noch ein Mist, der uns anhängt. Dass wir gefühllose Killermaschinen sind, nur für die Drecksarbeit zuständig. Keine hohen Schulabschlüsse erreichen können. Weil uns einfach die Hirnleistung fehlt.«

»Das ist natürlich ein sehr doofes Vorurteil«, antwortete Lukas und sah hinunter zu Bonsai. Bonsai hätte sicher keine Volontärstelle bei Balthasar Media bekommen, wenn er dumm wäre.

»Dein lieber Herr Eezbeez war auch so ein Kandidat.« Straßenwalze grinste. »Hat mich unterschätzt, mir mein Geodreieck in der Schule weggenommen. ›Das brauchst du doch nicht, wenn du in den HA-Zweig gehst‹, hat er gesagt. Und dann ist er ein ach so schlauer Professor geworden, während ich mich mit einer Hilfsarbeiterausbildung begnügen musste. Aber offenbar war er doch nicht so schlau, als er Jahre später zu mir kam und mich um Geld anbettelte.«

Lukas war am Ende der Empore angekommen, und das rostige Geländer hinterließ bestimmt Flecken auf seinem T-Shirt. Er konnte Straßenwalze nicht mehr entkommen. Er krallte sich mit den Händen fest, damit ihn Straßenwalze nicht König-der-Löwen-mäßig über das Geländer werfen konnte.

Aus dem Nichts ertönte eine Sirene.

»Straßenwalze. Sie sind umstellt. Kommen Sie mit erhobenen Händen heraus oder wir kommen rein.«

Lukas hätte beinahe laut aufgelacht.

Sie waren gerettet.

Doch dann sah er in Straßenwalzes Augen, der ihn wild ansah. Er packte ihn am T-Shirt und hob ihn hoch, als wäre er nur eine Puppe. Dann durchschlug er das Fenster und streckte seinen Kopf nach draußen.

»Wenn euch eure Menschlein so lieb sind, wie ihr immer tut, macht das lieber nicht. Es könnte sonst sein, dass ich ausprobiere, wie stabil sie sind.« Straßenwalze hielt Lukas wie einen Schutzschild vor sich.

Lukas versuchte, seinem Griff zu entkommen, doch er war zu fest. Straßenwalze war einfach zu stark. Er konnte nichts gegen ihn machen.

Verdammt, das hatte doch gerade gut mit ihnen funktioniert.

»Straßenwalze …« Er versuchte, genug Luft zu bekommen, um einen Ton herauszupressen. »Du musst das nicht tun.« Lukas wusste, dass das wie das allerletzte Filmklischee klang, doch etwas Besseres fiel ihm einfach nicht ein.

»Willst du mir Anweisungen geben? Und jetzt duzt du mich ja schon wieder!«

»Nein, ich meine, möchten Sie wirklich so werden, wie Eezbeez immer gesagt hat? Sie sagten, dass Homocroks das Stereotyp anhängt, hirnlose Killermaschinen zu sein. Wenn Sie mich jetzt töten, dann hatte Eezbeez doch mit seinen Anschuldigungen recht Und das wollen Sie doch nicht, oder?«

Straßenwalze lockerte seinen Griff, knurrte ein wenig und zog den Griff wieder fester. »Ich bin doch sowieso schon ein Killer. Ich habe Stretmanni umgebracht. Willst du mir jetzt weismachen, dass alles flauschig und Friede-Freude-Eierkuchen wird, wenn ich mich ergebe? Es ist zu spät.« Er drückte Lukas gegen die Scheibe.

Lukas sah, dass die gesamte Halle umstellt war. Mehr Strasecs, als Lukas je Einwohner in Strangecity und Prüssbach gesehen hatte. Und mit ein wenig Abstand sah er, wie immer mehr Leute ankamen. Mit Transportbussen. Er konnte Balthasar in der Menge erkennen, der wild mit seinen Fotografen gestikulierte. Und nebendran stand Markus Katzaug. Wollte der nicht eigentlich zu Hause bleiben? Daneben war Lena, Lindas allerbeste Kindergartenfreundin.

Und daneben eine Homofelis, die verdächtig nach Eezbeez aussah. Wie war das möglich?

»Es ist nie zu spät.« Lukas überlegte. Was zur Hölle konnte er jetzt noch sagen? Gleich würde Straßenwalze ein weiteres Loch ins Fenster hauen und ihn rauswerfen wie einen dreckigen Beutel Klamotten. Und dann war er Matschepampe. Irgendwas musste ihm einfallen, irgendwas musste doch gehen.

Jeder hatte doch irgendwo eine gute Seite …

Und er erinnerte sich … an ein Foto in Straßenwalzes Wohnung …

»Was würde Ihre Freundin dazu sagen?«

Straßenwalze heulte auf.

Einen Moment lang dachte Lukas, jetzt würde er ihn endgültig erledigen. Doch Straßenwalze schubste ihn zur Seite weg.

»Fein«, stieß er aus. Für einen kurzen Augenblick dachte Lukas, Feuer würde aus seiner länglichen Schnauze kommen. »Ich ergebe mich. Aber nur, wenn ich dich. Nie. Wieder. Sehen. Muss.«

Er hob die Hände, und die Leute brachen in Begeisterungsstürme aus. »Männer, legt die Waffen weg. Und du auch, Mikrowelle. Missionsabbruch.« Langsam, den Blick immer noch auf das Fenster gerichtet, ging er den Weg zurück.

Lukas richtete sich auf. Hatte er es etwa geschafft?

Aus den Augenwinkeln sah er, wie eine kleine Gestalt mit einem riesigen Plastikrohr auf den rückwärts laufenden Straßenwalze zu rannte.

»Linda, nicht!«

Doch Linda hatte schon zugeschlagen.
Sie traf Straßenwalze voll am Kopf.
Er stolperte.
Brach durchs Geländer.
Und fiel in einen riesigen Haufen Plastikrohre.

58

»Hoffentlich geht es Straßenwalze bald wieder besser.« Lukas zupfte an dem übergroßen Pulli, den er von Bonsai bekommen hatte.

»Aaaach, wir Homocroks sind doch stabil. Du hast doch die Medis gehört. Er hat sich nicht einmal etwas gebrochen. Seelisch ist eine andere Frage. Bist du dir sicher, dass du nach der Sache nicht lieber Psychologe statt Reporter werden willst?«

»Nein, echt nicht.« Lukas war sich sicher, dass er selbst erst mal einen Psychologen brauchte.

»Pass auf, der Chef kommt. Tu beschäftigt.«

Balthasar kam strahlend auf ihn zu. »Ah, Lukas, das Goldkind der Stunde. Ich habe deinen Bericht über Straßenwalze gelesen. ›Wild gewordener Homocrok versetzt Menschen in Angst und Schrecken.‹ Damit können wir die Schlagzeilen wochenlang füllen.«

»Das war nicht, was ich …«, stammelte Lukas. »Ich meine … er hat sich doch ergeben, und nicht alle Homocroks sind wie Straßenwalze. Können wir das nicht irgendwie anders …«

»Aber das verkauft sich doch nicht.« Balthasar lachte. »Junge, Junge, du musst noch viel lernen. Du hast Talent, aber du musst noch sehr viel lernen.«

»Wie wäre es, wenn wir Lukas die Möglichkeit geben, seine Sicht der Dinge darzustellen? Meinetwegen auf dem Young-Winfo-Blog?« Bonsai setzte sich gerade hin.

»Das alte Teil? Das hat doch seit Jahren kein Budget mehr. Ich hätte das Ding schon längst abgesägt, wenn mich die Vertragskündigung nicht mehr kosten würde als die Hostinggebühren. Wer zum Teufel liest denn heutzutage noch Blogs?« Er schüttelte den Kopf. »Na ja. Klinken putzen gehört auch zum Handwerk. Ihr könnt euch da austoben. Macht, was ihr wollt. Liest vermutlich eh keiner.«

Bonsai gab Lukas eine triumphierende Fist Bump.

»Und jetzt geht raus und genießt die Sonne.«

Bonsai und Lukas machten sich auf nach draußen.

In dem ganzen Durcheinander und dem Medientrubel um Lukas und Straßenwalze waren sogar einige Fotos ins Social Media der Menschen gelangt. Und so blieb dem Stadtrat von Prüssbach nichts anderes übrig, als das Ganze als Cosplay-Party zu kommunizieren. Im Nu strömten Menschen, Winformierte und Homobestia aus den umliegenden Städten und Dörfern auf die Wiese vor Prüssbach und feierten den bald beginnenden Sommer.

Die Essens -und Getränkestände wurden nach draußen verlegt, und sogar Pellitex machte einen Haufen Umsatz mit seinen täuschend echt aussehenden Handschuhen.

»Boah, haben sie das auch von Katzen? Oder wie das Krokodil da?«

»Mensch, da bist du ja, Lukas.« Schon von weitem sah Lukas seine Eltern ankommen. »Wir haben uns solche Sorgen gemacht, als Linda einfach so verschwunden ist.«

»Keine Sorge, Linda hat gut auf mich aufgepasst.« Lukas entdeckte seine Schwester, die zusammen mit Lena und ein paar Homofelis-Kindern mit Seifenblasen spielte.

»Markus hat uns alles erklärt. Das mit den Homocroks und so. Stimmt das wirklich mit Straßenwalze?«

»Ja, Mama. Aber Straßenwalze ist jetzt im Gefängnis und bekommt demnächst seine Strafe. Alles gut.«

»Das ist alles sehr verwirrend.« Lukas' Vater schüttelte den Kopf. »Ich werde mich in den nächsten Wochen wohl ein bisschen mit Homobestia-Recht und allem Drum und Dran beschäftigen müssen. Wenn du uns kurz entschuldigst, wir wollen deinen Chef gerne kennenlernen.« Sie zogen weiter.

Hinter ihnen erschien, diesmal ohne Vater im Schlepptau, Hendrick-Ignatius.

»Hey«, sagte er und sah zu Boden.

»Hey, Henni«, erwiderte Lukas. »Danke, dass du die Rettungsmission der Strasecs organisiert hast. Ohne dich hätte ich Straßenwalze vermutlich nie zum Aufgeben gebracht.«

»Naja, Linda hat mir geschrieben.« Hendrick hatte immer noch den Kopf gesenkt. »Alle Homobestia-Netze waren down, wir haben über Facebook geschrieben. Hoffe, du bist mir nicht böse, dass ich mit deiner Schwester schreibe. Das klingt schon ein bisschen …«

»Strange?« Lukas lachte. »Aber was ist denn heutzutage schon noch normal?«

»Stimmt.« Hendrick grinste und sah auf. »Ich habe lange nicht gecheckt, dass Paulina auch eine Sobekkerin ist. Habe mich oft so allein gefühlt. Jetzt wo du, Daniel und Ilona … da könnten wir doch so was wie eine Gruppe aufmachen.«

Noch vor ein paar Wochen hätte Lukas den Kopf geschüttelt. Hätte irgendwas von Schulzeitung oder Hausaufgaben oder Auswandern gemurmelt. Aber jetzt …

»Weißt du was? Ich finde das eine richtig gute Idee. Ich brauche auch noch Input für meinen neuen YoungWinfoBlog. Wenn du willst, können wir zusammenarbeiten.«

Noch bevor Hendrick antworten konnte, spürte er eine riesige Wucht in seinem Rücken und wurde umgeworfen.

»Lukas!«, kreischte ihm Linda ins Ohr. »Und Henni! Meine zwei Lieblingsneuntklässler. Okay, vielleicht neben Paulina, die ist auch cool.«

»Linda!« Lukas rieb sich die Ohren. »Du brauchst nicht schreien, ich hör dich auch so.«

»Ach, lass sie doch. Heute ist doch ein Tag zum Feiern.« Bonsai grinste.

»Jaaa!« Linda jubelte. »Wir haben es Straßenwalze gezeigt. Jetzt sind wir Helden.«

»Du bist eine Heldin«, entgegnete Lukas. »Ohne dich hätte ich das nicht geschafft. Ohne euch alle nicht.«

»Sag ich doch. Wir sind alle Helden.« Linda hüpfte auf und ab. »Und weißt du was? Ich bekomme jetzt mein eigenes Statement. Dann kannst du deins behalten. Brauchst du schließlich auch, wenn du jetzt zum voll professionellen Reporter wirst. Haben Mama und Papa gesagt.«

»Haben sie echt?« Lukas spürte, wie seine Brust anschwoll. Endlich war das für sie nicht mehr nur eine alberne Spinnerei. Heute war echt sein Glückstag. Er hätte vielleicht weniger beschissen anfangen können, aber trotzdem.

»Lasst uns darauf anstoßen.« Bonsai holte drei Flaschen Cola von einem Getränkestand.

»Auf YoungWinfo, den Dialog zwischen Menschen und Homobestia. Und auf die Freundschaft. Und auf was immer ihr trinken wollt!«

Sie prosteten sich zu.

In der Ferne hörte Lukas ein bekanntes Klingeln.

»Eiiiiiiiiiis!« Linda bekam große Augen, als ein Eiswagen auf die Lichtung fuhr. Sie flitzte ihm entgegen.

Lukas zögerte, dann folgte er ihr.

Manche Dinge änderten sich nie.

DANKSAGUNG

Gerade in den letzten Monaten habe ich gemerkt, wie wichtig es ist, Danke zu sagen, und deswegen hier ein riesengroßes Dankeschön an alle Menschen, die mich unterstützt haben, durch Feedback, Inspiration, Hilfe oder einfach nur durch simple Anwesenheit.

Danke an Katherina Ushachov, Chefin des Antikreatief-Forums und Lektorin dieses Romans. Sie hat nicht nur dafür gesorgt, dass das Wochenende keine zwei Samstage und Linda keine übergroßen Hosentaschen hat, sondern mir auch bei der richtigen Genreeinordnung geholfen.

Genauso vielen Dank an Annika Bühnemann und meine Mitstreiter*innen in ihrem »Wow-Kurs«. Ich habe in dem Kurs unglaublich viel gelernt und hoffe nun, dass mein Roman ein »Wow« ist. Ihr seid es auf jeden Fall.

Danke an Tatjana Weichel für das erweiterte Korrektorat. Lukas liebt Ketchup zu Lasagne, deswegen musste das drinbleiben.

Vielen Dank an Christian für die technische, moralische und manchmal sogar story- und plottechnische Unterstützung.

Danke an Christin Giessel, die in kurzer Zeit ein megaschönes Cover gezaubert hat. Ich bin mega Fan davon.

Danke an das Nornennetz und an alle Nornen, die waren, sind und kommen werden. Ihr seid ein unglaublich kreativer Haufen und ich reite gerne mit euch in Kutte auf Pferden ums Lagerfeuer (ganz abgesehen davon, dass wir auch ab und zu mal fantastische Dinge schreiben und wunderbare Aktionen machen).

Ich danke meinen Deutschlehrerinnen an Grund-, Real- und Berufsoberschule, die es geschafft haben, dass ich trotz textgebundenem Aufsatz (der es sogar hier in den Roman geschafft hat) nicht den Spaß am Schreiben und dem Experimentieren mit der deutschen Sprache verloren habe.

Danke an meine Kolleginnen Yaren, Anna und Asu für das Supporten. Durch euch weiß ich Teamarbeit echt zu schätzen.

Danke an Nilson und die HP-Roleplaygruppe. Das Roleplay hat mich vor allem zu Zeiten des Corona-Lockdowns zum Schreiben motiviert, meine Dialoge verbessert sowie durch sehr skurrile Charaktere oder Events geholfen, über mich selbst hinauszuwachsen. Zudem habt ihr, ohne dass ihr es wusstet oder beabsichtigt hättet, mir einen Schubs gegeben, das Abenteuer Selfpublishing anzugehen. Ich hoffe mit euch noch viele Roleplay-Abenteuer erleben zu können.

Danke an meine Schwester Annalena, die unbedingt in meiner Danksagung erscheinen wollte. Du bist so ein Wiesenchampignon. Aber das ist okay.

Ich danke auch dir, liebe*r Leser*in fürs Lesen dieses Romans und dass du bis hierher durchgekommen bist, obwohl der Hauptfilm schon durch ist. Und weil das hier kein Marvelfilm ist, kommt auch leider keine End-Credit-Scene mehr. Aber manche der oben genannten Menschen produzieren sehr hilfreiche oder inspirierende Inhalte. Vielleicht ist auch etwas für dich dabei.

www.antikreatief.de
www.phoenixlektorat.com
www.feuerblut.com
www.vomschreibenleben.de
www.wortfinesse.de

www.chkronline.de
www.nornennetz.de
www.giessel-design.de

Youtubekanäle:
Nornennetz
Nihorns DrawingPodcast
Ana Ibo

Katherina Ushachov
Der tote Prinz

Ein toter Jüngling.

Ein sprechender Spiegel.

Eine zerstörte Erde. Verseuchte Luft, haushohe Müllberge und rivalisierende Warladys, von denen eine ihre Mutter ist: Das ist Elessas Welt. Jeder Schritt draußen kann den Tod bedeuten. Dennoch verlässt sie den Schutz des heimischen Palastes auf der Suche nach dem Mann, den sie eigentlich nie heiraten wollte. Die Alternative zu Dario jedoch, sein Stiefvater, wäre weit schlimmer. Der erschlich sich durch Mord seinen Platz als heimlicher Herrscher der rivalisierenden Familie und bedroht nun auch Elessas Heimat. Um ihm zu entgehen, folgt Elessa der einzigen Spur, die sie hat: den Worten eines mechanischen Spielzeugs aus längst vergangener Zeit. Ist Dario wirklich tot und damit das nächste Opfer des ruchlosen Stiefvaters oder steckt wirklich Hoffnung in diesem einen Wort, das die Maschine für Elessa hat?

»Die tote Prinzessin und die sieben Recken« einmal anders. Katherina Ushachov versetzt Puschkins Märchen in eine düstere Zukunft und erzählt im 16. Buch der Märchenspinnerei die Geschichte eines mutigen Mädchens – in den Überresten einer Gesellschaft, erbaut aus unserem Müll.

Verlag: Selbstverlag
ISBN: 978-3-95959-146-1

Copyright: Viktoria Lubomski

Luna Day
Flammenlicht

Wie würdest du reagieren, wenn ein Drache vor dir stehen würde?

Seit dem Unfalltod ihrer Mutter lebt Fenja im Waisenhaus von Sankt Ursula. Sie kennt nur diesen einen Ort und verabscheut ihn. Alle positiven Gefühle in ihr sind erloschen so wie der Leuchtturm, den sie von ihrem Zimmerfenster aus sehen kann. Seit Jahren herrscht ein eisiger Winter. Erst der Neuankömmling Alec schafft es, Fenja eine andere Sicht auf das Leben zu geben. Bis er sie dazu überredet, aus dem Waisenhaus auszubüxen. Der Ausflug entwickelt sich zu einer Flucht und plötzlich steckt Fenja ungewollt zwischen den Fronten eines Drachenkrieges. Nicht nur das: Ihre gesamte Vergangenheit wird in Frage gestellt. Nur sie selbst kann herausfinden, was in der Nacht, in der ihre Mutter starb, wirklich passierte.

Verlag: Selbstverlag
ASIN: B08WJK6ZNS
ISBN: 9783753408439

Nornennetz – Netzwerk für Fantastik - Autor:innen

Das Nornennetz ist ein Netzwerk deutschsprachiger Fantastik-Autor:innen. Die Nornen, Schicksalsfrauen der Edda, lenkten nach der Vorstellung der nordischen Mythologie die Geschicke der Götter und der Menschen. Genauso lenken Autor:innen die Figuren ihrer Welten.

Wir wollen in diesem Netzwerk gezielt deutschsprachige Autorinnen und ihre fantastischen Werke fördern. Wir bieten gegenseitige Unterstützung und Inspiration, kreative Gemeinschaftsprojekte und setzen uns primär gemeinsam gegen die Benachteiligung von Frauen in der Fantastik ein.

Bei uns sind auch inter* und nicht binäre Personen willkommen, die sich unter dem Schirm eines Autorinnennetzwerkes wohlfühlen.

Erfahrt mehr über das Nornennetz, die Nornen und ihre Werke oder schließt euch uns an.

www.nornennetz.de

HAT DIR DAS BUCH GEFALLEN?

ICH FREUE MICH ÜBER FEEDBACK.

ÜBER DIE AUTORIN:

Auf den ersten Blick sieht Katharina Rauh ganz unschuldig, lieb und nett aus, doch wie du bestimmt festgestellt hast, kann sie auch ganz andere Seiten aufziehen und schreiben. Ursprünglich aus dem beschaulichen Bamberg kommend, hat sie inzwischen den Schreiblaptop in Nürnberg aufgeschlagen, wo sie als Buchhaltungsfachkraft für die artgerechte Haltung von Büchern kämpft und als Autorin neue Welten erschafft. Zudem ist sie seit November 2017 im Nornennetz aktiv.

Mehr über die Autorin findest du auf:

Cazzeschreibt.de
instagram.com/katharina.rauh

CONTENT NOTES

Tod
Tod von Haustier
Abgetrennte Körperteile
Höhe
Todesangst
Blut
Kidnapping
Spritzen
Rassismus